UNVERGÄNGLICHE TRIEBE
UND TUGENDEN

BEANSPRUCHE MICH

USA Today Bestsellerautorin

LEXI C. FOSS

Beanspruche mich

Copyright © 2023 Lexi C. Foss

Deutsche Übersetzung: Tatjana Becijos

Lektorat: Outthink Editing, LLC

Umschlagfotografie: Wander Aguiar

Umschlagmodel: Megan, Camden, Forest, Griffin

Umschlaggestaltung: Manuela Serra

Herausgeber: Ninja Newt Publishing, LLC

Digitale Ausgabe

ISBN: 978-1-68530-278-8

Gedruckte Ausgabe

ISBN: 978-1-68530-279-5

Für Matt, Laura, Vicki und Amy, die dieses Buch möglich
gemacht haben ...
Und für Baby Luka – bitte lies niemals Mommys Bücher! <3

Beanspruche mich

Unvergängliche Triebe und Tugenden

BEANSPRUCHE MICH

Ich bin eine Gefangene. Ein Haustier. Ein Wesen von
höchster Macht – an einer Leine.
Warum?

Weil sich mein arrangierter Gefährte meine Macht
»geborgt« hat und beinahe den König vom Haus von Gold
und Granat getötet hätte.

Oh, er wusste um meine Unschuld. Genau wie sein
Nachfolger, *König Kaspian.* Aber das hat meine Strafe nicht
gemildert, sondern meine Gefängniszelle nur ein wenig
bequemer gemacht.

Denn anstelle von einem Käfig sitze ich in einem der
Schlafzimmer des neuen Königs fest. Und er hat drei sehr
gut aussehende Söldner damit beauftragt, mich zu
bewachen.

Nox, Bane und Nolan.

Zu dumm, dass ich nichts weiter will, als zu fliehen – sonst
wäre ich vielleicht in Versuchung geraten, mich an dem
Buffet voller sexy Köstlichkeiten zu bedienen, das vor mir
ausgebreitet ist.

Doch als König Kaspian mir eine Aufgabe stellt, die ich nicht ablehnen kann, bin ich plötzlich unfähig, an etwas oder jemanden anderes zu denken als an die vier Entführer, die mein Leben kontrollieren.

Denn es stellt sich heraus, dass das Brechen eines magisch erzwungenen Gefährtenbands die Seele spalten und neue Bande entstehen lassen kann.
Vier, um genau zu sein.
Mit einem König und seinen drei Söldnern.

Wenn mich einer von ihnen ablehnt, werde ich sterben.
Aber wenn sie mich akzeptieren, könnte meine Todesmagie uns alle verzehren ...

Beanspruche mich ist eine heiße Stand-Alone-Romanze im paranormalen Unvergängliche-Triebe-und-Tugenden-Universum – und handelt von Fallon und ihren vier »vom Schicksal bestimmten« Gefährten.

.

EINE EINFÜHRUNG
VON KÖNIG KASPIAN

Vor fünfzig Jahren öffnete sich in Portland, Oregon, ein Portal, durch das Magie und Übernatürliches auf die Straßen strömten. Es war nicht das erste seiner Art, aber es war das erste, das von den Sterblichen der Erde wahrgenommen wurde – und damit die Welt veränderte.

Die Menschheit wurde von der Magie befallen und benötigte eine neue Art von Regierungsstruktur, die die Macht einer neuen Ära regulieren sollte – einer übernatürlich geprägten Ära.

Doch bevor die Regierungshäuser wirklich Fuß fassen konnten, verwüsteten Kriege die Erde. Es folgten Völkermorde; Menschen ohne Magie wurden nahezu ausgerottet.

Erst nach dem *Großen Opfer* – einem verheerenden Blutbad, das in der endgültigen Zerstörung endete – einigten sich die verschiedenen Häuser auf einen Waffenstillstand, wodurch unsere heutige Aufteilung zustande kam. Es gibt acht Häuser, die alle verschiedenen Zwecken dienen und diese schützen.

Meines ist das Haus von Gold und Granat. Wir sind Söldner, die es lieben, zu jagen, und die sich an der Bezahlung für einen gut erledigten Job erfreuen. Blut und Gold sind unsere Währung. Wir sind loyal. Wir sind effizient. Und wir sind tödlich.

Aber wir sind nicht das einzige gefährliche Land auf der

Welt. Jedes Territorium hat seine eigenen Risiken und Chancen.

Bis auf das Niemandsland.

Niemand will außerhalb des Territoriums der Häuser leben. Tatsächlich wird es von vielen als illegal betrachtet, keine Zugehörigkeit zu einem Haus zu besitzen. Aber es wird immer Abtrünnige geben.

Etwa diejenigen, die die verschiedenen Übernatürlichen Syndikate im ehemaligen New York City gegründet haben. Diese Verbrecherbosse haben kein Interesse an Regeln oder Vorschriften – und definitiv kein Verlangen, sich einem Haus anzuschließen. Ihnen fehlt ein moralischer Kompass, der ihre Entscheidungen leitet. Sie sind tödlich. Grausam. Und völlig unerwünscht in meinen Gefilden.

Andere Häuser mögen sich entscheiden, mit ihnen über Macht zu verhandeln.

Ich tue das nicht.

Meine Söldner haben mich beauftragt, sie anzuführen, und das tue ich.

Willkommen im Haus von Gold und Granat, wo wir unsere Lehnspflicht mit *Blut* bezahlen.

Die Häuser

Haus von Gold und Granat
Haus von Blut und Beryll
Haus von Luft und Lava
Haus von Erde und Eisen
Haus von Seelen und Saphir
Haus von Tod und Topas
Haus von Feuer und Fluorit
Haus von See und Serpentin

Niemandsland

No Man's Circus – Portland, Oregon

ÜBERNATÜRLICHE SYNDIKATE
New York City
Manhattan – Die Bezirke – Wandler
Brooklyn – Die Rosen – Feen
Staten Island – Der Ausgestoßenenzirkel – Hexen
Queens – Das Göttliche – Engel & Dämonen
Bronx – Tepes-Clan – Vampire

PROLOG

FALLON

»Willst du, Fallon Doyle, Nikolas O'Neely zu deinem ewigen Gefährten nehmen?« Daithis haselnussbraune Augen funkeln vor Kraft, während er mich anstarrt und auf meine Zustimmung wartet.

Zwei Worte.

Das ist alles, was ich sagen muss.

Und dann wird der illegale Zauber ein Schicksalsgefährtenband um meine Seele weben – und mich mit dem Monster vor mir verbinden.

Nikolas O'Neely.

Das personifizierte Böse.

Zumindest nehme ich an, dass er böse ist. Immerhin hat er diesem Wahnsinn zugestimmt.

Du musst das nicht tun, flüstert meine Zwillingsschwester in meinen Gedanken. *Bitte tu das nicht!*

Ich schlucke und mein Herz pocht laut in meinen Ohren. Das Geräusch reicht nicht aus, um die leisen

1

Klagelaute meiner Schwester zu übertönen, deren Dringlichkeit mit jeder Sekunde zunimmt.

Das ist nicht deine Strafe, sagt sie. *Es ist meine.*

Das mag zwar stimmen, aber keiner von uns hat eine Wahl. Nikolas wird sie nicht akzeptieren – nicht, wenn er erfährt, was ihre Stimme anrichten kann.

Sie hat vor einem Jahrzehnt mit ein paar ruhig gesprochenen Worten Mitglieder seiner Großfamilie getötet und ihn zu einer Waise gemacht. Unabsichtlich – aber das spielt keine Rolle. Die Beziehung zwischen dem Doyle-Clan und dem O'Neely-Clan ging an jenem Tag in die Brüche und beendete eine hundertjährige Allianz.

Heute ist der Tag, an dem wir das Unrecht dieses Vorfalls bereinigen.

Der Tag, an dem ich zustimme, meine Seele neu auszurichten, um mich mit einem O'Neely zu verbinden. Es wird sich wie ein Gefährtenband anfühlen, das mich an ihn bindet, solange wir beide leben.

Auch wenn es vielversprechend klingen mag – ihn zu töten, ist keine Option. Denn das würde meine Seele in Stücke reißen.

Sobald wir hier fertig sind, werden wir auf Gedeih und Verderb aneinander gebunden sein.

Und Issy wird in Sicherheit sein. Das ist der Deal. Wenn ich dies für meine Familie tue, werden meine Eltern Issy vor der Welt versteckt halten.

Sie ist zu mächtig, um entdeckt zu werden. Zu unkontrollierbar. Wenn die Häuser von ihrer Existenz erfahren, werden sie sie auslöschen.

Natürlich könnten sie das Gleiche mit mir tun, wenn ich jemals meine wahren Fähigkeiten preisgäbe. Ich bin mehr Nekromant als Hexe – und das ist keine gern gesehene

Eigenschaft. Vor allem, da einige Häuser von untoten Übernatürlichen beherrscht werden.

Zum Glück weiß ich, wie ich mit meinen dunklen Talenten umgehen und sie verbergen kann.

»Miss Doyle«, drängt Daithi, wobei eine seiner braunen Augenbrauen Richtung Haaransatz wandert.

Er ist ein Warlock und ein Cousin der O'Neelys, was ihn zu einem der einflussreichsten Mitglieder des Ausgestoßenenzirkels macht. Ich war nicht überrascht, ihn heute am Marmorblock stehen zu sehen, bereit, einen illegalen Verbindungszauber zu sprechen. Er ist ein Meister in ruchlosen Geschäften.

Genau wie meine Eltern.

Genau wie *Nikolas*.

Ich fröstle bei dem Gedanken, was das alles bedeutet.

Ich richte meinen Blick auf Nikolas, studiere seine fast schwarzen Augen und seine dichten, dunklen Haare. Sein Gesichtsausdruck verrät mir, dass er mein Schweigen nicht zu schätzen weiß, dass jede Sekunde, die verstreicht, ein Verstoß meinerseits ist – ein Verstoß, der vermutlich eine Bestrafung mit sich ziehen wird.

Ihm eilt ein gewisser Ruf voraus.

Hinsichtlich seiner Vorliebe für List und Gewalt.

Der Patriarch des O'Neely-Clans – der, der diese Verbindung gewählt hat – schickte Nikolas vor Jahrzehnten nach Irland, wo er im Territorium von Gold und Granat lebte und dort zum Söldner wurde. Nach meinem Kenntnisstand plant der Ausgestoßenenzirkel, ihn und seine Allianz eines Tages für korrupte Zwecke zu benutzen.

Nun wird es meine Aufgabe sein, ihm zum Erfolg zu verhelfen. All die verräterischen Handlungen zu begehen, die er von mir fordert. Die Rolle einer pflichtbewussten Gefährtin zu spielen.

Unsere beiden Familien stolz zu machen.

Dies wird kein herzliches Umwerben und keine liebevolle Beziehung sein.

Es wird die Hölle sein. Eine, in der er der Teufel ist und ich für die konstruierten Sünden anderer gezüchtigt werde.

Die Sünden meiner Schwester, denke ich und meine Kehle wird trocken. *Aber sie wollte niemanden verletzen und jeder in diesem Raum weiß das.*

Aber das spielt keine Rolle. Denn so läuft das Ganze in dieser Welt voller magischer Geschäfte nicht ab.

»Fallon.« Die Stimme meines Vaters hat einen warnenden Unterton, seine grünen Augen ähneln den meinen. Doch in seinen Iriden blitzt eine unausgesprochene Drohung auf, während meine wahrscheinlich resignierte Akzeptanz ausdrücken.

Denn es gibt hier keine andere Möglichkeit.

Ich muss das durchziehen, um die Vergangenheit in Ordnung zu bringen. *Um Issy zu schützen.*

Ich räuspere mich, hebe mein Kinn und spreche die zwei Worte, die mein Schicksal für den Rest meiner Tage besiegeln werden. »Ich will.«

Meine Schwester wimmert in meinem Kopf, ihre Schuldgefühle sind fast greifbar.

Es ist nicht deine Schuld, erinnere ich sie. *Es ist das Werk unserer Eltern.*

Nicht, dass sie eine Wahl hätten.

Die übernatürlichen Syndikate in dem, was von New York City übrig geblieben ist, sind die einzigen Orte im Niemandsland, die eine Art Schutz bieten. Sicher, sie werden von Kriminellen geleitet, aber zumindest passen diese Kriminellen aufeinander auf.

Zumindest in gewisser Weise.

Besser als in anderen Gegenden dieser magischen, korrupten Welt.

Aber ich werde einem Haus beitreten – und zwar als Nikolas' Gefährtin.

Ich zittere, weil ich nicht weiß, wie das funktionieren soll. Es gibt acht Häuser auf der Welt, die alle streng von den mächtigsten Übernatürlichen der Erde regiert werden.

Sie sind wählerisch, wen sie aufnehmen.

Aber irgendwie gehört Nikolas zu einem von ihnen.

Und er wird mich als seine Schicksalsgefährtin mitnehmen.

Was ist, wenn sie herausfinden, wozu ich fähig bin? Das frage ich mich zum tausendsten Mal, seit ich von Patricks Entscheidung hinsichtlich dieser Verbindung erfahren habe.

Mein künftiger Schicksalsgefährte starrt mich an und in seinen Augen züngeln dunkle Flammen, die mich zu verbrennen drohen.

»Willst du, Nikolas O'Neely, Fallon Doyle zu deiner ewigen Gefährtin nehmen?«, fragt Daithi mit einem unheimlichen Unterton in seinem irisch geprägten Akzent.

»Ich will«, antwortet Nikolas, ohne zu zögern.

Magie durchdringt die Luft, der Geruch ist widerlich und unangenehm für meine Sinne. *Beißender Rauch*, denke ich und muss fast würgen, als er meine Nase verstopft und in mein Inneres kriecht.

Es tut mir so leid, flüstert Issy mir zu. Sie schluchzt und das Geräusch bricht mir das Herz. Sie ist nicht hier, um das mitzuerleben – ihre Präsenz ist in der ganzen Stadt nicht willkommen. Aber sie kann fühlen, was ich fühle, meine Gedanken hören und fast durch meine Augen sehen.

Wir sind Zwillinge und von Geburt an miteinander verbunden.

Für immer.

Ich würde alles für dich tun, Issy, murmle ich ihr zu. *Sogar das.*

Ich zucke zusammen, als Feuer durch meine Adern kriecht. Die Energie dahinter ist heiß und unerwünscht – und steuert direkt auf meine Brust zu. *Auf meine Seele.*

Nikolas packt mich im Nacken und zieht mich an sich, während der Zauber wirkt und unsere Schicksale miteinander verschmelzen.

Seine Lippen treffen auf meine, besiegeln den Deal und entzünden Funken in mir. Nicht die, die ich begehre oder sogar genieße, sondern Flammen wütender Rebellion.

Mein Geist schreit angesichts der Falschheit dieser Verbindung und mein ganzes Wesen versucht, die dunkle Magie zu bekämpfen.

Aber ich spüre, wie sie sich in meinem Herzen verankert und mich zwingt, diese Veränderung meines Schicksals zu akzeptieren und mich zu beugen. Genauso wie Nikolas' Zunge Unterwerfung fordert, die Kontrolle übernimmt und mich auf eine Weise in Besitz nimmt, wie es nur ein Gefährte kann.

Es tut weh.

Es dreht mir den Magen um.

Es macht mich körperlich krank.

Und doch wartet am Ende eine Leichtigkeit, die durch falsche Versprechen und ein trügerisches Gefühl der Hoffnung ermutigt wird. Es ist ein Trick. Der Gestank ist noch immer allgegenwärtig, aber die Magie greift jetzt um sich und ihre Macht überzeugt meine Seele von der Richtigkeit des Ganzen.

Ich kann Issys Schreie kaum noch hören, ihr Schmerz ist ein verschwommener Gedanke, der in meiner eigenen Verwirrung herumwirbelt.

Dann höre ich die Gesänge, Daithis tiefe und kalte Stimme.

Was ist das?, wundere ich mich. *Was macht er da?*

Issy ruft meinen Namen, aber ich kann sie nicht erreichen. Ich … ich kann mich nicht mit ihr verbinden.

Was sagt er? Es ist altes Gälisch, Worte, die ich kaum verstehe. Warum ist mir so kalt?

Meine Lippen sind taub. Meine Zunge ist gefroren.

Nikolas hat aufgehört, mich zu küssen. Aber seine Hand …

Sie hält immer noch meinen Nacken fest.

Er hält mich fest.

Während er …

Während er trinkt. Ich versuche, mich zu wehren, und die Angst fährt mir durch die Glieder, als ich plötzlich seine Reißzähne an meiner Kehle spüre. *Halb Vampir, halb Warlock.* Das wusste ich. Aber ich habe nicht erwartet, dass er mich beißen würde.

Was zur Hölle?

Und warum singt Daithi immer noch?

Ich werfe meinem Vater einen alarmierten Blick zu und registriere seine distanzierte Miene. »Es ist nur zu deinem Besten, Fallon«, sagt er. »So ist es einfacher.«

Einfacher?, möchte ich fragen.

Meine Mutter hat einen ähnlichen Blick aufgesetzt, obwohl ihre silbernen Augen vor Resignation glitzern. Sie erinnert mich in diesem Moment so sehr an Issy. Ihre gebrochenen Gesichtszüge sind eine Maske für die Wut, die dahintersteckt.

Denn Issy versteckt sich oft hinter einem Deckmantel der Traurigkeit. Aber tief im Inneren ist sie wütend über ihr Schicksal. Wütend darüber, dass sie sich nicht selbst verteidigen kann. Wütend darüber, dass sie für immer im

Haus unserer Eltern gefangen ist und die Außenwelt nicht sehen kann, ohne ihren sofortigen Tod zu riskieren.

Sie steht unter ständigem Hausarrest. Entweder das oder die O'Neelys dürfen sie umbringen. Meine Eltern entschieden sich dafür, sie einzusperren – eine Konsequenz, die sich auch nach dem heutigen Tag nicht ändern wird.

Eines Tages werde ich dich befreien. Das habe ich ihr schon tausendmal versprochen.

Ob ich dafür die Rolle der perfekten Gefährtin spiele und Vertrauen gewinne oder ob ich alle Regeln breche und unser Leben riskiere, weiß ich nicht. Aber ich bin entschlossen, Issy zur Flucht zu verhelfen.

Allerdings wird mir klar, dass ich sie jetzt nicht spüren kann. Ich kann überhaupt nicht viel fühlen.

»Fallon«, meldet sich eine tiefe Stimme, die mich zu Daithi zurückbringt. »Was empfindest du für Nikolas?«

Ich blinzle ihn an. »Nikolas ist mein Gefährte.« Die Worte schmecken fremd, als hätte sie jemand anders gesprochen, aber sie kommen aus meinem Mund.

»Sehr gut. Und was tun wir für unsere Gefährten?«

»Gefährten unterstützen einander. Gefährten schätzen einander. Gefährten helfen einander.« Das Mantra rollt von meiner Zunge und sorgt für Aufruhr in meinem Inneren. *Warum klinge ich so roboterhaft?*

»Ausgezeichnet«, lobt er. »Und warum hilfst du deinem Gefährten?«

»Weil es meine Pflicht ist. Mein Platz. Das ist meine Rolle auf dieser Welt – ich bin Nikolas' Gefährtin.« Kaltes Grauen überzieht meine Haut mit jedem weiteren Wort, doch mein Ton bleibt unverändert.

»Wie lange hält das an?«, fragt Nikolas neugierig.

»Bis du ihn brichst«, sagt Daithi zu ihm. »Ich werde dir

die Details unter vier Augen mitteilen, damit nur du den Gehorsamkeitszauber aufheben kannst.«

Nikolas nickt, während mein Inneres erstarrt. *Ein Gehorsamkeitszauber? Reicht es ihm nicht, mich zu dieser Verbindung zu zwingen? Jetzt tut er mir auch noch das an?*

»Das wird lustig«, meint Nikolas und dunkle Belustigung färbt seinen Tonfall. »Ein gehorsames kleines Fickpüppchen mit mächtigem Blut.« Er wirft einen Blick auf Patrick O'Neely, den Patriarchen des O'Neely-Clans. »Ich danke dir für mein Geschenk, Onkel.«

»Pass nur auf, dass du es weise einsetzt, Klas!«, antwortet der Patriarch. »Du musst in den Rängen von Gold und Granat aufsteigen.«

Nikolas senkt anerkennend sein Kinn. »Oh, ich werde sie einsetzen – und das nicht zu knapp.«

Ich will mit den Zähnen knirschen, aber sie gehorchen mir nicht. Sie bleiben genauso ruhig wie der Rest meines Wesens.

Denn ich bin dazu verdonnert, mich zu benehmen.

Keines meiner Elternteile sagt ein Wort, reagiert auf den Austausch oder die Tatsache, dass gerade darüber geredet wird, wie ich am besten *benutzt* werde.

Stattdessen wendet sich mein Vater an Patrick und schüttelt seine Hand. »Ich freue mich über unser erneutes Zusammenkommen«, sagt er.

»Gleichfalls, alter Freund«, erwidert Patrick. »Sollen wir das in O'Mallys Pub feiern?«

Die beiden machen sich auf den Weg und lassen mich ohne einen weiteren Gedanken zurück.

Meine Mutter neigt den Kopf und folgt ihnen, ebenso wie Patricks Gefährtin. Sie sind beide Opfer eines ähnlichen Schicksals. Sie wurden mit mächtigen männlichen

Aushängeschildern des Ausgestoßenenzirkels verbunden – wie ich.

Der Zusammenschluss von Clans, denke ich, angewidert von dieser antiquierten Praxis. *Es gibt einen Grund, warum diese Verbindungszauber illegal sind.*

»Viel Spaß«, murmelt Daithi, und in diesem einen Wort steckt so viel finstere Absicht, dass ich innerlich zusammenzucke.

»Oh, den werde ich haben«, erwidert Nikolas, während seine Handfläche über meine Wirbelsäule bis zur Wölbung meines Hinterns gleitet. »*Gründlich.*«

Daithi wirft mir einen anzüglichen Blick zu, bevor er sich wieder auf Nikolas konzentriert und sagt: »Komm nachher zu mir, um die Anweisungen für den Umkehrzauber zu erhalten. Obwohl ich mir vorstellen kann, dass du ihn nicht benutzen wirst.«

»Sehr wahrscheinlich nicht«, stimmt Nikolas zu, während er meinen Hintern so fest zusammendrückt, dass es schmerzt.

Doch kein Teil von mir reagiert nach außen hin.

Ich nehme seine Grausamkeit einfach hin, als würde ich gar nichts spüren.

Innerlich spüre ich sehr viel.

Ich spüre auch die Angst, die mich überkommt, als er sich mir zuwendet und sagt: »Ich werde dich ficken, bis du blutest, und du wirst jedes Mal kommen, wenn ich es dir sage, egal, wie sehr es wehtut.«

Mein Herz möchte aufhören, zu schlagen, aber auch das tut es nicht.

»Sag mir, dass ich dich ficken soll«!, drängt er. »Sag mir, dass es wehtun soll!«

»Fick mich, Nikolas! Mach, dass es wehtut!« Ich zucke

innerlich zusammen und wütende Tränen drohen, sich zu bilden. Aber das tun sie nicht. *Weil ich in der Falle sitze.*

»Klas«, sagt er. »Nenn mich Klas!« Er zieht mich noch näher an sich. Seine Hand bleibt auf meinem Hintern, während die andere zu meiner Kehle wandert. »Wir sind doch jetzt Gefährten. Da können wir auch etwas weniger förmlich sein.«

Er küsst mich und ich erwidere den Kuss automatisch. Mein Körper steht unter seinem Kommando.

Es scheint, als wäre nur noch mein Verstand mein eigener.

Aber ich kann Issy nicht mehr hören.

Ich bin eine Gefangene in meiner Psyche. Eingesperrt in einer albtraumhaften Verbindung.

Aber Albträume haben eine wichtige Eigenschaft. *Eine Schlüsselfunktion*, flüstere ich mir selbst zu, als Klas' Handflächen zu wandern beginnen.

Albträume enden.

Was bedeutet, dass ich eines Tages aufwachen werde.

Und wenn ich das tue, werden Nikolas O'Neely und alle anderen, die zugelassen haben, dass mir das heute passiert, dafür bezahlen.

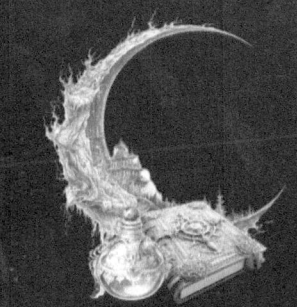

FALLON

HEUTE

FALLON ...

Issys Stimme ist ein Flüstern wie aus einem Traum. Ich sehne mich danach, zu antworten, und mein Herz zerspringt bei dem Gedanken an unser zerstörtes Band.

Alles nur *seinetwegen*.

Wegen meines Feindes.

Meines Gefährten.

Desjenigen, der alles zerstört hat.

Er hat mich mit einem Bann belegt, meinen freien Willen blockiert und mir meine Magie gestohlen.

Jeder Biss gibt ihm mehr Macht und verschafft ihm Zugang zu meinen tödlichen Zauberkräften.

Er zwingt mich, ihm beizubringen, wie er meine Macht nutzen kann, und sein Gehorsamkeitszauber entlockt mir die Worte.

Ich hasse ihn.

Ich hasse *das* hier.

Fallon ...

Ich verschlucke mich, als ich die vertraute Stimme höre, die meine Gedanken benebelt und mich in die Vergangenheit zieht. *Ich vermisse dich*, will ich antworten. *Ich vermisse dich mehr, als ich es in Worte fassen kann.*

Wach auf, Fallon!, sagt sie daraufhin.

Ich muss fast lächeln. Ihre Stimme ist so streng, so *real*, dass ich fast gehorche.

Aber ich möchte nicht aufwachen. Dieser Albtraum endet nie, nicht einmal, wenn ich meine Augen öffne.

Manchmal ist es dann sogar noch schlimmer.

Zum Beispiel, wenn Klas mich lebendig begräbt. Mich in der Erde versenkt. Und dafür sorgt, dass ich tagelang die Sonne nicht sehen kann, während er mit meiner Kraft spielt.

Bei den Göttern, was, wenn ich wieder unter der Erde aufwache?

Ich werde instinktiv an der Erde kratzen, unfähig, zu entkommen, egal, wie sehr ich es versuche.

Eine Bestrafung.

Aber wofür? Ich kann mich nicht erinnern.

Ein Zauber, flüstert mein Verstand. *Ein mystischer Zauber, der mich zurückbringt, der mir erlaubt, seinen Bann zu brechen.*

Ich runzle die Stirn, eine Erinnerung verfolgt mich. Die Erinnerung an eine Göttin. Macht. Sterne.

Sie hat den Fluch der Gehorsamkeit gebrochen.

Ich kann sie mir bildlich vorstellen, die langen, dunklen Haare, die goldene Haut und die leuchtenden Augen.

So viel Macht.

Ein Traum oder Realität? Ich kann mich nur schwer erinnern.

Fallon. In Issys Stimme schwingt Ungeduld mit. *Du musst aufwachen.*

Ich runzle die Stirn. *Warum klingt sie so echt?*

Weil ich es bin, erwidert sie schnippisch. *Jetzt mach die Augen auf!*

Beinahe gehorche ich. Aber ich will nicht auf diesen Trick hereinfallen. Wahrscheinlich spielt Klas wieder mit meinem Verstand und lockt mich in einen Wachzustand, damit er mich erneut ausknocken kann.

Er quält mich zu jeder Tages- und Nachtzeit, nimmt meine Seele in Besitz und zerstört mich mit jedem Atemzug.

Er ist im Kerker, Fallon, sagt Issy. *Er hat versucht, den König von Gold und Granat zu töten – und ist gescheitert. Er wurde erwischt. Er hat keine Kontrolle mehr. Du hast ihn bluten lassen. Erinnerst du dich?*

Ich runzle die Stirn und die Bilder von Klas, der in Eimer blutet, tauchen vor meinen inneren Augen auf. Ein Hirngespinst oder Realität?

Sie verkünden heute sein Urteil, fährt sie fort. *Und deshalb musst du aufwachen. Wenn sie ihn töten ...*

Könnte mich das umbringen, beende ich ihren Satz.

Wir sind durch einen illegalen Zauber aneinander gebunden. Keine Ahnung, was passiert, wenn er stirbt.

Aber ist das wirklich wichtig?

Ich will ihn tot sehen. Beseitigt. Aus meinem Leben verbannt.

Er hat meine Kräfte benutzt, um im Territorium von Gold und Granat Chaos zu stiften. Und das alles nur, weil er frustriert war. Weil er in den Reihen der Söldner nicht befördert wurde.

»*Ich bin es leid, übersehen zu werden. Es ist an der Zeit, dass sie erkennen, wie mächtig ich wirklich bin. Außerdem ist jetzt ein guter Zeitpunkt, da der jüngste politische Skandal für Unruhe sorgt. Es wird ein Leichtes sein, Hilfe zu rekrutieren. Nicht, dass ich viel bräuchte.*«

Seine Worte hallen in meinem Kopf wider und erinnern mich an meine gedankliche Erwiderung. *Aber es ist meine Macht, die du benutzt. Nicht deine.*

Zugegeben, er hielt meine Kraft an einer Leine, was ihn wohl wirklich mächtig machte.

Aber ich war an keiner Leine mehr, stelle ich fest und öffne die Augen. *Denn ich befinde mich nicht mehr in diesem Albtraum. Sondern in einem neuen.*

Einem Albtraum, der in vermeintlichen Luxus gehüllt ist.

Ich setze mich in dem Himmelbett auf. Meine Umgebung ist mir sofort vertraut, denn ich habe die vergangenen dreizehn Monate in diesem einen Raum gelebt.

Es ist nicht die schlimmste denkbare Gefängniszelle. Ich habe einen Balkon, der sich zu einem Innenhof öffnet – nicht, dass ich ihn erkunden dürfte. Aber zumindest kann ich nach draußen gehen, um frische Luft zu schnappen. Das ist etwas anderes als tage- oder wochenlang lebendig begraben zu sein.

Ich reibe mein Gesicht und versuche, mich zum Wachbleiben zu zwingen. *Issy?*

Endlich, murmelt sie zurück. *Ich versuche schon seit über einer Stunde, dich zu wecken.*

Hmm, brumme ich zurück, nicht im Geringsten überrascht von ihrer Bemerkung. Die vergangenen Jahre haben sich wie ein einziger langer Albtraum angefühlt – mit dem Unterschied, dass sich die Kulisse ständig ändert.

Ich greife zu meinem Nachttisch und nach meinem Wasserglas, das ich am Abend zuvor bereitgestellt habe, weil ich wusste, dass ich es jetzt brauchen würde, und leere es mit ein paar großen Schlucken.

Die meisten meiner »Träume« handeln derzeit davon, in einem Grab aufzuwachen und stunden- oder tagelang Dreck einzuatmen.

Das war nur eine der Methoden, mit denen Klas mich bestrafte, aber irgendwie war es die einprägsamste. Und ich wache aus diesen Träumen immer mit einer trockenen Kehle auf, als wäre ich die ganze Nacht unter der Erde gewesen.

Ich schlüpfe aus den seidigen Laken und gehe ins Badezimmer, um mein Wasser aufzufüllen.

Fallon, flüstert meine Schwester.

Ich bin noch wach, antworte ich.

Ja, ich weiß. Aber ... aber heute ... Sie verstummt. Ihr Unbehagen durchzuckt mich, während ich mich im übergroßen Spiegel betrachte.

Meine grünen Augen leuchten nicht mehr. Meine blonden Haare sehen jetzt dunkler aus; sie haben ihren einstigen Glanz verloren. Und meine Haut wirkt irgendwie blasser. *Wie der Tod.*

Passend, angesichts meiner Fähigkeiten. Oder vielleicht ist es eine Warnung vor dem, was kommen wird.

Sie werden ihn hinrichten, sage ich zu Issy. *Der heutige Tag ist nur eine Formalität. Aber ich weiß, dass das ihr Plan ist.*

Hat dir das eins der Phantome gesagt?, fragt sie und meint damit meine symbolischen Gefängniswärter.

Sie mussten nichts sagen. Es ist einfach das, was getan werden muss. Klas hat versucht, einen herrschenden Monarchen zu töten. Es spielt keine Rolle, dass der betreffende Monarch nicht mehr an der Macht ist; sein Nachfolger kann den Schuldigen nicht am Leben lassen.

Ein Bild des besagten Nachfolgers taucht in meinem

Kopf auf. Seine dunklen Haare und die entsprechenden Augen, die Klas' so ähnlich sind. Und doch sind die beiden Männer so unterschiedlich.

Klas hat grausame Züge und scharfe Konturen.

Während König Kaspian ... gefühlvoll ist. Tiefgründig. Unbestreitbar gut aussehend. *Und so unglaublich tabu.*

Er hat nur die Oberfläche meiner Kräfte angekratzt. Wenn ich ihm erlaube, näherzukommen, wird er Dinge über mich erfahren, die mich gemeinsam mit Klas zum Tode verurteilen.

Deshalb muss es heute passieren.

Je eher Klas verurteilt und hingerichtet wird, desto eher kann ich gehen. Es sei denn, ich sterbe an den Folgen seines Todes.

Aber ich werde wohl in jedem Fall frei sein. *Voraussichtlich.*

König Kaspian und seine Wachen haben mich über dreizehn lange Monate hinweg bewacht. Sie haben mich immer wieder nach meinen Fähigkeiten gefragt, kurze Demonstrationen verlangt und mich über meine Vergangenheit gelöchert.

Ich habe ihnen die Wahrheit gesagt, wo ich konnte, und gelogen, wo ich musste.

»Ich bin ein Waisenkind. Ich weiß nicht viel über meine Familiengeschichte.« Das war die Geschichte, die Klas ihnen auftischte, nachdem wir uns Band geschlossen hatten. Er erzählte, dass er mich auf einer seiner Söldner-Missionen gefunden hatte.

Zum Glück sprach er während seiner Gefangenschaft nicht über unsere wahre Vergangenheit.

Wahrscheinlich, weil er sich selbst schützen will.

Wenn Klas den O'Neely-Clan in irgendeiner Weise verrät, wird er bis weit ins Jenseits hinein bestraft werden.

Körper können sterben, aber Seelen sind unvergänglich.

Und Seelen können leicht gefoltert werden, besonders wenn man Zugang zu Todesmagie hat. Die hat mein Clan und dank unserer arrangierten Verbindung sind der Doyle-Clan und der O'Neely-Clan wieder vereint.

Ich leere mein drittes Glas Wasser und seufze. *Hat Ayla etwas gefunden, um den Gefährtenzauber zu lösen?*, frage ich Issy.

Ich kenne die Antwort bereits, aber ich kann mich nicht zurückhalten, sie trotzdem auszusprechen. Es ist das Einzige, was wir seit Klas' Gefangenschaft herauszufinden versucht haben.

Wenn ich den Bann brechen kann, bin ich frei. Zumindest von ihm. Der Rest ... Nun, das ist eine ganz andere Situation, denn ich weiß nicht, was ich tun muss, um König Kaspian davon zu überzeugen, mich von seinen Wächtern zu erlösen.

Ich könnte versuchen, zu fliehen.

Aber ihm gehört ein Haus von Söldnern. Meine Chancen sind also nicht groß. Vor allem, weil einer dieser Söldner Nolan ist – ein Erzengeljäger mit tödlichem Geschick.

Ich reibe meine Schulter und runzle die Stirn, als Issy sagt: *Nein. Die jüngsten Wettbewerbe in Erde und Eisen haben auch ihr viel abverlangt. Sie war in letzter Zeit nicht sie selbst.*

Ich nicke. Ich verstehe dieses Gefühl. *Ich bin froh, dass sie dich besuchen kann – das wird ihr helfen.*

Nur, wenn Vater es zulässt, murrt Issy. *Manchmal vergisst er, dass sie unsere Cousine ist.*

Er vergisst es nicht. Er kontrolliert nur gern. Und zu kontrollieren, mit wem Issy verkehren darf, ist eine seiner Lieblingsbeschäftigungen.

Mit Ayla kann sie nicht so sprechen wie mit mir, denn

dank unserer Zwillingsverbindung können wir telepathisch kommunizieren. Aber Ayla beherrscht Gebärdensprache, sodass sie in der Lage ist, Issy zu verstehen.

Es beruhigt mich, zu wissen, dass Issy noch jemanden hat ... für den Fall, dass ich die nächsten Tage nicht überlebe.

Wir waren schon einmal getrennt – drei sehr lange Jahre. In der Zeit kamen sich Ayla und Issy näher. Das bedeutet, dass Issy ohne mich weiterleben wird. Und Ayla wird sie beschützen.

Du magst zwar nicht mit mir sprechen, aber ich kann die Richtung deiner Gedanken spüren, Fallon Doyle. Und ich bin damit nicht einverstanden, faucht Issy. *Erstens kann ich mich mit ein paar wenigen Worten verteidigen. Zweitens bist du diejenige, die im Moment beschützt werden muss. Und drittens ...*

Ich warte mit hochgezogenen Augenbrauen. *Und drittens ...?,* antworte ich, amüsiert über ihre Tirade.

Vater ist hier, flüstert sie zurück, was mich frösteln lässt. Er besucht Issy nur selten – und wenn, dann nur aus guten Gründen.

Ich spüre ihre Besorgnis durch unsere Verbindung. Angesichts ihrer Angst zittere ich regelrecht vor dem Spiegel.

Ich traue mich nicht, sie zu unterbrechen, denn ich weiß, dass sie alle ihre geistigen Fähigkeiten braucht, um mit unserem Erzeuger fertig zu werden.

Meine Hände ballen sich zu Fäusten, während ich warte, und Hass verzehrt mich. Eltern sind dazu da, sich um ihre Kinder zu kümmern und sie zu beschützen. Aber unsere taten das nie. Sie behandelten uns wie Eigentum, das verkauft und weggeworfen werden kann.

Zumindest war das meine Wahrnehmung.

Issy ist anders. In ihren Augen ist sie eine Last für die Familie, eine gebrochene Prinzessin, die ihren Nachnamen nicht verdient.

Ich spüre ihren Wunsch, zu kämpfen, ihr Bedürfnis, unseren Vater an ihre wahre Macht zu erinnern. Aber sie tut es nicht. Sie hat zu viel Angst vor dem, was nach ihrer Explosion passieren wird.

Sie kann nicht weg. Er ist der Einzige, der ihr Überleben in dieser rauen Welt sichert.

Meine Zwillingsschwester verstummt und ihre Gefühle scheinen zu verschwinden. Ich muss mich davon abhalten, ihren Namen zu rufen, denn ich weiß, dass sie sich wieder melden wird, wenn unser Vater mit dem fertig ist, was auch immer er tut.

Issy geht es gut, rede ich mir ein. *Ich würde es spüren, wenn es anders wäre.*

Ich betrachte mich wieder im Spiegel und meine blassen Wangen färben sich plötzlich rot.

Eines Tages werde ich ihn umbringen.

Es sei denn, ich sterbe selbst. Dann werde ich ihn einfach heimsuchen, bis er auch stirbt.

Die Sorge um meinen Vater und Issy ist sinnlos. Es gibt nichts, was ich von hier aus tun kann.

Verdammt, ich kann schon seit langer Zeit nichts mehr tun.

Aber das könnte sich ändern, je nachdem, wie das Urteil heute ausfällt. Klas' Tod steht unmittelbar bevor. Es ist nur eine Frage der *Zeit*.

Ich schlucke, gehe unter die Dusche und versuche, mich abzulenken, indem ich mich auf den Tag vorbereite. Ich kann nichts tun, um das, was passieren wird, aufzuhalten. Meine Seele wird zerbrechen. Und meine Magie ... Nun, ich weiß nicht, was damit passieren wird.

Werde ich außer Kontrolle geraten? Tote erwecken? Das wahre Ausmaß meiner Kräfte zeigen?

Ich hoffe es nicht. König Kaspian fürchtet bereits die Fähigkeiten, von denen er weiß – und die sind nur ein Tropfen auf den heißen Stein.

Im Laufe der Jahre ist es mir gelungen, die meisten meiner Talente vor Klas zu verbergen, denn der Gehorsamkeitszauber zwang mich nur dazu, die Wahrheit zu sagen, wenn er die richtigen Fragen stellte.

Er machte sich nie die Mühe, mich nach anderen Fähigkeiten zu fragen. Er stellte einfach eine Menge Vermutungen an, die auf dem Wissen beruhten, das er durch das Trinken meines Bluts erworben hatte. Und ich versuchte nie, ihn aufzuklären.

Ich wasche meine Haare und seife mich unter dem großen Duschstrahl ein, dann trete ich aus dem Glaskasten und wähle ein Handtuch aus dem beheizten Regal daneben.

Was Käfige angeht, so hat dieser durchaus seine Vorzüge.

Ich wickle mich in die feine Baumwolle und nehme ein weiteres für meine Haare.

Mein Anblick im Spiegel hat sich nicht sehr verändert, meinen Wangen und Augen fehlt noch immer der natürliche Glanz. Ich bezweifle, dass ich den jemals wiederfinden werde. Klas hat einen Teil meiner Seele getötet, als er mich an sich gebunden hat, und damit mein ganzes Wesen verdorben.

Und hier in diesem Palast gefangen zu sein, während ich ständig unter Beobachtung stehe, trägt auch nicht gerade zur Verbesserung der Situation bei.

Wenigstens habe ich eine Espressomaschine, denke ich und gehe im Wohnbereich auf sie zu. Wie die meisten Dinge in dieser Welt ist sie mit Magie ausgestattet und macht es mir leicht, mit ein paar Klicks genau das zu ordern, was ich will.

Der Duft von fein gemahlenen Kaffeebohnen steigt sofort in meine Nase und entlockt mir ein verträumtes Seufzen. Das ist wahrscheinlich das einzig Gute an meiner Gefangenschaft.

Na ja. Die Augenfreuden sind auch nicht schlecht.

Bane.

Nox.

König Kaspian.

Selbst Erzengel Nolan sieht unglaublich gut aus. Obwohl ich ihm am liebsten in die Schulter schießen würde, so wie er es mit mir bei unserer ersten Begegnung gemacht hat.

Sicher, damals hielt er mich für diejenige, die seinen Anführer töten wollte. Aber die Kugel tat trotzdem verdammt weh.

Ich kaue auf meiner Lippe, während sich der Mokka in der Tasse bildet, und denke an die sexy männlichen Wachen, die in meinen Zimmern verkehren.

Bane und Nox sind Phantome, eine neue Art von Übernatürlichen, die sich vor etwas mehr als einem Jahr angekündigt hat. Sie sind im Grunde Geister, die körperliche Formen annehmen können.

Und was für schöne körperliche Formen sie haben, sinniere ich. Nicht, dass ich viel davon gesehen hätte, aber der Schnitt ihrer Klamotten verrät mir, dass sie eindrucks...

Ein heftiger Schmerz durchzuckt mich – meine Schwester. Keuchend fasse ich mir an den Kopf und ihr Name verlässt meinen Mund, als meine Beine unter mir nachgeben.

Issy!, schreie ich, während mein Körper hart auf den Boden knallt und ein Stöhnen aus meiner Kehle weicht.

23

Oder vielleicht ist das ein Geräusch, das durch die Qualen hervorgerufen wird, die in meinem Geist widerhallen. *Issy!*

Sie antwortet nicht und ihr Schmerz durchbohrt mich wie hundert Dolche, von denen jeder einzelne gegen meine Brust prallt und mich keuchend auf den Boden drückt.

Ich kann sie schreien hören.

Nein, warte, das bin ich, denke ich erschöpft, und meine Sicht verschwimmt unter den Wellen der Qualen, die von meinem Zwilling ausgehen. *Was passiert? Was macht er mit dir?*

Jemand spricht meinen Namen, aber es ist die falsche Stimme.

Es ist nicht Issys.

Das ist ... das ist ... das ist nicht wichtig. Nur Issy ist wichtig.

Sag mir, was los ist!, fordere ich sie erneut auf. *Sprich mit mir!*

Eine andere Stimme antwortet, eine, die ich nicht hören will, also höre ich nicht hin und nehme die Worte nicht wahr.

Issy!

Ich rolle mich zu einer Kugel zusammen, Tränen strömen aus meinen Augen. Ich kann nichts mehr sehen. Ich kann kaum atmen. Ich spüre nur noch den *Schmerz* meiner Schwester.

Das werde ich nicht tun!, höre ich sie schreien, und die Wut in diesen fünf Wörtern bohrt sich wie eine scharfe Kralle in meine Psyche. *Ich werde ihr diesen Befehl nicht geben.*

Was? Wovon sprichst du?, frage ich sie, verwirrt und verloren. *Issy ...*

Nein! Fallon darf nicht sterben!, schreit sie, aber ihre Worte ergeben keinen Sinn. *Klas' Verbrechen sind seine eigenen, nicht ihre. Ich scheiß auf deine Befehle!*

Ich keuche auf, als ein weiterer Speer meine Brust durchbohrt. Das Gefühl erinnert mich an elektrische Stromstöße; es erschüttert meinen Geist und verlangt Unterwerfung.

Weitere folgen und rauben mir die Fähigkeit, etwas anderes zu tun, als zusammengesunken auf dem Boden zu liegen.

Etwas Warmes berührt meine Schultern. Da ist eine Stimme nah an meinem Ohr. Aber ich bin zu sehr auf Issy konzentriert, zu sehr von ihrer geistigen Erschöpfung eingenommen, um auf etwas anderes zu achten.

Sie weint.

Schreit.

Zittert.

Stirbt.

Etwas würgt sie.

Macht.

Ich versuche, sie durch unser Band zu erreichen, ihr jedes Quäntchen meiner Kraft zu geben, aber ich spüre den Moment, in dem sie zusammenbricht und ihr Geist unter einer Explosion intensiver Energie zerspringt. Sie keucht und ihre Stimme ist rau, als sie sagt: *Der Ausgestoßenenzirkel hat gesprochen.*

Ich runzle die Stirn angesichts ihres flachen Tonfalls, denn die Worte klingen anders als alles, was sie je gesagt hat.

Wenn Nikolas O'Neely dem Tod geweiht ist, dann auch Fallon Doyle, fährt sie fort. *Fallon Doyle wird den Ausgestoßenenzirkel ehren, indem sie sich an unser altes Gelöbnis hält. Treue Gefährten sterben mit ihren Geliebten. Oder sie werden mit Schicksalen bestraft, die schlimmer sind als der Tod.*

NOX

Ein paar Minuten zuvor

Ich schaue zum fünften Mal auf die Uhr und erschrecke, als ich sehe, dass seit meinem letzten Blick nur sechzig Sekunden vergangen sind.

Wachdienst passt nicht zu mir. Ich würde viel lieber im Labor spielen oder mit Bane trainieren. Aber dieser Auftrag ist wichtig für König Kaspian – und deshalb ist er auch wichtig für mich.

Und ich kann nicht sagen, dass es mir etwas ausmacht, auf unseren hübschen Schützling in der Gästesuite hinter dieser Tür aufzupassen. Sie ist ein feuriges kleines Ding mit Kurven, an die ich im vergangenen Jahr mehr als einmal gedacht habe.

Deshalb habe ich mich freiwillig für diesen Auftrag zur Verfügung gestellt, auch nachdem Kaspian mir eine andere Möglichkeit angeboten hat.

Ich mag Fallon. Sie ist süß. Intelligent. *Verführerisch.*

Natürlich verfügt sie auch über Todesmagie, was sie für

ein Phantom wie mich eindeutig als tabu klassifiziert. Aber was wäre das Leben ohne ein wenig Gefahr? Außerdem ist es nicht so, dass Fallon Doyle sich an mich oder Bane rangemacht hätte. Das Schlimmste, was sie getan hat, war, uns ein paar Sekunden zu lange anzustarren und ihre Neugierde über uns zu verraten.

Aber Bane und ich sind das gewohnt. Wir gelten als neu in dieser Welt, unsere Kräfte und Fähigkeiten als Phantome sind dem Großteil der Bevölkerung unbekannt. Die Tatsache, dass König Kaspian uns beide in seiner Nähe behält, weckt nur noch mehr Interesse an unserer Anwesenheit hier.

Ich schreite vor Fallons Tür auf und ab und zähle meine Schritte, während die Sekunden vergehen.

In siebenundzwanzig – ich werfe einen Blick auf meine Uhr –, nein, sagen wir *sechsundzwanzig* Minuten, werde ich klopfen und um Einlass in ihre Suite bitten müssen. Sie wird Ja sagen, weil sie leider keine andere Wahl hat, und dann schalte ich eine Fernsehübertragung ein, um sie mit ihr anzusehen.

Ich schlucke, weil ich nicht weiß, was passieren wird.

Kaspian hat den Großteil der vergangenen zwei Monate damit verbracht, zu entscheiden, wie es weitergehen soll. Die Hinrichtung von Klas wird Fallons Geist zerstören.

Bedauerlicherweise können Klas' Verbrechen nicht ignoriert werden.

Er hat versucht, den einstigen König von Gold und Granat zu töten. Es spielt keine Rolle, dass König Vesperus diese Welt kurz darauf freiwillig verließ; er war mehrere Jahrzehnte lang der König des Hauses und ein berühmter Vampirmeister, der in der ganzen Welt hohes Ansehen genoss.

Klas am Leben zu lassen, nachdem er versucht hat,

einen Monarchen – ob ehemalig oder nicht – zu ermorden, kommt nicht infrage. Schon gar nicht, weil er eine unmittelbare Bedrohung für unseren derzeitigen König, Kaspian, darstellt.

Fallon behauptet, dass jemand anderes sie mit dem Gehorsamkeitszauber belegt hat, aber sie kennt den Namen des Warlocks oder der Hexe nicht.

Was ist, wenn dieses mächtige Wesen zurückkehrt und den Zauber erneut auslöst?

Was ist, wenn Klas selbst es tun kann?

Die Folgen wären katastrophal.

»Issy!«, schreit Fallon und ihr Schmerz ist ein spürbarer Schlag in meine Magengrube.

Meine Geisterform übernimmt meinen Körper, ohne dass ich darüber nachdenke, und ermöglicht es mir, durch die Wände in ihre Räume zu gelangen.

In einer Hand halte ich eine meiner Phiolen, bereit, einen betäubenden Cocktail auf denjenigen zu werfen, der Fallon wehtut. Aber sie ist allein, zusammengekauert auf dem Boden, die Knie an die Brust gepresst, und schreit vor Schmerz.

»Fallon?«, frage ich, während ich in meinen körperlichen Zustand zurückkehre.

Sie reagiert nicht auf mein plötzliches Erscheinen. Sie scheint mich gar nicht zu bemerken.

»Sag mir, was los ist!«, fordert sie. »Sprich mit mir!«

Ich runzle die Stirn. »Was meinst du? Ich habe dich schreien gehört und bin hier rein gegeistert, um ...«

»Issy!«, schreit sie wieder und ihr Schmerz durchdringt die Luft.

Ich knie mich neben sie und versuche, herauszufinden, was los ist. Sie ist so eng zusammengerollt, dass ich nicht sehen kann, wo und wie sie sich verletzt hat. »Was bedeutet *Issy*?«, frage ich sie.

»Wer? Wovon sprichst du?« Sie klingt so verwirrt. »Issy ...«

Ich stelle fest, dass sie eine weitere dieser Episoden hat, mit denen ich inzwischen einigermaßen vertraut bin.

Wie zur Bestätigung meines Eindrucks verkrampft sich Fallon.

Ich greife nach ihren Schultern und versuche, sie auf dem Boden festzuhalten, damit sie sich nicht verletzt. »Fallon«, sage ich leise an ihrem Ohr. »Du bist in Sicherheit. Es ist alles in Ordnung. Ich bin bei dir.«

Nicht, dass ich eine verdammte Ahnung hätte, wie ich ihr helfen könnte. Jedes Mal, wenn ich mit ihr rede und sie in den Arm nehme, beruhigt sie sich irgendwann wieder.

Ich kenne zwar nicht das ganze Ausmaß dessen, was Klas ihr angetan hat, aber ich habe herausgefunden, dass es sich um eine Menge Missbrauch gehandelt hat.

Bei ihrer ersten Episode hörte ich, wie sie ihn anflehte, sie nicht noch einmal zu ertränken. Ich fand sie auf ihrem Bett kniend vor, die Augen voller Tränen, die Hände fest hinter dem Rücken verschränkt, als wäre sie mit einem unsichtbaren Seil gefesselt.

Es dauerte einige Minuten, bis sie erkannte, dass es nicht real war, dass sie wach war und nicht mehr träumte.

Ein anderes Mal erstickte sie an unsichtbarem Dreck, während sie sich wie ein tollwütiges Tier an ihrem Bettzeug festkrallte.

Am schlimmsten war es, als ich sie schreiend in der Dusche fand, wo sie sich immer wieder bei einem Trugbild in ihrem Kopf entschuldigte.

Dieses Mal jedoch fühlt es sich anders an. Vor allem, weil

meine Anwesenheit im Zimmer sie bislang nicht aus dem Delirium gerissen hat. Normalerweise braucht es nur ein paar Worte von mir, um sie zurückzubringen. Aber nicht heute.

Sie zittert weiter, ihre Arme sind von Gänsehaut überzogen, während ein kalter Schauer ihren Körper erfasst und ihre Körpertemperatur absinken lässt.

Ich zische. Ihre Haut fühlt sich kalt an und ihr Körper scheint vor meinen Augen zu sterben.

»Fallon ...« Ich schmiege mich an sie und versuche, ihr meine Wärme zu schenken. Aber ich habe wirklich keine Ahnung, wie ich ihr helfen kann.

Bane behauptet, dass es wahrscheinlich mit posttraumatischem Stress zusammenhängt, aber Fallon weigert sich, mit jemandem darüber zu sprechen. Nach jeder Episode sagt sie, dass alles »in Ordnung« ist.

Ich vermute, das liegt daran, dass sie sich niemandem gegenüber öffnen will. Vertrauen lässt sich nur schwer verdienen, vor allem, wenn man von einem geliebten Wesen so schwer betrogen wurde, ganz zu schweigen von einem verdammten *Gefährten*.

Wenn ich Klas töten könnte, würde ich es tun. Und zwar hundertfach. Dieses Arschloch verdient es nicht, noch zu atmen.

Der einzige Grund, ihn nicht zu töten, ist Fallon.

Sie ist eine Unschuldige, die dieses Schicksal nicht verdient hat.

Und doch können wir nichts tun, um ihr zu helfen.

Auch wenn Kaspian das Ganze sehr praktisch angeht, weiß ich, dass ihm die Folgen von Klas' Hinrichtung schwer auf der Seele liegen. Er und Fallon mögen nicht miteinander auskommen – vor allem, weil sie ihn als ihren Entführer betrachtet –, aber er gibt ihr nicht die Schuld für das, was vorgefallen ist.

Allerdings traut er ihren Kräften absolut nicht.

Fallon verfügt über eine seltene Magie, wie sie Kaspian noch nie gesehen hat, was für jemanden, der so alt ist wie er, schon etwas Besonderes ist. Er ist ein Vampirmeister mit weit über tausend Jahren Lebenserfahrung. Heutzutage überrascht ihn nicht mehr viel, aber Fallon hat das eindeutig geschafft.

Sie hat mich auch überrascht, denke ich und halte sie fest, während sie weiter zittert.

Ich hätte nie damit gerechnet, die Hexe zu mögen, die einen tödlichen Schlafzauber über ganz Reykjavik gelegt hat. Ursprünglich wollte ich sie sogar umbringen.

Aber alles änderte sich in dem Moment, in dem ich sie kennenlernte.

Nicht nur, dass wir schnell ihre Unschuld erkannten, sie zeigte auch sofort ihre feurige Seite, als sie Nolan zur Rede stellte, weil er ihr in die Schulter geschossen hatte.

Und kurz darauf meldete sie sich begeistert dafür, Klas bluten zu lassen. Und das *mehrmals*.

Bane bot ihr seine eigenen Klingen an, was viel mehr bedeutete, als Fallon je wissen würde. Messer waren Bane genauso wichtig wie seine eigenen Hände, und sie jemand anderem zu geben, ist ein Vertrauensbeweis, den er selten erbringt.

Ich verstehe das, denn mir geht es mit meinen Giftfläschchen ganz ähnlich.

Doch Bane gab Fallon seine Messer ohne zu zögern und sah ihr bei der Arbeit zu.

Ich bin mir ziemlich sicher, dass er sich sofort in sie verliebt hat. Nicht, dass sie es bemerkt hätte. Und er würde auch nie einen Schritt in diese Richtung unternehmen.

Fallon ist technisch gesehen eine Gefangene, die unter

ständiger Beobachtung steht, bis Kaspian entscheiden kann, was mit ihr geschehen soll.

Und dann ist da noch das Problem, dass sie über Todesmagie verfügt.

Als Phantome sind Bane und ich teils Geister, also ist es wahrscheinlich nicht die beste Idee, uns mit einer Nekromanten-Hexe einzulassen.

Trotzdem kann ich mich nicht überwinden, sie loszulassen und darauf zu warten, dass dieser Bann vorüber ist. Sie ist immer noch eiskalt und ihr Körper zittert ziemlich heftig.

Vielleicht liegt es daran, dass sie nackt ist, denke ich und bemerke ihr ausrangiertes Handtuch auf dem Boden. *Nicht der beste Zeitpunkt, das zu registrieren.*

Ich schlucke und sage noch einmal ihren Namen, um sie aus ihren Erinnerungen zu locken. »Klas ist nicht hier. Er ist im Kerker.«

Allerdings hat sie vorhin nicht *Klas* gesagt, sondern *Issy*. *Ist das ein Ort? Ein Zauberspruch? Eine Person?*

Ich habe weder gehört, wie sie eine Issy im Gespräch erwähnt hat, noch kenne ich den Begriff oder den Ort.

Ihr Zittern lässt langsam nach und ihre Atmung stabilisiert sich.

Es dauert eine Minute, bis ich merke, dass sie eingeschlafen ist. Ihre Glieder sind völlig schlaff. »Fallon?«, flüstere ich, meine Lippen immer noch in der Nähe ihres Ohrs.

Sie antwortet nicht.

Sie bewegt sich nicht einmal.

Seufzend drehe ich sie auf den Rücken und streichle ihre Wange. Sie fühlt sich eisig an unter meiner Hand und ihre Lippen sind bläulich. *Wie der Tod*, denke ich wieder und runzle die Stirn.

Das ist bei ihren anderen Episoden nicht passiert.

»Fallon.« Ich spreche jetzt lauter und ziehe die Stirn in Falten. »Fallon, wach auf!«

Nichts.

Ich widerstehe dem Drang, sie zu schütteln, weil ich nicht riskieren will, sie zu verletzen, falls sie in eine Art katatonischen Zustand gefallen ist. Ich weiß nicht viel über diese Art von posttraumatischen Situationen, aber ich weiß, dass ich niemanden aus einer emotionalen Episode heraus zwingen sollte.

Aber ich kann sie auch nicht so liegen lassen.

Und ich möchte wirklich nicht, dass sie nackt auf dem kalten Fliesenboden – und in meinen Armen – aufwacht.

Es wäre nicht das erste Mal, dass sie sich in meiner Nähe in einer unangenehmen Situation wiederfindet, aber das bedeutet nicht, dass ich dieses Unbehagen wiederholen möchte.

Vorsichtig löse ich meine Arme und Hände von ihr, dann stehe ich auf und drücke sie sanft an meine Brust. Sie ist ein winziges Ding – vielleicht knapp über einen Meter fünfzig groß – und im Kontrast zu meinen ein Meter neunzig ein echter Zwerg.

Doch ihre kleinere Statur täuscht nur über die starke Frau in ihrem Inneren hinweg. Ich habe ihr Feuer mehr als einmal gesehen. Meistens gegen Kaspian und Nolan gerichtet.

Sie ist kein Fan von langen Verhören. Wenn man bedenkt, dass ihre schon seit dreizehn Monaten andauern, überrascht mich das nicht.

Ich lege sie ins Bett und wickle ihre unterkühlte Gestalt in eine große Decke ein. Ihre Wangen sind immer noch blass, aber ihre Lippen sind weniger blau, was darauf hindeutet, dass sie sich von ihrer Episode erholt.

Ich werde Bane später von der Kälte erzählen müssen. Er ist derjenige, der Psychologie studiert und an der Universität gelehrt hat, bevor die Magie in der Welt Einzug hielt.

Fallon zittert im Schlaf, was meine Aufmerksamkeit wieder auf ihren Mund lenkt.

»Hmm.« Ich kehre in den Wohnbereich zurück, um ihr Handtuch zu holen, und gehe dann ins Badezimmer, um es in einen Korb zu werfen, bevor ich ein frisches vom Regal nehme.

Als ich zurückkomme, hat sich Fallon immer noch nicht gerührt, was mich nicht sonderlich überrascht.

Ich ziehe die Decke zurück, lege das warme Handtuch über ihre Kurven und wickle sie wieder in die Bettdecke ein. Hoffentlich hilft das, sie aufzuwärmen.

Aber falls das nicht der Fall sein sollte, setze ich mich neben sie aufs Bett, um sie im Auge zu behalten.

Ich strecke meine Beine über die Decke, schlage die Knöchel übereinander und lehne mich gegen das Kopfteil.

Ein Blick auf die Uhr verrät mir, dass Kaspian in weniger als fünf Minuten seine Ankündigung machen wird.

Natürlich beschließt die Zeit jetzt, schneller zu vergehen, denke ich und verdrehe die Augen. Das scheint immer so zu sein, wenn ich mit Fallon zusammen bin. Es ist das Warten, das sich ewig anfühlt.

»Nun, meine Aufgabe ist es, mit dir Kaspians Rede anzuschauen«, sage ich. »Es zählt doch, wenn die Aufzeichnung läuft, während ich neben dir sitze, oder?«

Sie antwortet nicht, aber ein Blick auf ihr Gesicht bestätigt, dass sich ihre Körpertemperatur wieder normalisiert. Trotzdem drücke ich den Rücken meiner Finger an ihre Wange, um sicherzugehen, und lächle, als ich dort einen Hauch von Wärme spüre.

Vielleicht waren es die kalten Fliesen auf ihrer nackten Haut, die sie so unterkühlt haben. Auch ihre dunkelblonden Haare sind nass. Das kann die Situation nicht verbessert haben.

Es ist Februar in Island, also ziemlich kalt hier. Und obwohl magische Effekte – die alle mit der geothermischen Aktivität Islands zusammenhängen – das Innere des Palastes beheizen, können die Wände und Böden die eisigen Außentemperaturen nicht ganz ausgleichen.

Ich kämme mit den Fingern durch ihre Haare und überlege, ob ich ihr ein weiteres Handtuch holen soll.

Wäre es seltsam, ihre Haare einzuwickeln?, frage ich mich und runzle die Stirn. *Kann ich das überhaupt tun, während sie liegt?*

Ihre Wangen sind wieder rosig und ihre Lippen haben ihren satten roten Farbton zurückbekommen – etwas, auf das ich mich nicht konzentrieren möchte.

Ein Mann könnte sich leicht in Fallons Gesichtszügen verlieren.

Sie ist schön, stark und hat den fickbarsten Mund ...

Ich räuspere mich und ziehe meine Hand zurück, weil ich sie nicht mehr berühren will, solange sie bewusstlos ist.

Seit wir uns kennengelernt haben, übt sie eine unwiderstehliche Anziehungskraft auf mich aus, fast so, als wären wir füreinander bestimmt. Aber das sind wir nicht.

Wie das Arschloch im Kerker unten beweist.

Apropos Arschloch ..., denke ich und richte den Blick wieder auf mein Handgelenk. *Es ist Zeit für Kaspians Ankündigung.*

Ich rufe einen Hologramm-Bildschirm auf meiner Uhr auf und wähle ein Symbol, das mich mit dem Satellitennetzwerk verbindet. Es ist so etwas wie ein Fernseher, nur fortschrittlicher und mit Magie gespeist.

Kaspian besitzt sämtliche Spielereien, die er zum Glück mit seinem Sicherheitsteam teilt.

Alle Kanäle sind unterbrochen und über den Bildschirm läuft ein Hinweis auf die bevorstehende Sendung. Jeder in Gold und Granat weiß, worum es geht. Ich vermute, dass auch ein paar Verbindungspersonen aus anderen Häusern zugeschaltet sind.

Der Angriff auf König Vesperus im vergangenen Jahr ist allgemein bekannt. Ebenso ist bekannt, dass er unsere Welt mit seiner neuen Göttergefährtin verlassen hat.

Dass Kaspian die Rolle des Königs übernommen hat, wurde intensiv beobachtet, aber es hat niemanden überrascht, dass er mit dem Druck gut umgegangen ist.

Vesperus hat ihn auf das Amt vorbereitet, und das spürt man, besonders als Kaspian nun das Podium betritt. Er trägt einen eleganten schwarzen Anzug, sein Gesichtsausdruck ist höflich gelangweilt.

Er ergreift nicht sofort das Wort, sondern lässt allen Zeit, sich zu beruhigen, während er sein Publikum durch die Kamera anstarrt. Seine dunklen Augen sind souverän, seine Präsenz dominant, ohne erdrückend zu wirken. Es ist ein natürlicher Charakterzug, der ihn gleichzeitig einschüchternd und zugänglich macht.

Ein furchterregender Gegner.

Zum Glück sind wir auf derselben Seite.

Kaspian räuspert sich, und das leise Geräusch erregt die Aufmerksamkeit der Zuhörer. »Mitglieder und Familien von Gold und Granat, willkommen! Danke, dass Sie mir heute Morgen Ihre Ohren leihen. Wie die meisten wissen, wurde unsere Operationsbasis in Reykjavik im vergangenen Jahr von einem tödlichen Schlafzauber angegriffen, der jeden in der Stadt bedroht hat.«

Er macht eine Pause, in der die Stille fast beängstigend wirkt.

»Der Zweck dieses Angriffs war es, die Unzufriedenheit mit der Entscheidung von König Vesperus zu zeigen, mit dem neu gegründeten Haus von Tod und Topas zusammenzuarbeiten und es zu unterstützen. Wir alle sind uns der Schwierigkeiten bewusst, die mit *der Neuordnung der Territorien* verbunden sind, aber Gewalt ist niemals eine Lösung.«

Ich nicke zustimmend. Vor allem, weil Bane und ich Teil dieser Neuordnung des Territoriums waren. Tod und Topas wurde gegründet, um Phantome zu beheimaten, und Vesperus war so freundlich, nicht nur der Gründung des neuen Hauses zuzustimmen, sondern auch seine Gebiete im Vereinigten Königreich und in Irland Tod und Topas zuzuweisen.

Königin Sabrinas Gemahl Kieran und König Vesperus arbeiteten daraufhin eine Partnerschaft aus, um den Mitgliedern beider Häuser bei der Festlegung der nächsten Schritte zu helfen. Mehrere Mitglieder von Gold und Granat entschieden sich, zu bleiben und ihre Loyalität Tod und Topas gegenüber auszusprechen, während manche in andere Gebiete von Gold und Granat zogen.

In der Zwischenzeit beschlossen Bane und ich, unsere Loyalität zu Gold und Granat zu wechseln. Nicht, weil wir Tod und Topas ablehnten, sondern weil wir die Möglichkeiten bevorzugten, die Gold und Granat boten.

»In diesem Zusammenhang möchte ich Herrscherin Niamh für ihre Unterstützung bei der Umsiedlung unserer geliebten Mitglieder und Familien aus Gold und Granat sowie für ihre Loyalität ihren Wählern gegenüber danken, die sich entschieden haben, zu bleiben und sich dem Haus von Tod und Topas anzuschließen.«

Sein Blick wandert zur Seite zu jemandem außerhalb des Bildschirms – vermutlich zu Niamh selbst.

»Für diejenigen unter Ihnen, die es noch nicht gehört haben, hat Herrscherin Niamh angekündigt, dass sie in Dublin bleiben wird, anstatt in ein anderes Gebiet von Gold und Grat zu ziehen. Sie wird sehr vermisst werden, hat aber meinen vollen Respekt und meine Unterstützung für ihre Entscheidung.«

Die Kamera schwenkt um und zeigt die besagte Seedrachendame, deren türkisfarbene Augen sich von ihren dunklen Gesichtszügen und ihrer Haut abheben. Sie neigt den Kopf und lässt ihre schwarzen Haare wie Wasser nach vorn fallen, bevor sie sich auf dem Stuhl aufrichtet. »Es war mir eine Ehre, König Kaspian.«

»In der Tat«, antwortet er. »Das Haus von Tod und Topas kann sich glücklich schätzen, Sie zu haben. Aber Sie sollen wissen, dass Sie hier immer willkommen sein werden, sollten Sie sich jemals nach kühleren Gewässern sehnen.«

Ihre Lippen kräuseln sich. »Ich bin sicher, ich werde Sie besuchen.«

»Tun Sie das!«, antwortet er, während die Kamera zurückschwenkt, um seine weicher werdenden Gesichtszüge zu zeigen. Der zärtliche Blick währt nur einen Moment, dann wird sein Gesicht wieder ernst und sein Blick nimmt diesen königlichen Zug an.

Die Kamera schwenkt hinaus und zeigt den Saal der Herrscher, die alle mit Kaspian an einem runden Tisch sitzen und demonstrieren, wie er die Macht mit jedem seiner Gebietsleiter teilt. Er hat es nicht so mit dem Thron; genauso wenig wie einst Vesperus. Beide möchten lieber zusammenarbeiten, als zu diktieren.

»Ich möchte auch den anderen Herrschern dafür

danken, dass sie unseren Familien, die umgesiedelt werden, ein neues Zuhause bieten und sie in ihren Ländern in wahrer Gold- und Granatmanier willkommen heißen. Ihre Unterstützung und Zusammenarbeit wurden zur Kenntnis genommen und werden in besonderem Maße geschätzt.«

Mehrere Herrscher am Tisch nicken, als jeder der verschiedenen Gebietsleiter, die sich unter dem Deckmantel von Gold und Granat befinden, Kaspians Dank annimmt.

»Nun zu unangenehmeren Dingen: Wir müssen das Schicksal des Söldners Klas besprechen. Er wurde vom Rat des Hochverrats gegen das Haus von Gold und Granat, unseren früheren König und die Bewohner von Reykjavik angeklagt. Viele Mitglieder haben bei seinem ersten Angriff ihre Häuser verloren – und mehrere wären aufgrund seines tödlichen Schlafzaubers beinahe ums Leben gekommen.«

Die Frau neben mir gibt ein leises Geräusch von sich und ich blicke auf eine sehr wache Fallon hinunter. Ihre intensiven grünen Augen sind auf den Bildschirm gerichtet. Ich frage nicht, ob es ihr gut geht, vor allem, weil ich gelernt habe, dass sie diese Frage nicht mag.

Stattdessen murmle ich: »Guten Morgen, Glühwürmchen.« Das ist ein Spitzname, den ich ihr vor ein paar Monaten gegeben habe – eine Anspielung auf ihre feurige Energie.

Sie schluckt. »Oh, es ist ein fantastischer Morgen. Ich komme wohl gerade rechtzeitig, um zu erfahren, wie meine Zukunft aussieht.«

FĀLLON

ELFMAL BIN ich nun schon mit Nox in meinem Zimmer aufgewacht.

Beim ersten Mal habe ich geschrien und versucht, ihn mit einem verhexten Feuerball zu treffen. Er duckte sich und die Flammen trafen die Vorhänge, die den Balkon hinter ihm einfassten, und das ... nahm kein gutes Ende.

Glücklicherweise kenne ich auch einen Zauber, der den Schaden verringern konnte, aber die Vorhänge waren nicht mehr zu retten.

Nox half mir kommentarlos, sie zu ersetzen, und entschuldigte sich stattdessen dafür, dass er mir nach meiner *Episode* – so nennen er und Bane meine Albträume – Angst gemacht hatte.

Ich nehme an, sie liegen nicht falsch.

Manchmal treten die *Episoden* auch auf, wenn ich wach bin. Ich sehe etwas, das eine Erinnerung triggert, und plötzlich verliere ich das Zeitgefühl. Normalerweise wache ich dann in einer prekären Lage auf und einer von ihnen ist bei mir im Zimmer.

Das kommt wohl davon, vier Jahre lang mit einem misshandelnden *Schicksalsgefährten* zusammen gelebt zu haben.

Bane hat mich mehr als einmal gefragt, ob ich mit jemandem reden möchte. Meine Antwort ist immer »Nein«. Aber Nox bedrängt mich nie, sondern tröstet mich lieber, wann immer er kann, ohne mich mit Fragen oder Sorgen zu überhäufen.

So wie jetzt.

Ich bin vor ein paar Minuten aufgewacht – neben ihm ins Bett gekuschelt. Er hat sich auf den Bildschirm konzentriert und nicht auf mich. Anstatt zu reagieren, betrachtete ich ihn einen Moment lang, bewunderte sein markantes Kinn und seine braunen Bartstoppeln.

Mein erster Gedanke war: *Er hat sich heute noch nicht rasiert.*

Gefolgt von: *Wie bin ich im Bett gelandet?*

Und: *Warum bin ich nackt?*

Dann kamen die Erinnerungen an Issys Worte und ihre Qualen zurück und ich wäre beinahe aufs Neue ohnmächtig geworden.

Bis ich Kaspians Stimme hörte.

»Mitglieder und Familien von Gold und Granat, willkommen! Danke, dass Sie mir heute Morgen Ihre Ohren leihen.«

Kälte durchdrang mich und ich hörte wie erstarrt zu. Sein britischer Akzent war mir vertraut, nachdem ich monatelang seine Verhöre ertragen hatte.

Erst als er den *Söldner Klas* und seinen *tödlichen Schlafzauber* erwähnte, reagierte ich nach außen hin. Meine Frustration entwich meinem Mund in einem leisen Schnauben.

»Meinst du die deines Schicksalsgefährten?«, fragt Nox

auf meine Bemerkung hinsichtlich meiner Zukunft.

»Ja«, lüge ich. Dann überlege ich es mir anders und sage: »Nein, nicht wirklich. Ich meine mein Schicksal, da es direkt mit seinem verknüpft ist.« Zumindest übersetze ich die Worte meiner Schwester so.

Wenn Nikolas O'Neely dem Tod geweiht ist, dann auch Fallon Doyle.

Es waren nicht wirklich ihre Worte, sondern die des Ausgestoßenenzirkels. Aber jemand – wahrscheinlich unser Vater – hat sie gezwungen, sie mir gegenüber auszusprechen.

Ich versuche nicht, sie erneut zu erreichen, da ich weiß, dass sie nicht mehr bei Bewusstsein ist. Das kann ich durch unser Zwillingsband spüren, denn unsere Magie und Energie sind auf unerklärliche Weise miteinander verbunden.

Sie hat gegen denjenigen gekämpft, der versucht hat, ihren Geist zu kontrollieren.

Und sie hat versagt.

Das deutet darauf hin, dass nicht nur unser Vater sie überredet hat, die Nachricht zu übermitteln.

Oder vielleicht war es nur er allein.

Unser Vater ist mächtig, wird verehrt und von vielen *gefürchtet*. Auch deshalb lehnen wir uns nie gegen ihn auf. Aber er ist auch der Einzige, der Issy am Leben hält und für ihre Sicherheit sorgt.

Aber *Sicherheit* ist wohl subjektiv.

Ist Issy wirklich *sicher*, wenn sie die ganze Zeit eingesperrt ist?

Bin ich hier sicher, in dieser verherrlichten Gefängniszelle, die der König von Gold und Granat als Gästesuite bezeichnet?

Nein, bin ich nicht, sinniere ich, als Kaspian seine Rede fortsetzt, in der er die Ereignisse des Tages, an dem Klas gefasst wurde, und die Schlussfolgerungen des Rats schildert.

Ich erwarte fast, dass Kaspian mich erwähnt – die Hexe mit der tödlichen Kraft, die Klas eingesetzt hat –, aber er tut es nicht. Er konzentriert sich auf den »Söldner Klas« und seine vielen Untaten gegen Gold und Granat.

In der Zwischenzeit scheint Nox ganz auf mich konzentriert zu sein. Er sagt nichts, sondern studiert mich nur auf seine ruhige Art. Das macht er oft, wenn ich von einer Episode aufwache, und seine Anwesenheit ist seltsamerweise eher beruhigend als erdrückend.

Ich mag es, dass er mich nicht drängt.

Er lässt mich einfach wissen, dass er da ist.

Aber das ist wohl auch seine Aufgabe als einer meiner Wächter.

Er ist nicht hier, um mich zu beschützen, sondern um sicherzustellen, dass ich nichts tue, was andere verletzt. Ich nehme an, das ist auch jetzt seine Funktion. Kaspian hat ihn geschickt, um mit mir die Ankündigung zu verfolgen und meine Reaktion zu beurteilen.

Nun, ich werde dir keine liefern, denke ich, meine Augen auf die Übertragung gerichtet.

Es gibt nichts, worauf ich reagieren könnte. Ich weiß, was auf mich zukommt. Und ich mache mir mehr Sorgen darüber, was meine Schwester gesagt hat.

Fallon Doyle wird den Ausgestoßenenzirkel ehren, indem sie sich an unser altes Gelöbnis hält. Treue Gefährten sterben mit ihren Geliebten. Oder sie werden mit Schicksalen bestraft, die schlimmer sind als der Tod.

Ich erschaudere, als ich ihre Stimme erneut höre.

Der Ausgestoßenenzirkel erwartet von mir, dass ich mir das Leben nehme. Dass ich mit Klas sterbe.

Ich kann mir mehrere *Schicksale* vorstellen, die mich

erwarten könnten, wenn ich mich nicht füge. Die meisten davon machen mir keine Angst, nicht, nachdem ich vier Jahre an der Seite meines aufgezwungenen Gefährten überlebt habe.

Das Problem ist, dass sie Issy haben.

Und wie ich meinen Vater kenne, wird er dieses Druckmittel zu seinem Vorteil nutzen, um sicherzustellen, dass ich mich benehme, genau wie er es bei meiner arrangierten Verbindung zu Klas getan hat.

Ich muss einen Weg finden, Issy zur Flucht zu verhelfen, denke ich, während Kaspian sich weiter an seine Führungsriege und Wählerschaft wendet. *Aber wohin soll sie gehen? Sie kann nicht ins Niemandsland. Kein Haus wird sie aufnehmen. Nicht einmal dieses ...*

Weil Kaspian und die anderen mich für eine Waise ohne Familie halten.

Auch wenn ich ihnen die Wahrheit sage, werden sie nicht zulassen, dass eine Person, die so mächtig ist wie Issy, hierherkommt. Ganz zu schweigen von den Fragen, die sie mir über meine Kräfte, meine Herkunft und mein Zuhause stellen werden.

Sie kennen nicht einmal Klas' Nachnamen.

Er hat behauptet, keinen zu haben, und ich habe die Lüge nicht aufgedeckt.

Aber wenn sie erfahren, dass er ein O'Neely ist, wissen sie sofort, dass er aus dem Ausgestoßenenzirkel stammt – und ich bezweifle, dass Kaspian über diese Enthüllung erfreut wäre.

Es ihnen zu sagen, ist keine Option. Wie Issys Warnung schon andeutete – es gibt schlimmere Schicksale als den Tod.

»Nun zur Verurteilung«, sagt Kaspian und lenkt meine Aufmerksamkeit auf seine hübschen Gesichtszüge. »Der

Rat und ich haben lange darüber nachgedacht, wie wir vorgehen sollen, denn es gibt einige Faktoren, die wir berücksichtigen müssen.«

Mich, übersetze ich. *Zumindest nehme ich an, dass ich zu diesen* Faktoren *gehöre.*

»Aber wir sind letztlich zu dem Schluss gekommen, dass es für den Söldner Klas keine andere akzeptable Strafe gibt als den endgültigen Tod.«

Ich blinzle, die Aussage scheint in der Luft zu schweben und sich um mich herum zu verteilen.

Es ist keine Überraschung. Genau das habe ich erwartet.

Aber jetzt wird das Urteil von meiner eigenen Strafe begleitet – einer Strafe, die mir von dem Hexenzirkel auferlegt wurde, der mein ganzes Leben bestimmt hat.

Ich habe alles getan, was sie jemals von mir verlangt haben, sogar auf Kosten meiner eigenen Gesundheit und Vernunft.

Ich habe für sie die Hölle überlebt.

Ich habe Klas geholfen, obwohl ich es nicht wollte.

Weil sie mir die Wahl genommen haben. Sie haben mich gegen meinen Willen an ihn gebunden und mich gezwungen, als brave kleine Hexengefährtin alles zu akzeptieren, was er mir angetan hat.

Ich starb mehrfach.

Nur um jedes Mal wieder ins Leben zurückzukehren, dank eines Unsterblichkeitszaubers, den Klas mit meiner eigenen Magie über mich sprach.

Das war meine Strafe, nachdem ich letztes Jahr versucht hatte, ihn zu bekämpfen. Ich entdeckte einen fremdartigen Zauber, der mir half, mich zu konzentrieren und *ich* selbst zu sein, und Klas' Lösung bestand darin, mich zu vergraben und immer wieder ersticken zu lassen.

Ich habe diesen ganzen Wahnsinn überlebt.

Und wofür?

Um mir sagen zu lassen, dass ich mir das Leben nehmen und mit dem Monster sterben muss, das meinen Geist zerstört hat.

Einen Scheiß werde ich!

Es muss einen anderen Weg geben. Einen Weg, den ich bislang nicht erkundet habe. Einen Ausweg, den ich noch nicht in Betracht gezogen habe.

Dabei habe ich mein ganzes Leben damit verbracht, nach einer Lösung zu suchen – und bin jedes Mal gescheitert.

Weil ich Issy nicht zurücklassen kann.

»Fallon?«, fragt Nox und sein schottischer Akzent liebkost meinen Namen. Er ist nicht sehr ausgeprägt, aber manchmal kommt er zum Vorschein, wenn er in tieferen Tönen spricht.

»Ich bin okay«, sage ich, während Kaspian mitteilt, dass das Urteil in drei Tagen vollstreckt werden soll.

»Es wird keine öffentliche Hinrichtung geben«, fügt er hinzu. »Die Enthauptung wird unter Ausschluss der Öffentlichkeit stattfinden. Aber seine sterblichen Überreste werden auf dem zentralen Platz verbrannt, den er letztes Jahr attackiert hat.«

Die Erinnerung an jenen Tag beherrscht meine Gedanken, und mein Herz erstarrt angesichts der darauffolgenden Taten.

An diesem Tag habe ich zum ersten Mal gegen Klas' Macht über mich gekämpft.

Und ich habe verloren. *Deutlich.*

Nox schließt den Screen, als Kaspian verschwindet, und richtet seine stechend blauen Augen auf mich.

»Ich fühle mich allmählich wie ein wissenschaftliches

Experiment«, murmle ich. »Jedes Mal, wenn du hier reinkommst, starrst du mich erwartungsvoll an, als denkst du, ich könnte etwas Interessantes anstellen.«

»Nun, dieses Mal habe ich dich nackt im Wohnzimmer angetroffen«, erwidert er, wobei sich seine Lippen auf einer Seite kräuseln. »Man könnte also sagen, dass du oft Dinge tust, die *interessant* sind.«

Ich verdrehe die Augen. Er hat nicht unrecht. Er hat mich schon in bizarren Situationen angetroffen – ich habe in der Dusche geschrien, weil ich das Wasser für Eis hielt, ich habe mich am Boden festgekrallt, als wäre er aus Erde und nicht aus kalten Fliesen, und ich habe mich in eine Ecke gekauert, während ich Klas um Vergebung anflehte. Und auch heute hat er mich nicht zum ersten Mal nackt gesehen.

Es ist mir also nicht wirklich peinlich.

Ich bin nur ... gebrochen.

Deshalb fällt es mir vielleicht auch nicht schwer, Kaspians Ankündigung zu akzeptieren.

»Ich werde nicht ausflippen«, sage ich zu Nox. »Klas hat es verdient, zu sterben. Ich freue mich nur nicht darauf, den Schmerz mit ihm zu erleben.«

Wenigstens hat er mich auf todesähnliche Empfindungen vorbereitet, füge ich im Geiste hinzu und schnaube fast. *Sieh mal einer an – zur Abwechslung hat Klas mal etwas Gutes vollbracht.*

Seufzend setze ich mich im Bett auf, während ich die Laken und das Handtuch an meine Brust drücke. »Du kannst Kaspian ausrichten, dass ich auf seinen Beitrag hin keine tödlichen Zauber gewirkt habe.«

Es sollte inzwischen ziemlich offensichtlich sein, dass ich Klas nicht helfen werde. Aber niemand hier traut mir. Genauso wenig, wie ich ihnen vertraue.

Es gibt nur zwei Personen auf dieser Welt, auf die ich mich verlassen kann – mich selbst und Issy.

Und manchmal Ayla, entscheide ich. *Wenn sie nicht gerade damit beschäftigt ist, vom Ausgestoßenenzirkel für andere Dinge eingesetzt zu werden, wie zum Beispiel für die Wettbewerbe in Erde und Eisen.*

»Wer oder was ist *Issy*?«, fragt Nox und überrascht mich nicht nur mit der Frage, sondern auch mit dem abrupten Themenwechsel.

»Was?«

»Du hast *Issy* geschrien, als ich hier rein gegeistert bin, und ich habe mich gerade gefragt, was das bedeutet«, sagt er.

»Oh.« *Mist.* Ich kann diese Frage nicht beantworten, ohne zu lügen. Obwohl ... »Jemand aus meiner Vergangenheit«, sage ich ausweichend und hoffe, dass das ausreicht. »Ich will nicht darüber reden.«

Er betrachtet mich einen langen Moment lang und zuckt dann mit den Schultern. »In Ordnung.«

Unbekümmert wie immer, das Phantom.

Normalerweise ist es Bane, der versucht, mich zum Reden zu bringen. Nicht direkt oder aufdringlich, sondern mit subtilen Fragen. Manchmal gebe ich nach, einfach, weil es schön ist, dass mir zur Abwechslung mal jemand zuhört.

Allerdings erzähle ich ihm nicht sehr viel.

Normalerweise sage ich nur das, was Klas getan hat, um meine Episoden zu erklären, mehr nicht.

Nur hat dieser Vorfall nichts mit Klas zu tun, sondern mit meiner Zwillingsschwester, die immer noch nicht bei Bewusstsein ist.

Ich kann spüren, dass es ihr gut geht und sie sich erholt, aber mehr nicht.

Das gibt mir ein neues Verständnis dafür, wie sie sich

während unserer dreijährigen mentalen Trennung gefühlt hat. *So einsam* ... Während ich diese Einsamkeit zwar ebenfalls erlebte, lenkte mich Klas anderweitig ab.

»Willst du etwas frühstücken?«, fragt Nox und seine blauen Augen starren mich immer noch an. Es ist leicht nervtötend, wie intensiv er mich beobachtet. Nicht, weil es mir unangenehm ist, sondern weil ich das Gefühl habe, dass er manchmal durch mich hindurchsehen kann. Dass er meine Gedanken lesen kann.

Aber Phantome haben dieses Talent nicht. Sie können sich nach Belieben in ihre körperlose Form zurückziehen, was sie dazu befähigt, diejenigen von uns auszuspionieren, die sie außerhalb ihres körperlichen Zustands nicht sehen können. Aber das hier fühlt sich anders an.

Vielleicht, weil ich es nicht gewohnt bin, dass mir jemand so genau auf die Finger schaut.

»Frühstück klingt gut«, sage ich und schlucke.

Er nickt. »Das Übliche?«

»Ja.« Ich mag kein schweres Essen am Morgen. Joghurt mit Obst ist meine Vorliebe.

»Ich bestelle dir auch einen frischen Kaffee«, sagt er und wirft einen Blick in den Wohnbereich.

Richtig. Mein Espresso.

Angesichts der Todesbotschaft, die mir über die Zwillingsverbindung übermittelt wurde, hatte ich keine Gelegenheit, ihn zu genießen. Selbst wenn ich ihn trinken könnte, würde ich es nicht tun. Alles fühlt sich verdorben an. Tödlich. *Falsch.*

»Keinen Kaffee, bitte.« Ein seltsamer Satz aus meinem Mund, aber allein der Gedanke daran verdirbt mir den Magen. »Nur etwas Joghurt und Obst, oder vielleicht einen Smoothie.«

Wenn ich ihn überrasche, zeigt er es nicht. Stattdessen

ruft er einen Bildschirm auf seiner Uhr auf und tippt eine Bestellung ein. »Ich bestelle beides. Was immer du nicht isst, nehme ich.« Dann sieht er mich an. »Noch mehr Wünsche, Glühwürmchen?«

»Freiheit?«, schlage ich vor.

Er grinst. »Wir können auf dem Balkon essen.«

»Herrlich«, antworte ich scherzhaft. »Ich kann in den Nachthimmel starren und so tun, als wäre ich keine Gefangene in einem schicken Käfig.«

»Es gibt schlimmere Unterkünfte«, erinnert er mich, während er die Bestellung aufgibt.

»Das ist mir bewusst.« Und ich spreche nicht von Klas' Zelle im Kerker.

»Deine Wachen sind auch ziemlich cool«, fügt Nox hinzu.

»Klar, wenn du Voyeure für cool hältst.«

Er gluckst. »Das tue ich in der Tat.« Mit einem Augenzwinkern rutscht er vom Bett. »Aber ich gebe dir etwas Privatsphäre, während du deine Sachen zusammensuchst.« Er macht sich auf den Weg in den Wohnbereich und steuert auf die Balkontür zu, während seine Worte über seine Schulter zu mir dringen. »Ich warte draußen auf dich, Glühwürmchen.«

Ich bewundere die Art und Weise, wie seine Jeans seinen festen Hintern umschließen, dann schaue ich weg.

Es spielt keine Rolle, wie sehr er flirtet oder wie nett er zu mir ist – ich weiß, was seine eigentliche Aufgabe ist. Ein Teil von mir möchte ihn für das hassen, was er repräsentiert – *einen Gefängniswärter* –, aber er macht es einem ziemlich schwer, ihn nicht zu mögen.

Das Mindeste, was er tun könnte, wäre, mir in die Schulter zu schießen, wie Nolan es getan hat. Dann könnte ich wenigstens einen Groll gegen ihn hegen.

Stattdessen ist Nox freundlich und kümmert sich auf seine eigene Art um mich.

Bane tut das auch.

Es ist zu schade, dass ich nicht hierbleiben kann, um sie ein wenig mehr zu genießen. Aber die Zeit wird knapp.

Drei Tage, um genau zu sein.

Drei Tage, bis Klas stirbt.

Drei Tage, in denen ich entweder den Selbstmordbefehl des Ausgestoßenenzirkels ausführe oder die Konsequenzen trage.

Drei Tage, um herauszufinden, wie ich aus diesem schicken Gefängnis entkommen und meine Schwester retten kann – und hoffentlich auch mich selbst.

Kein Druck, denke ich. *Überhaupt kein Druck.*

KASPIAN

An der Tür schüttle ich Khaos die Hand. »Danke, dass du diese Reise auf dich genommen hast. Ich weiß, dass dein Großvater angesichts der vielen neuen Söldner in eurem Gebiet alle Hände voll zu tun hat.«

Khaos grunzt, bevor er meine Hand loslässt. »Ist das die Ausrede, die er genannt hat?«

»Er könnte eine hitzige Gefährtin erwähnt haben«, antworte ich und grinse. »Ich wollte nur höflich sein.« Khaos' Großvater ist ein alter Freund von mir, der weit über ein Jahrtausend alt ist. Wenn ich mir erlauben würde, Favoriten zu haben, dann wäre er einer von ihnen, denn er ist ein kompromissloser Anführer.

Das erklärt auch, warum seine drei Enkel zu den stärksten Söldnern im Gebiet von Gold und Granat gehören.

»Höflich?«, wiederholt Cara hinter mir. »Du?« Sie blinzelt ein paar Mal mit ihren blassgrünen Augen. »Aha.«

Ich werfe meiner Stellvertreterin einen strengen Blick

zu. »Bist du auf der Suche nach einem Sparringkampf, kleine Fee?«

»Nenn mich noch einmal *klein* und ich werde es sein, ja«, feuert sie zurück.

Meine Lippen zucken, als ihr Gefährte hinter ihr auftaucht und schützend einen Arm um ihre Schulter legt. »Lass Kaspian in Ruhe, Cara. Er hatte einen harten Morgen«, sagt Larus. Er ist mein anderer Stellvertreter und ebenfalls eine Fee. Na ja, jedenfalls ein Fee-Hybrid.

»Er hat eine Rede gehalten«, erwidert sie. »Das ist doch nicht schwer.«

Da hat sie nicht unrecht. Der schwierige Teil wartet auf mich in der Gästesuite neben meinem Zimmer.

»Immer versuchst du, Ärger zu bereiten«, klagt Larus. »Gut, dass ich der politisch Versierte hier bin. Was Cara sagen will, ist: Das hast du gut gemacht, Kaspian. Du bist ein großartiger König.«

Cara und ich schnauben beide zur selben Zeit. »Schleimer!«, sagt sie.

»Du wirst aus dem heutigen Telefonat mit der neuen Kanzlerin von Erde und Eisen nicht herauskommen«, sage ich zu ihm, wohl wissend, was er wirklich von mir will. »Da du der *politisch Versierte* bist, brauche ich dich an meiner Seite, wenn ich sie in der Gemeinschaft willkommen heiße.« Zumal diese *neue Kanzlerin* ein ehemaliges Mitglied des übernatürlichen Syndikats ist.

Nikki Ward.

Irgendwie hat es die frühere Mafia-Prinzessin geschafft, die letzten Wettbewerbe um den Kanzlerposten in Erde und Eisen zu gewinnen.

Ich weiß nicht, wie sie das geschafft hat, geschweige denn, wie sie überhaupt für den Wettbewerb zugelassen wurde, aber das ist auch egal. Sie ist mir jetzt ebenbürtig, und ich, als König eines Hauses, muss sie kollegial begrüßen.

Larus' Miene verfinstert sich. »Ja, natürlich. Ich werde da sein.«

Cara grinst und Khaos schüttelt den Kopf. »Ich beneide dich nicht um deinen Job, König Kaspian«, sagt er. »Ich bin mir nicht sicher, ob ich in bestimmten Situationen so entgegenkommend sein könnte.«

Ich weiß, dass er damit die Aufnahme eines Mitglieds des übernatürlichen Syndikats in die Führungsriege der Häuser meint – die meisten von uns sind da vorsichtig. Allerdings habe ich von einigen Verbündeten gehört, dass Nikki Ward nicht wie die üblichen Verbrecherfürsten aus dem Niemandsland ist.

Ich hoffe nur, dass diese Verbündeten recht haben.

»Oh, Kaspian ist *sehr* entgegenkommend«, murmelt Cara, und ihre Worte bestätigen ihren Wunsch nach einem Sparringkampf.

»Hör auf, unseren König zu verhöhnen!«, flüstert Larus ihr zu. »Ich brauche dich später noch – und zwar intakt.«

Sie zittert sichtlich. »Kaspian wird mich nicht brechen.«

Ich ziehe eine Augenbraue hoch. »In meiner derzeitigen Stimmung? Da wäre ich mir nicht so sicher, *kleine Fee*.«

Leider habe ich heute andere Aufgaben zu erledigen, unter anderem die im Zimmer neben meinem.

Ich habe Nox dorthin geschickt, um während meiner Ankündigung ein Auge auf unsere Todeshexe zu haben. Es ist nicht so, dass ich eine schlechte Reaktion von ihr erwartet habe, sondern vielmehr, dass ich nicht wusste, *was* ich von ihr erwarten sollte. Sie ist völlig undurchschaubar und das macht mich wahnsinnig.

Aber Nox hat sich vor wenigen Minuten gemeldet und es geht ihr gut. Sie hat diesen Verlauf erwartet.

Mehr hat er nicht gesagt.

Und aus welchem Grund auch immer knirsche ich jetzt wieder mit den Zähnen.

Ich will *mehr*. Mehr Informationen. Mehr Reaktionen. Mehr, damit ich eine Erwartungshaltung aufbauen kann.

Aber die feurige kleine Hexe will mir nichts geben. Es ist, als würde sie ihr Schicksal einfach und ohne Gegenargumente akzeptieren.

Doch ihr Monstergefährte hat sie *zerstört*. Ich habe die Folgen gesehen – wie sie zusammenzuckt, wenn ihr ein Mann zu nahe kommt oder wenn einer von uns etwas Falsches sagt.

Sie setzt eine beeindruckende Fassade auf, aber tief im Inneren ist sie am Boden. Und das zu wissen, bringt mich dazu, Klas die Scheiße aus dem Leib prügeln zu wollen.

Aber ihm weh zu tun, schadet unweigerlich ihr.

Deshalb hat es auch so lange gedauert, bis ich den Mistkerl verurteilt habe. Wenn man einen Schicksalsgefährten tötet, zerstört man die andere Hälfte seiner Seele, die in diesem Fall Fallon gehört.

Soweit ich das beurteilen kann, hat sie das nicht verdient. Leider bleibt mir keine Wahl. Er muss sterben. Deshalb muss ich zu ihr gehen und mit ihr sprechen – um ihr die Entscheidung zu erklären und mich mehr oder weniger für das zu entschuldigen, was mit ihr geschehen wird.

»Bedauerlicherweise habe ich heute noch andere Termine«, sage ich zu Cara. »Aber vielleicht bleibt Khaos für eine Sparringrunde.« Ich werfe einen Blick auf den Hybridwandler und bin mir seines einzigartigen animalischen Erbes bewusst. »Lass dich nicht von der zierlichen, kleinen Fee täuschen! Sie verfügt über tödliche Präzision.« Nicht so wie ich, aber das war schließlich auch mein Markenzeichen in meiner Söldnerzeit.

Khaos mustert die Fee vor ihm und seine Nase zuckt, als er ihre Aura riecht. »Sie ist mächtig.«

»Das bin ich«, bestätigt sie und nimmt ebenfalls Maß. »Aber deine Größe und Schnelligkeit wären eine interessante Herausforderung. Kann dein Heimflug ein paar Stunden warten?«

»Das kann er.«

Ihr Gesichtsausdruck hellt sich auf. »Ausgezeichnet.« Sie sieht Larus an. »Du kannst unser Schiedsrichter sein.«

Larus verdreht seine silberblauen Augen. Er ist um einige Zentimeter größer als Cara und etwas muskulöser, aber seine kraftvolle Ausstrahlung ist der ihren ebenbürtig. »Hätte ich gewusst, dass du dich nach Schmerzen sehnst, hätte ich dir heute Morgen etwas anderes zum Frühstück gegeben, Liebling.«

Cara fängt an, ihre blonden Haare zu einem Pferdeschwanz zurückzustecken, und ihre Iriden schimmern vor Aufregung. »Mach dir keine Sorgen, Liebster. Du kannst später meine Wunden lecken.« Sie richtet ihren Blick wieder auf Khaos. »Folge mir, wenn du dich traust, *Herzog*!« Sie wirft seinen offiziellen Titel wie zum Hohn in den Raum, was den Hybridwandler zu einem Grinsen veranlasst.

»Ich glaube, das wird lustig, *Fee*«, sagt er und folgt ihr zur Tür hinaus.

Larus wirft mir auf dem Weg nach draußen einen Blick zu. »Wenn er ihr in den Arsch tritt, schwänze ich das Treffen heute Abend.«

»Ich vermute einen fairen Kampf«, sage ich. »Lass sie nur keine Waffen benutzen!«

»Seine Zähne *sind* Waffen«, brummt Larus.

»Stimmt. Aber du bist der Schiedsrichter. Du legst die Regeln fest.« Darin ist er am besten – diplomatische Parameter festzulegen und Vereinbarungen zu treffen. »Viel Spaß!«

Mit einem subtilen Blick wendet er sich ab, um seiner anstrengenden Gefährtin zu folgen, und lässt mich allein im Ratssaal zurück. Ich bin absichtlich zurückgeblieben, um Khaos persönlich für seine Anwesenheit zu danken und auch, um mich mit ihm zu messen. Wir sind uns schon ein paar Mal begegnet, aber ich kenne seinen Großvater Talino besser. Nicht nur aufgrund unserer alten Freundschaft, sondern auch wegen seiner Stellung.

Normalerweise habe ich nur mit meinen Herrschern zu tun. Sie heuern ihre eigenen Herzöge an und verwalten sie nach eigenem Gutdünken, wobei sie mir nur wichtige Erkenntnisse oder Probleme melden.

Aber Talino ist da etwas anders. Er hat seinen drei Enkeln mehr Befugnisse als dem gewöhnlichen Herzog übertragen und sie zu wichtigen Aushängeschildern in ihrer Region gemacht.

Ich vermute, dass Talino bald in den Ruhestand gehen will, was erklären würde, warum er seinen ältesten Enkel so eifrig zu dem heutigen Treffen geschickt hat. Sicherlich ist eine hitzige Gefährtin ein triftiger Grund, um zu Hause zu bleiben, aber ich vermute, es steckt mehr dahinter.

Das ist ein Thema, dem ich später nachgehen muss.

Nachdem ich mit der Hexe in meiner Gästesuite fertig bin.

Ich lasse die Schultern hängen, während ich überlege, wie ich sie ansprechen soll. Was kann ich überhaupt tun, um die Situation zu verbessern?

Sie will ihre Freiheit, die ich ihr nicht gewähren kann.

Denn ich weiß, wie mächtig sie ist und wie instabil sie wahrscheinlich werden wird.

Sie unter Hausarrest zu stellen, ist das Beste, was ich bisher tun konnte. Ich kann ihr nicht vertrauen, besonders jetzt nicht.

Verdammt, als dieses Chaos im vergangenen Jahr ausbrach, nahmen wir alle an, dass sie es war, die hinter den Problemen steckte. Klas selbst hielten wir für tot und wir nahmen an, dass sie auf den Tod ihres Gefährten reagierte, indem sie die Kontrolle über ihre Kräfte verlor.

Dabei war der Mistkerl gar nicht tot. Stattdessen hat er sie benutzt.

Und jetzt muss ich ihn hinrichten.

Dadurch wird Fallon vermutlich wirklich instabil ... und im Grunde schließt sich der Kreis zu den Ereignissen des letzten Jahres.

Denn wahrscheinlich wird sie ausrasten, was dazu führen wird, dass sie ihre Kräfte entfesselt.

Kräfte, die ich nicht kontrollieren kann, sinniere ich, während ich den Flur in Richtung Treppe hinuntergehe.

Ich habe das vergangene Jahr damit verbracht, die ganze Bandbreite ihrer Fähigkeiten zu ergründen, aber ohne Erfolg. Sie verfügt über eine einzigartige Magie, die ich noch nie gesehen habe, und keine der Hexen in unserem Gebiet scheint sie zu kennen.

Laut ihrer Akte kommt sie aus dem Niemandsland und hat weder Familie noch Verwandte. Klas traf sie auf einer Mission, als er auf der Durchreise war, nahm sie zur Schicksalsgefährtin und brachte sie nach Hause, um sie dort als Haustierhexe zu halten.

Um sie zu missbrauchen.

Um sie auszunutzen.

Um sie zu *verletzen*.

Ich balle meine Hände zu Fäusten, als ich die Treppe zum obersten Stockwerk des Palastes hinaufsteige.

Dies war einst Vesperus' Zuhause, aber ich habe im letzten Jahr einiges umgestaltet, um es mir zu eigen zu machen. Der Palast und Hauptsitz in Reykjavik ist der sicherste Ort für den König von Gold und Granat.

Ich wünschte, ich könnte jetzt mit Vesperus sprechen. Einfach in seine alten Gemächer gehen und ihn um Rat fragen.

Leider ist er nicht mehr auf dieser Welt. Vielleicht kommt er eines Tages auf einen Besuch zurück, aber ich bezweifle es. Seine Gefährtin ist zu mächtig für dieses Universum und machte ihren Weggang notwendig.

Sie ist eine Göttin aus einem anderen Reich. Ein Wesen von so extremer Macht, dass sie buchstäblich den Mond kontrollieren kann.

Zumindest das kann Fallon nicht, denke ich, als ich die letzte Treppe erreiche. *Sie kann lediglich eine ganze Stadt in Schlaf versetzen.*

Erschöpft fahre ich mit der Hand über mein Gesicht.

Ich kann nicht zulassen, dass Fallon mich so sieht. Ich muss stark sein. Kontrolliert wirken. *Königlich.*

Ich bleibe vor ihrem Zimmer stehen. Es ist nur eine Tür von meinem eigenen Gemach entfernt. Der Kerker kam für sie nicht infrage, da ich sie nicht in der Nähe ihres Gefährten haben wollte. Nicht, weil ich dachte, dass sie zusammenarbeiten könnten, um zu entkommen, sondern weil sie es nicht verdient, sein Schicksal zu teilen.

Und doch bin ich hier, um sie genau dazu zu zwingen.

Seufzend klopfe ich zweimal an die Tür und warte.

Nox öffnet mit einem ehrerbietigen Nicken. »Sie ist auf dem Balkon. Soll ich bleiben oder ...?«

Ich schaue um ihn herum zu einer Reihe von Glastüren

und der kurvigen Blondine, die direkt davor steht. Ihr Blick ist gen Himmel gerichtet, ihre Haare wehen sanft im Wind. Sie ist absolut bezaubernd. Ihre Erscheinung ist ein Enigma, das mich gleichzeitig fasziniert und irritiert.

Ich kann mich nicht entscheiden, ob ich sie in meiner Nähe behalten oder an einen abgelegenen Ort verbannen möchte, wo sie keinen Schaden anrichten kann.

Ersteres ist verlockend. Letzteres ist wahrscheinlich praktischer.

Und doch wohnt sie derzeit in dem Zimmer neben meinem.

Ich räuspere mich und konzentriere mich auf Nox' leuchtend blaue Augen. »Kannst du Bane und Nolan suchen? Ich möchte für heute Abend – nach meinem Gespräch mit der neuen Kanzlerin von Erde und Eisen – ein Meeting einberufen.«

Nox neigt sein Kinn. »Abgemacht. Wir haben ein Date!«

Normalerweise würden mich seine Worte zum Grinsen bringen, aber im Moment kann ich mich nur zu einem leichten Zucken der Lippen durchringen. Ein *Date* wäre zwar eine nette Ablenkung von den bevorstehenden Tagen, aber es würde wenig dazu beitragen, meine Schuldgefühle angesichts der bevorstehenden Situation zu lindern.

»Soll ich zurückkommen und sie bewachen, nachdem ich mit ihnen gesprochen habe?«, fragt Nox und in seinem Blick glitzert seine eigentliche Frage: *Soll ich zügig zurückkehren, falls ich dich und Fallon voneinander trennen muss?*

Jedes Gespräch, das ich mit dieser Frau führe, scheint in einem Streit zu enden.

Meist, weil sie eine respektlose kleine Göre ist, die nicht auf Vernunft hören will.

Aber heute werde ich sie gewinnen lassen.

Das ist das Mindeste, was ich tun kann.

»Lass dir Zeit!«, antworte ich. »Es wird ein langes Gespräch.«

Er betrachtet mich für einen Moment. »Sie versteht, Kaspian.«

»Ich weiß.«

»Dann behandle sie mit dem Respekt und der Intelligenz, die sie verdient«, entgegnet er. »Das wird viel bewirken.«

»Wann behandle ich sie denn bitte nicht so?«, erwidere ich.

Seine Lippen kräuseln sich. »Ihr beide seid euch ähnlicher, als du denkst.«

Ich runzle die Stirn. »Sind wir uns nicht.«

Er hebt eine Schulter. »Wie du meinst, *Hoheit*.«

Ich verdrehe die Augen. »Du bist neulich vor meinem Schwanz auf die Knie gegangen und hast dich geweigert, mich deinen König zu nennen, Nox. Mach dir jetzt nicht die Mühe mit den falschen Förmlichkeiten!«

Ein leises Keuchen lenkt meine Aufmerksamkeit auf die offenen Türen des Balkons. Fallons große grüne Augen treffen auf meine, ihre Lippen sind vor Überraschung geöffnet.

Verdammt! War die Tür die ganze Zeit über offen, oder hat sie sie irgendwie geöffnet, ohne dass ich es gehört habe? In Anbetracht meines Alters und meines vampirischen Gehörs wäre Letzteres ein Kunststück.

Aber alles an dieser Frau ist beeindruckend. Vielleicht hat sie also die Glasbarriere auf magische Weise entfernt, ohne dass ich es bemerkt habe.

»Bis gleich, *mein König*«, stichelt Nox, während er in

seiner Phantomform verschwindet und mich mit Fallon allein lässt.

Damit ist die Sache nur noch peinlicher geworden, denke ich und schimpfe mit mir selbst, weil ich auf Nox' Spott eingegangen bin. *Als wäre die Situation nicht schon unangenehm genug.*

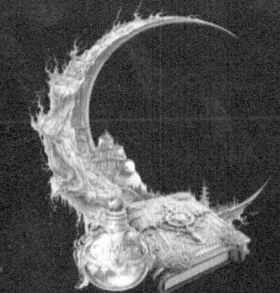

FĀLLON

Nox auf seinen Knien für Kaspian?

Na, das ist mal ein Bild, das ich gern mit ins Grab nehmen würde.

Meine Schenkel verkrampfen sich bei der Vorstellung, dass die beiden Männer miteinander intim sind. *Warum habe ich das noch nie in Betracht gezogen?*

Weil Kaspian normalerweise zu sehr damit beschäftigt ist, mich über meine Kräfte auszufragen, um mich diese Seite von ihm sehen zu lassen.

Er blinzelt – und der *König*, den ich kenne, erscheint.

Derjenige mit den strengen Augenbrauen.

Mit den scharfen Wangenknochen.

Den dunklen, durchdringenden Augen.

Dem königlichen Anzug.

Der strengen Miene.

Dem zu attraktiven Gesicht.

Der eleganten Fassade.

Den vollen Lippen.

Argh! Muss er denn so verdammt sexy sein?, frage ich mich, sofort erregt von seiner Anwesenheit. *Könnte er nicht wenigstens hässlich ein?*

»Hallo, Miss Doyle«, sagt er und sein britischer Akzent umspielt meinen Namen mit einem Hauch von Autorität.

»Majestät«, sage ich trocken. Ich kann es nicht ändern. Er betritt einen Raum und ich bin sofort angespannt. Vor allem, weil er so wahnsinnig attraktiv ist. Und dominant. Und vielleicht ein bisschen furchterregend.

Ein Ausrutscher und ich bin eine tote Frau.

Das erschwert eine flüssige Konversation mit dem hinreißenden König. Vor allem, weil er immer auf einer Aufklärungsmission mit mir zu sein scheint. Nicht, dass ich es ihm verdenken könnte. Aber das heißt nicht, dass ich seine Verhöre *genieße*.

Okay, vielleicht tue ich das ein bisschen.

Aber wer würde es nicht genießen, von einem sexy Vampirmeister in einem perfekt geschnittenen Anzug befragt zu werden?

»Wie ist deine Unterkunft?«, murmelt er in einem übertrieben höflichen Ton.

»So wie beim letzten Mal, als du gefragt hast«, antworte ich.

Sein Unterkiefer wird starr und offenbart eine Schwachstelle in seiner eleganten Rüstung. Das ist mir in den vergangenen Monaten immer leichter gefallen, fast so, als würde ihn mittlerweile meine bloße Stimme verärgern.

»Ich nehme an, du hast meine Ankündigung mitbekommen?«

Ich rolle mit den Augen. Er ist zwar direkt zur Sache gekommen, aber trotzdem nicht gerade sehr *direkt*. »Das weißt du doch, *Hoheit*. Du hast Nox geschickt, um sicherzustellen, dass ich die Übertragung mit ihm zusammen ansehe.«

In den fast schwarzen Augen des Königs von Gold und Granat flackert es dunkel. »*Fallon.*«

»*Kaspian.*«

Er knurrt und schüttelt den Kopf. »Warum bist du immer so? Ich versuche nur, ein höfliches Gespräch zu führen, und du schnauzt mich an.«

»Ich schnauze dich nicht an. Ich verleihe meinen Antworten lediglich einen Hauch von Sarkasmus.« Ich gehe zur Couch und lasse mich darauf fallen, wobei mein Blick seine brennenden Augen findet. »Und an einer Hinrichtung ist nichts *höflich.*«

Er seufzt und seine Finger verkrampfen sich an seinen Seiten. »Ich verstehe, dass du mich für diese Entscheidung hasst, aber ...«

»Ich hasse dich nicht«, werfe ich ein. »Und schon gar nicht für deine Entscheidung. Es ist die richtige. Klas hat den Tod verdient.«

»Aber du nicht«, murmelt er.

Ich hebe meine Augenbrauen. »Ist das deine Version von Sarkasmus?«

Er starrt mich an. »Was? Nein! Ich meine, du verdienst nicht, was sein Tod mit dir machen wird.«

Ich hebe eine Schulter. »Was auch immer mit mir geschieht, ist das kleinere Übel.« Vielleicht wird auch gar nichts passieren. Vielleicht löst sich der Zauber, der unsere Seelen bindet, zusammen mit Klas' Überresten in Asche auf.

Oder vielleicht werde ich wahnsinnig.

Und dann ist da noch der Selbstmordbefehl des Ausgestoßenenzirkels ...

Ich zucke zusammen, die Erinnerung an mein Schicksal ist unwillkommen.

Kaspian nimmt auf der Couch mir gegenüber Platz.

Seine athletische Gestalt scheint mit den schwarzen Polstern um ihn herum zu verschmelzen. Er sagt eine Weile gar nichts, während seine verführerischen Iriden mit wachsamem Interesse über mich hinweg tanzen.

»Möchtest du seiner Hinrichtung beiwohnen?«, fragt er leise, während er mich immer noch aufmerksam mustert.

Will ich Klas' Hinrichtung beiwohnen?, frage ich mich und runzle die Stirn. »Ja.« Ich will ihn brennen sehen. Leiden. *Sterben.* Nicht nur aus Rachsucht, sondern auch, um mich zu besänftigen. *Ich muss wissen, dass er wirklich tot ist.*

Kaspian nickt, als könne er meine Gedanken hören, oder vielleicht als Antwort auf meine Bestätigung, aber etwas an seinem Gesichtsausdruck wirkt fast verständnisvoll. »Es wird nur eine Handvoll Zeugen geben. Das anschließende Feuer richtet sich dann an das gesamte Haus. Aber ich werde Vorkehrungen treffen, dass du bei der Hinrichtung selbst dabei sein kannst.«

»Danke.« Es ist vielleicht das erste Mal, dass ich dieses Wort ihm gegenüber sage – und auch so meine. Denn ich bin dankbar, dass er mir diesen Schlussstrich ermöglicht, auch wenn es ein Moment ist, der zu einer viel dunkleren Zukunft führen wird.

»Es tut mir wirklich leid, dass es so kommen musste. Dich für die Sünden deines Gefährten zu bestrafen, ist ... eine unglückliche Konsequenz der Situation.«

»Mir tut es nicht leid, wenn dich das beruhigt«, entgegne ich. »Wir haben keine andere Wahl. Klas ist eine Bedrohung. Und stellvertretend für ihn bin ich das wohl auch.«

Er widerspricht mir nicht, sondern sieht mich nur einen Moment lang an, bevor er sagt: »Kann ich etwas tun, damit du dich hier wohler fühlst?«

Oh, gut, wir sind wir wieder bei dieser Frage angekommen ...

Er stellt sie jedes Mal, wenn er mich besucht.

Und jedes Mal antworte ich das Gleiche.

»Es ist ein sehr schicker Käfig, mein König. Ich bin zufrieden.« Die zuckersüße Note meiner Stimme ist ihm nicht entgangen, wie das leichte Zucken seines Unterkiefers beweist.

»Ich behalte dich nicht zur Strafe hier, Fallon.«

»Nein, du behältst mich zur Beobachtung hier«, kontere ich. »Weil du mir und meinen Kräften nicht traust.«

Seine Augen blitzen vor Ungeduld. »Vielleicht liegt das daran, dass du mich nicht über alles aufklären willst, was du tun kannst.«

»Ich beherrsche die Todesmagie«, sage ich langsam. Es ist ein Satz, den ich schon tausendmal in seiner Gegenwart ausgesprochen habe. »Ich kann Seelen manipulieren und sie in den Tod locken.« Das ist nur ein Bruchteil dessen, was ich tatsächlich tun kann, aber es ist der gefährlichste Aspekt meiner Fähigkeiten.

Nekromant ist nicht der richtige Begriff, aber er wurde schon ein paar Mal verwendet. Technisch gesehen kann ich eine Leiche zum Leben erwecken und sie dazu bringen, meine Befehle zu befolgen. Aber das ist nicht besonders aufregend. Es ist so, als würde man einen toten Körper in eine Marionette verwandeln. Und ich kann die wandelnden Toten nicht kontrollieren, wie Vampire oder Phantome.

Na ja, jedenfalls nicht direkt.

Ich könnte einen Zauber sprechen, der sie in einen tödlichen Schlaf versetzt, in welchem ich ihre Seelen so lange quälen kann, wie ich will, aber das ist nicht das

Gleiche wie die Handlungen eines anderen zu manipulieren.

Egal, wie oft ich das Kaspian und den anderen auch erkläre, es ist nicht gut genug. Und ich kann meine Fähigkeiten nicht wirklich unter Beweis stellen. Dazu müsste ich eines ihrer Leben in meine tödlichen Hände nehmen, und das ist in ihren Augen kein akzeptables Risiko.

Weil sie mir nicht trauen.

Nach über einem Jahr Gefangenschaft geht es mir nicht besser als in der ersten Woche in Kaspians Gewahrsam. Es spielt keine Rolle, dass ich geholfen habe, Klas zu finden, nachdem er Vesperus angegriffen hat. Oder dass ich eine von Banes Klingen benutzt habe, um Klas unzählige Male bluten zu lassen.

Ich bin immer noch eine Außenseiterin.

Ich habe keinen Zweifel daran, dass ich im ersten Flugzeug zurück nach New York sitzen werde, wenn sie jemals von meiner Herkunft erfahren.

Dort wird mich der Ausgestoßenenzirkel für Klas' Versagen töten. Oder vielleicht, weil ich geholfen habe, ihn zu stürzen.

Wie auch immer, New York ist der letzte Ort, an den ich gehen möchte. Es sei denn, es geht darum, Issy zu retten.

Und ich habe keine Ahnung, wie ich das anstellen soll.

Wir werden eine Lösung finden, Issy, flüstere ich ihr zu. *Irgendwie.*

Sie antwortet nicht, ihr Geist ist immer noch verschlossen. Ich bin mir nicht sicher, was die Patriarchen ihr angetan haben, aber es fordert eindeutig seinen Tribut von ihrem Geisteszustand.

Ich werde einen Weg finden, sie dafür bezahlen zu lassen, füge ich hinzu. *Selbst wenn ich es aus dem Grab heraus tun muss.*

»Ich bin nicht dein Feind, Fallon«, sagt Kaspian leise. »Aber ich werde zu einem, wenn du mich zu einem machst.«

Ich hebe meinen Blick, ohne zu bemerken, dass sich mein Fokus auf Issy verschoben hat, und schüttle den Kopf. »Ich versuche nicht, dich zu meinem Feind zu machen. Ich weiß nur nicht, was du von mir willst. Ich bin keine Bedrohung.«

Oder ich will es zumindest nicht sein.

Meine Kräfte sind einzigartig. Sie sind Teil dessen, was mich für den Ausgestoßenenzirkel wertvoll gemacht hat. Aber die Patriarchen trauten mir nicht zu, mit meinen eigenen Fähigkeiten umzugehen, deshalb wurde ich Klas übergeben. Sie wollten, dass *er* meine Talente nutzte.

Das hat gut geklappt, nicht wahr?, sinniere ich verbittert.

Nicht, dass ich meine Fähigkeiten jemals so eingesetzt hätte, wie Klas es letztes Jahr getan hat. Sein Ego war verletzt, weil er bei Beförderungen immer wieder übergangen wurde. Dann verkündete König Vesperus, dass Irland und das Vereinigte Königreich Teil des Territoriums von Tod und Topas werden würden – und Klas verlor den Verstand.

»Er hegt offensichtlich keinen Respekt für irgendjemanden hier«, meinte Klas, während er in unserem Zuhause in Irland auf und ab ging. »Einschließlich für mich.« Dann stieß er ein Lachen aus, das so derangiert klang, dass ich es sogar jetzt noch in meinem Kopf hören kann.

»Ich habe es satt, übersehen zu werden«, fügte er hinzu und schlug mit der Faust gegen die Backsteinwände unseres Wohnzimmers. »Es dauert einfach zu lange.«

Ich erschaudere, das Bild seines Zorns ist eine dunkle Erinnerung in meinem Kopf.

In diesem Moment veränderte sich alles. Klas gab sich nicht länger damit zufrieden, auf eine Beförderung zu warten oder zu versuchen, sich auf der Söldnerleiter hochzuarbeiten, um dem König des Hauses näherzukommen. Er beschloss, seinen eigenen Plan zu entwickeln.

Mit mir im Zentrum.

Mit *meiner Macht.*

Ich weiß nicht, was die Patriarchen von Klas' Abweichung hielten, aber ich kann mir vorstellen, dass sie nicht erfreut waren. Welche Ziele er auch immer im Gebiet von Gold und Granat zu erreichen gedachte – sie scheiterten an seinen unüberlegten Entscheidungen. Und jetzt zahlen wir beide den Preis für seine Ungeduld.

»Seit wir uns kennen, verheimlichst du mir Dinge«, sagt Kaspian und erinnert mich an seine Anwesenheit. »Deshalb kann ich dir nicht glauben, wenn du sagst, dass du keine Bedrohung darstellst, Fallon. Ich habe deine Magie erlebt. Ich weiß, was du anrichten kannst. Aber du verschweigst mir etwas. Und deshalb misstraue ich dir.«

Ich verschweige so einiges, denke ich. »Ich schulde dir meine Geheimnisse nicht, Hoheit.«

»Vielleicht nicht. Aber wenn du mein Vertrauen willst, dann brauche ich deine Wahrheiten.«

»Warum?«, frage ich. »Weil mein Gefährte ein Monster ist? Weil er sich entschieden hat, mich mit einem Zauber zu unterwerfen und meine Kräfte zu nutzen, um dein Haus anzugreifen?« Ich neige den Kopf zur Seite. »Hast du jemals in Betracht gezogen, dass meine *Geheimnisse* für deine Einschätzung meiner Person und meiner Macht irrelevant sind?«

Sie sind absolut nicht irrelevant, insbesondere der Teil bezüglich meiner Herkunft und das Wenige, das ich über

Klas' wahren Grund für seine Anwesenheit in Gold und Granat weiß. Aber der Kern meiner Geheimnisse – Issy – betrifft Kaspian nicht.

Ich kann jedoch nicht verraten, was ich über die Patriarchen und Klas weiß, ohne auch Issy zu erwähnen.

Deshalb sage ich nichts.

Kaspian seufzt und schüttelt den Kopf. »Die Hinrichtung findet in drei Tagen statt. Wenn du vorher noch etwas benötigst, sag Nox oder Bane Bescheid, und ich werde sehen, was ich tun kann.« Er erhebt sich mit grimmiger Miene. »Es tut mir leid, dass ich nicht mehr für dich tun kann, Fallon. Aber du hast deutlich gemacht, dass du mich nicht als Verbündeten willst.«

»Nein«, sage ich, als er zur Tür geht. »Ich habe deutlich gemacht, dass ich dir nicht blind vertrauen werde.«

Er hält inne und seine Schultern werden steif. »Ich habe dir jeden Grund gegeben, mir zu vertrauen.«

»Wie? Indem du mich nicht mit Klas in den Kerker wirfst?«, frage ich. »Indem du mich in ein schickes Zimmer neben deinem einsperrst?«

Er sieht mich wieder an. »Würdest du Ersteres vorziehen?«

»Du wirst mich nicht mit ihm zusammen einsperren, weil du Angst hast, dass er meine Kräfte wieder anzapfen kann. Also verschwende deinen Atem nicht mit dieser Drohung.«

»Das war keine Drohung, Fallon. Es war eine Frage«, presst er hervor. »Ich habe es dir in meinem Haus gemütlich gemacht, in meinem eigenen verdammten Bereich. Ich habe dich respektvoll behandelt. Ich habe dafür gesorgt, dass du alles hast, was du brauchst. Was kann ich dir noch geben, um dein Vertrauen zu gewinnen?«

»Meine Freiheit?«, schlage ich vor, wohl wissend, dass

dieses Gespräch wie immer in einem Teufelskreis enden wird.

Er schnaubt. »Vertrauen funktioniert in beide Richtungen. Ich kann dich nicht gehen lassen, solange ich deinen Motiven und Handlungen nicht *vertrauen* kann.«

»Und ich kann dir nicht vertrauen, wenn ich wie eine verherrlichte Gefangene behandelt werde. Also befinden wir uns wohl in einer Pattsituation. *Mal wieder.*« Ich habe versucht, ihm kleine Wahrheiten zu geben, um ihn zu besänftigen und mir vom Hals zu schaffen. Aber nichts, was ich mit ihm teile, scheint genug zu sein.

Verdammter Vampirmeister! Kaspian ist zu alt und erfahren, um meine Halbwahrheiten zu glauben.

Sein Alter und sein Wissen sind auch der Grund, warum er mir nicht traut. Er hat meine Kräfte noch nie gesehen, und das macht ihn neugierig und nervös.

Deshalb wird er mich nicht gehen lassen, bevor er nicht alle meine Schichten abgetragen hat.

Und ich werde ihn nicht zu viel erfahren lassen.

Ich muss Issy beschützen. Ich werde sie niemals verraten. Nicht einmal für meine eigene Freiheit.

Kaspian reibt sein stoppeliges Kinn, die dunklen Härchen liegen wie ein Schatten auf seinen markanten Zügen. »Sag Nox oder Bane Bescheid, wenn du etwas brauchst! Sie werden sich mit mir in Verbindung setzen, wenn du zur Vernunft kommst.«

Ich sage nichts, als er geht.

Weil es nichts mehr zu sagen gibt.

Jedenfalls nichts Positives.

Ich lasse die Schultern sinken, als sich die Tür schließt und mein goldener Käfig energisch zuschnappt. Kaspian hat nicht unrecht – er hat mich mit Respekt und Freundlichkeit behandelt. Dieses Zimmer ist sicherlich komfortabler als meine letzte Unterkunft bei Klas. Verdammt, es ist sogar besser als mein Zimmer damals in New York.

Aber das ändert nichts daran, was ich bin – eine Gefangene. Ein Mündel unter Beobachtung. Eine Hexe, der niemand trauen kann.

Ich mache Kaspian keinen Vorwurf für seine Entscheidungen. Er ist der König des Hauses. Er muss in erster Linie seine Wähler schützen – und das macht ihn offen gesagt zu einem starken Anführer.

Das bedeutet jedoch nicht, dass ich mich damit anfreunden muss, in dieses Netz ständiger Verhöre verwickelt zu werden.

Ihm die Wahrheit zu sagen, würde nur zu weiteren Komplikationen führen, von denen eine meine sofortige Deportation zurück in den Ausgestoßenenzirkel wäre. Jedenfalls nehme ich an, dass Kaspian die Situation so handhaben würde. Weder Klas noch ich gehören zu Gold und Granat. Ich bin mir weiterhin nicht sicher, wie Klas es geschafft hat, sich in die Reihen des Hauses einzuschleusen, aber ich weiß, dass es nicht auf legalem Wege geschehen ist.

Ich sollte hauslos sein.

Im Niemandsland leben.

Bei den übernatürlichen Syndikaten festsitzen.

Bei meinem Mistkerl von einem Vater.

In Issys Nähe.

Nicht hier in Reykjavik, im Palast des Königs.

Fallon?, flüstert meine Schwester in meinen Gedanken und ihre Stimme nimmt sofort meine volle Aufmerksamkeit in Anspruch.

Issy! Den Sternen sei Dank!

Sie schnaubt leise. *Hier gibt es keine Sterne*, antwortet sie und ihre Stimme klingt müde. *Nur höllische Kopfschmerzen.*

Was haben sie getan?

Das spielt keine Rolle, antwortet sie. *Und wir haben keine Zeit, darüber zu reden. Wir müssen besprechen, was du jetzt tun wirst.*

Ich schlucke. *Ich ... ich weiß es nicht.*

Nun, ich schon. Oder ich habe zumindest eine Idee.

Eine Idee?, wiederhole ich. *Für eine Flucht?*

Ja. Nein. Irgendwie.

Das ist hilfreich, sage ich trocken.

Ich bin noch nicht ganz wach, sagt sie mürrisch. *Aber ich glaube, es könnte funktionieren. Gib mir nur eine Minute zum Nachdenken!*

Ich weiß es besser, als sie zu unterbrechen. Issy verbringt die meiste Zeit ihres Tages mit Lesen, und sie saugt alles auf, von Fremdsprachen über wissenschaftliche Bücher bis hin zu magischen Texten. Wenn sie eine Idee hat, stammt diese wahrscheinlich aus ihrem jahrelangen Studium alter Zaubersprüche.

Okay. Es ist ein ... Auferstehungszauber ... Ich muss nur das richtige Buch finden.

Auferstehungszauber?, wiederhole ich. *Für Klas?*

Nein. Für dich. Sozusagen. Er ... er ahmt den Tod nach? Warte mal! Es ist in einem dieser ... Sie verstummt und lässt mich so lange mit den Nägeln auf meinem Oberschenkel trommeln, dass ich sicher kleine Dellen haben werde. *Aha! Hier ist es. Du wirst also ...*

Die Tür zu meinen Zimmern öffnet sich. *Einen Moment*, sage ich, als Nox mit einem Eisbecher in der Hand hereinspaziert. Seine hellbraunen Augenbrauen wackeln, als er mit wissendem Blick auf mich zu schlendert. »Ich dachte, du könntest einen davon gebrauchen, nach, na ja, du weißt schon.«

»Nach einem weiteren Verhör durch Kaspian, meinst du?«, übersetze ich, obwohl mir durchaus bewusst ist, dass das Wort Verhör als Bezeichnung für die Diskussion, die wir gerade geführt haben, vielleicht etwas übertrieben ist. Denn die Fragen waren ziemlich ungezwungen. Tatsächlich hat er fast keine gestellt. Es war mehr ein Vortrag als alles andere.

Ein Spiel. *Ich vertraue dir, wenn du mir einen Grund gibst, dir zu vertrauen.*

»Ja, äh, das«, antwortet Nox und stellt den riesigen Eisbecher vor mir ab. »Zwei Kugeln Kaffeeeis auf einer Banane und mit Karamell beträufelt. Genau so, wie du es magst.«

Meine Lippen zucken. »Manchmal habe ich das Gefühl, wir sind zusammen.«

Er grinst. »Nun, ich habe dich nackt gesehen. Mehrmals.«

»Weil du ein Voyeur bist«, necke ich ihn und nehme das Dessert in die Hand.

Er lässt sich neben mich auf die Couch fallen und zuckt mit den Schultern. »Ein bisschen Zuschauen schadet nicht.«

»Doch, wenn man ein Phantom ist, das durch Wände gehen und Leute unwissentlich ausspionieren kann.« Ich mustere ihn von der Seite. »Nur, weil du ein Voyeur bist, heißt das nicht, dass ich eine Exhibitionistin bin.«

In Wahrheit habe ich keine Ahnung, was ich bin. Klas ist meine einzige Erfahrung, und, nun ja, er war mehr Sadist als alles andere.

Mein Mund verzieht sich bei dem Gedanken, und das

Eis in meinen Händen ist nicht mehr die Verlockung von vor ein paar Sekunden.

Und das alles nur wegen Klas.

Und seinen dunklen Neigungen.

Erinnerungen, die ich gern vergessen würde. Verdrängen. Ignorieren.

Ich schlucke und der Becher zittert leicht in meiner Hand.

»Fallon?«, fragt Nox zur selben Zeit, als Issy meinen Namen flüstert.

Ich räuspere mich. »Entschuldigung. Ich war in Gedanken versunken«, sage ich. *Nox hat mir gerade einen Eisbecher gebracht*, informiere ich Issy.

Kaffeeeis mit Banane?, rät sie, da sie meine Lieblingsgeschmackskombination kennt.

Mit heißem Karamell.

Ich sage dir, er will dich, antwortet Issy. *Das tun sie beide.*

Ich muss nicht fragen, wen sie meint. Sie spricht von Bane und Nox.

Sie sind meine Gefängniswärter, Issy. Nicht meine Freunde.

Aha, murmelt sie. *Heiße Phantom-Leibwächter, die dich vögeln wollen. Vielleicht solltest du sie vor der Hinrichtung gewähren lassen. Du verdienst ein wenig Spaß.*

Ich bin immer noch mit Klas verbunden.

Aufgrund von dunkler Magie, betont sie.

Sex ist wirklich nicht das, was ich im Moment benötige, brumme ich, während ich mich zwinge, einen Löffel Eis in meinen Mund zu schieben. Zumindest habe ich so eine Ausrede, die mir erlaubt, einen Moment die Klappe zu halten, während ich mit Issy spreche. *Erzähl mir von dem Auferstehungszauber!*

Richtig. Er erlaubt es dir, deinen eigenen Tod vorzutäuschen.

Ich widerstehe dem Drang, meine Augenbrauen hochzuziehen. *Und wie?*

Nun, das ist wohl der schwierige Teil, nicht wahr?, witzelt sie, dann räuspert sie sich. *Für den Anfang müssen wir ein paar alte Phrasen durchgehen ...*

KASPIAN

»Sɪᴇ ᴍÖᴄʜᴛᴇ ᴅᴇʀ Hɪɴʀɪᴄʜᴛᴜɴɢ ʙᴇɪᴡᴏʜɴᴇɴ.« Die Worte schmecken bitter in meinem Mund, also nehme ich einen weiteren Schluck von meinem mit Ahornsirup gesüßten Bourbon.

Ich bin von Fallons Entscheidung nicht überrascht. Aber das heißt nicht, dass ich sie gut finde.

Die Frau verbirgt etwas. Ich spüre es jedes Mal, wenn ich in ihrer Nähe bin. Und obwohl sie recht haben könnte – dass ihre Geheimnisse nicht auf unsere aktuelle Situation zutreffen –, will ich alles über sie wissen.

Wie soll ich mein Haus vor ihrer potenziellen Bedrohung schützen, wenn ich nicht das ganze Ausmaß ihrer Kräfte kenne? Sie besitzt eine Macht, wie ich sie noch nie gesehen oder gespürt habe. Sie hat eine ganze Stadt in Schlaf versetzt, verdammt noch mal! Ich kann ihr danach nicht einfach die Freiheit geben. Sie mag nicht diejenige sein, die den Spruch gewirkt hat, aber die Fähigkeit ist ihre.

Und diese Fähigkeit macht mir verdammt noch mal Angst.

Ich nehme einen weiteren Schluck und das Brennen ist ein willkommenes Gefühl in meiner Kehle. Bane, Nox und Nolan starren mich an.

»Sagt etwas!«, fordere ich sie auf.

»Was sollen wir denn sagen?«, fragt Bane, dessen schottischer Akzent jetzt, da er ein paar Drinks intus hat, etwas ausgeprägter ist. Manchmal vergesse ich, woher er kommt, denn seine lange Zeit im Ausland hat seinen Akzent im Alltagssprachgebrauch geglättet. »Das *Lass* hat so entschieden, nicht wahr?«

»Aber aus den richtigen Gründen?«, murmelt Nox, dessen schottischer Akzent vom Alkohol weniger beeinflusst wird. Er klingt fast amerikanisch. Vielleicht, weil er und Bane mehrere Jahrzehnte an den dortigen Universitäten verbracht haben, bevor sich das übernatürliche Portal mitten in der Innenstadt von Portland, Oregon, öffnete.

Bane wölbt eine dunkle Braue, seine Haarfarbe ähnelt der meinen. Nur sind seine Haare kürzer als meine, näher an der Kopfhaut geschnitten. Aber wir tragen beide einen immerwährenden Bartschatten. »Welche Gründe wären denn richtig?«, erkundigt er sich, seinen obsidianschwarzen Blick auf Nox gerichtet.

»Ich weiß es nicht, Mann«, murmelt Nox. »Du bist der Psychologe. Sag du es uns!«

»Ihr wollt also, dass ich ihre Entscheidung psychoanalysiere?« Banes Lippen zucken. »Ich glaube nicht, dass es unsere Aufgabe ist, darüber zu urteilen.«

Nox verschränkt seine starken Arme vor der Brust, sodass sich sein dunkles Hemd über seinen Muskeln spannt. »Doch, wenn ihr ihre Entscheidung mehr schadet als nützt.«

Nolan grunzt. »Die Hinrichtung wird ihr in jedem Fall

schaden. Das Seelenband wird zerbrechen und ihr Verstand mit ihm.«

»Der ewige Optimist«, murmle ich und hebe mein fast leeres Glas in seine Richtung.

»Du behältst mich nicht wegen meines Optimismus«, erwidert er.

Er hat natürlich recht, also stehe ich auf, um mir nachzuschenken.

»Sie wird notgetötet werden müssen, wenn sie ihren Verstand verliert«, fügt Nolan hinzu. »Ich hoffe, ihr seid alle darauf vorbereitet.«

»Dieses Schicksal verdient sie nicht«, schießt Nox zurück. »Sie verdient nichts von diesem Scheiß.«

»Das bestreite ich nicht, Phantom. Ich weise nur darauf hin, was wir tun müssen, falls sie ausflippt«, sagt Nolan. »Sie ist eine Gefahr. Ob ihr Schicksal *gerecht* ist, steht nicht zur Debatte.«

Der Erzengelkrieger starrt Nox an, als ich mich wieder umdrehe. Die Haltung der beiden ist irgendwie aggressiv, obwohl sie sitzen.

Obwohl ich den beiden Männern sehr gern beim Sparring zuschauen würde, ist jetzt nicht der richtige Zeitpunkt dafür.

»Nolan hat recht«, sage ich – und es gefällt mir nicht, dass ich seinen praktikablen Erklärungen zustimmen muss. »Wenn sie ihren Verstand verliert, wird sie zu einer unmittelbaren Bedrohung für Gold und Granat. Und das können wir nicht zulassen.«

Nox' Armmuskeln spannen sich an, seine Züge werden hart. »Fallon ...«

»Anstatt uns auf zwei Hinrichtungen vorzubereiten, sollten wir lieber darüber nachdenken, wie wir Fallons mögliche Loslösung verhindern können«, wirft Bane ein;

sein Tonfall ist so ruhig wie immer. »Wir alle wissen, wie sich der Tod auf Schicksalsgefährten auswirkt, aber vielleicht können wir etwas tun, um sie zu erden.«

»Ich bin ganz Ohr, Bane.« Ich lehne mich zurück, mein Glas ist wieder voll. »Was schwebt dir vor?«

»Nun, ich denke, sie bei der Hinrichtung dabei zu haben, ist ein guter erster Schritt. So kann sie einen Schlussstrich ziehen. Es bedeutet auch, dass der Tod nicht plötzlich, unerwartet oder gar unerwünscht eintritt, was ihr helfen könnte, damit umzugehen. Und wenn wir ihr etwas geben, wofür es sich zu leben lohnt, könnte sich das auf das Ergebnis auswirken.«

»Etwas, wofür es sich zu leben lohnt«, wiederhole ich und runzle die Stirn, als ich darüber nachdenke, was das bedeuten könnte. »Einen Sinn, meinst du.«

»Einen anderen Zweck, als in einem Raum gefangen zu sein und ständig verhört zu werden«, erklärt Bane und seine dunklen Augen treffen die meinen. »Ich verstehe, warum wir ihr keine wirkliche Freiheit gewähren können, aber sie eingesperrt zu lassen – selbst in ihrer jetzigen Unterbringung –, ist nicht besonders verlockend.«

»Es reicht nicht aus, dass wir vier ihr ein Ziel geben«, sagt Nolan, bevor ich etwas erwidern kann. »Sie muss sich selbst ein Ziel setzen und ihr Schicksal selbst in die Hand nehmen. Wenn sie es zulassen will, dass das Schicksal ihre Seele bricht, können wir nichts tun, um sie aufzuhalten.«

»Ich glaube nicht, dass es so einfach ist«, setzt Bane an.

»Doch, das ist es tatsächlich«, erwidert Nolan, während er sich erhebt. »Entweder ist Fallon eine Überlebenskünstlerin oder sie ist es nicht. In drei Tagen werden wir die Antwort kennen.« Er sieht mich an. »Gibt es sonst noch etwas, das du besprechen wolltest?«

Wie es sich für Nolan gehört, verlangt er ein schnelles

Ende des Gesprächs. »Ich plane, dass nur wir vier und Fallon bei der eigentlichen Hinrichtung anwesend sind. Wir werden lediglich das Feuer der Öffentlichkeit zugänglich machen.«

»Du willst Cara und Larus nicht dabeihaben?«, fragt Nox und klingt überrascht.

»Er will nicht riskieren, dass sie verletzt werden, wenn Fallon implodiert«, antwortet Nolan, der mich nicht aus den Augen lässt, während er Nox' Frage beantwortet. »Sie sind die stellvertretenden Befehlshaber. Sie müssen gesund und munter sein, falls die Kacke am Dampfen ist. Richtig?«

Ich neige mein Kinn, um seine Einschätzung zu bestätigen. »Das soll nicht heißen, dass ich euch drei nicht schätze. Ich habe euch nicht ohne Grund ausgewählt, um mir zu helfen.«

»Schutz.« Nolan deutet auf die Phantome. »Und du willst mich dabeihaben, weil du weißt, dass ich sie töten werde, wenn es sein muss.«

»Ja«, gebe ich zu, wohl wissend, dass er wahrscheinlich der Einzige von uns ist, der in der Lage ist, Fallon bei Bedarf umzubringen.

Normalerweise würde ich diese Aufgabe selbst übernehmen. Aber mein Verstand erlaubt es mir kaum, an diese Konsequenz zu denken, weshalb ich befürchte, dass ich zögern könnte.

Obwohl ich alles in meiner Macht Stehende tun werde, um mein Haus zu schützen, hat Fallon etwas an sich, das mich dazu verleitet, alle meine Regeln brechen zu wollen. Sie bringt mich mit jeder irritierenden Konversation auf die Palme, und ihr subtiler Trotz kann ein Jahrtausend perfekter Ruhe mit Leichtigkeit zunichtemachen.

Zu sagen, dass sie in der Lage ist, mir unter die Haut zu gehen, ist eine Untertreibung.

Diese Frau ist ein Mysterium, das ich weder entschlüsseln noch zähmen kann – und das treibt mich in den Wahnsinn.

Sie zu töten ist einfach etwas, woran ich nicht denken möchte, auch wenn es unvermeidlich sein könnte. Also ja, dafür benötige ich Nolan. Er ist der Pragmatische. Der Stoische. Derjenige, der in der Lage ist, jeden Auftrag auszuführen, der ihm erteilt wird, ohne Rücksicht auf emotionale Verstrickungen.

Ich mag der Söldner mit der besten Zielgenauigkeit in Gold und Granat sein, aber Nolan ist der Killer mit dem fokussierten Verstand. Wenn ihm eine Aufgabe übertragen wird, zieht er sie durch, auch wenn es weh tut.

Er nickt einmal, sein Gesichtsausdruck verrät nichts. »Verstanden. Sonst noch etwas?«

»Nein«, gestehe ich.

»Gut. Ich muss meine Flügel strecken.« Bunte Federn erscheinen hinter ihm, während er spricht, und sein Gefieder nimmt im schwachen Licht meines Wohnzimmers einen goldenen Farbton an. »Du weißt, wie du mich erreichen kannst, wenn du mich brauchst. Ansonsten sehen wir uns in drei Tagen.«

Er wartet nicht auf eine Antwort, sondern schlendert zu meiner Balkontür, öffnet sie und verschwindet in die Nacht hinaus.

Ich fahre mit der Hand über mein Gesicht; die Erschöpfung macht mir zu schaffen. Nicht einmal mein Drink kann meine Laune jetzt noch retten.

»Ihr habt recht damit, dass sie dieses Schicksal nicht verdient.« Meine Worte sind sanft und für die Phantome bestimmt, denn beide haben diesen Gedanken im letzten Jahr mehrfach geäußert. »Ich habe jedoch schon vor langer Zeit gelernt, dass es unmöglich ist, unserem Schicksal wirklich zu entfliehen. Manchmal können wir weglaufen, aber wir kommen nicht weit. Und Klas ... muss sterben.«

Genau wie Fallon, wenn sich ihre Kräfte als unkontrollierbar erweisen, nachdem das Band der Schicksalsgefährten durchtrennt wurde.

Ich leere mein Glas in einem Zug, ignoriere die Tatsache, dass ich weit mehr als einen Mundvoll Bourbon übrig hatte, und knalle das Glas auf den Beistelltisch.

»Ich weiß nicht, wie ich es ihr bequemer machen kann, aber wenn euch beiden etwas einfällt, könnt ihr gern tun, was nötig ist.« Ich begegne Nox' Blick. »Mit der Ausnahme, sie aus meinem Bereich des Palasts zu lassen.«

»Was denkst du denn, was sie tun wird?«, fragt Nox. »Auf dem Friedhof herumtollen?«

»Ich weiß offen gesagt nicht, was sie tun würde, wenn wir sie gehen ließen«, erwidere ich. »Und genau das ist das Problem. Sie verbirgt etwas. Und bis wir herausgefunden haben, was das ist, bleibt sie.«

»Außerdem ist da noch ihre Verbindung zu Klas und die Tatsache, dass er mit ihrer Kraft die Stadt unterworfen hat«, murmelt Bane. »Es geht nicht nur darum, was Fallon tun könnte, wenn man ihr die Freiheit schenkt, sondern auch darum, was andere Mitglieder des Hauses mit ihr machen könnten.«

Dieser letzte Punkt scheint bei Nox anzukommen und seine blauen Augen funkeln vor Wut. »Ich kann sie beschützen.«

»*Wir* können sie beschützen«, korrigiert Bane. »Wenn sie es zulässt.«

Nox blickt finster drein und nimmt den Drink, den ich ihm vor dreißig Minuten eingeschenkt habe und der seither größtenteils unberührt geblieben ist. Er knurrt etwas

Unverständliches vor sich hin und kippt den Inhalt in einem Zug hinunter.

»Ich weiß, dass sie euch beiden etwas bedeutet.« *Verdammt, mir geht es ja genauso – wenn auch aus Gründen, die ich nicht verstehe.* Nicht, dass ich das laut zugeben würde. »Sie ist … nun, ich weiß nicht, wie ich sie beschreiben soll. Eigensinnig. Ein wenig rotznäsig. Akzeptiert keine Autorität.«

»Stark. Wunderschön. Unbeugsam.« Nox schleudert mir diese Begriffe entgegen wie Pfeile in eine Brust.

»Sie ist eine Überlebenskünstlerin«, fügt Bane mit wehmütigem Unterton hinzu. »Die Frau ist durch die Hölle gegangen und doch steht sie jeden Tag mit neuer Energie da. Diese Energie wird sie auch in die Hinrichtung mitnehmen. Und sie wird überleben.«

»Das wird sie«, stimmt Nox zu, ohne mit der Wimper zu zucken.

»Ich hoffe, ihr habt beide recht«, sage ich, unfähig, zuzustimmen oder zu widersprechen. »Versucht einfach, es ihr bequem zu machen! So wie ihr es immer getan habt, schätze ich. Ich weiß nicht, was ich sonst für sie tun kann.«

»Du tust, was du kannst«, sagt Bane. »Das tun wir alle. Aber ich nehme an, Nolan hat recht – nur Fallon selbst kann ihr Schicksal kontrollieren. Entweder sie kommt durch oder nicht. Das wird nur die Zeit zeigen.«

»Zeit«, sinniere ich und beobachte mein leeres Glas auf dem Tisch. Es fühlt sich wie ein schlechtes Omen an.

Hier bin ich, fast zweitausend Jahre alt, und habe alle Zeit der Welt, während Fallon vielleicht nur noch drei Tage hat. Das erscheint mir nicht fair.

Aber so ist das Leben – ständig mit ungerechten Prüfungen und wechselnden Hindernissen gefüllt. Die Art und Weise, wie wir mit diesen Ereignissen umgehen, ist entscheidend, denn sie definiert, wer wir sind.

Ich hoffe für Fallon, dass Bane und Nox recht haben – dass sie eine wirkliche Überlebenskünstlerin ist.

Eine, die sich durch die Dunkelheit kämpft, Licht am Ende des Tunnels findet und sich weiterentwickelt.

Sie hat etwas Besseres verdient. Es spielt keine Rolle, dass sie Geheimnisse hat oder mir Halbwahrheiten erzählt. Ich weiß, dass sie unter ihrem bissigen Äußeren eine gute Seele hat. Sie ist einfach nur misstrauisch. Und nach allem, was sie durchgemacht hat, kann ich es ihr nicht verdenken.

Leider kann ich ihr aber auch nicht helfen.

Jedenfalls nicht in diesem Leben.

Bane rutscht von der Couch und holt die Bourbonflasche. Als er zurückkommt, füllt er sein Glas, dann meins und schließlich das von Nox, bevor er die Flasche wieder abstellt. »Ich denke, wir sollten auf sie anstoßen.«

Das kommt mir zwar seltsam vor, aber ich hebe trotzdem mein Glas. »Kann nicht schaden«, beschließe ich laut.

Nox erhebt sein Glas. »Auf Fallon!«

»Sie hat die Hölle durchgemacht«, murmelt Bane. »Hoffen wir, dass Klas' Hinrichtung ihre Seele befreit und ihr ein glückliches Leben ermöglicht.«

Ich nicke und füge hinzu: »Auf neue Erfahrungen und zweite Chancen.«

»Hört, hört«, murmeln die beiden Phantome.

Dann stoßen wir auf die Zukunft an.

Wenn das nur reichen würde, um sie zu retten …

NOLAN

Ich stehe auf Kaspians Balkon und lausche dem Rest ihres Gesprächs und den darauffolgenden Trinksprüchen. Ich habe kein eigenes Glas, aber ich spüre, wie sich meine Hand aus Solidarität mit ihnen in die Luft erhebt.

Eine sinnlose Geste.

Aber sie fühlt sich richtig an.

Auf Fallon, denke ich, während die nächtliche Brise meine Federn zerzaust. *Ich hoffe wirklich, dass du so stark bist, wie ich es glaube.*

Meine Augen schließen sich für einen langen Moment; mein Herz droht, zu bluten.

Ich habe in meiner langen Existenz unzählige Leben genommen. Die meisten von ihnen hatten ihr Schicksal verdient. Einige wenige nicht. Doch meine Rolle bleibt unverändert.

Ich bin ein Krieger.

Ein Erzengel.

Ein Jäger mit einem gefährlichen Schuss.

Bis auf jenen Tag, an dem ich Fallon anschoss. Ich hatte den Befehl, sie tödlich zu verletzen, doch stattdessen traf ich ihre Schulter. Etwas in mir brachte es nicht über sich, die kurvige kleine, blonde Hexe zu töten. Es war, als hätte meine Seele die Kontrolle über mein Handeln übernommen und mich zum Zögern gezwungen.

Ich sprach von Absicht.

Das war eine Lüge.

Eine der wenigen, die ich je erzählt habe.

Die Wahrheit ist, dass das Schicksal meine Hand leitete und die Kugel vom Kurs abkam.

Fallon überlebte.

Und ich tappte in ihre Falle, aus der ich seitdem zu entkommen versuche.

Sie ist eine Art Beschwörerin. Ein hypnotisierender Dschinn. *Eine Schwarze Witwe.*

Ich bin überzeugt, dass sie die Phantome in ihren Bann gezogen hat. Ihre Todesmagie ist eindeutig eine Droge für ihre geisterhaften Seiten. Aber das erklärt meine Besessenheit von diesem Mädchen nicht. Es erklärt auch nicht Kaspians natürliche Zärtlichkeit ihr gegenüber.

Er könnte sie überall in diesem Palast unterbringen, doch sie hat ein ganzes Jahr direkt neben seinem eigenen Gemach verbracht.

Und ich habe sie jede Nacht heimlich besucht.

Ich lauere auf ihrem Balkon wie eine Art Schutzengel.

Oder vielleicht bin ich auch einfach der Todesengel, der sie ins Grab bringen soll.

Wenn ihre Seele zerbricht und sie ihre tödliche Kraft entfesselt, bin ich gezwungen, zu handeln. Und dieses Mal werde ich nicht versagen. Denn unser Leben wird auf dem Spiel stehen. Unser Haus. Unser *Zuhause.*

Ich werde keine Wahl haben.

Ich werde die pulsierende Energie ihres lebendigen Geists auslöschen und sie auf den Friedhof in der Nähe des Ortes bringen, an dem ich meinen ersten Schuss auf sie abgab. Und dann werde ich sie dort für die Ewigkeit zur Ruhe betten.

Bitte zwing mich nicht dazu, süßer Singvogel!, bete ich, während ich zu Fallons Balkon schwebe. *Sag dem Schicksal, es soll sich verpissen, und nimm deine Zukunft selbst in die Hand!*

Ich drücke meine Handfläche an die Glastür ihres Zimmers.

Sei stark! Nicht für mich, sondern für dich.

Ich atme tief ein und lasse den Kopf hängen. Keiner von uns kann etwas für sie tun. Sie muss das allein meistern. Und sie geht bereits in die richtige Richtung, indem sie der Hinrichtung beiwohnen will.

Sie wird nie erfahren, wie stolz ich auf diese Entscheidung bin, vor allem, weil ich es ihr nie sagen werde.

Es ist nicht meine Aufgabe, sie zu schätzen oder zu beschützen.

Sie ist lediglich das Ziel, das ich nicht getroffen habe. Und das verwirrt mich.

Eines Tages werde ich aus ihr schlau.

Oder vielleicht auch nicht.

Vielleicht töte ich sie stattdessen.

Zeit, denke ich und sinniere über das Wort, das ich Kaspian wiederholen gehört habe. *Ja, die Zeit wird uns in der Tat unser Schicksal verraten.*

Ich senke meine Hand.

Gute Nacht, kleiner Vogel, wünsche ich der Schönheit im Zimmer vor mir. *Träume von einer Zukunft. Von einer zweiten Chance. Ertränke dich in Hoffnung. Und gib dir einen Grund, zu überleben.*

»Drei Tage«, flüstere ich, während meine Flügel mich in die Nacht tragen. »In drei Tagen werden wir herausfinden, ob ich mit dir richtig liege ...«

BANE

»WAS IST DAS ALLES?«

Fallons sanfte Stimme hallt durch den Essbereich ihres Zimmers und lenkt meine Aufmerksamkeit vom Herd weg auf die kurvige Blondine, die nur ein Handtuch trägt.

Ich habe mich hereingeschlichen, während sie unter der Dusche stand, in der Hoffnung, sie mit einem Frühstück zu überraschen.

Aber jetzt bin ich derjenige, der sich angesichts ihres lediglich halb angezogenen Auftritts überrascht fühlt. Es ist nicht so, dass ich sie nicht schon so gesehen hätte, aber es ist jedes Mal ein neues Erlebnis.

Das Handtuch ist nicht einmal besonders freizügig; der Stoff bedeckt ihren Oberkörper und ihre Oberschenkel. *Sie könnte das Handtuch tatsächlich als Kleid tragen, ihre kleine Statur macht ...*

»Bane?«, fragt sie und unterbricht meine Gedanken. »Was machst du da?«

»Oh.« Ich räuspere mich und werfe einen Blick auf den Tisch mit dem Essen, bevor ich mich wieder auf die Pfanne vor mir konzentriere. »Ich mache dir ein amerikanisches Frühstück.«

Ich wende die Eier mit dem Spatel und seufze erleichtert auf, als ich feststelle, dass sie perfekt gekocht und nicht zu durchgebraten sind. Ich will, dass dieses Frühstück für Fallon tadellos ist. Nicht, weil es ihr letztes sein könnte – ich weigere mich, diese Möglichkeit überhaupt in Betracht zu ziehen –, sondern weil ich ihr einen Moment der Normalität schenken möchte.

Oder zumindest einen Moment des Friedens.

Wenn das überhaupt möglich ist.

»Ein amerikanisches Frühstück?«, wiederholt sie, während sie die Speisen auf dem Tisch unter die Lupe nimmt. »Du und Nox, ihr frühstückt doch sonst nur Kaffee und ein Eiersandwich.«

Ich hebe eine Schulter. »Nox hat mir erzählt, dass du gestern Abend nicht viel gegessen hast, also dachte ich mir, dass du heute Morgen eine größere Mahlzeit brauchst. Und da ich mich nostalgisch fühle, habe ich Pancakes und Eier gemacht.«

»Und Bacon«, ergänzt sie und schnappt sich ein Stück von einem Teller auf dem Tisch.

»Und Bacon«, erwidere ich. »Allerdings habe ich ihn auf britische Art gemacht und nicht auf amerikanische.«

»Mmm, schmeckt gut.« Auf ihre Worte folgt ein Stöhnen, als sie sich an den Tisch setzt, offenbar völlig entspannt in ihrem Handtuch.

Ich versuche, es nicht zu bemerken.

Und scheitere.

Denn obwohl der weiße Stoff ihren kurzen Körper umhüllt, weiß ich, dass sich darunter nichts als Haut befindet. Und der verkorkste Teil meines Wesens mag es, über ihre üppigen Kurven zu fantasieren.

Aber das ist falsch. Technisch gesehen ist sie mein Schützling, den ich bewachen und beschützen soll. Aber die verbotene Natur des Ganzen lässt mich sie nur noch mehr begehren.

Ich könnte ein Buch über die psychologischen Gründe für meine ungesunde Besessenheit schreiben. Aber das Wissen darum tut nichts, um mein Interesse zu zerstreuen.

Fallon Doyle hat einfach etwas an sich, das mich verzaubert – und das seit unserer ersten Begegnung.

Sie ist auf erschütternde Weise gebrochen. Und doch ist sie gleichzeitig absolut perfekt.

Eine verführerische kleine Flamme, schwärme ich, während meine Augen wieder einmal ihre exquisite Schönheit bewundern. *Meine verbotene Verlockung.*

»Was hat dich so nostalgisch gemacht?«, fragt sie, bevor sie ein weiteres Stück Bacon nimmt. »Vermisst du es, als Professor zu arbeiten?«

Ich habe ihr von meiner Vergangenheit erzählt, vor allem, weil ich sie wissen lassen wollte, dass ich für sie da bin, wenn sie jemanden zum Reden benötigt. Allerdings vertraut sie sich mir nur selten an, nicht einmal, wenn sie einen ihrer vielen Albträume erleidet.

Gelegentlich fasst sie einen Teil der nächtlichen Schrecken zusammen – die in Wirklichkeit Erinnerungen an ihre Zeit mit Klas sind –, aber in der Regel tut sie sie ab und macht weiter.

Mir ist aufgefallen, dass es ihr sehr wichtig ist, vorwärts und nicht rückwärts zu gehen.

Leider ist es nicht immer gesund, vor der Vergangenheit zu fliehen, und deshalb wacht ihr Unterbewusstsein auf, wenn sie schläft. Ich habe ihr das erklärt, aber ich werde sie nicht drängen, darüber zu sprechen.

Fallon wird sich öffnen, wenn sie bereit ist, sich ihrer Vergangenheit zu stellen. Und wenn das passiert, werde ich ihr zuhören und ihr helfen, zu heilen.

»Ich vermisse die kalifornische Sonne«, murmle ich und beantworte damit ihre Frage nach meiner Nostalgie. »Dieser konstante Dunkelzustand ruiniert meine Bräune.«

Sie stößt ein Lachen aus. »Ein Geist, der sich um seine Bräune sorgt. Jetzt habe ich alles gehört.«

Ich schaufle die Eier auf einen Teller und bringe sie an den Tisch. »Ich bin ein Phantom. Und ich mag es nicht, *geisterhaft* zu sein.«

»Es sei denn, du spionierst anderen nach«, korrigiert sie mich.

»Ich spioniere niemandem nach, kleine Flamme«, erwidere ich. »Du verwechselst mich mit Nox.«

Ihre Lippen zucken. »Ihr seid beide Voyeure.«

»Nur, wenn die Situation es erfordert, *Lass*. Aber für gewöhnlich bin ich eher der Exhibitionist.« Ich zwinkere ihr zu und kehre zur Kaffeemaschine zurück, um ihr ein ordentliches Getränk zuzubereiten.

Obwohl Fallons Akzent weich und subtil ist, stammt sie aus Irland. Das macht Whiskey zu einer angemessenen Zutat in ihrem Morgengebräu.

Ihre Augen leuchten auf, als ich ihr die Tasse reiche. »Danke, Exhibitionist Bane.« Ihr Blick funkelt belustigt. »Und wenn du mich fragst – deine Bräune ist völlig ausreichend.«

Ich grinse sie an. »Danke, kleine Flamme. Es erfreut meine geisterhafte Seele, dich das sagen zu hören.«

Sie kichert. Unser morgendliches Geplänkel tut sein Übriges, um sie zum Lächeln zu bringen.

Ich bin mir nicht ganz sicher, wann diese unkomplizierte Kameradschaft zwischen uns begann, aber es war schon früh so zwischen uns. Vielleicht, als ich ihr meine Messer gab, um sie bei Klas zu verwenden. Egal, wir haben uns immer gut verstanden.

Leider hat es nie gereicht, um sie zu überzeugen, sich mir wirklich zu öffnen. In Anbetracht ihrer Umstände verstehe ich das. Und ich bin bereit, geduldig zu sein.

Außerdem verdient Fallon es, jemanden an ihrer Seite zu haben, vor allem, weil sie sich jeden zweiten Tag mit Kaspian ein verbales Sparring liefert.

Ich nehme den Stuhl ihr gegenüber und warte, während sie sich den Teller mit Essen füllt. Sobald sie fertig ist, nehme ich mir Pancakes und greife gerade nach dem Bacon, als Nox durch die Wand auftaucht – ein unwillkommener Anblick.

»Apropos Voyeure«, sage ich, denn ich kann ihn in seiner Phantomform sehen, während Fallon das nicht kann.

Er materialisiert sich neben mir und strahlt. »Wusste ich's doch – Bacon.« Er schnappt sich das Stück, das ich gerade auf meinen Teller gelegt habe, und nimmt einen Bissen. »Jaaaa, das ist unglaublich.«

»Er hat nicht unrecht«, erwidert Fallon und ihre hübschen grünen Augen tanzen.

Wenn sie wegen der Hinrichtung heute Nachmittag besorgt ist, zeigt sie das nicht. Sie scheint so entspannt wie immer zu sein und nimmt jeden Moment mit Fassung.

Weil sie stark und unglaublich ist, sage ich mir. *Deshalb wird sie den heutigen Tag auch überleben.*

Nox schnappt sich einen Teller und nimmt den Stuhl am Kopfende des Tisches, sodass nur noch ein Platz am anderen Ende frei ist. Dann stiehlt er die Reste der Pancakes.

Ich schnappe mir schnell die Portion Bacon, die ich will, und werfe ein paar zusätzliche Stücke auf Fallons Teller, bevor Nox sie alle für sich beanspruchen kann.

Er registriert nichts.

Fallon schon, denn sie schenkt mir eines ihrer dankbaren Lächeln. Ich erwidere ihr Grinsen, als ich mir ein Ei nehme.

Wir essen alle in angenehmer Stille, unsere morgendliche Routine ist eingespielt. Manchmal sind es nur Fallon und ich. Manchmal sind es Nox und Fallon. Und manchmal sind wir zu dritt.

Unabhängig davon ist es für uns zu einer Art Ritual geworden, den Morgen auf irgendeine Weise gemeinsam zu verbringen. Normalerweise essen wir oder genießen unseren Kaffee in seliger Stille.

Zumindest an den Tagen, an denen Fallon nicht aus einem Albtraum erwacht. Falls sie letzte Nacht einen hatte, ist das heute nicht an ihrem Verhalten abzulesen.

Ich beobachte sie, während sie isst, und bewundere, wie ihre Wangen vor Genuss erröten. Ihre Freude wird greifbar.

Wird sie morgen immer noch so sein?, frage ich mich. *Oder wird das Schicksalsband ihre Freude rauben?*

Mein Unterkiefer verkrampft sich, als ich daran denke, welches Los sie im Leben gezogen hat. Es ist so verdammt falsch. Wenn ich Klas für sie töten könnte, würde ich es tun. Aber ich vermute, Kaspian wird sich die Ehre geben.

Wenigstens habe ich ihr geholfen, sich mit meinen Klingen zu rächen. Ihr dabei zuzusehen, wie sie Klas bluten lässt, war ein Erlebnis, das ich nie vergessen werde. Sie nahm meine Messer und schwang sie mit Leichtigkeit; ihre Bewegungen waren effizient und sie blieb konzentriert und ruhig.

Die Göttin Nyx brauchte Klas' Blut für ein Mondritual,

das ich nicht ganz verstand. Und Fallon erklärte sich bereit, es für sie zu beschaffen. In diesem Moment bot ich meine Messer an, sehr zum Entsetzen von Nox. Normalerweise erlaube ich niemandem, mit meinem scharfen Spielzeug zu spielen.

Aber Fallon ist anders.

Sie ist ... sie ist etwas, das ich nicht definieren kann.

Ich mochte sie sofort, fast so, als wären wir füreinander bestimmt. Vielleicht nur als Freunde. Denn mehr können wir nie sein.

»Wo in Kalifornien hast du denn gelebt? Und ich nehme an, das war, bevor Magie publik wurde?«

Fallons leise Stimme reißt mich aus meinen Gedanken und ich sehe, dass ihr Teller fast leer ist.

Braves Mädchen, denke ich und freue mich, dass sie eine volle Mahlzeit gegessen hat. Sie wird ihre Kraft heute brauchen.

»Südkalifornien«, informiert Nox sie. »Und ja, bevor das Portal geöffnet wurde.« Dann runzelt er die Stirn und fragt: »Warum reden wir über Kalifornien?«

»Weil Bane gesagt hat, dass er die kalifornische Sonne vermisst«, antwortet Fallon. »Er fühlt sich *blass*.«

Nox grinst. »Er vermisst sein Surfbrett und die Wellen mehr als die Sonne.« Seine blauen Augen funkeln mich an. »Und deine Haut wirkt tatsächlich etwa blass. Vielleicht solltest du deine Nachmittage draußen verbringen.«

Ich verdrehe die Augen. Ich mache zwar Witze über meine Bräune, aber wir alle wissen, dass sie in Ordnung ist. Mein natürlicher Hautton ist trotz meiner schottischen Herkunft immer sonnenverwöhnt. Allerdings bin ich während meiner Zeit als Surfer etwas dunkler gewesen.

»Es ist zu schade, dass auf dieser Seite der Welt so viel Unruhe herrscht. Sonst würde ich versuchen, einen Weg zu finden, dorthin zu reisen«, gebe ich zu. »Denn Nox hat recht – ich vermisse die Wellen.«

»Ein surfender Psychologe«, sinniert Fallon. »Das passt.«

»Tut es das?«, frage ich und ziehe eine Augenbraue hoch. »Inwiefern?«

»Ich habe noch nie einen Surfer getroffen, aber soweit ich weiß, sind sie stereotypisch ziemlich entspannt. Das macht sie sicher zu guten Therapeuten.« Sie stellt ihre nun leere Kaffeetasse ab. »Möchtest du, dass ich deine Geduld belohne, indem ich dir meine Gedanken zum heutigen Tag mitteile?«

Ich merke an ihrem Tonfall, dass sie mich necken will, aber ich möchte unbedingt mit *Ja, bitte* antworten. Doch ich halte mich zurück und sage stattdessen: »Nur wenn du willst, *Lass.*«

Sie schweigt einen Moment; ihr Blick ist nachdenklich. »Nun, ich bin ...«

Die Tür zu ihren Gemächern öffnet sich, und sie schließt den Mund und versteift sich, als Nolan und Kaspian eintreten, ohne anzuklopfen.

Ihre entspannte Energie verschwindet in einer Wolke offensichtlichen Unbehagens. Ihre grünen Augen verlieren ihre sanfte Ausstrahlung und werden schärfer, als sie Kaspians dreiteiligen Anzug und Nolans Lederjacke in Augenschein nimmt.

Ich schlucke einen Fluch hinunter, irritiert darüber, dass Fallon endlich etwas Konkretes sagen wollte und dann durch ihre plötzliche Anwesenheit unterbrochen wurde.

»Guten Morgen, Miss Doyle«, grüßt Kaspian förmlich.

»Guten Morgen, Majestät«, antwortet sie mit sarkastischem Unterton.

Nox schüttelt den Kopf, ein amüsiertes Lächeln umspielt seine Lippen. Und ich seufze nur.

Die Spannung zwischen Fallon und Kaspian ist wahrscheinlich bis nach Schottland zu spüren. Jedes Mal, wenn die beiden sich begegnen, fliegen die Funken in einem gefährlichen Muster, und es kommt zu heftigen Auseinandersetzungen.

Meine Hoffnung war, dass es heute anders sein würde.

Offenbar nicht.

»Wir brechen in dreißig Minuten auf«, teilt Kaspian uns allen mit. »Die Hinrichtung ist für zwölf Uhr angesetzt.«

Fallon nickt. »Dann sollte ich mir wohl etwas anziehen, das einer Hinrichtung angemessener ist.« Sie schiebt ihren Stuhl über die Fliesen, die Holzbeine quietschen und das Geräusch hallt durch den Raum. »Verzeihung, *Hoheit*.«

Sie macht einen Pseudoknicks vor dem König von Gold und Granat und verlässt den Essbereich, ohne einen Blick zurückzuwerfen.

Kaspians Kinn zuckt und er verengt die Augen, während er ihr nachsieht. »Warum ist sie immer so?«, murmelt er leise vor sich hin.

»Vielleicht solltest du sie *Fallon* statt *Miss Doyle* nennen«, schlägt Nox vor. »Oder ihr etwas zu essen machen. Das funktioniert bei mir und Bane ganz gut.«

Nolan grunzt, sagt aber nichts weiter.

Ich mache mir nicht die Mühe, einen Kommentar abzugeben, und beschäftige mich stattdessen damit, den Tisch abzuräumen, damit Fallon sich nach der Hinrichtung nicht darum kümmern muss.

»Du könntest auch etwas mehr Smalltalk betreiben, bevor du dich dem Tagesablauf widmest«, fügt Nox hinzu. »Etwa so, wie du mit einer Frau an der Bar umgehen würdest – du fragst ja auch nicht gleich, ob du sie ficken darfst, oder?«

»Ich will Fallon nicht ficken«, sagt Kaspian, wobei sein Tonfall mit einer Schärfe unterlegt ist, angesichts derer ich mich frage, wen er hier zu überzeugen versucht – sich selbst oder uns.

»Dann ist das vielleicht dein Problem.« Nox lässt sich von Kaspians Tonfall nicht beirren, wahrscheinlich weil er Kaspians gereizte Stimmungen in Bezug auf Fallon kennt. »Du behandelst sie wie eine Verantwortung und eine Last, Kas, nicht wie eine Dame, die verführt werden will. Ein Date ist immer noch die beste Form des Verhörs.«

»Ist es das, was du hier abgezogen hast?«, wirft Nolan ein. »Hast du sie *gedatet*?«

»Ich habe sie wie eine Person behandelt, nicht wie eine Gefangene«, kontert Nox, und in seine Worte mischt sich ein für ihn untypischer harter Ton. »Vielleicht solltet ihr zwei das auch mal versuchen.«

»Was? Sie mit Desserts und Frühstück umwerben? Sie nach ihren Gefühlen fragen?« Nolan schnaubt. »Ihr zwei Phantome berauscht euch an ihrer Todesmagie und verliert ihren Zweck aus den Augen.«

»Und wie sieht der aus?«, fragt Fallon und ihre scharfe Stimme lässt mich zusammenzucken. »In diesem vergoldeten Käfig zu verrotten, während ihr Arschlöcher mich weiter über meine Kräfte ausfragt?«

Mist. Sie trägt immer noch ihr Handtuch, was bedeutet, dass sie es wahrscheinlich nicht einmal bis zu ihrem Schrank geschafft hat, bevor sie dazu überging, unser Gespräch zu belauschen.

»Ihr wisst, was ich kann«, fährt sie fort. »Ihr habt es selbst erlebt. Was wollt ihr noch? Eine Demonstration dessen, was ich tun werde, wenn meine Seele heute

Nachmittag bricht? Details über mein Privatleben, die mit dieser Situation überhaupt nichts zu tun haben? Geheimnisse, die nicht eure sind?«

Während sie anfangs nur Nolan ansieht, fällt ihr Blick schließlich auf Kaspian.

»Ist dir jemals in den Sinn gekommen, dass ich dein Vertrauen weder will noch brauche?«, fragt sie.

»Du brauchst es, wenn du deine Freiheit willst«, erwidert Kaspian.

Fallon starrt ihn kurzzeitig an, bevor sie den Kopf schüttelt und den Raum verlässt, ohne eine Antwort zu geben, wie sie es sonst tut. Normalerweise drehen sich die beiden immer im Kreis und eskalieren, bis sie ihre Argumente auf fünfzig verschiedene Arten wiederholt haben.

Aber Fallon wirkt fast zu müde, um es überhaupt zu versuchen. Als hätte sie die Situation aufgegeben.

Als würde sie *ihn* aufgeben.

Ich runzle die Stirn, weil mir dieser Ansatz überhaupt nicht gefällt. Ihr Kämpferherz macht sie zu einer Überlebenskünstlerin. *Spart sie ihre Energie für den heutigen Tag? Oder ist das ein weiteres schlechtes Omen?*

Kaspian knurrt etwas Unverständliches vor sich hin, während Nox pfeift und den Kopf schüttelt. »Ich *weiß*, wie gut du darin bist, Frauen zu verführen. Aber irgendwie reduziert dich Fallon auf einen jugendlichen Vampir, der kein Verständnis für weibliche Gefühle hat. Es ist verblüffend, wirklich.«

»Weil ich kein Interesse daran habe, sie zu *verführen*«, bekräftigt Kaspian mit zusammengepressten Zähnen. »Zwei sehr unterschiedliche Situationen.«

»Dann benötigst du vielleicht eine neue Herangehensweise«, raunt Nox, während er aufsteht und einen Stapel Geschirr zu mir an die Spüle trägt. »Versuch, dich ein bisschen mehr um ihre Gefühle zu kümmern – vielleicht redet sie dann mit dir.«

»Weil das bei Bane so gut funktioniert«, sagt Nolan und ich runzle die Stirn.

»Ich habe mit dieser Unterhaltung nichts zu tun«, sage ich ihm. »Haltet mich da raus!«

»Du hast sehr wohl etwas damit zu tun, Phantom.« Er schaut zwischen mir und Bane hin und her. »Ihr habt es beide auf die sanfte Tour versucht, und es hat nichts gebracht. Jetzt läuft uns die Zeit davon. Die Frau wird implodieren und wir können nichts dagegen tun.«

»Das wissen wir nicht.« Und ich finde es wirklich nicht gut, dass er so schnell den Glauben an sie verliert. »Sie ist stärker, als du ihr zugestehst, *Erzengel*.«

Er hebt eine Schulter. »Ich schätze, wir werden sehen.«

»Das werden wir«, stimmt Fallon zu, die in Jeans und Pullover wieder auftaucht, die Füße nackt. »Wenn ihr jetzt alle damit fertig seid, über mich zu reden, als könnte ich nicht jedes verdammte Wort aus dem anderen Raum hören, würde ich gern meinem Gefährten beim Sterben zusehen. Bitte.«

FALLON

Es ist Zeit, sage ich zu Issy, während ich Kaspian in einen spärlich beleuchteten Raum folge.

Der Kerker von Gold und Granat ist technisch gesehen mit dem Königspalast durch einen der vielen Tunnel der Stadt verbunden – die offenbar alle gebaut wurden, als Gold und Granat Reykjavik zu ihrem Hauptquartier machte. Aber es war der gut zwanzigminütige Spaziergang, der mir verriet, dass wir mindestens eineinhalb Kilometer von Kaspians Zuhause entfernt sind. Vielleicht sogar noch weiter, da wir den ganzen Weg über ein flottes Tempo vorgelegt haben.

Nox und Bane treten hinter mir ein; ihre Anwesenheit ist bei Weitem nicht so beruhigend wie vorhin beim Frühstück. Ich denke, das habe ich Nolan und Kaspian zu verdanken. Sie haben mich daran erinnert, dass ich keinem von ihnen trauen kann, schon gar nicht Bane oder Nox.

Denn sie wurden mir aus der Verpflichtung heraus zugewiesen, alle meine Geheimnisse zu erfahren. Sie hängen nicht mit mir ab, weil sie mich mögen – sondern, um mich zu verhören.

Als ich Nox davon sprechen hörte, wie er und Bane Liebenswürdigkeit als Mittel einsetzen, um mich zum Reden zu bringen, war das der Weckruf, den ich gebraucht hatte.

Diese Männer sind nicht meine Freunde. Sie sind meine Gefängniswärter.

Und jetzt stehen sie links und rechts neben mir und machen ihren Job, während Kaspian die Mitte des Raums einnimmt.

Neben ihm befindet sich ein Steinblock, der mit Ketten umwickelt ist. Ein Schwert mit einem verzierten Griff aus Gold und Granat liegt daneben, ebenso wie eine Axt mit ähnlichen Markierungen am Holzgriff.

Welches Werkzeug werden sie benutzen?, frage ich mich, denn ich weiß, dass sie Klas' Kopf von seinem Körper trennen müssen. Er ist ein Vampir-Warlock-Hybrid; es gibt also nur wenige Möglichkeiten, ihn wirklich zu töten. Die Enthauptung ist eine davon. Das anschließende Feuer wird dafür sorgen, dass der Job abgeschlossen ist.

Banes Arm streift den meinen; mit seinen gut eins achtzig übertrifft er meine Körpergröße von knapp eins fünfundfünfzig um einiges. Es spielt keine Rolle, dass ich mir ein Paar Stiefel mit fast zehn Zentimeter hohen Absätzen angezogen habe. Ich bin immer noch wesentlich kleiner als alle Männer in diesem Raum.

Einschließlich Klas, denke ich, als Nolan ihn über die Türschwelle zerrt.

Ich habe ihn seit Monaten nicht gesehen, zumindest nicht persönlich. Aber seine Anwesenheit hat mich jeden Moment des Tages verfolgt.

Seine Haare sind länger, als ich sie in Erinnerung habe;

die dunklen Strähnen reichen ihm bis zum Kinn. Und es sieht aus, als hätte er sich seit Monaten nicht rasiert. Vielleicht, weil ihm niemand einen Rasierapparat anvertraut hat. Ich bin mir nicht sicher.

Aber seine Augen ... seine Augen sind dieselben gefährlichen dunklen Pfützen.

Ich erschaudere, als sein Blick den meinen trifft, und die Bosheit, die in seinen obsidianschwarzen Tiefen tanzt, lässt das Blut in meinen Adern gefrieren. Ich kenne diesen Blick. Er ist berechnend. Grausam. *Wissend.* Er verrät mir, dass er einen Plan hat. Er verschweigt etwas. Ein verdrehtes Verlangen, das er zum Leben erwecken will.

Was ist es?, frage ich mich und mein Herz setzt einen Schlag aus. *Was hast du vor?* Fast hätte ich die Fragen laut gestellt, aber ich finde meine Stimme nicht. Es ist, als hätte seine Anwesenheit die ganze Luft im Raum verbraucht und mir nichts mehr übrig gelassen. Er erstickt mich, wie all die Male, die er mich lebendig begraben hat.

Meine Fingernägel bohren sich in meinen Handflächen und erinnern mich daran, dass ich noch da bin. Ich bin frei. Zumindest von ihm.

Aber wenn das wahr ist, warum fühle ich mich dann plötzlich so eingeengt? So ... gefangen?

Fallon? Issys Stimme dringt in meinen Kopf, ihre Anwesenheit festigt mich auf eine Weise, wie es sonst niemand kann.

Issy, Klas ist hier. Und er ... er wirkt ... Ich weiß es nicht. Ich weiß nicht, wie ich es erklären soll. Aber ich glaube, er führt etwas im Schilde.

Er weiß wahrscheinlich von dem Dekret, antwortet Issy. *Vielleicht haben die Patriarchen einen Weg gefunden, ihn zu kontaktieren.*

Vielleicht, überlege ich und schlucke. *Aber er hat keine mentale Verbindung zu einer anderen Person.*

Zumindest wissen wir nichts davon, sagt sie. *Und es gibt andere Möglichkeiten der Kommunikation. Zum Beispiel Traumwandlerei.*

Das stimmt. Ich presse meine Kiefer aufeinander und denke an die schrecklichen Zaubersprüche, die ein solches Eindringen in den sicheren Raum einer Seele ermöglichen. *Aber was ist, wenn mehr dahintersteckt? Was, wenn er einen Plan hat? So wie ich?*

Ich bezweifle sehr, dass ihr beide den gleichen Plan habt. Und selbst wenn er den gleichen Spruch benutzen möchte, würde die Einäscherung ihn zerstören. Dein Körper muss unversehrt bleiben.

Hoffentlich werfen sie mich nicht nach ihm ins Feuer, sage ich und das nicht zum ersten Mal, seit wir diese verrückte Idee ausgeheckt haben.

Ich werde meinen Tod vortäuschen und dann hoffen, dass sie mich zur Autopsie ins Leichenschauhaus schicken, anstatt meine Überreste einfach zu vernichten.

Issys Argument ist, dass mein »Ableben« so plötzlich eintreten wird, dass sie Antworten haben wollen, also werden sie mich untersuchen, anstatt mich gleich zu entsorgen. Ich denke, sie traut den Männern ein bisschen zu viel zu. Als ob sie sich für die Ursache meines Todes interessieren würden; sie werden einfach froh sein, sich keine Sorgen mehr um meine Kräfte machen zu müssen.

Ich kann hören, dass du dir zu viele Gedanken machst, Fallon.

Wahrscheinlich, weil ich projiziere, murmle ich meinem Zwilling zu, als ich erneut Klas' finsteren Blick auffange.

Er wirft mir eine Kusshand zu, was Nox neben mir zum Knurren bringt. Bane legt seinen Arm auf meinen unteren

Rücken, sein muskulöser Griff ist beruhigend und beunruhigend zugleich.

Beruhigend, weil es Bane ist und wir im Laufe des vergangenen Jahres eine angenehme Freundschaft entwickelt haben.

Beunruhigend, weil diese Freundschaft nicht echt ist. Dennoch klammere ich mich an sie wie an eine Rettungsleine.

Erinnerst du dich an die Worte, die du sagen musst?, fragt Issy.

Ja. Ich habe sie in den vergangenen drei Tagen in verschiedenen Mustern wiederholt. Allerdings habe ich sie bislang nicht laut in der eigentlichen Zauberformel gesagt. Denn wenn ich das getan hätte, wäre ich jetzt nicht hier, sondern in der Leichenhalle.

Möglicherweise.

Oder lebendig verbrannt.

Verdammt!

Issy wiederholt meinen Namen, wohl wissend, dass ich wieder ausflippe. Aber dieses Mal antworte ich nicht, weil Kaspian Klas' letzte Rechte verliest.

Ich höre ihn kaum.

Ich höre ja kaum meine eigenen Gedanken.

Ich bin zu sehr von den bösen Absichten eingenommen, die von Klas ausgehen. *Er führt etwas im Schilde*, denke ich wieder. *Das wird nicht so laufen, wie wir es uns vorstellen.*

»Irgendwelche letzten Worte?«, fragt Kaspian und reißt mich aus meiner Benommenheit.

»Ja«, antwortet Klas, und sein düsterer Tonfall scheint sich wie eine Schlinge um meinen Hals zu legen. »Ich freue mich darauf, mit deiner Seele im Jenseits zu tanzen, Fallon.«

Ich erschaudere, weil mir der Klang dieser Worte nicht gefällt.

»Schließlich sterben treue Gefährten mit ihren Geliebten«, fügt er hinzu, und sein samtener Ton ertränkt mich in einem Meer aus Gänsehaut. »Stimmt's, Schätzchen?«

Nox schnaubt. »*Geliebt* ist ein bisschen weit hergeholt, nicht wahr?«

Klas ignoriert ihn, sein Blick ist ganz auf mich gerichtet.

Er weiß definitiv von dem Dekret, bestätige ich. *Aber ich glaube, da steckt mehr dahinter. Er möchte andeuten, dass er meine Seele für immer besitzen wird.*

Das ist unmöglich.

Ist es das?, flüstere ich zurück. *Daithis Zauber war schwarze Magie. Er hat meine Seele an Klas gebunden, vielleicht sogar im Tod.*

Das heißt, unser Plan wird nicht funktionieren.

Denn ich werde Klas auf die andere Seite folgen, sobald sein Kopf von seinem Hals getrennt ist.

Mein Leben könnte an seine Existenz gekoppelt sein, fahre ich fort, während mein Puls auf Hochtouren läuft. *Issy, ich glaube, wir haben die Situation völlig falsch eingeschätzt. Ich …*

Atme!, verlangt sie. *Ich werde dich nicht noch einmal an dieses Monster verlieren. Gib mir nur eine Sekunde …*

Ich habe keine Sekunde, flüstere ich ihr zu, als Nolan Klas die Füße wegschlägt und den Mann auf dem Block positioniert. *Sie sind im Begriff …*

Halte sie auf!, fordert Issy.

Ich … ich kann nicht. Meine Lippen versuchen, sich zu bewegen, aber der Anblick, der sich mir bietet, verschlägt mir die Sprache. Klas auf den Knien zu sehen, raubt mir den Verstand. Die Axt in Kaspians Hand macht mir eine

Heidenangst. Die schale Luft im Raum gibt mir das Gefühl, zu ersticken.

Fallon!, tadelt Issy. *Reiß dich zusammen!*

Ich versuche es. Das tue ich wirklich. Ich kann mich kaum auf etwas anderes konzentrieren als auf das metallische Glitzern. Und Klas' wissenden Blick, als er mich erwartungsvoll anstarrt. Es ist, als hätte er einen Zauber um meinen Geist gelegt, der mich zu einem letzten Akt der Unterwerfung zwingt, obwohl ich mich auflehnen möchte.

Etwas stimmt hier nicht. Er hat ... er hat etwas getan ...

Er hat mich an eine Leine gelegt.

Mich an sein Schicksal gebunden.

Ich spüre, wie sie sich um mich legt. Wie eine unsichtbare Schlange, die jeden meiner Impulse zerbeißen wird. Meinen Drang, mich zu bewegen. Mich zu winden. Zu schreien!

Issy spricht wieder, ihr Tonfall ist eindringlich, aber ich höre sie kaum. Alles wird dunkel. Bis auf diese metallische Klinge. Das Instrument, das sowohl mich als auch meinen mir aufgezwungenen Gefährten zerstören wird.

Ich öffne meine Lippen, doch das Flehen bleibt in meiner Kehle stecken.

Das bin nicht ich. Ich gehorche niemandem. Ich wähle mein Schicksal. Ich bin Meister meines eigenen Schicksals!

Ich krümme mich unter dem Bann und meine Seele schreit angesichts der Ungerechtigkeit, gefesselt zu sein.

»Klas, du wirst hiermit aus dem Haus von Gold und Granat verbannt«, sagt Kaspian und hebt seine Arme in die Luft. »Und zum Tode verurteilt.«

Die Worte hallen in meinem Kopf nach, während ich gegen den Zauber ankämpfe, der mich mit der bösen Seele Klas' verbindet. *Ich lehne dich ab! Ich weise dich zurück! Du kannst mich nicht mit ins Jenseits nehmen!*

Kaspians Arm bewegt sich.

Abwärts.

In scharfem, perfektem Winkel.

Und alles um mich herum scheint stillzustehen.

Mein Geist. Mein Körper. Issys verzweifelten Schreie. Ich gehöre nicht mehr zu dieser Ebene, sondern zu einer anderen. Einer, die ich bisher nur in meinen Träumen besucht habe.

Der des *Todes*.

Ein Schauer läuft mir über den Rücken und meine Lunge erstarrt.

Dies ist die Quelle meiner Magie. Meines zauberhaften Wesens. Mein Zuhause.

Von hier beziehe ich meine Kraft. Hier verbinde ich mich mit den Seelen der Toten, hier locke ich die Geister der Lebenden an.

Ich schließe die Augen und atme, Klas' Bann hält mich nicht länger als Geisel.

Ich bin frei.

Aber lebe ich noch? Hat er vor, mich hier zu finden? Um mich zu besitzen? Um mich für die Ewigkeit zu beanspruchen?

Nein.

Ich weigere mich.

Er hat kein Recht auf meine Seele. Nur der Tod kann mich wahrhaftig beanspruchen, doch alles, was ich hier fühle, ist Kraft. Erneuert und *lebendig*.

Ich atme tief ein und öffne die Augen, unsicher, wann ich sie geschlossen habe, und starre in ein Paar wunderschöner blauer Iriden.

Nicht düster und schwarz wie Klas' Augen. Sondern blau und hypnotisierend. Freundlich. Anbetend. *Mein.*

Ich runzle die Stirn. Dieser letzte Gedanke kommt unaufgefordert und unerwartet.

Mein?

Wo bin ich?

Die Todesebene ist verschwunden und vor mir liegt wieder der Kerker. Und ich bin von vier Männern umgeben, die ich allesamt kenne. Sie alle starren mich jetzt mit Verwunderung und Verwirrung an.

Und Misstrauen, stelle ich fest, als mein Blick Nolans findet. Seine bunten Iriden sehen in diesem Raum wie Schatten aus, sein Blick ist dunkel.

Was ist passiert?, frage ich fast. Aber meine Kehle fühlt sich trocken an. Zu trocken. Als wäre ich über Stunden bewusstlos gewesen.

Ich weiß, dass ich das nicht war. Das ist nur ein Nebeneffekt der Berührung der Todesebene. Die hat mir buchstäblich die Lebenskraft entzogen, sodass ich wie eine Leiche dastehe und kaum atme.

»Geht es dir gut, *Lass*?«, fragt Bane, und seine sanfte Stimme lenkt meine Aufmerksamkeit auf ihn. »Du bist so weiß wie ein Geist.«

Fast hätte ich gelächelt. Aber ich scheine die Kraft nicht aufbringen zu können.

Stattdessen schließe ich meine Augen für einen weiteren langen Moment.

Doch als ich sie wieder öffne, hat sich die Szenerie verändert. Ich bin wieder in meinem Zimmer. Ich liege im Bett. Erschöpft.

Und beobachte ein Feuer, das auf dem Fernsehbildschirm lodert.

Ich blinzle, verwirrt und erschrocken über die Verschiebung von Zeit und Raum. »Wa...?« Ich versuche, zu sprechen, muss aber husten, weil sich mein Hals wie Schleifpapier anfühlt.

Dann taucht ein Strohhalm auf, den ich sofort mit

meinen Lippen umschließe, während ich Nox' schönem Blick wieder begegne. Nur starrt er mich diesmal nicht mit Mitgefühl oder Sorge an. Er ist verschlossen und unleserlich. Ein Wächter ohne Emotionen.

Ich schlucke mehrmals, während ich ihn studiere, und spüre wieder dieses seltsame Begehren. *Mein.*

Aber das ergibt doch keinen Sinn.

Ja, ich fühle mich zu Nox hingezogen. Ich müsste schon blind sein, um sein gutes Aussehen nicht zu bemerken, und selbst dann wäre seine Anziehungskraft allein durch seine Persönlichkeit greifbar.

Aber ihn als »mein« zu bezeichnen? *Woher kommt dieser Gedanke?* Ich starre ihn an, während ich trinke, und nehme seinen ernsten Blick wahr. Er sieht nicht sauer aus, sondern eher untypisch ernst.

Ist bei der Hinrichtung etwas schiefgelaufen?, frage ich mich, und mein Blick wandert zum Bildschirm. *Ist Klas wirklich tot?*

Der Strohhalm verschwindet aus meinem Mund, als das Glas geleert ist. Ein zweites nimmt seinen Platz ein. Ich nippe kommentarlos daran, dankbar für die Flüssigkeitszufuhr, während ich die Flammen auf dem Bildschirm unheilvoll tanzen sehe.

Kaspian ist da. Nolan auch. Aber Bane nicht.

Was ist passiert?, frage ich mich erneut.

Ich trinke zwei weitere Gläser Wasser, bevor ich endlich in der Lage bin, diese Frage laut zu stellen.

Als Nox nicht sofort antwortet, sehe ich ihn an. »Habe ich etwas getan? Mit meinen Kräften, meine ich?« *Verhält er sich deshalb so seltsam?* Immerhin habe ich die Todesebene besucht. Das kann kein gutes Zeichen sein.

Aber ich habe mich offenbar aus Klas' Fängen befreit.

Und meine Seele hat sich nicht mit seiner im Jenseits vereint.

Es sei denn, dies ist eine wirklich seltsame Version der Hölle.

»Du bist gestorben«, sagt Nox ohne Umschweife. »Oder es sah so aus. Bis du aufgewacht bist.«

»Oh.« Ich beiße mir auf die Lippe. »Wie lange war ich weg?«

»Nur ein paar Minuten. Aber ... du warst blass und hast nicht geatmet.« Er sieht weg, sein Blick verhärtet sich. »Und dann kamst du zurück ...«

Ich starre auf sein Profil. »Und dann ...?« Ich frage nach, weil ich spüre, dass hier mehr vor sich geht als ein zufälliges Aufeinandertreffen mit der Todesebene.

»Und dann ...« Er räuspert sich und sein Blick findet wieder den meinen. »Und dann hat das Schicksal seine Hand gezeigt.«

Ich runzle die Stirn. »Was?«

»Du spürst es nicht?«, fragt er, ohne auf seine kryptische Bemerkung bezüglich des Schicksals einzugehen. »Den Sog?«

»Den Sog?« Ich schüttle den Kopf. »Nein, ich ...«
Warte ...

Ich setze mich langsam auf, mein Körper ist noch geschwächt von der kurzzeitigen Abwesenheit meiner Seele.
Moment mal ...

Ich werfe einen Blick auf den Bildschirm und dann wieder auf Nox. Dann wieder auf den Bildschirm, als sich die Puzzleteile langsam zusammenfügen.

Hypnotisierende blaue Augen.
Bewundernde Mienen.
Verwirrung.

Misstrauen.

Mein ...

Meine Augen weiten sich. »Nein ...« *Außer* ... »Scheiße ...« *Der Gefährtenzauber ist zurückgeprallt.* »Du und ich ... Wir sind *Gefährten*?«, quieke ich und sehe Nox an. *Weil die dunkle Magie nirgendwo anders hin konnte ... hat sie uns aneinander gebunden.*

Fuck!

Fuck!

Fuck!

»Oh, nicht nur wir beide, Glühwürmchen«, murmelt Nox, wobei seine gewohnte Leichtigkeit nicht hinter seinem sarkastischen Ton verborgen ist. »Wir vier.«

Ich klimpere mit den Wimpern. »Warte, *was*?«

»Nolan, Kaspian, Bane und ich.« Er spricht jeden Namen deutlich aus. »Wir sind alle deine Zweite-Chance-Gefährten.«

Mein Mund bleibt offenstehen. *Was?!* »Das ist unmöglich.« Aber das ist es nicht. *Wegen dieses verdammten Zaubers ...*

»Es ist nicht beispiellos«, murmelt Nox. »Aber ja, es ist ... auch nicht gerade ideal.«

»Nicht ideal?« Ich muss lachen. »Das ist eine Untertreibung.«

Weil ich gerade aus Versehen meine Seele an vier Männer gebunden habe. *Mit schwarzer Magie.*

Sobald sie merken, was vorgefallen ist, bin ich eine tote Frau.

So viel zur Freiheit, denke ich geschlagen. Auch wenn ich fliehen wollte, könnte ich es nicht.

Denn jetzt bin ich an vier renommierte Söldner gefesselt.

Flucht ist keine Option, Verstecken auch nicht.

Was zum Teufel soll ich nur tun?

Ein Teil von mir erwartet eine Reaktion seitens Issy, aber sie reagiert nicht.

Stirnrunzelnd versuche ich, sie zu erreichen, aber ich bekomme keine Antwort. Ist etwas anderes passiert, als ich die Todesebene besucht habe? Steckt sie in Schwierigkeiten?

Ich kann spüren, dass sie da ist, aber ich kann sie nicht erreichen. Entweder ist sie also bewusstlos oder etwas stört unsere Verbindung.

Vielleicht die Schicksalsbande zu meinen neuen Gefährten, denke ich und stöhne auf.

Ernsthaft, warum hasst du mich?, will ich das Schicksal herausfordern. *Was habe ich dir angetan?*

Denn das ist verrückt. Unwahrscheinlich. Absolut verdammt kompliziert.

Und die Art, wie Nox mich jetzt ansieht, bestätigt, dass er dem zustimmt.

Ich schätze, die anderen tun das auch.

Was passiert also, wenn einer von ihnen versucht, das Gefährtenband abzulehnen? Und merkt, dass das alles wegen eines illegalen Zaubers passiert ist?

Sie werden mich beschuldigen. Mich vermutlich verurteilen. Und dann töten.

Fantastisch.

Verdammt. Fantastisch.

NOLAN

Fallon Doyle ist meine Gefährtin.

Nein, sie ist nicht nur *meine* Gefährtin. Sie ist *unsere* Gefährtin.

Ich fahre mit der Hand über mein Gesicht und streiche mir über den Nacken. *Fuck!*

Wenigstens hat sie überlebt.

Natürlich hätte ich nicht gedacht, dass sie es *so* hinbekommen würde.

Vier Gefährten.

Gleichzeitig.

Ich wäre beeindruckt, wenn es nicht bedeuten würde, dass ich jetzt teilen muss. Das ist nicht meine Vorliebe. Ich ziehe es vor, die Frauen ganz für mich allein zu haben, normalerweise ans Bett gefesselt und geknebelt, während ich ihre Toleranz gegenüber extremer Lust teste.

Nox und Bane werden mich das niemals mit Fallon machen lassen, denke ich und beobachte letzteren, der gerade auf mich und Kaspian zugeht.

»Sie ist aufgewacht«, sagt Bane leise, als er sich zu uns

in die Nähe des Lagerfeuers gesellt. »Nach dem, was ich gehört habe, erinnert sie sich kaum an das, was passiert ist. Und sie ist von der Entscheidung des Schicksals genauso überrascht wie wir.«

»Bist du wirklich so schockiert?«, frage ich ihn. »Du und Nox, ihr wart von Anfang an von ihr besessen.« Ich denke immer noch, dass das daran liegt, dass Fallon Todesmagie besitzt – das hat sie heute eindrucksvoll unter Beweis gestellt, als sie starb und wieder zum Leben erwachte.

Was war das überhaupt? Das frage ich mich zum tausendsten Mal. Die ganze Szene hat mich vollkommen verblüfft. Ich hatte mit einem Kampf gerechnet, nicht mit ihrem Tod. Dann kam sie auf einer Welle der Magie zurück, die meine Seele durchbohrte.

Und jetzt sind wir auf ewig aneinander gebunden.

Es sei denn, wir lehnen es ab.

»Bin ich schockiert, dass wir gerade mit dieser Frau auf schicksalhafte Weise verbunden wurden?« Banes Tonfall verrät nichts, wie immer. Er erhebt selten die Stimme oder zeigt auch nur einen Hauch von Verärgerung. Vielleicht ist er sogar der entspannteste Typ, den ich je getroffen habe.

Und genau das macht ihn tödlich.

Er hat eine Vorliebe für Messer und Pistolen, und er zielt fast so gut wie Kaspian. Wenn dann noch Nox' Gifte hinzukommen – Gifte, die das Phantom gern auf Banes Waffen aufträgt –, ist Bane eine ernstzunehmende Kraft.

Die Tatsache, dass er immer ruhig ist, macht sein tödliches Potenzial nur noch gewaltiger.

»Ja, das bin ich«, fährt Bane fort. »Ich glaube, das sind wir alle.«

»Lasst uns in meinem Gemach darüber reden!«, sagt Kaspian leise, während Klas' letzte Überreste zu Asche verglühen. Er hat bereits einige öffentliche Kommentare zu der Hinrichtung abgegeben, sodass er den Schauplatz jetzt ohne weitere Diskussion verlassen kann.

Wir befinden uns mitten im Dorf, in der Nähe des Ortes, an dem Klas im vergangenen Jahr den ersten Angriff auf Reykjavik verübt hat – und damit an dem perfekten Ort für die Verbrennung seiner Überreste. Aber das bedeutet, dass wir ein Stück zu Fuß gehen müssen.

Aber das ist in Ordnung. Ich brauche die frische Luft. Noch schöner wäre es allerdings, wenn ich meine Flügel ausbreiten und fliegen könnte.

Leider entscheide ich mich für einen Spaziergang mit Bane und Kaspian.

Letzterer trägt eine Sonnenbrille, um die wenigen Stunden Sonnenlicht an diesem Nachmittag zu überstehen. Je älter ein Vampir ist, desto mehr macht ihm die Sonne zu schaffen. Und Kaspian ist gewiss nicht mehr jung.

Wahrscheinlich hätte er das Feuer nachts anzünden sollen – dann wäre es auch beeindruckender gewesen –, aber angesichts der unterschiedlichen Zeitzonen in den Gebieten von Gold und Granat, die rund um den Globus verteilt sind, war eine Hinrichtung am Mittag am sinnvollsten.

Und nun ist es vollbracht und er hat den größten Teil des Nachmittags und Abends, um sich um dieses neue Problem zu kümmern.

Fallon.

Unsere Schicksalsgefährtin.

Hm.

Kaspian teilt schon immer gern. Nox und Bane tun das auch. Die drei könnten sich also irgendwie arrangieren. Aber ich bin mir nicht sicher, wie ich in dieses Bild passe.

Kann sich Fallon entscheiden?, frage ich mich und runzle die Stirn. *Nein. Das scheint nicht sehr wahrscheinlich zu sein.*

Es sei denn, sie will keinen von uns.

Warum denke ich überhaupt darüber nach? Die Frau starb und kam mit vier *Schicksalsgefährten zurück. Das ist nicht normal.*

Etwas anderes geht hier vor. Etwas Großes.

Ich bin zwar dankbar, dass ihre Seele nicht zerbrochen ist, aber ich weiß nicht, was ich von dieser neuen Entwicklung halten soll. Sie hat nach wie vor Geheimnisse, und ich vermute, dass diese viel wichtiger sind, als sie zugibt.

Ich habe ihre Akte gelesen. Da steht nichts drin. Nur ein paar vage Sätze darüber, dass Klas sie auf einer Mission traf und sich mit ihr verband. Diese Mission ist nicht mal dokumentiert. Das alles ist verdammt kryptisch, und obwohl wir letztes Jahr einige unserer besten Fährtenleser auf sie angesetzt haben, konnten wir nicht viel mehr Informationen zu diesem Thema ausgraben.

Klas selbst hatte keine Familie. Nur Freunde. Und die meisten dieser Freunde starben letztes Jahr, nachdem sie ihm geholfen hatten, das Hauptquartier von Gold und Granat anzugreifen. Vesperus' Gefährtin nutzte ihre Göttinnenkraft, verschob den Mond und zerstörte die Arschlöcher, die versucht hatten, unsere Führung zu stürzen.

Klas war einer der wenigen, die überlebten, um sich für seine Taten zu verantworten.

Der andere war Kaspians ehemaliger Assistent, aber der hat nicht lange überlebt. Nur Klas. Und jetzt ist er tot, und Fallon ist die Einzige, die etwas über seine und ihre Herkunft weiß.

Ist es ein Zufall, dass sie uns alle vier nach seinem Tod an sich gebunden hat?

Ist es Hexerei? Ein Zauberspruch? Ein Fluch?

Oder ist es echt?

Kann es überhaupt echt sein?

Mehrere Gefährten zu haben, ist nicht beispiellos, aber selten. Und dass sie sich plötzlich mit uns allen vier auf schicksalhafte Weise verbindet? Das ist ein verdammtes Wunder.

Aber vielleicht verdient sie dieses Wunder, denke ich, als wir den Palast erreichen und uns auf den Weg zu Kaspians Gemächern in der obersten Etage machen.

Ich schürze die Lippen.

Was zur Hölle stimmt nicht mit mir? Vielleicht hat sie dieses Wunder verdient? Seit wann denke ich denn so?

Das muss eine Art Beschwörung sein. Sie ist eine mächtige Hexe. Das ist das Einzige, was einen Sinn ergibt.

Was bedeutet, dass wir das Band ablehnen müssen.

Ich will genau das sagen, als wir Kaspians Zimmer betreten, aber aus irgendeinem Grund verlassen die Worte meinen Mund nicht. Sie ... sie bleiben einfach auf meiner Zunge hängen. Sie verhöhnen mich. Sie machen mich wütend. *Sie spielen mit mir.*

»Das muss ein Zauber sein«, bringe ich hervor. »Eine Art Trick.« *Na also.* Ich habe also nicht *abgelehnt*, aber ich habe wenigstens die Erklärung aus meinem sturen Mund gezwungen.

»Vielleicht«, sagt Kaspian und steuert direkt auf seine Spirituosenbar zu. »Aber es fühlt sich definitiv echt an.«

»Weil es das ist.« Bane spricht sachlich, seine Überzeugung ist offensichtlich. »Ich fühle mich seit unserer ersten Begegnung mit ihr verbunden. Dass sich diese Schicksalsbande nun zusammenfügen, leuchtet ein.

Deshalb habe ich mich so zu ihr hingezogen gefühlt, aber ich konnte mich wegen Klas' Einfluss nicht vollständig mit ihr verbinden. Jetzt, da er tot ist, ist sie mein.«

Seine Erklärung klingt so einfach.

Aber das ist es nicht.

»Du fühlst dich zu ihr hingezogen, weil sie über Todesmagie verfügt und du ein Phantom bist«, erkläre ich. »Es handelt sich um natürliche Anziehungskraft. Genau wie bei Kaspian, weil der ein Vampir ist. Ich hingegen bin ein Erzengel. Ich habe mich nie zu ihr hingezogen gefühlt und ich fühle mich auch jetzt nicht zu ihr hingezogen.«

Eine glatte Lüge.

Auch ich hege unerklärliche Gefühle für diese Frau. Deshalb konnte ich sie letztes Jahr auch nicht töten. Aber verdammt, das werde ich jetzt nicht zugeben.

Banes dunkle Augen funkeln wissend, aber er spricht mich nicht auf meinen Schwachsinn an. Stattdessen zuckt er mit den Schultern und sagt: »Wenn du sie ablehnen willst, ist das in Ordnung. Ich teile diese Einstellung nicht.«

»Du willst das Band nicht ablehnen?«, fragt Kaspian, während er drei Drinks einschenkt.

»Nein, das will ich nicht. Und ich bezweifle, dass es Nox anders geht. Aber es liegt nicht wirklich an uns, sondern an Fallon. Ich werde ihren Wunsch respektieren – egal, wie der aussieht.« Bane nimmt sich ein Glas. »Ich werde auch respektieren, welche Entscheidung ihr beide trefft. Ich kann nur für mich selbst entscheiden, und ich entscheide mich für das, was sich richtig anfühlt.«

»Nichts von all dem fühlt sich richtig an«, murmle ich, als Kaspian mir einen der Drinks reicht. »Sie ist gestorben und zurückgekommen. Und dann sind die Schicksalsbande zugeschnappt. Das ist nicht normal.«

»Nein, das ist es nicht«, stimmt Kaspian zu und

richtet seinen Blick auf die bernsteinfarbene Flüssigkeit in seinem Glas. »Ich kann dieses Band nicht akzeptieren, solange ich ihr nicht vertraue. Sie verbirgt etwas. Und das ... das kommt mir alles ein bisschen zu willkürlich vor.«

Ich nicke. *Willkür* ist definitiv der richtige Ausdruck.

»Wenn du sie zu sehr drängst, riskierst du, dass sie dir nie wieder vertraut«, warnt Bane.

Kaspian wendet seinen Blick nicht von seinem Getränk ab. »Dieses Risiko werde ich in Kauf nehmen.«

Bane mustert ihn eingehend. »Selbst wenn sich herausstellt, dass ihre Geheimnisse für unsere Situation irrelevant sind?«

»Ja.« Kaspian richtet seine Aufmerksamkeit auf mich. »Wir müssen zurück an den Anfang gehen und ihren Hintergrund gründlich untersuchen. Unsere Fährtenleser haben sich beim ersten Mal mehr auf Klas als auf Fallon konzentriert. Wir müssen sie dieses Mal in den Mittelpunkt stellen und von vorn beginnen.«

Bane seufzt – er muss nichts sagen, um seine Meinung zu diesem Plan kundzutun. Aber was das Phantom nicht versteht, ist, dass es keine Rolle spielt, welche Geheimnisse Fallon hat. Was hier zählt, ist unsere Unfähigkeit, unserer Schicksalsgefährtin zu vertrauen. Kaspian und ich sind da einer Meinung – keiner von uns ist sich der Echtheit des Ganzen sicher. Und mit solchen Zweifeln können wir nicht weitermachen.

»Ich kümmere mich persönlich um die Ermittlungen«, sage ich zu Kaspian.

Es ist mir egal, ob Fallon mich dafür hasst, dass ich in ihrer Vergangenheit wühle. Das ist der Preis, den ich zu zahlen bereit bin, um sicherzustellen, dass Kaspian und die anderen sicher sind.

Wenn sie mich deswegen ablehnt, dann lehnt sie mich ab.

Ich werde mit diesem Schmerz leben.

Aber dann weiß ich wenigstens, ob es echt war oder nicht.

»Bane, in der Zwischenzeit solltest du sie gemeinsam mit Nox weiter bewachen – so wie ihr es bisher getan habt. Vielleicht hilft diese neue Verbindung ihr, sich mehr zu öffnen.« Kaspians Tonfall verrät mir, dass er nicht glaubt, dass diese Bindung etwas ändern wird, und ich stimme ihm in dieser Einschätzung zu.

Fallon ist stark und hartnäckig. Was auch immer sie verbirgt, muss für sie von großem Wert sein. Ich habe fast ein schlechtes Gewissen angesichts dessen, was ich tun muss.

Aber es ist ein notwendiges Übel. Eine Aufgabe, für die ich buchstäblich geschaffen wurde. Ebenso werde ich sie möglicherweise töten müssen, wenn ich herausfinde, dass sie versucht, jemandem in Gold und Granat zu schaden – mich selbst eingeschlossen.

Ich hoffe für sie und für mich, dass es nicht so weit kommt.

Meine Flügel öffnen sich, während ich mein Glas leere. Das Bedürfnis, diese Reise zu beginnen, kitzelt meine Federn. Heute Nacht werde ich nicht schlafen können, vielleicht auch nicht in absehbarer Zukunft. Aber das wird es wert sein, wenn ich beweisen kann, dass Fallons Absichten echt sind.

»Ich fange in Irland an«, sage ich zu Kaspian.

»Ich werde Kieran wissen lassen, dass er mit deiner Anwesenheit rechnen soll«, antwortet er.

Meine Lippen kräuseln sich. »Wenn ich meinen Job richtig mache, wird er nicht einmal wissen, dass ich da bin.« Mich über die Grenzen in andere Territorien zu schleichen, ist eine meiner Vorlieben, seit die Grenzlinien geschaffen wurden. »Ich bleibe in Kontakt.«

Ich stelle das Glas auf der Theke ab und gehe auf den Balkon.

»Danke, Nolan«, murmelt Kaspian hinter mir, woraufhin ich innehalte und eine Augenbraue hochziehe.

Das ist neu, denke ich, ohne ihn anzuschauen. Anstatt es zu erwähnen, antworte ich: »Dank mir nicht, bevor der Job erledigt ist, Kas.«

Dann öffne ich die Türen und verschwinde in die Nacht.

Aber anstatt direkt zum Meer zu fliegen, wende ich mich Fallons Zimmern zu und kauere mich auf ihr Balkongeländer.

Ihre Türen und Vorhänge sind geschlossen und ich starre auf den dunklen Stoff, der meine Gefährtin vor meinen Blicken verbirgt.

Bis bald, kleine Flamme. Sei gut zu Kas und den anderen, während ich weg bin ...

BANE

Iᴄʜ sᴄʜʟᴇɪᴄʜᴇ mich in Phantomform in Fallons Zimmer. Nox liegt auf der Couch und starrt an die Decke.

Ich schwebe an ihm vorbei und mache mich auf die Suche nach unserer Gefährtin, doch seine sanften Worte halten mich zurück. »Sie ist eingeschlafen.«

Die winzige Wölbung unter ihrer Bettdecke bestätigt seine Aussage und ich nehme meine physische Gestalt an. »Hat sie etwas gegessen?«

Er schüttelt den Kopf. »Nicht seit dem Frühstück.«

»Hmm.« Das war vor Stunden. »Sie muss etwas essen.« Ich gehe in ihre Küche, um ein paar Dinge vorzubereiten, die sie bequem essen kann, wenn sie aufwacht.

Nox gesellt sich schließlich zu mir und beäugt die Wurstwaren mit Interesse. Anstatt auf seine Frage zu warten, mache ich ihm ein ähnliches Sandwich wie Fallon und reiche es ihm, bevor ich mir selbst auch eins mache.

Fallons Sandwich lege ich auf einen Teller und stelle diesen in den Kühlschrank, dann setze ich mich zu Nox an den Tisch.

Wir essen schweigend, wobei unsere Blicke alle paar Sekunden zum Schlafzimmer schweifen. Ich bin mir nicht sicher, ob es an meinem Beschützerinstinkt liegt oder an dem Wunsch, zu sehen, wie Fallon sich bewegt, aber ich kann nicht aufhören, sie anzusehen.

Meine Gefährtin.

Meine Zukunft.

Meine Fallon.

Kaspian und Nolan mögen dieser Entwicklung nicht trauen, aber ich tue es. Es ergibt zu viel Sinn, als dass ich es leugnen könnte. »Sie war für uns bestimmt«, flüstere ich.

Die Worte waren mehr für mich als für Nox gedacht, aber mein bester Freund nickt sofort zustimmend. »Ich weiß.«

»Kaspian und Nolan sehen das nicht so.«

Nox überlegt. »Kaspian ist alt und eingefahren in seinen Gewohnheiten. Außerdem ist er gerade erst König von Gold und Granat geworden. Wahrscheinlich sieht er das eher als Komplikation und nicht als Geschenk an, zumal es um Fallon geht. Sie wird nicht wie andere Frauen vor ihm auf die Knie gehen, was bedeutet, dass er für ihre Zuneigung arbeiten muss.«

Meine Lippen kräuseln sich angesichts dieser Aussicht. »Das wird lustig zu beobachten sein.«

»Es sei denn, er vermasselt es«, gibt Nox zu bedenken. »Dann müssen wir ihm in den Arsch treten, und ich habe wirklich keine Lust, mich mit einem angepissten Vampirmeister mit Königskomplex herumzuschlagen.«

»Oder mit einem Erzengelkiller mit einer Vorliebe dafür, erst zu töten und dann Fragen zu stellen«, sage ich, wohl wissend um Nolans Fähigkeiten und seinen Ruf.

»Aber hallo.« Nox vertilgt den letzten Bissen seines Sandwichs und bringt seinen Teller zur Spüle, bevor er sich zwei Flaschen Wasser aus Fallons Kühlschrank holt. Als er zurückkommt, reicht er mir eine, wobei sein Blick sofort auf die Schönheit im anderen Raum fällt.

Ich folge seinem Blick. »Ich habe gehört, was sie gesagt hat, als sie aufgewacht ist. Sie war wohl genauso überrascht wie wir über die schicksalhafte Verbindung.«

»Definitiv. Und vielleicht auch ein wenig bekümmert.«

Ich nehme einen Schluck Wasser, während ich über diese Aussage nachdenke. »Glaubst du, sie hat vor, das Schicksal abzulehnen?«

»Angesichts dessen, was ihr letzter Gefährte ihr angetan hat, könnte ich es ihr nicht verübeln, wenn sie so denkt«, murmelt Nox. »Aber ich hoffe, dass sie uns eine Chance gibt, zu beweisen, dass wir nicht wie Klas sind.«

»Ich auch.« Aber ich würde es verstehen, wenn sie das nicht kann. Sie hat uns zwar nicht alles erzählt, aber ich weiß, dass sie viel durchgemacht hat.

Leider scheint sie ihren Schmerz lieber allein verarbeiten zu wollen, als sich jemandem anzuvertrauen. Und etwas sagt mir, dass nicht einmal das Schicksal Fallons Meinung dazu ändern wird.

Ich esse mein Sandwich auf und Nox kümmert sich um meinen Teller. Wir sind schon so lange ein Team, dass unsere Handlungen reibungslos funktionieren. Normalerweise koche ich und er macht sauber. Es sei denn, es geht um Steaks oder Burger auf dem Grill, dann macht Nox das. Nicht, dass wir hier einen Grill hätten.

Obwohl ich Island mag, vermisse ich definitiv einige Aspekte des Lebens in den Vereinigten Staaten. Früher war das mein bevorzugter Aufenthaltsort, insbesondere die Westküste. Aber als sich das Portal öffnete, kehrten wir nach Schottland zurück, wo die meisten unserer Artgenossen leben – hauptsächlich aus Sicherheitsgründen.

Wir hielten unsere Existenz bis vor Kurzem geheim, da wir wussten, dass andere übernatürliche Wesen die Tatsache, dass wir nicht getötet werden können, nicht gutheißen würden. Wir sind uns nicht einmal sicher, ob Phantome an Altersschwäche sterben können oder nicht – das hat noch niemand getan.

Natürlich haben wir uns alle zunächst das Leben genommen, um Phantome zu werden. Vielleicht ist das der Grund, warum wir weder altern noch sterben – das geht nur einmal.

Nox lässt mich am Tisch zurück, um nach Fallon zu sehen. Seine Verwandlung in ein Phantom garantiert, dass er sie nicht durch seine Schritte aufweckt. Ich beobachte von meinem Platz aus, wie sein Gesichtsausdruck ehrfürchtig wird, als er ihre Bettseite erreicht.

Er krümmt die Finger an seinen Seiten, als wolle er sie nicht berühren – eine Reaktion, die ich verstehe. Ich habe schon unzählige Male so empfunden.

Als sie sich nicht rührt, kommt er schließlich zurück. »Ich nehme an, unsere Befehle lauten, hierzubleiben und sie zu bewachen?«, vermutet er, nachdem er wieder seine physische Gestalt angenommen hat.

»Im Wesentlichen, ja. Mit der zusätzlichen Bitte, sie dazu zu bringen, sich zu öffnen.« Kaspian will unbedingt alles über Fallon erfahren, und obwohl ich seine Beweggründe verstehe, möchte ich auch ihre Privatsphäre respektieren.

»Indem ihr euch als meine Freunde ausgebt, richtig?«, fragt Fallon. Ihre sanfte Stimme hallt durch den Raum. »Hast du das nicht gesagt, Nox?« Sie dreht sich in unsere Richtung, ihr Tonfall und ihr Gesichtsausdruck sind betont neutral. »Nein, du hast *Dating* erwähnt. Mich zum Reden zu verführen.«

Nox runzelt die Stirn. »Ich glaube, ich habe versucht, Kaspian zu erklären, dass er sich entspannen und aufhören soll, dich wie eine Gefangene zu behandeln, Glühwürmchen.«

»Du hast ihm geraten, mich zu *verführen*, um Informationen aus mir herauszuholen«, sagt sie trocken.

Nox stößt sich wieder vom Tisch ab und schlendert auf sie zu. »Ich habe versucht, ihm zu sagen, dass er sich daran erinnern soll, dass du eine Person mit Gefühlen bist.«

»Eine Person, die er dazu *verführen* soll, Geheimnisse zu verraten.«

»Du scheinst diesen Begriff zu mögen, Glühwürmchen«, murmelt er und seine Stimme senkt sich um eine Oktave. »*Soll* ich versuchen, dich zu verführen?«

»Als ob du das könntest«, faucht sie ihn an. »Ihr versucht alle nur, mich auf unterschiedliche Weise zu verhören. Bane mit seinem Essen und seiner Freundlichkeit. Du mit deinen … Muskeln und deinem guten Aussehen. Kaspian mit seiner Dominanz. Nolan … Nolan befragt mich tatsächlich nie. Er würde mich lieber erschießen, als zu reden.«

»Muskeln und gutes Aussehen«, wiederholt Nox. »Das gefällt mir.«

»Und natürlich ist das alles, was du gehört hast.«

»Wenn meine Schicksalsgefährtin mir Komplimente über mein Aussehen macht, ist das in der Tat alles, was ich hören will.« Er kniet sich neben das Bett und stützt seine Ellbogen auf der Matratze ab, um ihr Raum zu geben und ihr dennoch nahe zu sein. Es ist eine bewusste Haltung – eine, die ihr zeigt, dass er ihre Grenzen respektiert und sich gleichzeitig buchstäblich für sie hinkniet.

Nox würde sich nur vor wenigen Leuten auf dieser Welt hinknien, was diese Position sehr bedeutsam macht.

Ich stehe auf, schnappe mir Fallons Teller und eine Tüte Chips mit BBQ-Geschmack – ihre Lieblingssorte, wie ich festgestellt habe – und geselle mich zu ihnen ins Schlafzimmer. »Du musst essen, sonst erlischt deine innere Flamme«, sage ich und stelle das Essen auf den Nachttisch. »Betrachte das als meine Methode, deine Sinne zu *verführen.*«

»Und mich zum Reden zu bringen«, murmelt sie.

»Ich habe nicht ein einziges Mal versucht, *dich zum Reden zu bringen*, Fallon. Ich weiß es besser, als jemanden zu zwingen, sich zu öffnen, wenn er dazu nicht bereit ist.« Und ich habe jahrzehntelange Erfahrung darin, andere zu therapieren. Ich betrachte Fallon zwar nicht als Patientin, aber ich verstehe, dass sie Geduld braucht.

»Du wirst mich also lediglich mit Essen überhäufen, bis ich bereit bin?«, fragt sie ungläubig.

»Ich werde für den Rest der Ewigkeit für dich kochen, weil ich es will«, korrigiere ich sie, während ich mich neben Nox hinknie, um auf Augenhöhe mit Fallon zu sein. Ich bin zu groß, also klappt das nicht ganz – selbst wenn sie sich aufsetzt, würde ich immer noch auf sie herabsehen, aber es ist besser, als über ihr zu stehen. »Du bist unsere Schicksalsgefährtin, süße Flamme. Und meine *Love Language* ist das Essen.«

»Das ist wahr«, sagt Nox. »Bane kocht gern, aber nur für die, die er mag oder um die er sich sorgt. Deshalb bietet er Nolan nie etwas von unseren Resten an.«

Ich schnaube. »Nolan würde nicht mal versuchen, etwas davon zu essen, auch wenn ich es ihm anbieten würde.«

Nox grinst. »Ich bin mir ziemlich sicher, dass sein Lieblingsessen der Tod ist.«

»Wahrscheinlich.« Oder etwas unglaublich

Unappetitliches. Ich habe den Erzengel tatsächlich noch nie essen sehen. Aber ich habe auch nie besonders auf seine persönlichen Gewohnheiten geachtet.

Fallon studiert uns beide, ihre grünen Augen brennen mit einer Mischung aus Vorwürfen und Fragen. Anstatt sie zu äußern, setzt sie sich langsam auf und nimmt die Tüte mit den Chips, die ich auf den Nachttisch gelegt habe.

Ich bemühe mich, meine Miene zu verbergen, um sie nicht durch ein Grinsen zu verunsichern. Aber innerlich lächle ich definitiv.

Ich habe ihre Bedürfnisse vorausgesehen, und ihre Zufriedenheit ist eine Belohnung, die ich für immer genießen werde.

Sie schiebt sich ein paar Chips in den Mund, kaut und schluckt. Dann isst sie noch welche, bevor sie sich ein Wasser von ihrem Nachttisch holt – eine von drei Flaschen, die Nox vermutlich dort abgestellt hat, während sie schlief.

Wir schweigen, während sie isst, und stützen uns mit den Ellbogen auf dem Bett ab, als wären wir ihre vertraglich verpflichteten Diener. Was wir wohl auch sind. Zumindest bis zu einem gewissen Grad.

Sie nimmt ein paar Bissen von ihrem Sandwich, wobei sie unsere knienden Positionen mit Interesse betrachtet.

Nach ein paar Minuten stellt sie ihren Teller ab und legt die Stirn in Falten. »Warum macht ihr beide das?«

»Was?«, fragt Nox, der genau weiß, was sie meint, aber seine Worte mit makelloser Unschuld durchsetzt.

»Auf dem Boden knien«, antwortet sie misstrauisch. »Ist das eine neue Masche, um mich zum Reden zu bringen? Indem ihr so tut, als würdet ihr euch mir unterwerfen oder so?«

»Wir unterwerfen uns nicht«, murmelt Nox. »Wir respektieren nur deine Grenzen.«

»Indem ihr euch auf den Boden kniet, anstatt auf dem Bett zu sitzen?« Sie klingt ungläubig. »Wann hast du aufgehört, es dir auf meinem Bett gemütlich zu machen, Nox?«

»Seit du beschlossen hast, böse auf mich zu sein, weil ich versucht habe, Kaspian zur Vernunft zu bringen«, antwortet er.

»Du lagst auf meinem Bett, als ich vorhin aufgewacht bin«, stellt sie fest.

»Ja, bevor ich realisiert habe, dass du sauer auf mich bist.« Er senkt sein Kinn auf die Matratze, sodass er zu ihr aufschauen muss. »Jetzt, da ich weiß, dass du wütend bist, und den Grund kenne, warte ich darauf, dass du mir vergibst.«

»Normalerweise *entschuldigt* man sich, wenn man Vergebung sucht«, erklärt sie ihm.

Er brummt verständnisvoll. »Ich verstehe. Okay. Es tut mir leid, dass Kaspian ein Idiot ist, der nicht weiß, wie er mit dir reden soll.«

Sie blinzelt.

Dann bricht sie in Gelächter aus. Das Geräusch lässt mein Herz höher schlagen. *Ich will das auch*, denke ich. *Ich möchte sie auch so zum Lachen bringen.*

Aber dieses Mal ist es Nox, und das Funkeln seiner blauen Augen verrät mir, dass er sehr zufrieden mit sich selbst ist.

Fallon schüttelt den Kopf. »Das habe ich nicht gemeint.«

»Es tut mir leid, dass Kaspian Nachhilfe in Sachen Kommunikation braucht?«, meint Nox, wobei er mit den Augenbrauen wackelt, was Fallon erneut zum Kichern bringt.

»Es tut uns leid, dass unsere Bemerkungen den

Eindruck erweckt haben, dass wir nur nett zu dir sind, um dich zum Reden zu bringen«, werfe ich ein und meine jedes Wort. »Das war nicht unsere Absicht.«

Obwohl ich technisch gesehen während des Gesprächs nicht viel gesagt habe. Aber ich war trotzdem involviert.

»Er hat recht«, fügt Nox hinzu, wobei ein Teil seiner Heiterkeit verschwindet. »Ich habe nur versucht, Kaspian zu erklären, dass er anfangen soll, dich wie eine Person zu behandeln. Nolan ist derjenige, der *Dates* als Vernehmungstaktik erwähnt hat.«

»Aber du hast von *Verführung* gesprochen«, erinnert sie ihn.

»Das habe ich«, stimmt Nox zu. »Aber wenn ich dich verführen will, dann nicht, um dich zum Reden zu bringen – sondern zum Schreien.«

Ihre vollen Lippen teilen sich angesichts seiner unverhohlenen Aussage und ihre Wangen werden rot. »Ich, ähm, oh.« Sie schluckt. »Ähm.« Sie räuspert sich. »Okay.«

Ich versuche, ihre Antwort nicht mit einem Lächeln zu quittieren, aber ich kann das Flackern in meinen Augen nicht ganz unterdrücken. »Wusstest du, dass du manchmal stöhnst, wenn du etwas Bestimmtes isst?«, frage ich leise.

Sie blinzelt, wahrscheinlich erschrocken über den abrupten Themenwechsel. »Was?«

»Du gibst diesen sanften Ton von dir, der kaum wahrnehmbar ist, aber ich höre ihn jedes Mal.« Ich strecke die Hand aus und streiche eine ihrer blonden Strähnen hinter ihr Ohr. »Das ist meine einzige Motivation, wenn ich dir Essen mache – dieses Geräusch.« Dieses Mal haben die Chips sie nicht zum Stöhnen gebracht, aber letztes Mal schon. Daher weiß ich, dass es ihre Lieblingschips sind.

»Ich ...« Sie räuspert sich erneut. »Danke schön?«

Diesmal lächle ich. »Gern geschehen.«

Nox grinst sie ebenfalls an, während er seine Wirbelsäule streckt und sie dank des Größenunterschieds wieder von oben herab mustert.

»Das wird ... langsam unheimlich«, sagt sie. »Hört auf, zu knien!«

»Nur, wenn du sagst, dass du uns verzeihst«, erwidert Nox.

Sie verdreht die Augen. »Na schön. Ich verzeihe euch.«

»Hmm, nein. Das ist nicht sehr überzeugend, Glühwürmchen. Ich brauche ein bisschen mehr Herz.«

Ihre smaragdgrünen Iriden glitzern, als sie zu Nox aufschaut. »Wie bitte?«

Er antwortet nicht, sondern hält ihren Blick mit erwartungsvoller Miene fest.

»Wisst ihr was? Wenn ihr wirklich wollt, dass ich euch verzeihe, dann müsst ihr mich für einen Tag hier rausbringen. An einen Ort außerhalb des Palastgeländes.« Ihr Tonfall lässt einen Hauch von Sarkasmus vermuten, aber in ihren grünen Augen flackert auch Verzweiflung.

Bei ihrem Spaziergang durch die Tunnel hat sie heute einen kleinen Vorgeschmack auf die Freiheit bekommen. Und obwohl es wahrscheinlich nicht die *befreiendste* Erfahrung war, hat es wahrscheinlich ihr Bedürfnis geweckt, diese Räume verlassen zu dürfen.

»Okay«, sagt Nox.

»Okay?«, wiederholt sie.

»Okay«, bestätigt er. »Ich werde mit Kaspian sprechen.«

Sie schnaubt. »Er wird einfach Nein sagen.«

»Das wird er«, räumt Nox ein. »Aber Bane und ich werden ihn dazu bringen, seine Meinung zu ändern.« Er sieht mich an. »Korrekt?«

»Korrekt«, stimme ich zu. Denn jetzt ist Fallon mehr als

nur ein Gast im Palast – sie ist unsere Gefährtin. Das bedeutet, dass wir berechtigt sind, in ihrem Namen Forderungen zu stellen.

Fallons blonde Augenbrauen schießen in die Höhe. »Ihr wollt wirklich versuchen, ihn zu überzeugen?«

»Natürlich. Es ist das, was du willst.« Es klingt einfach, weil es einfach ist. »Überlass das mal mir und Bane! Wir bekommen das schon hin. Und dann können wir es ein richtiges Date nennen.«

»Aber keins, bei dem wir versuchen, dich zum Reden zu bringen«, füge ich schnell hinzu.

»Genau. Nur ein Date.« Nox richtet seinen Blick auf mich. »Vielleicht zur Lagune?«

»Das wäre schön.« Ich war nur einmal dort und habe das Thermalbad sehr genossen. »Mit anschließendem Picknick?«

Nox nickt. »Ein perfektes Date.«

»Mit euch beiden?« Fallon quietscht erschrocken auf. »Moment, heißt das, dass ihr beide, äh, mit dieser Sache einverstanden seid?« Sie deutet zwischen uns dreien hin und her und ich schürze die Lippen.

»Womit genau?«, frage ich.

»Mit dem, ähm, Mehrfachband? Oder was auch immer das ist?«

»Mit der Tatsache, dass wir Schicksalsgefährten sind?«, erwidere ich und werfe einen Blick auf Nox, bevor ich Fallons Blick begegne. »Warum sollten wir nicht damit einverstanden sein, deine Gefährten zu sein?«

»Äh, weil ich mich mit euch allen vieren magisch verbunden habe?«, schlägt sie vor.

Magisch war eine seltsame Wortwahl, aber ich ignoriere sie zugunsten dessen, was sie wirklich sagen will. »Denkst du, es stört uns, dass du mehrere Schicksalsgefährten hast?«

»Nun, ja«, sagt sie. »Ihr seid zu viert und ich bin nur ... ich.«

»Und?«, frage ich und ziehe eine Augenbraue hoch. »Wenn das Schicksal so entschieden hat, werde ich mich nicht dagegen wehren.«

»Wir sind es gewohnt, zu teilen«, fügt Nox hinzu. »Bane und ich sind schon immer ein Komplettpaket.«

Ich nicke. »Er hat recht. Wir sind schon seit fast einem Jahrhundert zusammen. Nicht im romantischen Sinne, um genau zu sein. Aber als beste Freunde.« Und wir haben es oft genossen, eine Frau zwischen uns zu haben.

Nox kann allerdings etwas abenteuerlustiger sein.

Daher auch seine intime Beziehung zu Kaspian.

Ich selbst war weniger involviert, aber ich habe ihnen ein paar Mal beim Spielen zugesehen.

»Oh.« Das Wort umspielt Fallons küssbare Lippen und ihre Wangen röten sich erneut. »Also ... ein Date. Draußen?«

»Draußen«, bestätigt Nox. »Aber wahrscheinlich nicht heute. Wir werden etwas Zeit brauchen, um Kaspian zu überzeugen. Vielleicht können wir uns heute Abend stattdessen einen Film ansehen? Du suchst aus?«

Ihr Blick wandert von seinem Mund zu seinen Augen, bevor sie mich ansieht und dann wegschaut. »Äh, ja, ein Film klingt gut. Aber, ähm, ich muss erst duschen. Ich ... ich fühle mich immer noch wie der Tod.«

Du siehst nicht wie der Tod aus, denke ich, als ich die Röte bemerke, die ihren Hals bedeckt. *Du siehst sogar sehr lebendig aus.*

Aber ich weiß es besser, als sie zu necken. Besonders nach allem, was sie heute durchgemacht hat. »Iss dein

Sandwich auf, dann kannst du duschen!«, sage ich. »Du brauchst was im Magen.«

Nox schnappt sich ihren Teller und stellt ihn auf ihren Schoß, seine Handlungen entsprechen meinen Worten. »Ich werde dir ein Bad einlassen«, murmelt er und steht auf. »Du kannst dich erst einweichen lassen und dann duschen.«

»Du musst nicht ...« Sie verstummt, als er im Bad verschwindet und ihren schwachen Protest offensichtlich ignoriert.

»Seine *Love Language* ist es, sich um andere zu kümmern«, informiere ich sie leise. »Du wirst dich daran gewöhnen, so wie du dich an meine Mahlzeiten gewöhnt hast.«

Sie schüttelt den Kopf, sagt aber nichts und beißt in ihr Sandwich.

Als sie fertig ist, kommt Nox mit einem flauschigen Handtuch zurück, das er über seinen Arm hängt. »Ich habe das Badesalz hinzugefügt, das du magst.«

Sie starrt ihn an und hebt eine Augenbraue. »Woher weißt du, welche Salze ich mag?«

Er deutet auf sich selbst. »Voyeur, schon vergessen?«

»Du hast mich also beim Baden beobachtet«, beschuldigt sie ihn mit zusammengekniffenen Augen.

Er zuckt mit den Schultern. »Nicht so, wie du denkst.«

»Aha.« Sie rutscht vom Bett und schnappt sich das Handtuch.

»Normalerweise wende ich den Blick ab«, erklärt er.

»Sicher tust du das.«

»Aber das werde ich fortan nicht mehr tun«, fährt er fort und ignoriert ihre sarkastische Antwort. »Schließlich weiß ich jetzt, dass du mir gehörst.«

Fallon erstarrt auf dem Weg zum Bad, und ich würde

fast alles dafür geben, ihren Gesichtsausdruck zu sehen, aber sie schaut in die andere Richtung.

Nach einem kurzen Moment setzt sie ihren Weg fort, da ihr offensichtlich die Einzeiler-Retourkutschen für meinen dreisten besten Freund ausgegangen sind.

Als sich die Tür schließt, sehe ich ihn an. »Wie oft hast du ihr beim Baden zugesehen?«

»Nicht ein einziges Mal«, gibt er zu. »Aber ich habe sie ein paar Mal ohnmächtig im Badezimmer gefunden – und einmal direkt nach einem Bad. Dabei habe ich das Salz bemerkt.«

Das klingt schon eher nach Nox. Er macht vielleicht Witze darüber, dass er sie ausspioniert, aber das ist alles nur Spaß, weil er sie gern neckt. Mein bester Freund legt schon immer Wert auf Konsens, und ich bezweifle, dass er sich bei Fallon anders verhalten würde.

»Wie sollen wir Kaspian davon überzeugen, dass wir sie zur Lagune mitnehmen dürfen?«, frage ich, während ich mich vom Boden hochstemme.

»Ich bin mir nicht sicher.« Nox massiert seinen Nacken. »Ich vermute, das wird ein sinnliches Flehen erfordern.«

»Das funktioniert vielleicht nicht in seiner momentanen Stimmung.«

»Deshalb habe ich für heute Abend einen Film vorgeschlagen. Das gibt mir etwas Zeit, um mir zu überlegen, wie ich mich Kaspian am besten nähere.«

Ich nicke. »Außerdem haben wir dann etwas Ruhe mit Fallon. Vielleicht hilft es ihr, zu sehen, wie ihr Leben aussehen könnte, wenn sie uns akzeptiert.«

»Ja. Obwohl ich denke, dass das vergangene Jahr eine ziemlich gute Vorstellung davon vermittelt hat. Abgesehen von dem Teil mit der Gefangenschaft.«

»Richtig«, stimme ich zu. »Aber wir werden das schon schaffen.«

»Das werden wir.« Er lächelt. »Weil sie uns gehört.«

Ich lächle ebenfalls. »Ja. Ja, das tut sie.«

Was bedeutet, dass ich nicht länger ignorieren muss, was ich für sie empfinde.

Weil es nicht mehr verboten oder unangebracht ist, sich zu ihr hingezogen zu fühlen.

Das Schicksal hat uns als kompatibel eingestuft. Jetzt müssen wir nur noch Fallon überzeugen, den Weg des Schicksals zu akzeptieren.

Lass uns dich anbeten, süße Flamme! Ich verspreche dir, du wirst es nicht bereuen.

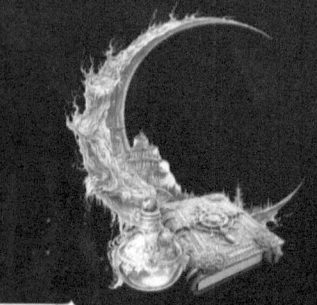

FALLON

Issy? Ich habe seit Klas' Hinrichtung nichts mehr von meiner Zwillingsschwester gehört, und das macht mich unruhig. *Geht es dir gut?*

Ich studiere meine Umgebung, während ich auf ihre Antwort warte.

Bane und Nox haben auf der Couch geschlafen, nachdem sie gestern Abend mit mir eine Filmtrilogie angeschaut haben. Sie schienen mich nur ungern allein zu lassen und erinnerten mich an die Zeiten, in denen sie mich nach einem meiner Albträume gefunden hatten.

Nachdem ich heute Morgen aufgewacht war, machte Bane Frühstück und Kaffee.

Nox räumte auf.

Dann meinten sie, es sei Zeit, mit Kaspian zu sprechen.

Jetzt starre ich ins Wohnzimmer und fühle mich viel einsamer, als ich es sollte.

Weil ich Issy nicht hören kann, sage ich mir. *Deshalb fühle ich mich so. Es hat nichts mit meinen angeblichen Gefährten zu tun oder damit, dass sie mich in meinem goldenen Käfig zurückgelassen haben.*

Ich fahre mit den Fingern durch meine wirren Haare und merke, dass ich sie heute noch nicht gebürstet habe. Nicht, dass mein schläfriges Aussehen Bane oder Nox zu stören schien. Wenn überhaupt, haben mich beide heute Morgen mit offener Bewunderung angeschaut.

Dummer Zauber, denke ich, irritiert darüber, wie er mich und meine »Gefährten« manipuliert.

Bane und Nox mögen mich nicht wirklich. Das ist mir klar. Aber ihre Zuneigung zu spüren, bringt mich dazu, mir zu wünschen, diese schicksalhaften Verbindungen wären echt.

Als sie sich gestern Abend vor mir niederknieten … Ich schlucke. *An diese Behandlung könnte ich mich sehr schnell gewöhnen.*

Hm? Issys groggy Stimme hallt in meinem Kopf wider. *Welche Behandlung …?*

Issy? Ich setze mich aufrechter hin. *Geht es dir gut?*

Sie brummt etwas Unverständliches.

Ich runzle die Stirn. *Du klingst nicht sehr gut.*

Sie antwortet nicht sofort, aber ich spüre, dass sie sich regt.

Issy. Mein Magen verkrampft sich. *Ist etwas passiert?*

Vater … Sie verstummt.

Was hat er getan?

Keine Antwort.

Issy.

Gib mir … eine Minute, murrt sie und ihre Worte klingen bissig.

Sie hasst es, wenn ich mir Sorgen um sie mache, aber es fällt mir schwer, das nicht zu tun – angesichts allem, was gerade vor sich geht.

Ich stehe auf und gehe auf und ab, wobei mein Blick auf die Uhr in der Küche fällt.

Eine Minute.

Zwei.

Drei.

Fünf.

Mein Stirnrunzeln wird mit jedem Schritt tiefer. Etwas stimmt hier ganz und gar nicht.

Sieben.

Zehn.

Zwölf.

Als fünfzehn Minuten verstrichen sind, sage ich erneut ihren Namen.

Verdammt!, antwortet sie. *Ich habe mit mir selbst gewettet, dass du es nicht länger als vier Minuten aushältst, ohne mit mir zu reden – und du hast diese Zeitvorgabe mehr als verdreifacht.*

Ich bleibe stehen. *Issy.*

Fallon, äfft sie mich nach.

Du bist unglaublich.

Ja, ich weiß.

Ich habe mir Sorgen gemacht, fauche ich sie an.

Ich weiß, wiederholt sie. *Jetzt erzähl mir von dieser Behandlung!*

Von welcher?

Die Behandlung, über die du so laut nachgedacht hast, dass du mich aus meinem magischen Nickerchen geweckt hast.

Magisches Nickerchen?, wiederhole ich.

Nö. Du erzählst deine Geschichte, dann erzähle ich meine.

Ich verdrehe die Augen. Issy ist genauso stur wie ich, was bedeutet, dass sie nicht einlenken wird, bevor ich nicht alles erzählt habe.

Verdammter Gefährtenzauber, grummle ich vor mich hin.

Zum Glück hat Issy diesen Teil nicht gehört. Vor allem,

weil ich unsere telepathische Verbindung diesmal nicht so weit offen gelassen habe. Vorher habe ich auf ihre Antwort gewartet und im Grunde laut gedacht. Allerdings habe ich nicht meine physische Stimme benutzt, sondern meine mentale, und ich habe offen mit meiner Schwester gesprochen.

Manchmal ist unsere Verbindung kompliziert.

Aber wir haben über zwei Jahrzehnte Erfahrung darin, sie zu perfektionieren, sodass mein Ausrutscher ein seltener Fall war.

Ich warte, singt sie.

Jaja, murmle ich ihr zu.

Dann erzähle ich ihr alles, was vorgefallen ist, angefangen von Klas' Hinrichtung, meinem Besuch auf der Todesebene, meiner Unfähigkeit, den Auferstehungszauber auszuführen, und meinen neuen magischen Verbindungen bis hin zu den Reaktionen meiner neuen Phantomgefährten.

Hm.

Hm?, wiederhole ich. *Das ist alles, was du hast?*

Nun, ja. Es ist interessant.

Interessant. Ich fühle mich langsam wie eine Echokammer. *Es ist ein verdammtes Schlamassel, Issy.*

Wie das?

Wenn sie vor mir stehen würde, hätte ich sie angegafft. *Weil es nicht echt ist? Weil es Daithis schwarze Magie ist, die zurückgeworfen wurde? Ich meine, als Klas starb, musste die Magie irgendwo hin – also hat sie mich mit all den anderen Seelen im Raum verbunden.*

Issy schweigt einen Moment lang. *Vielleicht.*

Was meinst du mit »vielleicht«?, frage ich und runzle die Stirn. *Welche andere Erklärung gibt es denn?*

Schicksal? Ich meine, du hast ein ganzes Jahr mit diesen

Typen verbracht, und du hast mir gesagt, wie attraktiv sie sind ...

Ich schnaube. *Nur, weil ich sie heiß finde, heißt das nicht, dass sie dazu bestimmt sind, meine Gefährten zu sein, Issy. Und eine Seelenverwandtschaft mit allen vieren? So viel Glück habe ich auf keinen Fall. Ganz zu schweigen davon, dass Schicksalsbande zwischen zwei Seelen bestehen, nicht mehreren.*

Normalerweise, stimmt sie zu. *Aber nicht immer. Es gibt Mehrfachbande. Vielleicht hat das Schicksal entschieden, dass du das mehr als verdient hast.*

Ein trockenes Lachen entweicht mir. *Das Schicksal ist ein Miststück, das mir niemals so gute Karten geben würde.*

In Anbetracht all der anderen Karten, die du bekommen hast, scheint es nur fair zu sein, dass das Schicksal dir einen Haufen heißer Männer zum Spielen schenkt, argumentiert sie. *Du verdienst es, geschätzt und geliebt zu werden, Fallon. Das tun wir alle.*

Ich seufze. *Ich sage nicht, dass ich es nicht verdiene, geliebt und geschätzt zu werden, aber es scheint höchst unwahrscheinlich, dass dies wirklich Schicksal ist. Es muss der Zauber sein.*

Es gibt nur einen Weg, das herauszufinden, sagt sie. *Du könntest versuchen, einen von ihnen zurückzuweisen.*

Und wenn das nicht klappt, was dann?

Wenn es nicht klappt, dann weißt du, dass es der Zauber ist.

Und sie werden es auch wissen, sage ich.

Richtig. Vielleicht ist es also an der Zeit, dass du ihnen davon erzählst und sie wissen lässt, was der Ausgestoßenenzirkel getan hat.

Ich blinzle. *Was?*

Sie sind jetzt involviert, Fallon. Ob sie es wollen oder nicht. Wenn der Zauber euch aneinander gebunden hat, sind sie involviert.

Ich setze mich wieder auf die Couch und atme tief aus. *Scheiße.*

Ich kaue auf meiner Lippe. *Ich ... ich glaube, ich bin noch nicht bereit, es ihnen zu sagen. Ich bin mir auch nicht sicher, wie ich es ihnen erklären soll.*

Es muss ja nicht heute sein, meint Issy. *Aber ich würde es bald tun. Wenn sie von dem Zauber erfahren, bevor du es ihnen sagst, wird dich das in ein schlechtes Licht rücken.*

Das weiß ich.

Ich würde es also nicht zu lange hinauszögern, betont sie. *Diese Leute kennen dich seit einem Jahr. Und es ist mir egal, was du sagst – diese Phantome sind in dich verknallt.*

Du kennst sie doch gar nicht, Issy.

Ich muss sie auch nicht kennen. Ich weiß, wie sie dich fühlen lassen und was sie für dich tun. Das ist kein Wächterverhalten, Fallon. Das ist anbetendes Verhalten. Sie wollen dich seit Monaten.

Ich schnaube. *Diese Typen wollen nur meine Geheimnisse.*

Vielleicht wollen sie deine Geheimnisse, damit sie sich erlauben können, dich zu wollen, schlägt sie vor. *Und mach dir nicht die Mühe, mit mir darüber zu streiten! Das machen wir schon seit Monaten immer wieder. Gib ihnen einfach eine Chance! Sie sind nicht Klas.*

Nein, sie sind definitiv nicht Klas, stimme ich leise zu und denke daran, wie sanftmütig Nox und Bane im vergangenen Jahr gewesen sind. Besonders letzte Nacht.

Ich schließe die Augen und stelle mir vor, wie sie sich wieder hinknien und mich ansehen. Mein Magen kribbelt. Das Bild werde ich wohl nie vergessen.

Sie haben sich für mich hingekniet, denke ich verblüfft, die Worte für mich und nicht für Issy bestimmt. *Alles nur, weil sie denken, dass wir zusammengehören ...*

Ich lasse die Schultern sinken und schüttle den Kopf.

Ich könnte mich stundenlang im Kreis drehen und käme kein Stück weiter.

Was ich benötige, ist eine Ablenkung.

Ein magisches Nickerchen, denke ich und erinnere mich an Issys vorherige Aussage. *Was hast du mit deinem magischen Nickerchen gemeint?*, frage ich sie durch unsere telepathische Verbindung.

Issy stöhnt. *Ich wusste, dass du das nicht durchgehen lassen würdest.*

Offensichtlich nicht. Was geht hier vor sich?

Es ist ... kompliziert.

Ich denke, mit kompliziert kenne ich mich aus, Issy.

Ich denke, ich bevorzuge deine Version von kompliziert, Fallon, raunt sie. *Ich ... ich weiß nicht wirklich, wie ich es erklären soll. Ich glaube, ich schlafe sogar jetzt. Nichts in meinem Zimmer fühlt sich richtig an.*

Ich hebe die Augenbrauen. *Was meinst du damit?*

Nun, zunächst einmal sind meine Bücher leer. Das ist doch nicht normal, oder? Und ich schwöre, meine Laken sind in einem anderen Blauton. Sie klingt frustriert. *Entweder verliere ich den Verstand, oder die Patriarchen haben mich in eine Art beschissenes Koma ...*

Ein durchdringender Schrei hallt in meinem Kopf wider, unterbricht Issys Worte und verzerrt alles um mich herum.

Issy!, rufe ich und halte mir die Hände vor die Ohren in dem vergeblichen Versuch, die Sirene zum Schweigen zu bringen. *Was zum Teufel ist das?!*

Falls sie antwortet, kann ich sie nicht hören.

Fuck! Ich lasse mich auf die Couch fallen, meine Knie berühren meine Brust, während ich mich zu einem engen Ball zusammenrolle. *Fuck! Fuck! Fuck!*

Meine Welt verschwimmt, die Luft sieht aus wie sich kräuselndes Wasser.

Nein. Nicht Wasser. *Nebel.*

Ich schüttle den Kopf und versuche, ihn zu klären, aber der schrille Alarm wird nur noch lauter.

Ich kneife die Augen zusammen, und mein Körper zittert unter der Qual der pulsierenden Schallwellen, die durch meinen Kopf dringen.

Was ist los? Was ist das für ein verdammtes Geräusch?

Ich fühle mich schwindlig.

Benommen.

Verloren.

Meine Hände zittern, meine Nägel bohren sich in meine Haut, aber das schallende Kreischen bleibt.

Bis es plötzlich ganz aufhört.

Eine Stille, wie ich sie noch nie erlebt habe, umgibt mich mit einem Meer aus kühlem Nebel. Die eisigen Wassertröpfchen küssen meine Haut und erinnern mich an die Todesebene.

Issy?, flüstere ich.

Stille.

Schluckend versuche ich, einen Blick auf meine Umgebung zu werfen, und hoffe inständig, dass ich mich noch im Wohnbereich von Kaspians Gästesuite befinde.

Aber noch bevor sich meine Wimpern heben, weiß ich, dass ich das nicht tue.

Ich stehe wieder an der Schwelle des Todes.

Doch dieses Mal bin ich nicht allein.

Ich bin von anderen Seelen umgeben.

Die Patriarchen, stelle ich fest, als ich ihre vermummten Gestalten erkenne. Alle sieben sind hier.

Sie haben geschworen, meinen Geist in ewige Qualen

zu stürzen, wenn ich mich ihrem Erlass widersetze, und wie es scheint, machen sie diese Drohung nun wahr.

Denn ich verweile nicht nur im Jenseits, sondern bin auch an einen obsidianschwarzen Todesstein gekettet.

Und die Positionierung der Patriarchen verrät mir, dass ich gleich verurteilt werde.

Fuck!

KASPIAN

Die beiden wollen Fallon zum Spielen ausführen? *Außerhalb* des Palastes? »Auf gar keinen Fall!«

Nox seufzt. »Komm schon, Kas! Sie ist seit über einem Jahr eingesperrt. Wir bitten nur um einen Nachmittag. Einen einzigen Ausflug. Was kann schlimmstenfalls passieren?«

»Ich weiß es nicht«, antworte ich. »Und genau das ist das Problem.«

»Entweder du traust uns zu, sie zu bewachen, oder nicht«, sagt er und verschränkt die Arme. »Was soll es sein, Kumpel?«

Ich starre ihn an. »Das kann nicht dein Ernst sein. Wenn ich dir nicht zutrauen würde, sie zu bewachen, hätte ich dir diesen Posten nicht gegeben.«

»Dann lass mich entscheiden, wie ich sie bewache«, entgegnet er. »Sonst bin ich wirklich nur ein extravaganter

Babysitter, der auf eine Hexe in einem bereits gut bewachten Anwesen aufpassen soll. Das ist nicht sehr herausfordernd, *Majestät*.«

»Sarkasmus beiseite, Nox hat nicht ganz unrecht«, wirft Bane ein. »Wir sind beide mehr als gerüstet, um sie außerhalb des Anwesens zu bewachen. Vor allem an einem Ort wie der Lagune, die wir für einen Nachmittag schließen können, sodass wir nur zu dritt sind.«

»Es ist ja nicht so, dass wir auf einem Friedhof spielen wollen«, fügt Nox hinzu. »Wir wollen nur mit ihr schwimmen gehen.«

»Dann bringt sie hoch zu Vesperus' Pool auf dem Dach«, schlage ich vor. »Der befindet sich technisch gesehen außerhalb ihres Zimmers, was ihr ja verlangt habt, oder?«

Nox wirft mir einen Blick zu, der zeigt, dass er enttäuscht ist. »Das wird nicht funktionieren, Kas. Wir haben ihr einen Tag außerhalb des Palastes versprochen.«

»Es ist nicht mein Problem, dass ihr ein Versprechen gegeben habt, zu dem ihr kein Recht hattet«, sage ich. »Fallon darf das Gelände nicht verlassen. Punkt.«

Bane legt Nox eine Hand auf die Brust und unterbricht damit das, was der andere Mann sagen wollte.

»Also gut«, meint Bane. »Du willst, dass sie redet. Du willst ihre Geheimnisse. Aber bisher ist es keinem von uns gelungen, ihr Vertrauen zu gewinnen.«

»Dessen bin ich mir bewusst«, sage ich trocken.

»Solange sie in Gefangenschaft ist, wird sie sich keinem von uns anvertrauen. Und da sie gerade mit uns vieren auf schicksalhafte Weise verbunden wurde, denke ich, dass es an der Zeit ist, nach Alternativen zu suchen. Alles, worum wir bitten, ist ein Nachmittag. Gib uns zusätzliche Wachen, wenn es sein muss. Aber lass uns wenigstens versuchen, Fallon zu versöhnen. Vielleicht wird sie uns überraschen.«

»Genau *darum* mache ich mir Sorgen«, erinnere ich ihn.

»Und ich verstehe das, aber niemand von uns kann wissen, was sie tun wird, bevor sie es tut«, antwortet er leise. »Warum geben wir ihr also keine Chance? Vielleicht gibt sie uns im Gegenzug auch eine. Schließlich sind wir jetzt Gefährten.«

»Wir versuchen es seit über einem Jahr auf die gleiche Weise – und das ohne großen Erfolg«, fügt Nox hinzu. »Wir benötigen einen neuen Ansatz, Kas. Lass es uns versuchen! *Vertrau* uns, sie zu beschützen! Bitte.«

Ich reibe mein Gesicht und schüttle den Kopf. »Es geht nicht um mein Vertrauen in euch beide. Es geht um die Ungewissheit, was sie tun kann.«

»Aber wir wissen, was sie kann«, behauptet Bane. »Wir haben es alle gespürt. Und so etwas hat sie nicht mehr getan, seit Nyx sie aus Klas' Gewalt befreit hat.«

»Richtig. Und da er jetzt tot ist, können wir sicher sein, dass er den Zauber nicht noch einmal entfachen kann.« Nox hebt achselzuckend eine muskulöse Schulter. »Ich würde nicht sagen, dass sie harmlos ist, aber ich glaube nicht, dass sie absichtlich jemanden verletzen wird.«

»Ich denke, selbst du kannst Nox' Einschätzung zustimmen, Kaspian.« Banes dunkle Augen funkeln. »Sie mag dir vielleicht widersprechen, aber sie hat noch nie einen bösen Willen geäußert. Verdammt, sie hat letztes Jahr sogar Slaters Botschaften weitergeleitet, als er sich versehentlich in ihr Zimmer und nicht in deines portiert hat.«

»Wenn auch widerwillig«, sinniert Nox. »Aber sie hat dafür gesorgt, dass du die Nachricht bekommst.«

»Sie ist auch zu all deinen Mitarbeitern höflich, hat

abgesehen von ihren Auseinandersetzungen mit dir keinen wirklichen Aufstand gemacht und im Allgemeinen alle deine Wünsche respektiert, obwohl ihr die Umstände nicht gefallen.« Banes Gesichtsausdruck ist weniger flehend als vielmehr berechnend, doch sein Tonfall ist einfach nur informativ.

»Ich wiederhole – es ist Zeit für einen alternativen Ansatz«, sagt Nox. »Lass es uns versuchen! Vertrau uns, sie *und* unser Haus zu beschützen! Du weißt, wozu wir fähig sind. Alles, worum wir bitten, ist ein wenig Glauben.«

Mein Unterkiefer wird hart.

Dies hat nichts mit Glauben oder Vertrauen in Bane und Nox zu tun. Sie haben sich schon früh bewährt und sich innerhalb weniger Wochen einen Platz in meinem persönlichen Stab verdient. Ich würde ihnen im wahrsten Sinne des Wortes mein Leben anvertrauen.

Wie kann ich ihnen begreiflich machen, dass es Fallon ist, die mir Sorgen macht?

Ein Schrei unterbricht meine Konzentration, und die Quelle des Schreis lässt das Blut in meinen Adern gefrieren. *Fallon.*

»Was ist los?«, fragt Nox, sofort alarmiert.

Eine glänzende Metallklinge erscheint in Banes Handfläche, während er sich suchend nach der Bedrohung umsieht.

»*Fallon*«, sage ich, ohne mir die Mühe zu machen, näher darauf einzugehen. Meine vampirischen Sinne sind den Phantomen überlegen, und so kann ich ihre Schreie aus dem anderen Raum hören.

Nox und Bane verschwinden augenblicklich und nehmen ihre ätherischen Formen an. Ich nehme an, dass sie eine Abkürzung durch die Wand nehmen, was ich nicht tun kann.

Stattdessen renne ich zu meiner Tür, stürme hinaus auf den Flur und sprinte zu dem Zimmer, das neben meinem liegt.

Die Phantome sind bereits drinnen, erneut in körperlicher Gestalt, und knien neben der Couch, ihre Hände auf der nun bewusstlosen Fallon.

Sie wirkt blass. Gespenstisch. *Tot.*

Genau wie nach Klas' Hinrichtung.

»Was zum Teufel ist hier los?«, frage ich. »Warum passiert das immer wieder?«

In Banes dunklen Augen liegt ein Hauch von Angst, als er zu mir aufsieht. »Ich weiß es nicht. Es ist nicht so wie bei ihren anderen Episoden.«

»Sollen wir sie wiederbeleben?«, fragt Nox, während seine Hände über ihr schweben und sein Blick unentschlossen ist.

»Sie ist nicht ...« Bane verstummt und lässt seinen Kopf auf ihre Brust sinken. »Sie ist nicht tot.«

Nox runzelt die Stirn. »Aber sie atmet nicht.«

»Ihr Herz schlägt auch nicht«, füge ich hinzu, denn meine vampirischen Ohren vernehmen den Klang ihres verführerischen Pulses nicht.

»Ich weiß.« Banes Stirn liegt in Falten, als er mich und dann Nox anschaut. »Aber ich kann meine Verbindung zu ihr immer noch spüren. Das heißt, dass sie nicht tot sein kann.«

Nox denkt einen langen Moment darüber nach, bevor er sagt: »Ich spüre sie auch.«

Ich presse meine Kiefer aufeinander, als mir klar wird, dass ich sie auch in mir spüre – ihre Seele, die mit der meinen verbunden ist, obwohl wir unser schicksalhaftes Band nicht endgültig geschlossen haben.

Denn ich habe sie nicht zurückgewiesen.

Will ich sie überhaupt zurückweisen? Das ist eine Frage, die mir durch den Kopf geht, seit ich mich an sie gebunden fühle.

Vor ein paar Tagen hätte ich noch gesagt: *Ja, ich will sie auf jeden Fall zurückweisen.*

Doch jetzt bin ich mir da nicht mehr so sicher. Vor allem, weil es sich falsch anfühlt, diese Worte laut auszusprechen. Das ist ein Teil der Magie der Seelenverwandtschaft – sie macht es schwer, eine schicksalhafte Verbindung abzulehnen.

Ich hätte nur nie gedacht, dass mich so etwas beeinflussen würde.

Ich habe lange Zeit ohne einen Gefährten gelebt – und das war in Ordnung so.

Aber Fallon ... Fallon verändert alles.

Und jetzt wirkt sie wie der Tod.

»Was sollen wir tun?«, fragt Nox und nimmt mir damit die Frage direkt aus dem Mund.

»Wir warten«, sagt Bane. »Genau wie gestern.«

Ich knirsche mit den Zähnen. Ich war schon immer ein geduldiger Mann, aber diese Frau strapaziert meine Geduld ständig aufs Neue. Sogar in diesem Fall. »Wir geben ihr fünf Minuten. Dann holen wir sie zurück.«

»Ich glaube nicht, dass ...«

»Sie war gestern nur fünf Minuten weg«, werfe ich ein und unterbreche Banes Argument. »Also geben wir ihr heute fünf Minuten. Dann werden wir sie wiederbeleben.«

Ich weigere mich, über Alternativen zu diskutieren.

Meine Gefährtin ist tot.

Das ist inakzeptabel. Ich hatte noch nicht einmal die Möglichkeit, zu entscheiden, wie es weitergehen soll. Ich kenne ihre Geheimnisse nicht. Ich kenne ihr wahres Ich nicht.

Wenn du wirklich für mich bestimmt bist, dann wirst du verdammt noch mal aufwachen und dich mit mir darüber streiten, denke ich und verschränke die Arme vor der Brust. *Also genieße den Rest deines Nickerchens, Sweetheart! Denn wenn du aufwachst, werden wir ein langes Gespräch führen.*

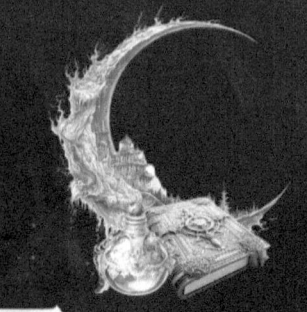

FALLON

»F<small>ALLON</small> D<small>OYLE</small>, du hast gegen den Erlass Nummer Dreitausendvierhundertsieben verstoßen.« Die tiefe Männerstimme gehört Patrick O'Neely, aber ich kann seine Gesichtszüge unter seinem Gewand nicht erkennen.

Alle sieben Patriarchen haben einen Bogen um mich gebildet.

Einer dieser Patriarchen ist mein Vater. Er hat seinen Platz am Ratstisch zurückerobert, nachdem er meine Verbindung mit Klas gesichert hatte.

Die anderen fünf sind allesamt männliche Aushängeschilder ihrer Familien und vervollständigen den Führungskreis des Ausgestoßenenzirkels. Gemeinsam haben sie eine gewaltige Macht, die meine Fähigkeiten und die aller anderen, die ihnen im Weg stehen, in den Schatten stellt.

Es spielt keine Rolle, dass die Frauen unserer Art tendenziell stärker sind als die Männer, denn diese Männer sind alle mit den dunklen Künsten gesegnet, was ihnen eine einzigartige Bruderschaft ermöglicht, die alle andere Magie innerhalb unseres Zirkels übertrifft.

Die Matriarchen mögen nach außen hin als Galionsfiguren des Ausgestoßenenzirkels dienen, aber sie werden in jeder Hinsicht von ihren männlichen Gefährten kontrolliert.

Und das alles nur wegen der Kapuzenmänner, die mich jetzt umgeben.

Ich erschaudere, als ihre Präsenz auf meinen Geist drückt und mich zwingt, mich auf der Todesebene zu verbeugen.

Dies ist die Quelle meiner Kraft. Der Ort, an dem ich in der Lage sein sollte, große Energie zu schöpfen. Doch ich bin an einen Todesstein gefesselt. Mir ist kalt. Und ich fühle mich allein.

»*Fallon Doyle wird den Ausgestoßenenzirkel ehren, indem sie sich an unser altes Gelöbnis hält. Treue Gefährten sterben mit ihren Geliebten. Oder sie werden mit Schicksalen bestraft, die schlimmer sind als der Tod.*« Die Patriarchen stimmen in den Sprechgesang ein, der auf unheimliche Art und Weise um mich herum widerhallt.

Ich schlucke und meine Seele zittert unter der Macht, die auf mir lastet. Sie zwingt mich zu einer noch tieferen Verbeugung. Ich presse meine Stirn gegen den eisigen Felsen und fühle den Schmerz des Todes in meinem Geist.

»Du hast deine Pflicht als Gefährtin nicht erfüllt, Fallon Doyle«, fährt Patrick O'Neely fort. »Dafür wirst du bestraft.«

»Dafür wirst du bestraft«, wiederholen die anderen sechs Patriarchen.

»Nikolas O'Neely wandert allein durch das Jenseits, seine Seele ist verloren, weil eure Verbindung unterbrochen wurde. Wir werden euch noch einmal zusammenführen, seinen Geist mit dem deinen vereinen und ihm erlauben, deine ewige Strafe zu vollstrecken«, sagt Patriarch O'Neely.

Das Blut gefriert in meinen Adern und mein nicht vorhandenes Herz scheint in meiner Brust zu stocken.

Ich bin nicht körperlich hier. Nicht wirklich. Aber ich fühle mich so. Es ist ein bizarres Gefühl, das meinen mentalen Zustand durcheinanderbringt.

Bin ich lebendig oder tot?

Ich fühle mich lebendig.

Ich spüre den Todesstein. Ich spüre die kalten Vibrationen in der Luft. Ich spüre die Macht, die hier herrscht. Ich spüre, wie mein Puls rast und versucht, die Kälte aus mir zu vertreiben. Ich spüre meinen eigenen Atem.

Wie ist das möglich? Ist das ein Aspekt meiner bevorstehenden Verdammnis?, frage ich mich, und meine Finger krümmen sich in meinen Handflächen. *Auch das spüre ich – das Kratzen meiner Nägel. Ist das normal?*

Die Patriarchen singen; ihre Worte stammen aus einer alten Sprache.

Issy?, flüstere ich und versuche, eine Verbindung zu meiner Schwester herzustellen. *Bist du da?* Sie müsste mir sagen können, was los ist, welchen Zauber sie jetzt beschwören.

Aber sie ist stumm.

Getrennt von meiner Seele.

Tränen sammeln sich in meinen Augen, nicht aus Verzweiflung, sondern aus etwas viel Stärkerem. Etwas viel Wütenderem und *Mächtigerem.*

Ich habe es so verdammt statt, eine Spielfigur zu sein.

Ich habe es so verdammt satt, wie der Hexenzirkel meine Schwester und mich behandelt.

Ich habe diesen ganzen Scheiß so verdammt satt.

Warum steht mein Geist in Klas' Schuld? Ich habe mich in der echten Welt mit ihm verbunden, in Erfüllung meiner familiären Pflicht, meine Schwester zu beschützen. Es ist nicht meine Schuld, dass Klas auf die schiefe Bahn geraten ist und versucht hat, einen König zu stürzen. Und doch bin ich diejenige, die für seine Taten bestraft wird.

Gefangen in einem vergoldeten Turm.

Über ein Jahr lang verhört.

Dazu verdonnert, an seiner Seite zu sterben.

Dazu verdammt, mit ihm im Jenseits zu wandeln.

Nein. Ich weigere mich. Ich bin fertig damit, nett zu sein.

Ich muss einen Weg hier raus finden, um zurückzuschlagen und Issy zu retten. Um zu *fliehen*.

Nichts davon ist nach Plan verlaufen. Wir wollten meinen Tod vortäuschen, damit alle glauben, ich hätte die Welt verlassen, um bei Klas zu sein, wie es mir befohlen wurde.

Und dann wollte ich Issy bei der Flucht helfen. Wohin, das wusste ich nicht. Es war ein schnell ausgeheckter Plan, der mir bei der Hinrichtung um die Ohren flog.

Als ich durch einen Zauber vier neue Verbindungen einging …

Ich runzle die Stirn.

Ich kann sie immer noch spüren, meine neuen Gefährten.

Kaspian. Bane. Nox. Nolan.

Heißt das, ich bin noch am Leben?

Der Gesang wirbelt weiter um mich herum. Die Patriarchen wirken ihren Zauber und ertränken mich in Todesmagie. Meine Haut kribbelt und brennt – als würden Eiswürfel darüber tanzen. Aber anstatt einen kalten Kuss zu hinterlassen, fühlt sich die Berührung … nass an. Als würde das Eis bei Kontakt schmelzen.

Deshalb frage ich mich, ob ich wirklich ätherisch bin.

Wie schaffe ich es, ihren Zauber zum Schmelzen zu bringen? Ist das normal?

Wenn die Patriarchen besorgt sind, zeigen sie es nicht. Ihre Stimmen werden lauter und ihre sich wiederholenden Worte kommen schneller und erzeugen einen nebligen Strudel, der bedrohlich um mich herumtanzt.

Aber er löst sich auf, sobald er meine Haut berührt.

Er schmilzt. Verschwindet.

Und wirbelt weiter.

Intensiver.

Kälter.

Aber ich scheine daraufhin noch heißer zu brennen und meine Seele weist ihre Magie zurück.

Was geschieht hier?

Heiße Luft strömt in meine Lunge, verteilt mehr von dieser köstlichen Wärme in meinen Adern und vertreibt die Kälte der Todesebene. Sie zerstreut den Zauber und *verankert* mich in einer Ebene, die nicht existieren sollte.

Um mich herum tobt ein erbitterter Kampf, während die Gesänge der Patriarchen immer lauter werden, mein Geist aber dagegenhält.

Der Todesstein rumpelt unter mir und die eisige Atmosphäre pulsiert als Reaktion auf meine glühende Gestalt.

Ein paar der Kapuzen heben sich und geben den Blick auf mehrere rote Augenpaare frei.

Die Seelen der Patriarchen. Meine Kehle fühlt sich plötzlich so dick an.

Doch ein weiterer Atemzug strömt aus mir heraus.

Drückend. Gierend. Danach *verlangend*, dass ich einatme.

Und ausatme.

Und wieder einatme.

Meine Knochen klappern; meine Form ist in dieser Ebene viel präsenter, als es möglich sein sollte. Aber ich fühle mich plötzlich sehr lebendig. Vital. Regeneriert.

Ich frage mich ... Ich stemme mich gegen die Fesseln, deren Existenz ich mehr spüre als sehe, und ich fühle, wie sie sich unter meinen Bewegungen dehnen. Nur noch ein wenig mehr ...

Glas zerspringt um mich herum und das Geräusch erschreckt mich.

Nein. Nicht Glas.

Eis.

Das der Fesseln.

Der Todesstein zerbröselt unter mir zu Staub, dann verwandelt er sich in eine seltsame silbrige Flüssigkeit. Ich starre verwirrt darauf hinunter, denn die glitzernde Substanz ist merkwürdig anziehend.

Dann sickert sie in die Felsen neben meinen Füßen und versorgt mich mit einem weiteren Energieschub.

Noch einmal einatmen.

Und wieder ausatmen.

Ein hämmernder Puls.

Ich schließe die Augen und schwelge in der Zufriedenheit, die dieses Gefühl in mir auslöst. Es erinnert mich an einen sommerlichen Nachmittag, an dem die Sonne auf meine entblößte Haut brennt.

Ein Seufzer entweicht mir.

Es ist friedlich.

Es ist das Leben.

»Fallon.« Die tiefe Stimme lässt mich aufschrecken und meine Glieder erstarren sofort.

Die Patriarchen versuchen ...

»Fallon«, wiederholt der Mann.

Einzahl. Ein Mann. Keine Vielzahl von Stimmen.

Ich schürze die Lippen.

Patriarch O'Neely?

Nein. Diese Stimme war zu ... beruhigend ... um ...

»Komm schon, kleine Flamme!«, flüstert der Mann. »Öffne deine Augen für uns!«

Sanfte Fingerknöchel berühren meine Wange und verjagen die Überreste der Todesebene.

Hier ist es warm.

Ich bin sicher.

Lebendig.

Aber wie ...?

»Aufwachen, Miss Doyle!«, fordert eine strenge Stimme. »Sofort!«

Ich verziehe das Gesicht, und mein Instinkt, gegen diesen strengen Ton zu rebellieren, lässt mein Herz auf Hochtouren laufen. *Vielleicht möchte ich ja gar nicht aufwachen ...*

»Bitte, Glühwürmchen«, murmelt ein dritter Mann. »Ich vermisse deine schönen grünen Augen.«

Mein Trotz schmilzt dahin und mein Herz hüpft ein wenig bei diesen Worten.

»Vielleicht brauchen wir etwas Stärkeres, um sie da herauszuholen«, sagt der Mann mit der strengen Stimme.

»Oder vielleicht musst du an deinen Manieren arbeiten«, antwortet die dritte Stimme. »Im Ernst, ich weiß nicht, wie oder warum du all dein feines Gespür vergisst, wenn Fallon den Raum betritt, aber wie wäre es, wenn du mich und Bane das erledigen lässt?«

Der strenge Mann grunzt.

Und erneut kitzeln streichelnde Fingerknöchel meine Sinne.

Alle Anspannung scheint aus meinem Körper zu

weichen, der Rest des Todeskusses löst sich ebenfalls auf und ich fühle mich so wohl wie schon lange nicht mehr.

Wenn das das Leben nach dem Tod ist, dann nehme ich es, beschließe ich. *Oder vielleicht ist es ein Traum.*

Wie auch immer, ich werde es genießen.

Denn was auch immer es ist, es wird nicht lange andauern. Die Patriarchen werden mich jeden Moment zu meiner Bestrafung zurückrufen und ...

Fallon!, schreit Issy in meinem Kopf und meine Augen fliegen auf.

»Issy«, hauche ich, setze mich aufrecht hin und stoße fast mit einem der Männer zusammen, die um mich herum sitzen. *Nein, nicht sitzen. Knien.*

Ich schüttle den Kopf, die Semantik spielt keine Rolle.

Issy?, rufe ich. *Was ist los?*

Versteck ... schließen ... lass nicht ... Ihre Worte sind unverständlich, jedes einzelne wird von einem Kreischen begleitet, das mich zusammenzucken lässt.

»Fallon?«, fragt einer der Männer.

»Sscchhh!«, bringe ich hervor, um mich zu konzentrieren. *Was ist los, Issy?*

Über ... nehmen ... Ich ... Es tut mir leid ... Ihre Worte sind ein Flüstern in meinem Kopf, ihr Schmerz durchdringt meinen Geist.

»Die Patriarchen«, sage ich zu mir selbst, verloren in einer Wolke der Verwirrung. »Was macht ihr mit Issy?«

Ich schaue mich im Raum um, auf der Suche nach Antworten, mein Herz rast so laut, dass ich es in meinen Ohren pochen höre. Ein immerwährender Todesmarsch. Eine tickende Zeitbombe.

Der Klang einer herunterzählenden Uhr ...

Ich blinzle erschrocken.

Wo bin ich? Was ist mit der Todesebene passiert?

Ich bin mir nicht sicher, ob ich laut spreche oder in meinem Kopf. Ich bin mir über gar nichts mehr sicher. Aber ich kann Issys Schmerz spüren und ihre Schreie in meinem Kopf treiben mir Tränen in die Augen.

»*Issy* ...«

Ich greife an meine Brust, ihr Schmerz durchdringt meine Seele und zwingt mich in die Knie.

Denn aus irgendeinem Grund befinde ich mich auf dem Boden.

Da sind Hände auf mir. Hände, die ich nicht kenne. Hände, die nicht zu mir gehören.

Gefährten, erkennt ein Teil von mir.

Aber dieser Begriff jagt mir einen Schrecken ein.

Es ist Klas, der versucht, mich ins Grab zu zerren ... mich zu besitzen ... meine Seele zu zerstören ... mich bis in alle Ewigkeit zu quälen.

»Fallon!«, faucht ein Mann, dessen Tonfall von Ungeduld geprägt ist und einen Schrei in meiner Kehle hervorruft.

Ich will nicht mit *ihm* reden – demjenigen, der mich ständig ausfragt.

Verdammt, ich bin verwirrt. Verloren. Ich taumle in einem Meer aus Gegenwart und Vergangenheit, während Issy in meinem Kopf kreischt.

Dann wird sie plötzlich unheimlich still.

Zu still.

Als wäre ihre Stimme *durch Magie* erstickt worden ...

Was machen sie mit dir?, frage ich.

Sie bestrafen sie für deine Sünden, antwortet Issy; ihre Stimme klingt dumpf in meinem Kopf und passt nicht zu ihr.

Sie erinnert mich an den Erlass, den sie im Namen der

Patriarchen aussprach. Emotionslos. Und ganz und gar nicht sie.

»*Hört auf!*«, flehe ich. »Hört auf, ihr wehzutun!«

Du hast uns alle verraten, Fallon Doyle. Das kann nicht ungestraft bleiben.

Ich habe nichts falsch gemacht, sage ich und versuche verzweifelt, mich auf meine mentale Stimme zu konzentrieren und nicht auf meine körperliche. *Es ist nicht meine Schuld, dass der Zauber zurückgekommen ist und mich an vier neue Gefährten gebunden hat.*

Auf meine Erklärung folgt Schweigen, also versuche ich es noch einmal, besorgt darüber, dass ich die Worte laut ausgesprochen habe und nicht über meine Verbindung zu Issy.

Es ist alles so chaotisch, ein Labyrinth aus ständiger Verwirrung.

Niemand und nichts sollte in der Lage sein, diese mentale Verbindung zu stören. Sie ist heilig und besteht nur zwischen meinem Zwilling und mir.

»Was machen sie mit dir, Issy?«, flüstere ich, während Tränen über mein Gesicht laufen. »Wie machen sie das?«

Ich fühle mich gebrochen.

Verraten.

Verletzt.

Das sollte nicht passieren. Issy sollte nicht meinetwegen leiden. Ich sollte sie beschützen. Sie retten. Sie *befreien.*

Mit wem hast du dich verbunden, Fallon Doyle?, fragt Issy mit dieser starren Stimme.

Das weißt du bereits, antworte ich. *Du ...* Ich runzle die Stirn. *Du bist nicht du.*

Mit wem?, fragt sie ungewohnt laut.

Ich bedecke mein Gesicht mit den Händen, die Namen

schwirren impulsiv durch meinen Kopf. *Bane. Nox. Nolan. Kaspian.*

König Kaspian?, fragt Issy.

Aber es ist nicht Issy.

Ich weiß, dass es nicht Issy ist.

Und doch fühle ich mich gezwungen, mit *Ja* zu antworten.

»Bitte hört auf, ihr wehzutun.« Ich kralle die Finger in meine Haare und ziehe an den Strähnen. »*Bitte!*«

Um mich herum wird getuschelt, die Stimmen sind allesamt männlich und ihre Besorgnis ist spürbar. Aber ich ignoriere sie und konzentriere mich auf die Verbindung in meinem Kopf.

Ich warte auf eine Antwort. Darauf, dass sie spricht. Auf *irgendetwas.*

Es kommt mir vor, als würde eine Ewigkeit vergehen. Mein Gesicht ist in meinen Knien vergraben, während ich geradezu heftig zittere. Issys Name ist ein sich wiederholendes Gebet in meinem Mund.

Es muss ihr gut gehen.

Die Patriarchen müssen sie in Ruhe lassen.

»Ich muss sie befreien«, sage ich zu mir selbst. »Issy ...«

Wie konnte es so weit kommen? Während ich einen Kontinent entfernt bin, leidet sie für meine angeblichen Sünden. Das ist nicht fair. Es ist nicht ...

Der Rat wird sich melden, sagt sie plötzlich. *Denk an deine Loyalität, Fallon Doyle! Sei folgsam, dann wirst du vielleicht belohnt.*

Ein Zittern bahnt sich seinen Weg durch meinen Körper, und mein Instinkt, zu schluchzen, unterdrückt beinahe jeden anderen Drang, den ich habe.

Meine Welt fühlt sich aus dem Gleichgewicht gebracht.

Gekippt.

Zerbrochen.

Eine Hand ergreift meinen Nacken und drückt zu. »Wer ist Issy?«

»Issy?«, wiederhole ich, verwirrt von der Berührung und der tiefen Männerstimme.

»Ja. Sag uns, wer Issy ist!«, fordert der Mann, sein Akzent ist vertraut. Seine Berührung ist allerdings weniger bekannt. Aber sie ist nicht unwillkommen. Sie ... ist sogar ziemlich warm. Verankernd. *Zärtlich.*

»Komm schon, Sweetheart«, murmelt er. »Sag uns, wer Issy ist!«

Ich schlucke und schüttle langsam den Kopf. Etwas an dieser Aufforderung stimmt nicht. »Ich ... Das kann ich nicht sagen.« Ich soll nicht über Issy sprechen. Ich will nicht verraten, dass sie noch lebt. »Ich muss sie beschützen.«

»Warum?«, drängt er und sein Griff um meinen Nacken wird etwas fester.

Er sollte bedrohlich wirken, aber das tut er nicht. Wenn überhaupt, dann beruhigt er mich. Ich fühle mich sicher. *Beschützt.*

»Warum musst du Issy beschützen, Sweetheart?«, fragt er, und sein britischer Akzent unterstreicht das Kosewort. »Wer ist sie?«

»Meine ...« Ich blinzle, doch meine Sicht ist unscharf. Alles scheint hier so viel leichter zu sein. So unerwartet. So *lebendig.*

»Deine ...?«, fragt er leise, während sein Daumen über meinen Hals streicht.

Ich runzle die Augenbrauen, meine Verwirrung beginnt sich zu legen, als die Realität den Nebel in meinem Kopf durchdringt.

Ich befinde mich nicht mehr auf der Todesebene.

Ich bin ... ich bin im Territorium von Gold und Granat.

Ich liege in ... Ich blinzle und schaue dann in ein Paar verheerend dunkler Augen. *Ich liege in Kaspians Schoß.*

Seine starken Beine schmiegen sich an meinen Hintern, ein muskulöser Arm liegt um meine Schultern.

Wir befinden uns auf dem Boden.

Und da sind noch zwei andere Männer, die mich anstarren.

Nox und Bane.

Sie sitzen neben Kaspian und lehnen alle drei mit dem Rücken an der Couch.

Ich weiß nicht, wie ich hierhergekommen bin. Der Couchtisch ist weggeräumt, ebenso wie einige der anderen Möbelstücke, sodass wir vier in der Mitte des Wohnbereichs nur noch das Sofa um uns haben.

»Wer ist Issy?«, fragt Kaspian erneut, sein Blick brennt sich in meinen, als ich mich endlich wieder auf sein Gesicht konzentriere.

Ich starre zu ihm auf. »Was?«

»Sag uns, wer Issy ist!«, wiederholt er.

Ich schüttle den Kopf, und mit jeder Sekunde, die verstreicht, klärt sich mein Geist mehr. *Issy. Patriarch. Laut ausgesprochene Worte ...*

Fuck!

Wie viel habe ich gesagt?, frage ich mich. *Wie viel habe ich preisgegeben?*

Ich kann mich nicht daran erinnern, was ich gedanklich und was ich körperlich geäußert habe.

Aber angesichts der Mienen der drei Männer, die mich jetzt aufmerksam studieren, schätze ich, dass ich eine Menge gesagt habe. Unter anderem habe ich den Namen meiner Schwester verraten.

Sie können nicht wissen, wer sie ist. Sie sind nicht aus der Welt der Syndikate.

Also kann es eigentlich nicht schaden, zuzugeben, wer sie ist, oder?

Aber laut meiner Gold-und-Granat-Akte ist meine Familie tot. Und ich habe diese Tatsache nicht angefochten.

Ich verziehe die Lippen. *Vielleicht kann ich sagen, dass sie tot ist?* Das glaubt die Mehrheit des Syndikats ohnehin schon.

Ich werde sagen, dass es eine Erinnerung ist.

Ein schlechter Traum.

Ein Albtraum.

Die Phantome sind mit meinen Episoden vertraut – dieser Vorfall wird keine Ausnahme sein.

»Sie ist ...« Ich räuspere mich und das Kratzen meiner Stimme deutet darauf hin, dass ich mehr getan habe, als nur ein paar Worte laut auszusprechen – offensichtlich habe ich auch an einigen Stellen geschrien.

»Issy ... ist meine Schwester.«

KASPIAN

»Schwester?«, wiederhole ich.

»Zwillingsschwester«, stellt Fallon klar. »Ja.«

»Was ist mit deiner Zwillingsschwester passiert?«, frage ich. »Wie können wir ihr helfen?«

Fallons blonde Wimpern flattern, als sie blinzelt, und ihre Gesichtszüge scheinen sich vor Überraschung zu verändern. »Ihr helfen?«

»Ja, Sweetheart. Sag uns, wer sie in seiner Gewalt hat, damit wir dir helfen können, sie zu befreien!« Ich bin mir nicht ganz sicher, was passiert ist oder wie, aber Fallons Schmerz war unverkennbar, als sie über ihre Schwester sprach.

Sie rief immer wieder ihren Namen und flehte die Patriarchen an, mit dem, was sie taten, aufzuhören.

»Ich muss sie befreien.«

»Ich muss sie beschützen.«

Nox und Bane waren beide ratlos, als Fallon zu schluchzen begann, und ihre erschütterten Gesichtsausdrücke entsprachen ihren eigenen.

In diesem Moment übernahm ich die Verantwortung und zog sie in meinen Schoß. Sie brauchte jemanden, der sie erdete, der sie bei klarem Verstand hielt und sie zurückholte.

Das taten wir, indem wir ihr wieder Luft zum Atmen gaben.

»Ich ...« Fallon verstummte, und die Überraschung wich langsam aus ihrem Gesicht. »Es war ein Albtraum. Meine Zwillingsschwester ist tot.«

Ich sehe sie stirnrunzelnd an. »Ein Albtraum?«

Sie nickt, die Bewegung ist ein wenig zu ruckartig, um glaubhaft zu wirken. »Manchmal habe ich auch tagsüber Episoden. Ich glaube, das war gerade eine. Eine alte Erinnerung.«

»Eine Erinnerung, in der ein *Patriarch* deiner Schwester wehtut?«, hake ich nach. Diese Lüge kaufe ich ihr nicht ab.

Ihre Wangen wurden etwas blasser, als ich diesen Begriff – *Patriarch* – aussprach, was bestätigt, dass es sich um einen wichtigen Begriff handelt.

»Ähm, ja. Es ist lange her. Bevor ich Klas getroffen habe.«

Ich kneife die Augen zusammen. »Du erwartest doch nicht wirklich, dass ich diesen Schwachsinn glaube, oder?« Das ist wahrscheinlich die unverblümteste Aussage, die ich ihr gegenüber je vom Stapel gelassen habe. Aber ich habe dieses Spiel wirklich satt. »Warum sagst du mir nicht einfach die Wahrheit, Fallon? Keine Lügen mehr!«

»Ich lüge nicht«, faucht sie und windet ihren kurvigen Körper in meinem Schoß.

Zu einem anderen Zeitpunkt hätte ich diese Bewegungen vielleicht genossen.

Aber jetzt will ich sie einfach nur umdrehen und ihren ungehorsamen Hintern versohlen.

»Du lügst absolut«, sage ich. »Das war kein verdammter Albtraum. Du sahst aus wie der Tod, als wir reinkamen und dich zwingen mussten, zu atmen. Dann hast du geschrien und die *Patriarchen* angefleht, deiner Schwester nicht wehzutun.«

Fallon zuckt bei diesem Begriff wieder zusammen. *Eindeutig wichtig.*

»Er hat recht«, sagt Bane und seine Stimme ist viel sanfter als meine. »Das war kein Albtraum, Fallon.«

»Du warst eiskalt, bis wir dich aufgewärmt haben«, fügt Nox hinzu.

Fallon funkelt ihn finster an und versucht, sich aus dem Raum zwischen meinen Beinen zu befreien. Ich überlege, ob ich sie festhalten soll, lasse sie dann aber doch los.

Sie stolpert auf die Füße, ihre Haltung ist instabil, was Bane und Nox dazu veranlasst, sofort mit ihr aufzuspringen.

Ich bin nicht so scharf darauf, sie zu verhätscheln, also geselle ich mich langsam zu ihnen und beobachte, wie Fallon im Zimmer auf und ab geht.

Sie versucht offensichtlich, sich eine neue Lüge auszudenken, was mich verdammt wütend macht, aber ich schweige und warte auf ihren nächsten Versuch.

»Ich ... ich war auf der Todesebene«, sagt sie schließlich und ihre Schultern werden steif. »Von dort beziehe ich den Großteil meiner Kraft, also bin ich damit vertraut. Aber ich habe sie noch nie auf diese Weise besucht. Zumindest nicht bis gestern ... nach, na ja, nach der Hinrichtung.«

Ich lehne mich gegen die Wand und verschränke die Arme vor der Brust. »Okay.« Was Geschichten angeht, so ist diese definitiv kreativ. Vielleicht ist sie sogar wahr. Aber sie verrät mir nichts über ihre Schwester oder den Patriarchen.

»Es ist keine physische Ebene, sondern eine, die mit

dem Leben nach dem Tod verbunden ist. Es ist also meine Seele, die dort hingeht, und ich nehme an, dass mein Körper dabei abkühlt?«

Das ist ein weiteres Detail, das diese Geschichte einigermaßen plausibel macht. Und es ergibt auch Sinn, wenn man ihre todesmagischen Fähigkeiten bedenkt. *Aber* ... »Ich habe noch nie von einer Todesebene gehört.« Ich werfe einen Blick auf die Phantome. »Ihr?«

Sie schütteln beide den Kopf.

»Unsere Verwandlung in Phantome ist, gelinde gesagt, einzigartig«, murmelt Bane. »Sie hat mit schottischen Ritualen zu tun, nicht mit einer Todesebene.«

»Die Ebene ist weder öffentlich noch eine Quelle der Magie, zu der viele Zugang haben. Ich meine, die meisten Hexen wissen nicht einmal, dass es sie gibt. Zum Teufel, nicht einmal viele Todesfeen wissen von ihr. Aber die Ebene ist mit den Riten meiner Familie und unserer speziellen Fähigkeit der Todesmagie verbunden.«

Das klingt auch ziemlich glaubwürdig. Allerdings bin ich mir nicht sicher, worauf sie hinaus will. »Du hast also gestern und heute die Todesebene besucht. Warum?«

»Ich weiß es nicht genau«, sagt sie langsam. »Gestern schien Klas' Tod der Auslöser zu sein. Und heute ... bin ich aus mir noch unbekannten Gründen zurückgekehrt.«

Ich kneife die Augen zusammen, als sich ihr Puls wieder beschleunigt. Eine Lüge, stelle ich fest. Was darauf hindeutet, dass einiges von dem, was sie über die Todesebene gesagt hat, tatsächlich stimmen könnte. Der Rest ist jedoch erfunden – vor allem ihre Erklärung, warum sie heute die Todesebene besucht hat.

»Und ich habe dort meine Schwester gesehen«, beeilt sie sich, zu sagen, wobei ihr Herzschlag einen schnellen Rhythmus anschlägt, der *Lüge, Lüge, Lüge* zu singen scheint. »Das hat mich wohl in den Albtraum katapultiert, und zwar direkt nachdem ihr mich zurückgebracht habt.« Sie zuckt mit den Schultern, als wolle sie sagen, das war's.

Mein Kiefer zuckt. *Warum muss diese Frau nur so verdammt nervtötend sein?*

Noch vor wenigen Minuten war ich bereit, Himmel und Hölle in Bewegung zu setzen, um ihrer Schwester zu helfen, nur weil Fallons Schreie mein Herz wie tödliche Pfeile getroffen haben.

Und jetzt will ich die Frau vor mir einfach nur erdrosseln.

Wenn es etwas im Leben gibt, das ich hasse, dann sind es Lügner. Fallon Doyle hat mich bis heute nicht wirklich angelogen. Sie hat ein paar Wahrheiten ausgelassen oder sich schlichtweg geweigert, mir etwas zu sagen. Aber das hier? Diese Geschichte? Das ist eine verdammt eklatante Lüge. Und das gefällt mir nicht. Nicht nach allem, was ich ihr im vergangenen Jahr geboten habe.

Ein Dach über dem Kopf.

Essen.

Sicherheit.

Fallons tödlicher Zauber letztes Jahr hat eine ganze Stadt zerstört. Während mein Haus die Wahrheit über diesen Tag kennt, gibt es viele Wähler, die Fallons Fähigkeiten nach wie vor mit Unbehagen betrachten. Deshalb habe ich Bane und Nox beauftragt, sie zu bewachen. Ich wollte für ihre Sicherheit sorgen, für den Fall, dass jemand in einem fehlgeleiteten Versuch der Vergeltung hinter ihr her ist.

Es ging nie darum, mein Haus vor ihr zu schützen, sondern sie vor denen zu bewahren, die sich von ihr ungerecht behandelt fühlen könnten.

Und sie dankt es mir mit einer Lüge?

Das ist inakzeptabel.

»Ich gebe dir noch eine Chance, mir die Wahrheit zu sagen, Miss Doyle«, sage ich, während ich mich von der Wand abstoße und auf sie zuschreite. »Ich empfehle dir, diese Chance ernst zu nehmen.«

»Kaspian.« Bane versucht, sich mir in den Weg zu stellen, aber ich weiche ihm schnell aus. Ein Vampirmeister zu sein, bringt viele Vorteile mit sich, unter anderem erhöhte Kraft und Geschwindigkeit.

Fallons grüne Augen weiten sich, als ich sie in die Enge treibe, und sie macht einen schnellen Rückzieher in Richtung der Schiebetüren ihres Balkons. Sie sind geschlossen, was sie daran hindert, zu fliehen. Dafür stößt sie mit dem Rücken gegen das Glas.

Ich lege eine Handfläche um ihre Kehle, die andere geht zu ihrer Hüfte. »Fangen wir von vorn an! Wo ist deine Schwester?«

Ihr Kiefer wird hart und in ihren smaragdgrünen Augen funkelt ein kaum zu bändigendes Flammenspiel. »Warum interessiert dich das?«

»Weil ich die Wahrheit wissen will«, knurre ich sie an.

»Warum?«, fragt sie. »Warum fühlst du dich berechtigt, meine Geheimnisse zu kennen, Kaspian? Weil du meine Kräfte fürchtest? Weil du Angst hast, ich könnte sie benutzen, um deinem Volk zu schaden? Glaubst du, mehr über meine Vergangenheit und meine Schwester zu wissen, wird diese Angst aus der Welt schaffen?«

»Ich habe keine Angst vor dir, Fallon«, sage ich mit zusammengebissenen Zähnen. »Aber ja, deine Kräfte sind zu intensiv und überwältigend, um einfach akzeptiert zu werden. Und zu wissen, dass du Dinge vor mir verheimlichst, macht es noch schwieriger, dir und deinen Fähigkeiten zu vertrauen.«

»Du bist also besorgt, dass ich explodieren und die Stadt wieder in eine Art Tiefschlaf versetzen könnte«, antwortet sie tonlos. »Und weil du dir Sorgen machst, muss ich mich dir gegenüber beweisen, indem ich meine Geheimnisse preisgebe. Sogar solche, die keine Auswirkungen auf unsere Situation haben.«

»Du hast gerade eine Todesebene besucht, von der ich nichts weiß, und bist dabei praktisch gestorben. Ich würde behaupten, dass das für unsere derzeitige Situation durchaus von Bedeutung ist«, sage ich und mein Griff um ihre Kehle wird fester. »Also hör verdammt noch mal auf, mit mir zu spielen, und sei ausnahmsweise mal offen!«

»Offen«, wiederholt sie und ein emotionsloses Lachen folgt. »Na schön. Meine Schwester ist tot. Es ist eine schreckliche Geschichte, die ich jetzt nicht noch einmal erleben möchte. Ende.«

Meine Augen verengen sich. »Noch mehr Lügen.« Und dieses Mal kann ich ihren Puls nicht nur hören, sondern auch unter meinem verdammten Daumen spüren.

»Wie willst du das wissen?«, fragt sie. »Du kennst meine Wahrheiten nicht. Also sag mir nicht, was eine Lüge ist und was nicht!«

»Ich muss deine Wahrheiten nicht kennen, um zu wissen, wann du lügst, Fallon. Dein Puls sagt mir alles, was ich wissen muss.«

Ihre Nasenflügel blähen sich auf. »Außer meine Geheimnisse.«

»Außer denen«, stimme ich ihr wütend zu.

»Du hast nicht das Privileg, sie zu erfahren«, sagt sie mit zusammengebissenen Zähnen. »Es ist mir egal, wie privilegiert du dich mir und meinem Leben gegenüber fühlst; das bedeutet nicht, dass ich irgendetwas mit dir teilen muss. Ich entscheide selbst. Ich entscheide, was ich mit dir teile und was nicht. Und es gibt nichts, was du dagegen tun kannst.«

Ich starre sie an. »So denkst du also wirklich? Dass es bei all dem um *Privilegien* geht?«

»Ich habe keinen anderen Grund gehört, warum du dich so gezwungen fühlst, jedes Detail meines Lebens zu kennen. Also ja. Es fühlt sich für mich wie ein Privileg an.«

»Ich bin der König von Gold und Granat. Es ist meine Aufgabe, jeden in diesem Haus zu beschützen. Das bedeutet, dass ich jedes Detail über jede potenzielle Bedrohung wissen muss, damit ich schwierige Entscheidungen zum Schutz meines Volkes treffen kann. Ist das ein *Privileg*, Fallon?«

Ihr Kiefer verkrampft sich aufs Neue und ihre wunderschönen Augen lodern abermals auf. »Meine Geschichte ist keine Bedrohung.«

»Das Zucken deines Pulses gerade eben sagt etwas anderes«, erwidere ich bissig, woraufhin sich ihre Augen weiten. »Das ist jetzt das dritte Mal innerhalb von dreißig Minuten, dass du mich angelogen hast, Miss Doyle. Das ist inakzeptabel.«

»Inakzeptabel ist vor allem die Art und Weise, wie du mich gerade behandelst, *Mister Antonik*.«

»König Kaspian«, korrigiere ich sie. »So solltest du mich immer adressieren, Miss Doyle, aber ich habe Nachsicht mit dir gehabt. Viel zu viel, um genau zu sein. Ich habe sogar dafür gesorgt, dass du es immer bequem hast, auch wenn du es nicht verdient hast. Das ändert sich jetzt.«

Ihre Augen weiten sich ein wenig. »Ach? Ist der Zeitpunkt gekommen, in dem du mich in Klas' alte Zelle wirfst? Nur, weil du denkst, dass ich in Bezug auf meine Schwester lüge?«

»Ich *weiß*, dass du in Bezug auf deine Schwester lügst,

und solange ich nicht weiß, warum, habe ich keine andere Wahl. Du hast mich und meine Gastfreundschaft immer wieder ignoriert. Vielleicht wird dir eine Nacht in Einzelhaft zeigen, wie gut du es hier hattest.«

»Kaspian«, wirft Nox ein.

Aber ich ignoriere ihn.

Ich bin zu wütend, um diese Entscheidung zu diskutieren.

Ich *hasse* Lügen. Er weiß das. Bane weiß es auch. Sie haben beide letztes Jahr am eigenen Leib erfahren, wie ich mit Lügnern umgehe. Fallon sollte dankbar sein, dass eine Nacht in Einzelhaft alles ist, was ich ihr angedroht habe.

»Wow! Und das Schicksal glaubt wirklich, dass wir beide gut zusammenpassen?« Fallon stößt ein trockenes Lachen aus. »Wenn ich einen Beweis brauchte, dann habe ich ihn jetzt.«

»Einen Beweis wofür?«, frage ich und ignoriere ihre Bemerkung über das *Schicksal*. Vor allem, weil diese mich mitten in der Brust getroffen hat und mich die Erinnerung daran, was wir füreinander sind, unbehaglich macht.

Gefährten.

Und ich habe meiner Gefährtin gerade mit Einzelhaft gedroht.

Weil sie mich der Wahrheit nicht für würdig hält.

Ein Knurren bahnt sich seinen Weg in meine Kehle, aber ich lasse es nicht los. Stattdessen intensiviere ich meinen Griff um Fallon, wütender auf sie als je zuvor.

Wir waren so nah dran, endlich offen zueinander zu sein, aber sie hat sich für Lügen entschieden, anstatt sich mir anzuvertrauen.

Sie wird mir nie vertrauen können. Sie wird auch nie verstehen, wie wichtig mir Vertrauen – in beide Richtungen – ist.

Denn sie ist unmöglich.

Mit einer Sache hat sie jedoch recht – das Schicksal hat sich definitiv geirrt.

Wir sind *nicht* dazu bestimmt, Gefährten zu sein.

»Das macht nichts«, murmelt sie. »Diese Bemerkung war für mich, nicht für dich.«

Ich runzle die Stirn, als ich versuche, mich daran zu erinnern, worüber wir gesprochen haben.

Beweise, erinnere ich mich. *Beweise und Schicksal.*

Wie auch immer. Ich muss nicht wissen, was sie meint. Denn sie will nicht, dass ich es weiß. Sie will mich überhaupt nicht. Und verdammt, ich werde nicht herumstehen und sie anflehen, mich zu akzeptieren.

»Weißt du was, Fallon?« Mein Griff um ihre Kehle wird schwächer. »Du kannst deine Geheimnisse für dich behalten. Ich habe es satt, zu versuchen, sie zu lüften. Ich werde nicht mehr versuchen, dir zu helfen. Ich werde dich nicht mehr beschützen.«

Ihre Pupillen weiten sich, als sie mich ansieht; ihr Blick ist suchend.

Aber sie sagt nichts.

Nicht, dass ich das von ihr erwartet hätte. Sie hat sehr deutlich gemacht, dass sie mir nicht vertrauen wird, egal, was ich tue oder sage.

Und infolgedessen werde ich ihr niemals vertrauen.

Deshalb habe ich keine Wahl.

»Ich kann niemandem zur Schicksalsgefährtin haben, die mich und meine Motive so offenkundig missversteht. Bei einem solchen Band geht es um gegenseitigen Respekt und Vertrauen, beides ist zwischen uns nicht vorhanden. Und du hast deutlich gemacht, dass diese beiden Ziele für uns unmöglich zu erreichen sind.«

Fallon sieht mich verdutzt an. »Kaspian, warte ...«

»Fallon Doyle, ic...«

In einem Moment setzte ich dazu an, einen der schwersten Sätze auszusprechen, die ich je in meinem langen Leben laut sagen musste.

Und im nächsten Moment bringen mich Fallons volle Lippen zum Schweigen.

Ich blinzle mehrmals, erschrocken über ihre plötzliche Nähe und die Art, wie sie sich an meine Schultern klammert.

Was zum Teufel ist gerade passiert?

Ihr Mund bewegt sich nicht gegen meinen. Er ist einfach da und hindert mich daran, den Satz zu beenden, der mein Band zu ihr durchtrennen würde.

Als ich versuche, zurückzuweichen, verstärkt sie ihren Griff und bohrt ihre Fingernägel in mein Hemd.

Um sie daran zu erinnern, dass ich sie immer noch gegen das Glas presse, erhöhe ich den Druck auf ihre Kehle aufs Neue. Der Versuch, mich zu kratzen, wird ihr hier keine Punkte einbringen. Ich bin um einiges größer als sie und habe verdammt viele Muskeln.

Fuck, es überrascht mich, dass sie überhaupt meinen Mund treffen konnte – schließlich erreicht ihre Stirn kaum mein Kinn. Sie steht wohl auf den Zehenspitzen, deshalb muss sie sich an meinen Schultern festhalten.

Sie bewegt ihre Lippen, um meine Aufmerksamkeit zu erregen. Es ist ein subtiles Zucken, das sich auf mysteriöse Weise wie eine Einladung anfühlt.

Sie verarscht mich. Denn sie kann unmöglich wirklich wollen, dass ich sie küsse.

Aber nach allem, was wir gerade zueinander gesagt haben, bin ich geneigt, genau das zu tun und ihr eine Lektion zu erteilen, die sie nie vergessen wird.

Ich lasse meine Handfläche von ihrem Hals zu ihrem

Nacken gleiten und fahre mit dem Daumen an ihrem Kinn entlang, um ihren Kopf genau dorthin zu bringen, wo ich ihn haben will.

Sie zittert, und ihre kleinen krallenartigen Nägel graben sich noch tiefer in mein Hemd.

Ich lächle gegen ihren Mund, necke sie, spiele mit dem verweilenden Moment, lasse sie warten.

Und gerade, als ich spüre, dass ihre Ungeduld sie übermannt, schlage ich zu.

Fallon wollte mich also zu einem Kuss verleiten? Okay, dann werde ich sie verdammt noch mal küssen. Mehr als das – ich werde sie besitzen.

Sie keucht auf, als meine Zunge ihre Lippen teilt. Ihr Schock ermutigt mich, mehr zu tun, sie zu beherrschen, sie dazu zu bringen, es zu bereuen, jemals versucht zu haben, mit mir zu spielen.

Ich umfasse ihren Nacken fester und drücke mich an sie, um sie zwischen mir und dem Glas hinter ihr einzuklemmen. Dann intensiviere ich unseren Kuss. Meine Zunge erforscht die ihre, überschüttet sie mit meiner Erfahrung und meinen dominanten Vorlieben.

Sie erwidert den Kuss und ihre Zunge folgt meinem Beispiel, während sie ihre Arme um meinen Hals schlingt.

Fuck, sie schmeckt gut. Wie ein dekadenter Wein. Bis zur Perfektion gereift. Und nur für mich abgefüllt.

Ihre üppigen Brüste schmiegen sich an meinen Oberkörper und erinnern mich an ihre köstlichen Kurven. Meine Hand liegt sehnsüchtig an ihrer Hüfte, denn mein Verlangen, sie zu erforschen, veranlasst meine Finger dazu, sich unfreiwillig zu krümmen.

Aber hier geht es nicht um Genuss. Es soll eine Lektion sein. Eine Warnung. Ein ... ein Etwas.

Mit jedem Zungenschlag verstricke ich mich etwas

tiefer und mein Verstand vernebelt sich. In mir wächst ein Hunger, wie ich ihn noch nie erlebt habe.

Ihr Blut singt in meinen Adern und verführt meine innere Bestie.

Ich will sie beißen. Sie beanspruchen. Sie *schmecken*.

Wer ist diese leidenschaftliche Frau überhaupt? Unser Kuss wird immer brutaler. *Das kann nicht Fallon sein. Das ist unmöglich. Sie ist zu ... zu unwiderstehlich.*

Ihre Zähne streifen meine Zunge und der Hauch von Gefahr treibt mich weiter an, während ich ihren Mund als Geisel nehme. Meine Zunge beherrscht jeden Zentimeter ihres Mundes und stellt sicher, dass sie meinen unausgesprochenen Anspruch spürt.

Mein.

Meine Gefährtin.

Meine Fallon.

Außer ...

Nein. Kein außer. Nur das.

In meinem Kopf wirbeln die Gedanken umher und mein Hunger wird von Sekunde zu Sekunde größer. Ich habe gefühlt seit Jahren keine Frau mehr geschmeckt; meine Vorlieben waren in letzter Zeit eher männlich als weiblich.

Aber Fallon ... erinnert mich an alles, was ich verpasst habe. Die zarte weibliche Berührung. Die weiche Haut. *Diese süchtig machenden Kurven ...*

Ich möchte ihr Jeans und Pullover vom Leib reißen und in ihre verführerische Wärme gleiten. Ich kann es riechen, dieses herrliche Parfüm, das alle erregten Frauen verströmen.

Wie wird sie wohl schmecken?, frage ich mich. *Süß? Scharf? Eine Mischung aus beidem?*

Ich lecke über ihre Unterlippe und meine Reißzähne

brennen darauf, in die pralle Textur einzudringen, um einen Vorgeschmack auf das zu bekommen, was noch kommt.

Aber dann lenkt mich ihre Zunge wieder ab, gefolgt von einem leisen Stöhnen, das meinen Schwanz vor Verlangen pulsieren lässt.

Fuck, das ist intensiv, denke ich, verloren an Fallon und die süßen kleinen Laute, die ihren Mund verlassen. *Wie konnte ich nur daran denken, sie zurückzuweisen ...?*

Ich runzle die Stirn. Der Gedanke veranlasst mich, meinen Mund von der Hexe in meinen Armen wegzureißen.

Was soll der Scheiß?

Ich war kurz davor, sie zurückzuweisen, aber dann ... dann küsste sie mich. Wie eine Verführerin.

Aber es war mehr als das.

Denn ich erwiderte ihren Kuss.

Mit allem, was ich habe.

Es sollte eine Lektion sein. Eine verruchte Möglichkeit, mich ein für alle Mal von ihr zu verabschieden. Eine *Bestrafung*.

Und wenn ich mir ihre geschwollenen Lippen ansehe, scheint mir das gelungen zu sein. Nur jetzt ... jetzt scheine ich die Worte nicht mehr aussprechen zu können, die ich sagen muss.

Sie hat mich verzaubert.

Mit ihrer Anwesenheit. Ihrer Schönheit. Ihrem verdammten Temperament.

Ich lasse sie los und trete einige Schritte zurück. Mein Verstand verliert sich in ihrem Nebel.

Ich brauche eine Pause. Etwas Abstand. *Irgendetwas.*

Mit einem Kopfschütteln drehe ich mich um und stehe zwei Phantomen gegenüber, die mich interessiert anstarren.

Nun, eins der beiden sieht interessiert aus. Das andere

scheint zutiefst erregt zu sein, wahrscheinlich, weil es in letzter Zeit mein bevorzugter Bettpartner war.

Ich räuspere mich, weil ich nicht weiß, was ich sagen soll. Nichts von alledem verlief nach Plan. Tatsächlich lief alles genau entgegengesetzt zum Plan.

Und jetzt habe ich keine Ahnung, wie es weitergehen soll.

Ich habe damit gedroht, sie in Einzelhaft zu stecken, erinnere ich mich, und ein seltsamer Schmerz durchströmt mein Herz.

Ich verlor die Beherrschung, was selten vorkommt. Aber Fallon scheint das Schlimmste in mir hervorzurufen.

Vor allem, weil ich es hasse, dass sie mir nicht vertrauen will. In meiner Gegenwart strahlt sie immer diese Wachsamkeit aus, als würde sie jeden Moment das Schlimmste von mir erwarten.

Und genau das habe ich ihr heute gegeben.

Sie hat ganz offensichtlich etwas Traumatisches erlebt, und anstatt zu versuchen, sie zu überzeugen, sich zu öffnen, habe ich von ihr die Wahrheit verlangt.

Dann wies sie mich in die Schranken, nannte mich privilegiert und erklärte, mir nichts schuldig zu sein.

Ich bin nicht privilegiert. Ich versuche, mein Haus *und* sie zu schützen. Aber jetzt, nachdem ich mich ein wenig beruhigt habe, kann ich verstehen, warum sie so denkt.

Anstatt es besser zu machen, habe ich es viel schlimmer gemacht.

Ich habe sie fast zurückgewiesen.

Fuck!

Ich fasse mir in den Nacken und atme aus. *Nichts von dem hier funktioniert.* Wir haben über ein Jahr lang das Gleiche versucht – und es hat nichts gebracht.

»In Ordnung«, sage ich und treffe eine sofortige Entscheidung. »Wir versuchen es auf eure Art.«

Nox grinst. »Ja?«

»Aber es darf niemand dort sein«, fahre ich fort und ignoriere seine Aufregung. »Nur ihr beide und Fallon. Ich werde ein paar Anrufe tätigen, um das zu arrangieren.«

Ich halte mich nicht damit auf, mich zu erklären.

Bane und Nox können sich den Nachmittag über um Fallon kümmern.

In der Zwischenzeit rufe ich Nolan an und bringe ihn auf den neuesten Stand. Vielleicht kann er diese *Issy* finden, die so oft in Fallons Lügen auftaucht.

Und vielleicht weiß er auch etwas über diese berüchtigten Patriarchen. Denn ich habe diesen Begriff immer nur im Zusammenhang mit einem bestimmten übernatürlichen Syndikat gehört – und ich hoffe wirklich, dass dieses Syndikat nichts mit Fallon oder ihrer Schwester zu tun hat.

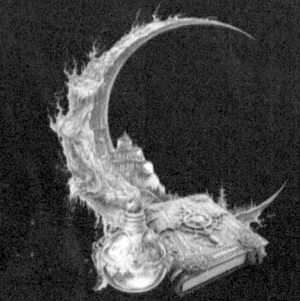

FALLON

ICH HABE KASPIAN GEKÜSST.

Es war nicht beabsichtigt. Ich habe nur reagiert. Er war im Begriff, unser Gefährtenband abzulehnen. Wenn er das täte, würde die Magie, die uns alle verbindet, ans Licht kommen. Und das Letzte, was ich will, sind noch mehr Fragen.

Mehr Anschuldigungen.

Mehr *Diskussionen*.

Nicht, solange ich immer noch nicht weiß, was ich tun oder wie ich auf die erste Inquisitionsrunde reagieren soll.

Selbst jetzt bin ich mir nicht sicher, wie meine nächsten Schritte aussehen. Ich bin endlich außerhalb des Palastgeländes, an einem abgelegenen Ort, an dem ich technisch gesehen versuchen könnte, zu fliehen, und ich bin ...

Nun, ich stehe in einer Umkleidekabine und trage einen Bikini, anstatt einen Fluchtversuch zu unternehmen.

Ich betrachte mich unschlüssig im Spiegel.

Bane und Nox warten vor der Tür auf mich, außer uns

dreien ist niemand hier. Es wäre ein Leichtes, am anderen Ende des Umkleideraums zu verschwinden und zu versuchen, unterzutauchen.

Allerdings habe ich keine Ahnung, wohin ich rennen würde, und am Ende wäre ein ganzes Haus von Söldnern hinter mir her.

Ich wünschte, du wärst bei mir, denke ich an Issy gerichtet. *Du würdest wissen, was zu tun ist.*

Sie würde mir wahrscheinlich einen Zauber verraten, um einen geeigneten Fluchtweg zu schaffen. Aber sie ist stumm, seit die Patriarchen unsere mentale Verbindung missbraucht haben.

»Was ist mit deiner Zwillingsschwester passiert? Wie können wir ihr helfen?«

Kaspians Worte gehen mir zum tausendsten Mal durch den Kopf.

Was wäre passiert, wenn ich ihm die Wahrheit gesagt hätte? Würde er ihr wirklich helfen? Oder hat er nur versucht, mein heiligstes Geheimnis zu ergründen?

Ich blicke finster in mein Spiegelbild.

Vertrauen ist keine Einbahnstraße, denke ich. *Wie kann er von mir erwarten, dass ich ihm vertraue, wenn er mir nicht vertraut?*

Vielleicht habe ich unseren Streit ein bisschen zu weit getrieben, aber unsere Beziehung fühlt sich völlig unausgeglichen an. Er ist die Autoritätsperson, derjenige, der das Sagen hat, der *König*, der mit ein paar schnellen Worten über mein Schicksal bestimmen kann.

Und er erwartet von mir, dass ich ihm alles erzähle.

Ein Teil von mir versteht, warum er versucht, sein Haus zu schützen, so wie er es gesagt hat, aber ein anderer Teil von mir ist wild entschlossen, zu rebellieren. Ich sollte nichts erzählen müssen, weil ich nichts falsch gemacht habe.

Klas hat mich missbraucht.

Er hat mich *benutzt*.

Aber ich werde bestraft, weil Klas meine Kräfte genommen und sie als seine eigenen benutzt hat. Jetzt bin ich also diejenige, der niemand traut, weil alle wissen, was ich kann.

So ähnlich geht es mir wohl auch mit Kaspian – ich weiß, was er kann, also traue ich ihm nicht.

Ich kneife die Augen zusammen und schüttle den Kopf. Ich könnte mich stundenlang im Kreis drehen. Aber was ich tun muss, ist, mich der Gegenwart zu stellen.

Nox und Bane haben es geschafft, mich für einen Nachmittag zu befreien. Es ist das erste Mal seit über einem Jahr, dass ich mich wirklich draußen aufhalte – abgesehen von meinem Balkon jedenfalls. Ich kann entweder hier stehen und mich in Unentschlossenheit suhlen, oder ich kann rausgehen und Spaß haben.

Ich schnappe mir ein Handtuch aus dem Regal, schlüpfe in ein Paar Flip-Flops und gehe zur Tür, um meinen beiden Phantomen gegenüberzutreten.

Keiner von ihnen hat viel über die Geschehnisse von vorhin gesagt. Stattdessen haben sie es auf sich genommen, auf der fünfundvierzigminütigen Fahrt von Reykjavik zum Thermalbad die Tourguides zu spielen. Dann zeigten sie mir noch die Anlage und überreichten mir einen Bikini, den Nox offenbar für mich besorgt hatte.

Ich bin ihnen dankbar, dass sie nicht versucht haben, mich auszufragen. Aber ich bin sicher, dass das Thema zu einem anderen Zeitpunkt wieder zur Sprache kommen wird. Vielleicht habe ich bis dahin einen Entschluss gefasst, was ich sagen soll.

Als ich die Umkleidekabine verlasse, ertönt ein Pfiff von links – Nox. Er ist bereits im Wasser, aber noch innerhalb des Gebäudes.

Ich schaue mich um und stelle fest, dass sich rechts von mir eine Bar befindet, vor mir etwas, das ein Handtuchbereich zu sein scheint, und links von mir der Eingang zur Lagune, an dem Nox wartet.

»Wo ist Bane?«, frage ich.

»Er ist draußen an der Bar«, antwortet Nox. »Da Kaspian alle nach Hause geschickt hat, sind wir auf uns allein gestellt – und Bane will nicht, dass du verhungerst.«

Meine Lippen zucken. »Er bezeichnet das Essen als seine *Love Language*, aber ich glaube, er ist einfach besessen davon.«

»Besessen ist er definitiv«, stimmt Nox zu. »Willst du jetzt den ganzen Nachmittag dort stehen oder kommst du mit mir ins warme Wasser?«

Ich werfe einen Blick auf die Einstiegsrampe, dann lege ich mein Handtuch auf den Tresen vor mir, bevor ich mir die Badeschlappen von den Füßen streife.

Es ist ein bisschen kühl hier drinnen, aber nicht wirklich kalt. Zumindest nicht im Vergleich zu draußen. »Die Sonne geht bald unter«, stelle ich fest, während ich mich an Nox wende. »Gibt es Lichter im Wasser?«

Er nickt. »Sie werden bald aktiviert. Das ist alles automatisiert.«

Meine Zehen berühren das Wasser und Aufregung durchströmt mich. »Das ist ja total warm.«

»Wie es sein sollte«, murmelt Nox. »Die vulkanische Aktivität in Island ist intensiv. Normalerweise bevorzuge ich die kleineren Thermalbäder. Aber für deinen ersten Ausflug schien mir dieses hier besser geeignet.«

»Für meinen ersten Ausflug?«, wiederhole ich, während ich mich auf ihn zubewege.

»Mm-hmm«, brummt er. »Der erste von vielen, wenn es nach mir geht.«

»Glaubst du, Kaspian wird das noch einmal zulassen?«, frage ich hoffnungsvoll.

»Wenn du brav bist, wird er keine andere Wahl haben«, antwortet er und seine blauen Augen funkeln.

»Definiere *brav*!«

Er streckt seine Hand nach mir aus, als ich mich ihm nähere, und findet meinen unteren Rücken, um mich an seinen harten, muskulösen Körper zu ziehen. Meine Handflächen landen auf seiner wohlgeformten Brust, und ich atmete überrascht aus.

»Nicht wegzulaufen, war ein guter Anfang«, murmelt er. »Obwohl ich mich schon mal kurz gefragt habe, ob ich dich jagen muss. Du hast da drin eindeutig gezögert.«

Ich hebe eine Augenbraue. »Hast du wieder mal einen auf Voyeur gemacht?«

Er lächelt und beginnt, mich rückwärts durchs Wasser zu führen. »Ich denke, du kannst davon ausgehen, dass ich in Zukunft ein ständiger Voyeur in deinem Leben sein werde, Glühwürmchen.«

Seine Hände drehen mich in Richtung des gläsernen Ausgangs, wobei sein nackter Oberkörper auf meinen Rücken trifft.

»Durchdrücken«, sagt er an meinem Ohr, und seine Nähe und Berührung lassen mich erschaudern.

Nox hat schon immer viel geflirtet, aber so dreist war er noch nie. Mir macht die Veränderung definitiv nichts aus, auch wenn es ein Zauber ist, der uns aneinander bindet.

Obwohl es ihn vielleicht stört, wenn er es erfährt, denke ich und runzle die Stirn.

Aber sobald ich den Bann brechen kann, bekommt er seine Freiheit zurück.

Ich muss nur ... herausfinden, wie.

Details, murmle ich vor mich hin, während ich gegen das Glas drücke.

Die kühle Luft küsst sofort meine Haut, sodass ich mich am liebsten ins warme Wasser verziehen würde. Nox rückt näher, seine heiße Haut ist ein willkommenes Gefühl auf meiner, während wir uns durch die Glasbarriere bewegen.

Die untergehende Sonne glitzert golden im blauen Wasser und zeichnet ein atemberaubendes Bild.

Nox schiebt mich nicht mehr vorwärts, sondern legt nur seine Hände auf meine Hüften, während ich alles in mich aufnehme.

Bei unserer Ankunft konnte ich bereits einen Blick auf die Aussicht erhaschen, aber in der Lagune selbst zu sein, ist eine ganz neue Erfahrung. Die obsidianschwarzen Felsen, die die Lagune einrahmen, lassen das Wasser noch blauer erscheinen. Die Farbe ist so einzigartig und wirkt viel lebendiger als die dunklen Farben, mit denen ich in New York City aufgewachsen bin.

»Es ist wunderschön«, hauche ich und lasse mich noch ein wenig tiefer in die angenehme Wärme sinken.

»Ja«, stimmt Nox zu, seine Lippen sind immer noch in der Nähe meines Ohrs.

Wir verharren einen langen Moment so; seine Geduld ist so beruhigend, dass ich mich an ihn lehne.

»Ich bin überrascht, dass du nicht versuchst, mich zum Reden zu bringen«, gebe ich zu, entspannter, als ich mich seit Monaten gefühlt habe. »Jetzt wäre ein guter Zeitpunkt für die Fortsetzung der Inquisition.«

Er brummt leise und legt seine Arme um meine Taille, um mich zu umarmen. »Vielleicht. Aber ich weiß, dass du noch nicht bereit bist, uns zu vertrauen. Also werde ich dich nicht drängen. Lass uns einfach ein bisschen schwimmen und den Abend genießen.«

»Du versuchst, mich mit Freundlichkeit zu verführen«, sinniere ich.

»Hm, *so* würde ich dich sicherlich nicht verführen«, erwidert er und fährt mit seinen Fingern über meinen Unterleib, knapp am oberen Rand meines Bikinihöschens vorbei. »Meine Vorlieben im Schlafzimmer sind nicht sehr *freundlich*. Vielleicht verehrend. Und auch dominant. Aber definitiv nicht *freundlich*.«

Er dreht mich in seinen Armen und beginnt, mich in einen tieferen Bereich der Lagune zu führen – eine Tatsache, die ich nur bemerke, weil das Wasser bei jedem Schritt höher reicht. Seine durchdringenden blauen Augen halten die meinen fest; seine Iriden strahlen eine Vielzahl von Gefühlen aus.

Bewunderung.

Ehrfurcht.

Lust.

»Du bist nicht sauer auf mich?«, frage ich und suche in seinem Blick nach einer Andeutung, dass er mit meinen Gefühlen spielt.

»Es ist enttäuschend, dass du leidest und dir nicht von uns helfen lässt«, gibt er zu. »Aber nein, ich bin nicht wütend auf dich, Glühwürmchen. Ich bin einfach nur frustriert, dass ich das, was dich bedrückt, nicht in Ordnung bringen kann.«

Ich schlucke. »Selbst wenn du es wüsstest, könntest du es nicht in Ordnung bringen.« Die Worte verlassen mich, bevor ich die Gelegenheit habe, über die dahinterstehende Bedeutung nachzudenken. Sie verraten ihm im Grunde, dass ich ein Problem habe, von dem selbst ich nicht weiß, wie ich es lösen kann. Das ist mehr, als ich je zuzugeben bereit war.

»Vielleicht würde dich mein Einfallsreichtum überraschen«, entgegnet er.

»Vielleicht.« Ich beobachte ihn weiter, während wir uns langsam durch das Wasser bewegen, und konzentriere mich eher auf ihn als auf unsere Umgebung. Er könnte mich ertränken, und ich würde es nicht einmal merken, bevor es zu spät ist. Aber ich vertraue darauf, dass er mir nicht wehtut.

Denn er hat sich immer um mich gekümmert.

Er ist immer gut zu mir gewesen.

»Du runzelst die Stirn«, sagt er und legt seinerseits die Stirn in Falten. »Warum?«

Ich versuche, meine Gesichtszüge zu glätten. Aber ich ... ich bin abermals im Zwiespalt.

Ich habe so viel Zeit damit verbracht, meine Geheimnisse zu bewahren, hatte Angst, mich einem meiner vermeintlichen Entführer anzuvertrauen, und stelle plötzlich fest, dass ich Nox überhaupt nicht fürchte. Und mehr als das – ich vertraue ihm, sich um mich zu kümmern.

Warum verstecke ich mich also? Weil ich Angst habe, dass er meine Geheimnisse mit Kaspian teilen wird?

Nein, ich *weiß*, dass er alles mit Kaspian teilen wird, weil das sein Job ist.

Und doch möchte ich mit Nox mehr als mit jedem anderen reden. Vielleicht auch mit Bane.

»Was ist los, Glühwürmchen?«, fragt Nox leise und hält inne. »Was habe ich gesagt?«

»Du hast gar nichts gesagt.« Tatsächlich hat er mich nicht ein einziges Mal zum Reden gedrängt oder etwas von mir verlangt. Er hat mich immer nur gebeten, mir helfen zu dürfen, oder mich getröstet, wenn ich es am meisten brauchte.

Nolan warf ihm vor, dass er mich *datet*, um Antworten zu bekommen.

Aber Nox meinte einfach, er behandle mich wie eine Person, nicht wie eine Gefangene. Und das stimmt – er behandelt mich, als würde ich ihm mehr bedeuten als die Geheimnisse, die ich habe.

Sogar jetzt zeigt die Art und Weise, wie er mich vorsichtig hält, während er meinen Gesichtsausdruck mit seinem besorgten Blick abschätzt, dass ich ihm wichtig bin.

Ich verstehe nur nicht, warum.

Ich würde die Schuld auf die erzwungene Gefährtenbindung schieben, aber die gab es bis gestern nicht. Und er sieht mich schon immer auf diese Weise an. Der einzige Unterschied ist, dass er mich jetzt auch berührt.

»Du und Bane habt die Schicksalsbande sofort akzeptiert.« Ich spreche die Worte leise aus, während mein Verstand verarbeitet, was das bedeutet. »Ihr habt nicht einmal gezögert.«

»Natürlich nicht.« Seine Lippen kräuseln sich ein wenig. »Wir wollten dich beide seit dem ersten Moment. Ich dachte, das hätten wir deutlich gemacht.«

Das haben sie. Mehr oder weniger. Es ist vielmehr so, dass mein Gehirn ihre Erklärungen zuvor nicht akzeptiert hat, vielleicht, weil sie sich zu gut anfühlten, um wahr zu sein.

»Du warst ein verbotenes Verlangen, das wir beide über ein Jahr lang geteilt haben«, fügt er hinzu. »Aber keiner von uns konnte es ausleben. Du warst nicht nur unser Schützling, sondern auch mit einem anderen Mann verbunden.« Er hebt eine Schulter. »Jetzt ist ein Hindernis weg, während das andere für uns umso mehr Bedeutung hat.«

Ich runzle die Stirn. »Mich zu bewachen hat mehr Bedeutung?«

»Dich zu *beschützen,* hat mehr Bedeutung«, korrigiert er. »Kaspian hat uns dir zugeteilt, um dich zu beschützen, Fallon. Er war besorgt, dass einige Mitglieder des Hauses versuchen könnten, sich an dir zu rächen, da es deine Kräfte waren, die Klas benutzt hat, um die Stadt zu unterwerfen. Er wollte dich in Sicherheit wissen.«

Ich öffne den Mund, dann schließe ich ihn wieder. Die Worte liegen mir schwer auf der Zunge. »Das ...« *So habe ich das alles nicht verstanden.* »Er traut meinen Kräften nicht.«

»Er *versteht* deine Kräfte nicht«, murmelt Nox, und sein Daumen tanzt über den unteren Bereich meiner Wirbelsäule, während er mich im Wasser hält. »Und das ist der vorrangige Grund, warum er will, dass du dich öffnest. Aber mir ist klar geworden, dass es um mehr geht.«

»Weil ich dir gesagt habe, dass es um mehr geht.« Banes Stimme weht zu uns herüber und lenkt meine Aufmerksamkeit darauf, dass er sich mit einem Getränk in der Hand durchs Wasser bewegt.

Ich blicke zwischen den beiden hin und her. »Was meinst du?«

Bane tritt neben uns und hält mir das Getränk hin, den Strohhalm an meine Lippen gerichtet. »Probier mal und sag mir, ob dir das schmeckt.«

Das ist zwar keine Antwort auf meine Frage, aber ich tue, was er verlangt, denn so ziemlich alles, was Bane macht, schmeckt fantastisch.

Und dieses Getränk ist nicht anders.

Es ist ein köstliches Gemisch aus Früchten mit einem

feinen Hauch von Alkohol im Nachgang. »Hmm, was ist das?«

Er hebt eine Schulter. »Eine Mischung, die ich aus pürierten Erdbeeren, Ananassaft und ein paar süßeren Spirituosen zusammengemixt habe.«

Ich nehme einen weiteren Schluck, während er spricht, und ein Stöhnen erschüttert meine Brust. »Sooo gut«, sage ich.

Nox' Arme verkrampfen sich, sein ganzer Körper scheint sich zu versteifen. »Fuck, wenn du so klingst, wenn du einen Drink genießt, kann ich es kaum erwarten, zu hören, wie du klingst, wenn du kommst.«

Ich verschlucke mich fast an der Flüssigkeit in meinem Mund. Seine Worte sind unerwartet – und nur allzu willkommen.

Bane gluckst und nimmt mir den Strohhalm von den Lippen, um ihn Nox in den Mund zu drücken. »Zurück zu Kaspian«, sagt er, während Nox das Getränk probiert. »Er interessiert sich für deine Geheimnisse, weil er dich kennenlernen will. Vertrauen ist wichtig für ihn, aber es geht um viel mehr.«

»Mm-hmm«, stimmt Nox zu. »Und *das* ist wirklich gut.«

»Ich weiß«, antwortet Bane, dessen dunkle Augen zustimmend schimmern, bevor er meinen Blick wieder trifft. »Fallon, wir sind alle auf die eine oder andere Weise in dich verliebt. Kaspian ist da keine Ausnahme. Er zeigt seine Faszination nur auf eine andere Art und Weise.«

»Indem er Antworten verlangt«, murmelt Nox. »Wie heute, als du ihn erschreckt hast, weil du praktisch schon wieder gestorben bist. Dann kamst du aufgebracht zurück, und er wollte die Sache einfach nur in Ordnung bringen.

Aber du hast ihn nicht gelassen und das macht ihn wütend.«

Bane nickt. »Ihm geht es um Kontrolle. Aber er kann ein Problem nicht kontrollieren, wenn er es nicht versteht. Und er will es kontrollieren – für dich.«

»Nein, er will sein Haus vor mir schützen«, korrigiere ich ihn. »Das ist sein Hauptziel.«

»Das redet er sich ein, aber es ist nur einer von vielen Gründen.« Bane zuckt mit den Schultern. »Eines Tages werdet ihr beide es verstehen. Aber dieses Band zwischen uns allen ergibt Sinn. Es erklärt alles.«

Ich schürze die Lippen. »Tut es das wirklich? Ich meine, es könnte alles ein ... ich weiß nicht, ein Fehler sein? Ein Versehen? Vier Schicksalsgefährten? Das ist wahrscheinlich eine vorübergehende Sache, die durch meinen Besuch auf der Todesebene ausgelöst wurde. Vielleicht sogar durch Magie.« Näher kann ich mich nicht an die Wahrheit heranwagen und sagen, dass das alles auf einen verirrten Zauber zurückzuführen ist.

Aber ich will verzweifelt, dass das nicht stimmt.

Dass es echt ist.

Dass diese Männer wirklich mir gehören.

»Du glaubst nicht, dass unsere Schicksalsbande echt sind?«, fragt Bane, und ein Teil des Funkelns in seinem Blick verschwindet.

»Ich ...« Ich stocke und versuche, herauszufinden, wie ich darauf antworten soll, ohne zu sagen, *warum* ich die Bande infrage stelle. »Es fühlt sich zu gut an, um wahr zu sein?«

Er überlegt einen Moment und nickt dann. »Ich kann verstehen, warum du das denkst, nach allem, was du mit Klas durchgemacht hast. Tun wir also mal für eine Sekunde so, als wäre es nicht echt, wie du vorgeschlagen hast. Wie hast du vor dem gestrigen Tag über uns gedacht?«

Ich blinzle, erschrocken über seine Frage. Ich hätte nicht erwartet, dass er die Möglichkeit thematisiert, dass das alles nur ein Fake sein könnte. »Ich ... ähm ...« Ich schlucke und ziehe die Stirn in Falten.

»Okay, wie wäre es, wenn ich diese Frage zuerst beantworte?«, schlägt er vor, während er den Strohhalm wieder zwischen meine Lippen schiebt. »Ich fühle mich schon seit Monaten zu dir hingezogen, deshalb ist es für mich selbstverständlich, dich zu beschützen. Die Schicksalsbande sind meiner Meinung nach nur eine Formalität. Oder ein sprichwörtliches grünes Licht, wenn du so willst. Denn es bedeutet, dass ich jetzt meinem Wunsch nachgehen darf.«

Nox nickt. »Genau. Dem stimme ich uneingeschränkt zu. Es ist nur ein Vorwand, um dich endlich so berühren zu dürfen, wie ich es mir von Anfang an gewünscht habe.« Dann runzelt er die Stirn und seine blauen Iriden schimmern. »Es sei denn, du willst nicht, dass ich dich berühre.« Er lockert seinen Griff. »Wenn du an unserem Band zweifelst – empfindest du dann auch nicht so wie wir?«

Ich umklammere seine Schultern und nehme den Strohhalm aus meinem Mund. »Nein, nein, so habe ich das überhaupt nicht gemeint. Ich ... ich frage mich nur ... Ich weiß nicht, was ich mich frage. Ich bin verwirrt und wundere mich, was passieren würde, wenn wir nicht verbunden wären.«

Ich versaue die ganze Sache, weil ich zu viel darüber nachdenke, beschließe ich.

Aber ich will sie auch nicht zu etwas verleiten.

Argh! Warum muss das so kompliziert sein?

Weil Daithi O'Neely auf Patrick O'Neelys Geheiß mit meiner Seele gespielt hat.

Fast funkeln meine Augen.

Verdammter Patriarch!

Selbst jetzt besitzen sie mich noch. Sie kontrollieren mich. Sie binden meinen Geist aus Tausenden von Kilometern Entfernung an ihren Willen.

Ich hasse sie. Sie *alle*. Denn hier geht es nicht nur um Patrick O'Neely und meinen Vater. Es geht um alle Patriarchen und ihre Vorliebe, jede Situation zu beherrschen.

Eines Tages werde ich sie dafür bezahlen lassen, schwöre ich. Ich habe keine Ahnung, wie, aber ich werde es tun.

»Das ist ein intensiver Blick«, murmelt Nox und lenkt meine Aufmerksamkeit wieder auf ihn und Bane. »Ich hoffe, er ist nicht für uns bestimmt.«

»Ist er nicht«, verspreche ich. »Ich ... ich habe über etwas anderes nachgedacht.« *Mehr oder weniger.* Ich schüttle den Kopf. »Ich habe nur ...« Ich presse meine Lippen aufeinander. »Wisst ihr was? Ich habe keine Lust mehr, zu denken.« Es ist anstrengend und wird überbewertet – und ich bin diese Gedankenschleifen leid.

»Wir können dir dabei helfen«, schlägt Nox vor, während seine Augen über die Lagune tanzen. »Wir können schwimmen, wohin du willst. Zeig einfach auf die Stelle und wir wagen uns in die Richtung.«

»Ich will nicht schwimmen«, sage ich ihm. »Ich ... ich will euch.«

Das ist eine kühne Aussage, die ich vor ein paar Tagen noch nicht gemacht hätte. Aber sie kommt von einem Ort tief in mir, der etwas anderes als Verwirrung fühlen muss. Etwas Leidenschaftliches. Etwas *Warmes*.

»Ich will euch beide«, flüstere ich, ermutigt durch das

hungrige Glänzen in Banes und Nox' Augen. Sie starren mich an, als wäre ich das Zentrum ihres Universums, ihre persönliche Sonne.

Vielleicht bilde ich mir das alles nur ein.

Vielleicht habe ich meinen verdammten Verstand verloren.

Aber das ist mir egal.

Ich brauche das. Ich brauche *sie*.

»Bitte«, füge ich hinzu und schlucke. »Ich ...«

Nox presst seine Lippen auf meine und bringt mich zum Schweigen. Sein Kuss ist weich und zärtlich und so ganz anders als die Heftigkeit, die ich vorhin mit Kaspian erlebt habe. Aber es ist absolut perfekt. Und es ist genau das, wonach ich mich sehne.

Er gibt mir das Gefühl, angebetet zu werden. Verstanden zu sein. *Lebendig*.

»Willst du uns hier oder in einem privaten Raum?«, fragt Nox nach einer Weile, und die Worte liebkosen meinen Mund. »Wasser oder Bett?«

»Ich ...« Ich weiß es nicht. Ein Teil von mir möchte hierbleiben, damit mein Selbstvertrauen erhalten bleibt. Aber unsere erste Erfahrung im Wasser zu haben, könnte zu viel sein. Es ist zwar romantisch und warm, aber die Ränder der Lagune sind von zerklüfteten Felsen umgeben. *Wo sollen wir ...?*

»Wie wäre es, wenn wir hier anfangen?«, schlägt Bane leise vor, während seine Fingerknöchel über meinen Arm streichen. »Dann gehen wir in ein Zimmer, wenn es sich in diese Richtung weiterentwickelt.«

Er nimmt wahrscheinlich an, dass mein Zögern mit meinen früheren Erfahrungen mit Klas zusammenhängt, aber ich korrigiere ihn nicht. Stattdessen nicke ich.

Denn ich will keine weiteren Entscheidungen treffen. Das erfordert Denken – und ich will nicht denken.

Ich will einfach nur *fühlen*.

Mich verwöhnen lassen.

Mit diesen beiden Männern zusammen sein, die ihre Absichten und Wünsche für mich deutlich gemacht haben.

Um einfach zu existieren. Lebendig zu sein. Mich *begehrt* zu fühlen.

Nox presst seine Lippen wieder auf meine. »Okay«, haucht er. »Wir fangen damit an ...«

NOLAN

Kaspian rief dreimal an, während ich mich mit einigen von Klas' alten Nachbarn in Irland traf. Keiner von ihnen hatte etwas Nützliches zu sagen. Aus ihren Zusammenfassungen ging jedoch klar hervor, dass Klas Fallon streng überwacht hatte.

»Wir hatten nicht wirklich die Möglichkeit, Fallon kennenzulernen – sie war viel drinnen.«

»Ich wusste bis vor einem Jahr nicht einmal, dass er eine Gefährtin hat.«

»Sie war nicht sehr gesellig.«

»Das eine Mal, als ich sie gesehen habe, hat sie den Kopf gesenkt und meine Anwesenheit nicht einmal zur Kenntnis genommen.«

Angesichts all ihrer Aussagen zog sich mein Magen zusammen und meine Wut wuchs mit jeder Sekunde. Warum hat niemand die Missbrauchsanzeichen erkannt?

Ich schüttle den Kopf, nachdem ich das letzte Haus der Nachbarschaft verlassen habe, und folge dem Bürgersteig, bevor ich Kaspians Nummer wähle.

Eine Sekunde später taucht sein Gesicht auf dem Bildschirm auf, seine Augen sind von einer Sonnenbrille verdeckt, während er sich auf etwas anderes zu konzentrieren scheint, was sich oberhalb seines Handys befindet.

Ich runzle die Stirn. »Fährst du?«

»Ja.« Er klingt nicht gerade begeistert darüber. »Nox und Bane haben Fallon zur Lagune gebracht. Ich habe sie räumen lassen, aber jetzt habe ich das Gefühl, auch dorthin zu müssen.«

Ich ziehe eine Augenbraue hoch. »Du hast sie aus dem Palast gelassen?«

Sein Unterkiefer wird sichtlich starrer. »Nox und Bane haben mich davon überzeugt, dass es eine gute Idee ist.«

»Und jetzt bist du dir nicht mehr so sicher, weshalb du hinfährst, um nach ihnen zu sehen«, beende ich seine Ausführungen.

»So ähnlich«, murmelt er. »Jedenfalls hat es einige Entwicklungen gegeben.«

»Ich höre.«

Kaspian berichtet vom heutigen Tag, davon, dass Fallon im Grunde erneut starb und zurückkam, nur um in eine Art Episode zu schlittern, in der sie ihre Schwester Issy und irgendwelche »Patriarchen« erwähnte.

Er fährt fort, indem er mir von Fallons Lügen erzählt – oder was er als Lügen interpretiert –, und endet mit: »Dann habe ich versucht, das Band abzulehnen, aber sie hat mich geküsst. Und, nun ja, jetzt schwimmt sie mit Nox und Bane.«

Ich bin stehengeblieben, als Kaspian von Fallons erneutem Beinahe-Tod erzählte, und starre seither auf mein Handy.

»Einige Entwicklungen, hm?«, wiederhole ich seine

Beschreibung für diese kolossalen Updates. »Und du hast sie *geküsst?*«

»Technisch gesehen hat sie mich geküsst. Ich habe den Kuss lediglich ... erwidert.« Er rückt seine Brille zurecht, sein Blick ist immer noch auf die Straße gerichtet. Wie ich Kaspian kenne, nimmt er für diesen Ausflug einen seiner Lieblingssportwagen und hat sein Handy an das Armaturenbrett geklemmt, was meine Perspektive auf sein Gesicht erklärt.

Es dämmert dort bereits, aber als älterer Vampir ist er empfindlicher gegenüber Sonnenlicht – deshalb auch die dunkle Sonnenbrille. Bei jedem anderen würde ich annehmen, dass er versucht, seine Augen vor mir zu verbergen, vielleicht, um die Emotionen zu verstecken, die ein *Kuss* hervorgerufen haben könnte.

»Der Kuss ist nicht das, was mir Sorgen bereitet«, fährt er fort. »Es sind die Lügen und ihre Bemerkungen bezüglich der Patriarchen. Das ist nicht der Jargon eines üblichen Hexenzirkels, was bedeutet, dass wir es mit einer Reihe von Dingen zu tun haben könnten. Aber ich habe diesen Begriff bisher nur in Gesprächen in Bezug auf eine bestimmte Hexensekte der übernatürlichen Syndikate gehört.«

Der Ausgestoßenenzirkel. Der seltsamen politischen Dynamik innerhalb dieses Syndikats bin ich mir bewusst. Während die Matriarchen als Aushängeschilder der Organisation gelten – die weiblichen Hexen sind in der Regel stärker als die männlichen Warlocks –, gibt es Gerüchte, dass ein mächtiges Patriarchat hinter den Kulissen agiert.

Leider hat sich noch niemand die Mühe gemacht, diese Behauptungen wirklich zu untersuchen. Ich bin mir nicht einmal sicher, ob viele davon gehört haben. Ich kenne die Gerüchte nur, weil es mein Job ist, solche Dinge zu wissen.

Doch zu viele andere Bedrohungen haben uns beschäftigt, und zwar solche, die von legal gegründeten Häusern ausgehen, nicht von kriminellen Sekten. Daher hatte sich niemand der Sache angenommen.

Aber vielleicht haben wir jetzt einen Grund, dies zu tun, denke ich.

»Wir wissen, dass Fallon aus dem Niemandsland stammt, was technisch gesehen dieses berüchtigte Gebiet in New York City einschließt«, sinniere ich. »Natürlich könnte es in anderen Gegenden eine ganze Reihe von übernatürlichen Netzwerken geben, von denen wir nicht viel wissen und die einen ähnlichen Begriff verwenden. Aber wir sollten erst einmal die Gruppierungen untersuchen, von deren Existenz wir wissen.«

»Absolut.« Er schaut erst nach links und dann nach rechts, während das Klicken seines Blinkers durch den Lautsprecher schallt. »Und obwohl Fallon behauptet, dass ihre Schwester tot ist, weiß ich, dass sie lügt. Was bedeutet, dass ihre Schwester in Schwierigkeiten steckt. Auch deshalb glaube ich, dass das Ganze etwas mit dem Syndikat zu tun hat.«

»Du willst also, dass ich nach New York City reise, um das zu überprüfen.« Es ist ein logischer nächster Schritt. »Dieser Plan gefällt mir viel besser, als hier herumzuhängen. Diese Nachbarn sind nutzlos. Sie haben nicht einmal die Anzeichen von Fallons Missbrauch erkannt, sondern einfach angenommen, dass sie eine Einzelgängerin ist.«

»Oft drücken die Leute bei unangenehmen Situationen ein Auge zu und rechtfertigen es damit, sich lediglich um ihre eigenen Angelegenheiten kümmern zu wollen.«

Ich schnaube. »Wenn auch nur einer von ihnen es

bemerkt hätte, wäre Fallon vielleicht schon vor Jahren gerettet worden.«

»Jetzt ist sie in Sicherheit«, sagt Kaspian. »Und sie wird auch in Zukunft sicher sein.«

Ich betrachte seine strengen Gesichtszüge einen Moment lang, bevor ich frage: »Der Kuss macht dir also keine Sorgen, was?« Ich habe den Eindruck, dass er bereits Anzeichen von besitzergreifendem Verhalten zeigt.

Ich nehme an, dass er das von Anfang an getan hat. Warum sonst sollte er darauf bestanden haben, sie in seiner persönlichen Gästesuite unterzubringen? Nicht nur, um sie besser im Auge behalten zu können oder weil er ihre Kräfte fürchtete – ein Teil von ihm wollte sie in seiner Nähe haben.

Der Teil, der sie jetzt als seine Gefährtin erkannt hat.

»Ich hoffe nur, dass diese Theorie über den Ausgestoßenenzirkel falsch ist«, murmelt er. »Aber Klas' Bericht darüber, wie er Fallon kennengelernt hat, ist bestenfalls vage. Und niemand dachte daran, ihn wirklich zu befragen, da er behauptet hat, sie hätten sich bei einer seiner Missionen kennengelernt. Der Hintergrund ist also nicht bekannt. Im Nachhinein betrachtet, scheint das Absicht gewesen zu sein.«

Ich nicke; er hat recht.

»Die Zugehörigkeit zu einem der übernatürlichen Syndikate hätte ihre Aufnahme in Gold und Granat noch erschwert«, fügt er hinzu. »Das hat Klas' Ungenauigkeit notwendig gemacht. Und die Wahrscheinlichkeit, dass ich mit ihren Verbindungen zur Welt des Syndikats richtig liege, ist noch größer.«

»Das bedeutet, dass hinter dieser Geschichte wahrscheinlich noch viel mehr steckt«, sage ich und denke an all die verschwommenen Details, die Klas umgeben. »Seine eigene Herkunft ist fragwürdig, da angeblich alle

Mitglieder seiner Familie tot sind. Seine Mitarbeiter im vergangenen Jahr waren weniger Verwandte als vielmehr Freunde, sodass sein Hintergrund genauso undurchsichtig ist wie Fallons.«

Für Kaspian sind das keine neuen Informationen, denn Klas' Unterlagen waren von Anfang an dürftig. Ursprünglich haben wir das auf seine fehlenden familiären Verbindungen zurückgeführt. Jetzt scheint es, als wäre mehr im Spiel.

Noch mehr Informationen, die Fallon nicht preisgibt.

»Ich werde sehen, was ich in New York herausfinden kann«, schließe ich. »Ich werde mich bei den übernatürlichen Syndikaten umhören, ob jemand eine *Fallon Doyle* kennt.«

»Ich könnte auch die neue Kanzlerin von Erde und Eisen fragen«, fügt Kaspian, in dessen Tonfall ein Hauch von Unbehagen mitschwingt, hinzu. »Vielleicht weiß sie von Fallon?«

»Kannst du ihr vertrauen?«, frage ich mich laut.

»Ich kann niemandem vertrauen, der eine Machtposition innehat«, antwortet er. »Ich wüsste allerdings nicht, wie sie diese Information gegen mich verwenden könnte. Vielleicht kann sie dir dort auch etwas Hilfe anbieten. Dadurch stehe ich zwar ein wenig in ihrer Schuld, aber es wäre eine vielversprechende Möglichkeit, ihre Fähigkeiten für künftige Allianzen zu testen.«

Ich schnaube. »Ich benötige keine Hilfe, Kas. Ich integriere mich automatisch.« Es ist eines meiner Talente – die Kunst der Tarnung. Ich kann meine Flügel einziehen. Meine Haare und Augen wechseln je nach Umgebung die Farbe. Und meine Gesichtszüge sind im Allgemeinen unauffällig. Ein Gewinn für alle, was das Spionieren angeht. »Ich melde mich, sobald ich in New York bin.«

Kaspian nickt. »In Ordnung. Ich sollte bis dahin Gelegenheit gehabt haben, mit Kanzlerin Nikki zu sprechen, also werde ich dich auch auf den neuesten Stand bringen können, was sie weiß.«

Ich neige das Kinn – nicht, dass der König von Gold und Granat es sehen kann. »Hervorragend«, sage ich. »In der Zwischenzeit wünsche ich dir viel Spaß beim Spielen mit Fallon. Vielleicht bringen ein paar weitere Küsse von dir und ein paar Orgasmen der Phantome unseren kleinen Vogel zum Singen, hm?«

Ich beende den Anruf, bevor er antworten kann, denn mein Vorschlag ist rhetorisch und verlangt keine Reaktion. Aber es ist eine nette Vorstellung – Fallon, die vor Vergnügen schreit.

Natürlich würde ich ihr den Höhepunkt zuerst mehrmals verweigern. Sie ein wenig betteln lassen.

Ich bin nicht so ehrfürchtig wie die Phantome. Ich stehe auch nicht auf sinnliche Spiele wie Kaspian.

Ich bin direkt.

Ich bin fordernd.

Und ich liebe es, eine Frau so schreien zu lassen, wie sie noch nie zuvor geschrien hat.

Wenn ich Fallon unter mich ziehe, wird sie auf eine Art und Weise zerbersten, die sie ihren eigenen Namen vergessen lässt. Das wird meine Belohnung dafür sein, ihre Mauern niedergerissen und sie in eine neue Stratosphäre der Befriedigung gezwungen zu haben.

Denn Fallon braucht niemanden, der ihre Hand hält. Sie braucht jemanden, der bereit ist, ihre Grenzen zu testen. Ihre Grenzen zu erweitern. *Sie zum Reden zu bringen.*

Ob diese Worte unschuldig sind oder nicht, sei dahingestellt.

Vielleicht ist sie eine Verräterin.

Vielleicht ist sie eine Schachfigur.

Wir werden es nicht wissen, bis sie sich öffnet. Oder bis ich die Geheimnisse ausgrabe, die sie zu verbergen versucht.

In jedem Fall wird die Wahrheit unser sein.

Denn wenn New York nichts enthüllt, werde ich gezwungen sein, zurückzukehren.

Und ich habe keine Angst davor, unseren süßen kleinen Singvogel bluten zu lassen.

NOX

Iᴄʜ ʙɪɴ sᴜ̈ᴄʜᴛɪɢ nach Fallons Lippen. So prall und köstlich. So weich. Und *mein*.

Ich lasse meine Hände über ihre Kurven wandern und genieße die Art und Weise, wie sie sich perfekt in meine Handflächen schmiegen.

Für uns gemacht.

Ihre Schenkel umschließen meine Taille und sie drückt ihre Wärme direkt gegen meine Leistengegend, aber es ist nicht genug. Unsere Badeklamotten sind zu dick und das Wasser um uns herum verfälscht das Gefühl.

Ich will mehr.

Ich will *sie*.

Aber ich habe zugestimmt, es auf Banes Art zu tun – es *langsam* anzugehen.

Fallon hat so viele Jahre des Missbrauchs erlitten. Sie verdient es, verehrt zu werden. Geschätzt. *Angebetet*.

Ihr Wohlbefinden ist wichtig, und wenn sie damit zufrieden ist, mich die ganze Nacht zu küssen, werde ich es erlauben. Es ist mir egal, ob meine Eier aufgrund der fehlenden Reibung schmerzen oder ob mein Schwanz vor Verlangen danach pocht, in ihr zu sein – es sind ihre Empfindungen, die am wichtigsten sind.

Deshalb erlaube ich meinen Händen nur, ihre Seiten hinauf und hinunter zu ihrem üppigen Hintern zu wandern.

Bane steht hinter ihr, sein Oberkörper an ihrem Rücken, seine Lippen auf ihrer Schulter und dann an ihrem Hals.

Ich bin mir seiner Bewegungen voll bewusst, unsere gemeinsamen Erfahrungen ermöglichen es uns, im Einklang miteinander zu sein.

Als ich aufhöre, sie zu küssen, umschließt er ihren Nacken und dreht ihren Kopf auf die Seite, um sie zu küssen. Ich übernehme sein Spiel an ihrem Hals.

Sie atmet tief aus und ihre Nägel graben sich in meine Schultern, während sich ihre untere Körperhälfte gerade so weit wölbt, dass Druck zwischen ihren Schenkeln entsteht.

Ich grinse gegen ihre Kehle. »Ich wünschte, ich könnte spüren, wie feucht du bist, Glühwürmchen. Ich möchte dich schmecken.«

Sie stöhnt gegen Banes Mund; ihre Finger wandern meinen Nacken hinauf und durch meine Haare. Ihre andere Hand bewegt sich zu Banes Nacken und ihr Griff wird fester. »Ich brauche mehr«, keucht sie. »Ich ... ich fühle mich, als würde ich brennen.«

»Weil du das tust, süße Flamme«, flüstert Bane gegen ihren Mund. »Du brennst für *uns*, deine vorbestimmten Gefährten.«

Sie gibt ein Geräusch von sich, das in ein köstliches Stöhnen übergeht, als ich meinen Schwanz gegen ihre empfindliche Mitte drücke. »Wir brennen auch für dich, Glühwürmchen.«

»Das tun wir in der Tat«, stimmt Bane zu, während

seine eigenen Hüften von hinten gegen ihre wippen. »Sollen wir reingehen? Oder möchtest du hierbleiben?«

Sie blinzelt, als sie die Dunkelheit um uns herum betrachtet, denn die Sonne ist trotz der späten Nachmittagsstunde schon völlig verschwunden.

Der Winter in Island sorgt für sehr lange Nächte.

Ich hoffe, wir können das heute Abend ausnutzen.

»Wir werden tun, was immer du willst, Fallon«, sagt Bane leise. »Du hast das Kommando über uns.«

Das stimmt zwar nicht ganz, aber für diese erste gemeinsame Session bin ich bereit, mitzuspielen. Fallon benötigt eine sanfte Einführung, eine, die ihr Vertrauen und Verständnis dafür gibt, wie die Dinge zwischen uns laufen werden.

Wir sind nicht wie ihr früherer Gefährte, was sie mit der Zeit verstehen wird. Deshalb ist diese erste Erfahrung so wichtig.

Wenn erst einmal Vertrauen gewonnen ist, kann ich die Intensität schrittweise erhöhen und ihr einige meiner Vorlieben zeigen. Und währenddessen werde ich ihre Erwartungen erfüllen.

Denn sie wird immer an erster Stelle stehen. *Meine Fallon. Mein Glühwürmchen. Meine Gefährtin.*

»Reingehen«, sagt sie und wölbt sich wieder gegen mich. »Lasst uns reingehen!«

Ich grinse in ihren Nacken; meine Lippen schweben direkt über ihrem pochenden Puls. »Wie du willst, Glühwürmchen.« Ich knabbere an ihrer zarten Haut und liebkose sie dann mit meiner Zunge. »Ich besorge einen Schlüssel – wir treffen uns dort.«

Kaspian besitzt eine Suite vor Ort, die er nur selten benutzt, da er sein Quartier im Palast bevorzugt. Zum Glück gibt es einen Ersatzschlüssel im Empfangsbereich.

Und da ich schon einmal hier übernachtet habe, weiß ich genau, wo er ist.

Ich streiche mit meinen Lippen über Fallons Wange, dann schiebe ich sie in Banes Arme, damit sie zusammen zurückschwimmen können. Keiner von beiden protestiert, stattdessen verfallen die beiden sofort in einen weiteren Kuss, der sie aufstöhnen lässt.

Meine Lippen kräuseln sich in Vorfreude.

Als Fallon erklärte, dass sie uns will, änderte sich mein gesamter Plan für den Nachmittag. Ursprünglich hatte ich vor, ihr die Lagune zu zeigen und ihr vielleicht eine Schlammpackung mit der natürlichen Kieselsäure zu gönnen, die man am Rande des Wassers findet.

Aber das änderte sich in dem Moment, in dem sie »Bitte« sagte.

Mein Schwanz pocht bei der Erinnerung an dieses eine Wort; mein Wunsch, es noch einmal zu hören, ist ein pulsierendes Bedürfnis in meinem Kopf.

Ich will, dass sie mich anfleht, sie mit meiner Zunge kommen zu lassen und sie zu ficken. Und mich dann darum bittet, es noch einmal zu tun.

Und wieder.

Und immer wieder.

»Fuck«, murmle ich schmerzerfüllt, als ich das Wasser im Hauptgebäude verlasse.

Hoffentlich lässt sich Bane nicht so viel Zeit. Ich muss Fallon ausziehen und sie mit meinem Mund verehren. Sie mit meinen Händen erforschen. Sie mit meiner Zunge verschlingen.

Ich schnappe mir zwei flauschige Bademäntel von der Handtuchausgabe und lege sie für Fallon und Bane bereit, bevor ich einen für mich selbst nehme.

Der angrenzende Hotelbereich ist nicht allzu weit

entfernt, aber ich verwandle mich in meine Phantomform, um durch die Wände zu gehen und sicherzustellen, dass alles bereit ist.

Als ich den Empfangsbereich erreiche, halte ich inne – Kaspian lehnt mit dem Schlüssel in der Hand am Schreibtisch. Meine Augen weiten sich.

Er kann mich in meiner Phantomgestalt nicht sehen, aber er erwartet mich offensichtlich, denn er wirbelt den Gegenstand um einen Finger.

»Ich weiß, dass du hier bist, Noxious«, sagt er, wobei er meinen vollen Namen und nicht meinen bevorzugten Spitznamen benutzt.

Ich erscheine vor ihm und ziehe eine Augenbraue hoch. »Ist das der Moment, in dem du mir einen Vortrag hältst und erklärst, dass ich Fallon nicht ficken darf? Denn ich bin mir ziemlich sicher, dass das nicht deine Entscheidung ist.«

Wir mögen zwar des Öfteren gemeinsam spielen, aber wir sind nicht aneinander gebunden.

»Nein, ich wollte dir die Erlaubnis geben, mein Zimmer zu nehmen.« Er hält mir den Schlüssel hin. »Obwohl ich vermute, dass du ohnehin vorhattest, es zu benutzen.«

»Hatte ich«, gebe ich zu und nehme den Schlüssel an mich. »Und wir wissen beide, dass du nicht den ganzen Weg hierhergefahren bist, um uns Zugang zu deiner Suite zu gewähren.« Ich verschränke die Arme vor der Brust. »Was ist wirklich los? Hat Nolan etwas gefunden?«

Kaspian schüttelt den Kopf. »Noch nicht. Aber er ist auf dem Weg nach New York City, um eine Spur zu überprüfen.«

»Was für eine Spur?«, frage ich und lege die Stirn in Falten. In New York City gibt es eine Vielzahl von übernatürlichen Syndikaten. Sicherlich ist Fallon nicht mit diesen verbunden.

»Fallon hat heute Morgen mehrmals von Patriarchen gesprochen, als sie ihre Episode hatte.« Kaspians Miene verfinstert sich. »Ich habe diesen Begriff bisher nur als Gerücht gehört – und zwar im Zusammenhang mit dem Ausgestoßenenzirkel.«

Ich ziehe die Augenbrauen hoch. »Warum hast du nicht gleich etwas gesagt?«

»Weil es nur eine Vermutung ist«, antwortet er. »Eine, von der ich wirklich hoffe, dass sie falsch ist.«

Nun, das verwirrt mich noch mehr. Ich kann verstehen, dass die Verbindung zu einem Übernatürlichen Syndikat Unbehagen hervorruft – das sind im Grunde genommen Mafiaorganisationen, die mit gefährlicher Magie und anderem finsteren Blödsinn handeln –, aber eine Verbindung bedeutet nicht gleich Schuld.

»Was spielt es für eine Rolle, ob du recht hast?«, frage ich ihn. »Wir können nichts dafür, woher wir kommen, Kas. Im Niemandsland geboren zu sein, ist kein Verbrechen, es ist nur ein unglückliches Schicksal.«

Kaspians Gesichtsausdruck verfinstert sich weiter. »Der Ausgestoßenenzirkel ist ein übernatürliches Syndikat voller illegaler Aktivitäten. Wenn sie dorther stammt, könnten schändliche Absichten im Spiel sein.«

»Und deshalb bist du gekommen? Um uns zu warnen? Stunden später?«, frage ich. »Du hättest uns allen den Weg ersparen können, wenn du deine Bedenken früher geäußert hättest – du weißt schon, *nachdem* Fallon die Patriarchen erwähnt hat.« Nicht, dass ich mich darüber beschwert hätte, mit Fallon zur Lagune gegangen zu sein. Aber dieses Gespräch hat meine Pläne für den Abend zerstört.

Vorausgesetzt, Kaspian ist überhaupt hier, um uns zur Rückkehr zu bewegen.

Aber warum bietet er dann sein Zimmer an?

»Nein, deshalb bin ich nicht hier. Du hast nach Nolan gefragt, und ich wollte nur ...« Kaspian verstummt und atmet aus. »Ich bin hier, weil ich das Gefühl hatte, in der Nähe sein zu müssen. Ich kann nicht wirklich erklären, warum, weil ich es selbst nicht verstehe.«

Er zuckt zusammen, fast so, als fürchte er, aufgrund dieses Eingeständnisses schwach zu wirken.

»Oh.« Ich grinse. *Das* ist ein Gefühl, das ich sehr gut verstehe. »Du meinst, du bist hier, weil du dich nicht von Fallon fernhalten konntest.« Ein triftiger Grund, unser kleines Date zu unterbrechen. Viel besser, als Zweifel an Fallons Herkunft zu äußern und ihr zu unterstellen, dass sie böse Absichten hegt, die mit ihrem kriminellen Zirkel zu Hause zusammenhängen.

Ich habe über ein Jahr mit Fallon verbracht. Die Frau hat nicht einen bösen Knochen in ihrem Körper.

Sie hat lediglich eine sehr ungezogene Zunge, entscheide ich. *Eine, die sie immer dann schärft, wenn Kaspian in der Nähe ist.*

Er bestätigt oder dementiert nichts, sondern sagt: »Ich nehme an, ihr wollt die Nacht hier verbringen?«

»Wenn du es erlaubst«, erwidere ich.

Seine dunklen Iriden wandern über meinen Bademantel; ein berechnender Schimmer tritt in seine Augen. »Wirst du es für mich lohnend machen?«

»Hast du Lust auf eine Show?«, frage ich. »Denn Bane und ich sind im Begriff, ein Meisterwerk zu schaffen – und ich weiß, wie gern du zuschaust.«

»Das tue ich«, murmelt er. »Wie stehen die Chancen, dass Fallon mir das Vergnügen des Zuschauens gewährt?«

»Wir können sie fragen.« Obwohl ich mir nicht sicher bin, ob das zu Banes Plan der langsamen Heranführung passen würde.

»Hmm, nein«, sagt Kaspian, der entweder meine Unsicherheit oder sein eigenes Zögern bemerkt. »Sie ist noch nicht bereit für uns drei. Genauer gesagt, für *mich*. Aber du musst eventuell vorbeikommen, wenn du fertig bist – um mir zu zeigen, wie sie schmeckt.«

»Wo wirst du warten?«, frage ich.

»Ich werde das Zimmer neben meiner üblichen Suite beziehen. Es gehört technisch gesehen auch mir, ist aber nur für Gäste gedacht.«

»Wäre es dir lieber, wenn wir stattdessen dieses Zimmer nehmen?«

»Nein, meine Suite ist hübscher.« Er schmunzelt, als er hinzufügt: »Und das Bett ist größer.«

»Ich kenne mich aus.«

»Ich weiß.«

»Und ich werde vorbeikommen, sobald sie schläft. Du weißt schon, um mich angemessen zu bedanken und dir die gewünschte Kostprobe zu servieren.«

»Gut.« Seine Iriden leuchten vor kaum unterdrücktem Hunger. »Du wirst auch ihre Orgasmen detailliert für mich beschreiben.«

»Als könntest du nicht durch die Wand lauschen«, murmle ich.

»Hören ist nicht das Gleiche wie sehen. Ich will Beschreibungen.«

»Die wirst du bekommen, Hoheit.«

Er nickt, offenbar beschwichtigt. »Dann geh und beglücke unsere Gefährtin!«

Ich lasse die Arme fallen, werfe seinen Schlüssel in die Luft und fange ihn wieder auf. »Auf dem Weg.«

»Gründlich, Nox«, sagt er, als ich mich umdrehe.

Ich wölbe eine Augenbraue. »Wann war ich jemals nicht gründlich, Kas?«

Amüsement umspielt seine Miene. »Sorg einfach dafür, dass ich ihre Schreie hören kann!«

»Oh, du wirst noch viel mehr hören als das.« Ich weiß, das wird ihm gefallen.

Fallon mag mich als Voyeur bezeichnen, aber Kaspian ist derjenige, der es wirklich genießt, zuzusehen. Er kann eine ganze Nacht durchhalten, ohne sich zu berühren, während er die sinnlichen Eskapaden um ihn herum mit kaum zu bändigendem Hunger in seinen Augen beobachtet.

Es sind die Morgen nach einer solchen Nacht, an denen er mich am häufigsten einsetzt.

Ich liebe seine spezielle Art von sexuellem Vergnügen. Sie ist einzigartig.

Hoffentlich gefällt Fallon das auch.

Aber das ist ein Abenteuer für einen anderen Tag.

Zuerst bedarf sie einer langsamen Einführung. Dann werde ich mich um Kaspians Bedürfnisse kümmern, um seine Dunkelheit in Schach zu halten. Und schließlich werden wir als Gruppe zu neuen Ebenen des Vergnügens aufsteigen.

Vielleicht werde ich Kaspian seine Vorlieben zuerst an mir demonstrieren lassen. Vorausgesetzt, Fallon würde das gefallen.

Alles wird in ihrem Tempo ablaufen, alles ist ihre Entscheidung.

Denn sie ist unsere Gefährtin.

Und ihr Vergnügen wird immer an erster Stelle stehen.

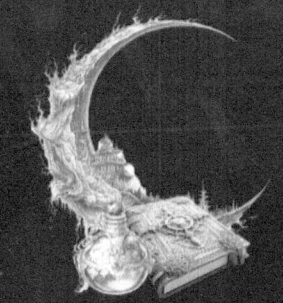

FALLON

O IHR STERNE – ich bin kurz davor, zu explodieren. Dabei haben sie mich kaum berührt.

Als wir im Zimmer ankamen, bestand Bane darauf, zu duschen. Er sagte etwas über die Kieselsäure im Wasser und dass es meinen Haaren schaden würde.

Ich hielt es für einen Vorwand, um mich auszuziehen.

Aber er ließ mich meinen Bikini anbehalten und konzentrierte sich auf das Shampoonieren meiner Haare, während Nox meinen Körper einseifte.

Ihre Hände sind gleichzeitig überall und nirgendwo.

Berührend. Streichelnd. Schrubbend. *Waschend.*

Es ist eine erotische Folter und ich winde mich zwischen den beiden. Wenn sie mir nicht bald die Badesachen ausziehen, werde ich es für sie tun.

Ich habe mich noch nie so verzweifelt gefühlt. So verwegen. So *hungrig.*

Banes Lippen liebkosen die empfindliche Stelle hinter meinem Ohr, während Nox' Handflächen meine Beine rauf und runter wandern. Er kniet vor mir, während Banes heißer Oberkörper an meinem Rücken brennt.

Es ist zu viel.

Es ist nicht genug.

Es treibt mich in den *Wahnsinn*.

Ein Stöhnen entweicht mir, als Bane mit seinen Zähnen an der Sehne meines Halses entlangfährt; seine Hände umklammern meine Hüften.

Sie verführen mich. Berauschen mich mit ihrer Anwesenheit. Sie *necken* jeden Nerv in meinem Körper.

Banes Finger spielen mit den Schnüren meines Bikinihöschens, während Nox zu meinen Knöcheln hinunterwandert.

Ich warte, halte den Atem an und hoffe, dass Bane endlich an den Schnüren reißt und mich aus dem Stoff befreit.

Aber er tut es nicht.

Er spielt nur mit dem Knoten und verhöhnt meine Sinne.

Ich lehne mich in seine Berührung und neige meinen Kopf, um seinem Blick zu begegnen. »Du quälst mich.«

»Tue ich das?«, fragt er und seine dunklen Augen glitzern amüsiert.

»Das tut ihr beide«, erwiderte ich, als Nox' Mund die Innenseite meines Oberschenkels berührt.

Es ist ein elektrisierendes Gefühl, das sich noch verstärkt, als er seine Finger über meine Waden bis hoch zu meinen Knien wandern lässt.

Ich blicke hinunter in seine leuchtend blauen Augen und sehe die Belustigung in ihren funkelnden Tiefen.

»Definitiv«, knurre ich, während ich mit den Fingern durch seine feuchten Haare fahre. »Ihr könnt mich nicht richtig waschen, solange ich noch in diesem Bikini stecke.«

»Klang das nach einer Aufforderung, sie auszuziehen, Nox?«, fragt Bane an meinem Ohr.

»Es klang auf jeden Fall wie eine solche, Bane«, antwortet Nox. »Aber ich denke, sie muss es klar und deutlich sagen. Verlangen, dass wir sie ausziehen. Uns genau erklären, was sie will.«

»Mmm, absolut.« Banes Atem ist heiß auf meiner Haut und seine Worte sind ein leises Murmeln, das mein Herz zum Rasen bringt. Sein schottischer Akzent ist jetzt irgendwie dicker, *tiefer*. Ich scheine ihn nur selten zu bemerken; er kommt nur hin und wieder in bestimmten Sätzen zum Vorschein.

Aber ich höre ihn hier und in der Art, wie er gegen mein Ohr spricht.

Noch immer subtil.

Genau wie Nox' Akzent.

Aber er ist so verdammt verführerisch. Ich frage mich, ob meine irischen Wurzeln zum Vorschein kommen. Auch ich habe manchmal einen Akzent. Normalerweise dann, wenn die Emotionen hochkochen.

So wie jetzt gerade.

»Sag uns, was du willst, *Lass*«, murmelt Bane. »Sag mir, dass ich dieses kleine Höschen entknoten soll – dann werde ich es tun.«

»Dann kannst du mir sagen, wo du meinen Mund haben willst«, fügt Nox hinzu; seine Worte sind ein Flüstern an meinem Oberschenkel. »Sag mir, wie ich meine Zunge benutzen soll. Lass mich diese süße Pussy lecken und dein exquisites Vergnügen schmecken!«

Bane stöhnt. »Wenn du ihn das machen lässt, muss ich dich auch probieren. Aber ich kann mit deinen Titten anfangen, *Lass*. An deinen Nippeln saugen. Dich in den Wahnsinn treiben.«

»Was glaubst du, welche Farbe sie haben?«, fragt Nox und schaut mit seinen blauen Augen zu dem Mann hinter mir. »Rosa? Braun?«

»Auf jeden Fall rosa.« Bane schmiegt sich an meinen Hals. »Sollen wir dein Oberteil ausziehen? Um zu sehen, ob wir recht haben?«

Ich keuche, denn ihre Worte entfachen ein Feuer in mir, das allmählich außer Kontrolle gerät.

Ich will alles, was sie gerade gesagt haben.

Alles und noch mehr ...

»Zieht mich aus!«, flehe ich. »Dieser Bikini ... ist zu viel. Zu einschnürend. Zu ...«

Bane reißt an den Schnüren meines Bikinihöschens, während Nox das Dreieck zwischen meinen Schenkeln packt. Beide arbeiten zusammen, um das Material von meiner Haut zu entfernen.

Als Nächstes ist mein Oberteil an der Reihe, aber darum kümmert sich Bane allein. »Rosa«, knurrt er und die Vibration verursacht eine Gänsehaut auf meinen Armen.

»Wunderschön«, sagt Nox mit ehrfürchtigem Blick, während er auf seinen Knien bleibt.

Ich schlucke, als mir plötzlich bewusst wird, dass er sich fast auf Augenhöhe mit meiner Pussy befindet. Klas hat immer verlangt, dass ich mich entwachse, was ich seit über einem Jahr nicht mehr getan habe. Jetzt sind die Haare dort nur getrimmt.

Hätte ich mich mit Wachs behandeln, mich rasieren, mich darauf vorbereiten sollen?

Bane knabbert an meinem Ohrläppchen. »Hör auf, zu denken, süße Flamme! Lass uns dich verehren!«

»Du bist perfekt«, meint Nox. »Jetzt sag uns, was du willst!«

Ich erschaudere, als ich seinem Blick noch einmal

begegne. Seine Lust funkelt mich aus zwei saphirblauen Seen der Begierde an.

»Alles«, antworte ich. »Ich will alles.« *Alles, was sie gesagt haben. Alles, was sie tun wollen. Alles, was es überhaupt geben kann.*

Weil ich mich noch nie so gefühlt habe. So frei. So lebendig. So sicher.

Klas hat mich immer nur zu seinem eigenen Vergnügen benutzt.

Aber Nox und Bane ... sind nicht wie er. Sie fragen mich, was ich will. Sie bitten mich, ihnen zu sagen, was sie tun sollen. *Sie küssen mich, als würde ich ihnen etwas bedeuten.*

Vielleicht ist das alles der Zauber. Eine perverse dunkle Magie. Aber ich kann nicht anders, als mich dem hinzugeben.

Eines Tages werde ich einen Weg finden, Bane und Nox zu befreien. Das ist das Mindeste, was ich tun kann, nachdem sie so gut zu mir gewesen sind.

Was, wenn sie mich hassen, weil ich dieser magisch inspirierten Lust nachgegeben habe?, frage ich mich voller Sorge. *Werden sie es mir ewig vorhalten? Oder meinen sie es ernst, wenn sie sagen, dass sie mich seit jeher begehren?*

Vielleicht ist es ja wahr. Schließlich habe ich mich auch zu ihnen hingezogen gefühlt.

Das macht es unmöglich, ihnen einen Korb zu geben.

Vor allem, wenn Nox mich mit dieser köstlichen Absicht anschaut, die in seinen strahlend blauen Augen tanzt.

Ich kralle meine Finger fester in seine Haare und habe plötzlich das Gefühl, dass ich mich festhalten muss, um nicht umzufallen.

»Ich denke, du solltest dich hinsetzen, Bane, und Fallon in deinen Schoß ziehen.« Nox' sanfter Tonfall jagt mir einen wohligen Schauer über den Rücken.

»Nur, wenn sie zustimmt, mir zuerst die Badehose auszuziehen.« Banes Mund ist immer noch in der Nähe meines Ohrs, sein heißer Körper brennt auf meiner entblößten Haut. »Würdest du dich umdrehen und mir helfen, kleine Flamme?«

»Ja.« Ich drehe mich zu ihm um, und mein Eifer veranlasst Nox zu einem Glucksen, als er sich zurückzieht, um mir Platz zu machen.

Bane lacht nicht, sein Blick ist stattdessen voller Staunen, als er meinen nackten Körper betrachtet.

»Nox hat sich geirrt.« Sein schottischer Akzent ist jetzt auf einem Allzeithoch. »Du bist so viel mehr als nur schön, *Lass*. Du bist perfekt. Umwerfend. Das exquisiteste Geschöpf, das ich je gesehen habe.«

Seine Worte erhitzen meine Wangen und mein Blick fällt auf seinen wohlgeformten Oberkörper. *Solide Muskeln. Genau wie Nox.*

Das weiß ich schon dank unserer Zeit in der Lagune.

Aber es hält mich nicht davon ab, Bane erneut anzustarren. Er nennt mich *perfekt*, aber ganz ehrlich – diese beiden Männer definieren diesen Begriff neu.

»Willst du ihn mit deinen Augen verschlingen oder ihn ausziehen, Glühwürmchen?« In der nächsten Sekunde versenkt Nox seine Zähne im fleischigen Teil meines Hinterns, was mich aufstöhnen lässt.

Es war kein harter Biss, nur ein Knabbern, aber es war so unerwartet, dass ich kurz erstarre, als seine Zunge kurz darauf dieselbe Stelle berührt.

Warum fühlt sich das gut an?

Er beißt mich erneut, dieses Mal in die andere Pobacke, und die Berührung rüttelt mich auf eine Weise wach, die ich nie erwartet hätte.

Weil ich dieses Gefühl *mag*. Es brennt ein wenig. Aber

seine Zunge vertreibt das Brennen und hinterlässt eine beruhigende Liebkosung.

Banes Handfläche wandert meinen Arm hinauf zu meinem Hals, wo er sie um meinen Nacken schlingt. »Zieh mich aus, kleine Flamme!« Er beugt sich zu mir herunter und presst seinen Mund auf den meinen. »Zieh mich aus und wir werden dich belohnen!«

Das hört sich gut an.

Ich möchte auch Bane in seiner ganzen Größe sehen. Er ist so viel größer als ich – das sind sie *alle* – und muskulös.

Ich schlucke, als meine Finger zur Vorderseite seiner Badehose wandern, um das Band dort zu lösen.

Dann ziehe ich sie schrittweise nach unten.

Runter.

Runter.

Runter.

Sterne ...

Seine Länge ist definitiv proportional zu seiner Körpergröße. *Und sehr hart.*

Ich beiße mir auf die Lippe, als seine Badehose auf den gekachelten Boden fällt. Nox greift um mich herum, während Bane aus dem Stoff steigt, und die beiden arbeiten zusammen, bis das Phantom nackt vor mir steht.

»Willst du mich berühren?«, fragt Bane und drückt seine Handfläche in meinen Nacken.

Ich nicke.

»Benutze deine Worte, Glühwürmchen«, sagt Nox und seine Zähne bohren sich wieder in meinen fleischigen Hintern. »Kommunikation ist uns wichtig.«

»Ja«, zische ich, als er seinem Biss einen zweiten folgen lässt. Dann stöhne ich auf, denn er vertreibt den Schmerz erneut mit seiner Zunge.

Bane presst seine Lippen in einem sanften Kuss auf

meine. »Berühre mich, süße Flamme! Entfache mein Feuer!«

Ich drücke meine Handfläche auf seinen steifen Unterleib – meine blasse Hand bildet einen starken Kontrast zu seiner gebräunten Haut – und lasse sie langsam nach unten wandern.

So muskulös und weich. So warm. So männlich ...

Er hat sogar diese kleinen Grübchen an seinen Hüftknochen.

Bei den Sternen, ich möchte ihn lecken ...

Aber zuerst muss ich ihn spüren. Ihn erforschen. Ihn kennenlernen.

Meine Finger bewegen sich tiefer, hinunter zu den kurzen, dunklen Haaren, die seinen beeindruckenden Umfang umrahmen. *Er ist so dick. Und lang.*

Die perfekte Ergänzung zu seinem muskulösen Körper.

Ich umschließe ihn mit meiner Handfläche und genieße es, wie seine heiße Erregung meine Haut verbrennt.

Er wollte, dass ich ihn verbrenne, aber es ist genau andersherum.

»Wie fühlt er sich an, Glühwürmchen?«, fragt Nox, während seine Hände an meinen Schenkeln auf und ab wandern. »Beeindruckt dich seine Größe?«

»Alles an ihm beeindruckt mich«, gebe ich zu, während ich ihn streichle und Banes Blick auffange. »Du bist viel perfekter als ich.«

Seine Lippen kräuseln sich. »Wir sind zusammen perfekt.« Sein Griff um meinen Nacken wird fester. »Die ideale Kombination.« Er zieht mich an sich, sodass sich meine Brüste an seinen Oberkörper schmiegen. »Jetzt ist es an der Zeit, dass wir dich belohnen, *Lass*. Und zwar *gründlich*.«

Nox brummt gegen meine Wirbelsäule, sein Mund ist

zu meinem unteren Rücken gewandert. »Lass mich erst sehen, wie eng sie ist.«

»Mmm«, brummt Bane. »Wir stellen besser sicher, dass sie bereit ist.« Sein Mund erobert den meinen, bevor ich fragen kann, was er meint, aber ich kann es mir denken.

Ich habe gesagt, dass ich *alles* will.

Wie es scheint, sind meine Phantome gewillt, mir diesen Wunsch zu erfüllen.

Ich schlinge meine Arme um Banes Hals, als seine Zunge meine Lippen streift; sein Kuss ist verführerisch zart. Das passt zu ihm – geduldig und verständnisvoll, aber mit Erfahrung untermauert. Sein Mund verrät, dass er weiß, wie er mich verwöhnen kann, aber er wird warten, bis ich bereit bin, bevor er wirklich anfängt.

Ich erwidere seinen Kuss und bestätige, dass ich das bin. Dass ich ihn will. *Sie.*

Nox' Mund gleitet meinen unteren Rücken entlang zu meiner Hüfte und weiter zu meinem Oberschenkel. Ich erschaudere unter ihren sinnlichen Berührungen und mein Körper reagiert mit einer Unzahl von Empfindungen.

Bane zeichnet mit seinem Daumen die Säule meines Halses nach, während seine freie Hand meine Seite hinauffährt, mein Fleisch kitzelt und meine Brustwarzen gegen seinen festen Oberkörper presst.

Mehr. Mehr. Mehr, singe ich in meinem Kopf.

»Spreize deine Beine«, sagt Nox, während seine Finger auf meine Oberschenkelinnenseiten drücken. »Ich benötige Zugang zu deiner süßen Pussy.«

Ein Blitz durchzuckt mich, als ich nachgebe. Das hat noch nie jemand mit mir gemacht.

Ich bin unzählige Male vor Klas auf die Knie gegangen, aber er hat sich nie vor mir verneigt. Er hat sich nie die

Mühe gemacht, mich *vorzubereiten*. Er hat erwartet, dass ich das selbst erledige.

Und das habe ich, weil ich es musste. Auch wenn ich mehrere Minuten brauchte, um meinen Körper zu einer Reaktion zu überreden.

Aber das wird jetzt kein Problem mehr sein. Ich spüre, wie sich die Nässe zwischen meinen Schenkeln sammelt und sich meine Innenwände erwartungsvoll anspannen.

Ich bin mir nicht einmal sicher, was er vorhat. Aber das spielt keine Rolle, denn es geht um sie. Um *Nox und Bane*.

Ich vertraue ihnen, stelle ich fest, und mein Herz macht einen Satz, als Bane die Kontrolle über unseren Kuss übernimmt. *Ich vertraue ihnen, dass sie mir helfen, mich gut zu fühlen.*

Vielleicht vertraue ich ihnen sogar außerhalb dieses Szenarios.

Diese Erkenntnis sollte mich verunsichern, aber das tut sie nicht. Stattdessen fühle ich mich einfach nur ... *sicher*.

Beschützt.

Glücklich.

Und das übermittle ich Bane mit meinem Kuss.

Aber es ist Nox, der zu antworten scheint. Sein Kopf gleitet zwischen meine Schenkel, um seinem Mund Zugang zu meinem empfindlichen Fleisch zu gewähren.

Ich stöhne gegen Bane, als Nox' Zunge meine glitschigen Schamlippen teilt. Seine Bewegungen sind bewusst und perfekt und er erforscht mich auf die beste Art und Weise.

Bane fährt fort, meine Seite zu streicheln, während seine andere Handfläche in meinem Nacken brennt.

Seine Hand erdet mich. Hält mich aufrecht. Sorgt dafür, dass ich fähig bin, so viel mehr zu akzeptieren.

Das ist genau das, was Nox mir gibt, als sein Mund nach oben gleitet, um an meiner Klitoris zu saugen.

Ein fremdartiger Laut entweicht mir, begleitet von einem heftigen Zittern, das mich fast in die Knie zwingt.

Noch *nie* habe ich eine solche Intensität erlebt. Solchen *Wahnsinn*.

Ein weiteres unverständliches Geräusch verlässt meinen Mund, nur, um von Bane verschluckt zu werden.

»So unglaublich köstlich«, murmelt Nox, und seine Stimme überträgt sich irgendwie über die Duschköpfe, die Wasser auf uns niederregnen. »Und so verdammt feucht.«

Bane summt gegen meinen Mund, sein Daumen streichelt meinen Hals. »Natürlich ist sie das«, antwortet er mit heiserer Stimme. »Sie ist perfekt.«

»Sie gehört uns«, sagt Nox, während er meine Knospe umkreist. »Jetzt wollen wir mal sehen, wie viele Finger du nehmen kannst, Glühwürmchen. Du wirst mindestens drei brauchen, um für Bane bereit zu sein.«

BANE

MEINE KLEINE FLAMME schmeckt wie die personifizierte Verlockung.

Die Art, wie sie sich gegen mich windet, wie sie ihre Arme um mich schlingt, wie ihre Zunge mit meiner tanzt – all das reicht aus, um mich an den Rand des Abgrunds zu bringen, bevor ich überhaupt in ihr drin bin.

Aber ich kann mich nicht zurückhalten.

Sie ist süchtig machend. Ein glühendes Licht, das mich anzieht wie eine Motte.

Ich will sie mehr, als ich atmen will.

Und ich weiß, dass es Nox genauso geht.

Fallon klammert sich an mich, während er sie bewusst mit seinen Fingern fickt.

Ich weiß, dass sein Mund sie immer näher an den orgastischen Abgrund heranführt und sie in einen Zustand der Seinsvergessenheit treibt, der uns alle erschüttern könnte.

Aber er wird sie nicht kommen lassen, bevor ich nicht in ihr bin.

Das Wissen darum bringt mich dazu, gegen ihren begierigen Mund zu grinsen. Meine Hand wandert an ihren Kurven entlang, während ich sie an mich drücke und meine andere Handfläche um ihren Nacken lege. »Gefällt dir, was er mit dir macht, *Lass*?«, frage ich meine süße Flamme. »Bringt er dich zum Brennen?«

»Ja.« Sie zittert. »Mir gefällt, was ihr *beide* mit mir macht.«

Mein Lächeln wird breiter. »Gute Antwort, süße Flamme.«

»In der Tat eine gute Antwort«, wiederholt Nox und lässt sie zusammenzucken. Wahrscheinlich, weil er die Worte gegen ihre Klitoris gesprochen hat. »Sie ist bereit.«

»Mmm.« Ich knabbere an ihrer Unterlippe. »Erinnerst du dich daran, was Nox über das Sitzen auf meinem Schoß gesagt hat?«

Sie nickt und ihre grünen Iriden glänzen vor Lust, während sie mich mit einem liebestrunkenen Blick ansieht. »Ja.«

»Brav«, lobe ich sie. »Ich werde mich auf die Duschbank setzen, dann möchte ich, dass du dich Nox zuwendest und auf meinen Schoß rutschst.«

»Und während du das tust, wird Bane seinen Schwanz langsam in deine süße Hitze gleiten lassen«, fügt Nox hinzu. »Wenn du dann bis zum Anschlag auf ihm sitzt, werde ich deine Pussy lecken, während er dich fickt.«

Fallon blinzelt und ihre Wangen erblühen in einem wunderschönen Rosaton. »Oh.«

Ich mustere sie. »Oh – ja? Oder oh – nein?«

»Ja«, sagt sie sofort, und ich werde nie müde, dieses Wort von ihren schönen Lippen kommen zu hören.

Ich küsse sie daraufhin und belohne ihre Ehrlichkeit mit einem subtilen Zungenschlag, dann trete ich zurück zur

Bank an der Duschwand. Sie ist ganz aus Marmor, aber sie ist warm vom Dampf, der durch unsere lange Zeit unter dem heißen Wasser entstanden ist.

Ich setze mich auf die Bank, während sie mich mit vor Lust schweren Augen ansieht. Gleichzeitig pumpe ich meinen pulsierenden Schaft. »Ich bin sehr bereit für dich, Fallon.«

Sie zittert sichtlich und ihre Zunge schleicht sich heraus, um über ihre Unterlippe zu lecken. Diese verführerische kleine Bewegung regt sofort die Fantasie an, wie sie auf die Knie geht und diesen fickbaren Mund um meinen Schwanz schlingt.

Fuck, diese Frau bringt mich um. Ich will sie mehr, als ich jemals jemanden in meiner gesamten Existenz gewollt habe. Sie ist so verdammt *perfekt*. Stark und klug. Umwerfend.

Und sinnlich, staune ich, als sie näher kommt und sich wie erwartet auf meinen Schoß setzt. Ich greife nach ihren Hüften und helfe ihr, ihren Hintern gegen meinen Unterleib zu führen.

Ihre Kurven sind himmlisch und verlocken mich dazu, mich an sie zu pressen und sie für mich zu beanspruchen zu wollen.

Sex wird unser Gefährtenband festigen und unsere Seelen für die Ewigkeit aneinander binden. Ich muss nicht einmal darüber nachdenken, was das bedeutet; ich habe dieses Schicksal in dem Moment akzeptiert, in dem ihr Geist den meinen geküsst hat.

Ich küsse ihre Schulter, während Nox sich nach vorn beugt und kurz meinen Blick auffängt, um sich zu vergewissern.

Sie ist bereit, verraten mir seine Augen.

Ich weiß, erwidere ich und lasse meine Handflächen zu

ihren Oberschenkeln hinuntergleiten, um ihre Beine an die Außenseite der meinen zu bringen. Dann spreize ich meine Knie, um ihre Beine weiter zu teilen und ihm ihre Pussy zu präsentieren.

»Wunderschön«, lobt er, während seine Nase ihr Knie berührt. »Du bist so verdammt hinreißend, Glühwürmchen.« Er küsst sich einen Weg entlang ihres Innenschenkels. »Mmm, ich will sehen, wie du Banes Schwanz in dir aufnimmst. Kannst du das für mich tun, Glühwürmchen? Kannst du diese schönen Hüften heben und ihm helfen, in dich zu gleiten?«

Fallon zittert auf meinem Schoß und nickt. »Ja.« Sie beugt sich ein wenig vor und stützt ihre Handflächen auf meine Beine, sodass ich besser an den verführerischen Scheitelpunkt zwischen ihren Schenkeln gelangen kann.

»*Fuck*«, hauche ich, und mein Schwanz pocht bei dem Anblick ihrer eifrigen Haltung. Sie schiebt ihren Körper in genau die richtige Position.

Ich lege meinen Arm um ihren Unterleib und halte mich an ihr fest, während ich meine andere Hand zwischen uns schiebe.

Ihre Beine verkrampfen sich und eine Gänsehaut breitet sich auf ihren Armen aus. Nox streckt seinen Rücken. Seine Körpergröße erlaubt es ihm, fast auf gleicher Höhe mit der sitzenden Fallon zu sein, während er auf den Knien ist. Er beugt sich vor, um sie zu küssen.

Sie schmilzt für ihn und bietet mir die Ablenkung, die ich brauche, um mich in das Heiligtum zwischen ihren Beinen zu begeben.

Fallon erstarrt in dem Moment, in dem meine Eichel an ihren Eingang stößt, aber Nox macht etwas mit seiner Zunge, um sie wieder in den Moment zu locken.

Ich warte kurz, dann schiebe ich mich langsam in ihre sich zusammenziehende Pussy.

Drei Finger waren vielleicht nicht genug, denke ich, während sich ihre Wände um mich herum zusammenziehen. Verdammt eng ...

Fallon scheint mir zuzustimmen. Ihre Glieder verkrampfen sich um mich und ihre Nägel bohren sich in meine Beine.

Ich bewege mich langsam, um ihr Zeit zu geben, sich zu entspannen.

Währenddessen küsst Nox sie weiter. Seine Handflächen sind auf ihren Brüsten, um sie zu reizen, sie zu verehren und sie zu verwöhnen.

Ich lasse meinen Schwanz los und streiche mit dem Daumen über ihre Klitoris. Sie zuckt und nimmt mich tiefer in ihr weiches Inneres auf.

Ein Stöhnen dröhnt durch meine Brust – ihre Bewegung bringt mich fast um den Verstand. Es ist so lange her, dass ich eine Frau so erlebt habe, und die Tatsache, dass es Fallon ist – *meine Gefährtin* –, macht es nur noch intensiver.

Ich fluche gegen ihre Schulter, was Nox ein Schmunzeln entlockt. »So gut, hm?«, fragt er.

»Verdammt unglaublich«, korrigiere ich und lege meinen Arm fester um ihren Oberkörper.

Er zieht sich zurück und sieht zu, wie ich meinen Schwanz in sie schiebe; sein Blick ist hungrig. »Fuck, Fallon. Du nimmst ihn so wunderschön, Glühwürmchen.« Er lässt sich zwischen unseren gespreizten Beinen nieder, sein Blick ist auf die Stelle gerichtet, an der sich unsere Körper treffen. »Ich könnte ihm die ganze Nacht dabei zusehen, wie er dich fickt.«

Fallon stöhnt und lässt ihren Körper gegen meinen

fallen, während sie sich an mir reibt und mich bis zum Anschlag in sich hineinzwingt.

Ein weiterer Fluch entweicht meinen Lippen, als Fallons Stöhnen in ein bedürftiges Schnurren übergeht.

Denn Nox schlemmt jetzt an ihrer Pussy wie ein ausgehungerter Mann.

Ich spüre seine Bartstoppeln in der Nähe der Stelle, an der ich mich mit Fallon verbunden habe. Sündhaft dekadent. Verlockend. *Provozierend.* Seine Berührung in Kombination mit der glatten Hitze, die sich um mich zusammenzieht, zwingt mich zu einer Bewegung. Dazu, in sie zu stoßen. Sie zu *nehmen.*

Fallon schreit auf. Das Geräusch ist eine Wonne für meine Ohren und überredet mich, ihr mehr zu geben. Mich schneller zu bewegen.

Ich werde nicht lange durchhalten. Ich kann es nicht. Das ist alles zu viel. Zu euphorisch.

Ihr Kopf liegt an meiner Schulter, ihr Körper ist eng und heiß zwischen mir und Nox. Ich nehme ihr Kinn und neige ihren Kopf nach hinten, damit ich sie küssen kann.

Sie lässt sich ganz auf mich ein und ihre Zunge tanzt mit meiner, während Nox und ich sie mit unseren gemeinsamen Aufmerksamkeiten immer näher an den Rand des Abgrunds treiben.

Ich spüre, wie sie um mich herum pulsiert, wie sich ihre Innenwände anspannen, als sie sich ihrem Höhepunkt nähert.

Nox knurrt an ihr und die Vibrationen scheinen durch sie hindurch und in mich hinein zu hallen. Es ist verdammt erotisch und zwingt mich, noch härter in sie zu pumpen. Schneller. Kraftvoller.

Fallon keucht und ihre Brust hebt und senkt sich erwartungsvoll. Dieser Winkel ist so intensiv, dass ich jeden

Zentimeter ihrer pochenden Mitte spüren kann, während ich mich in ihr bewege.

»Sei ein gutes Mädchen und komm für Bane, Glühwürmchen«, murmelt Nox. »Er muss spüren, wie du um ihn herum über den Abgrund stürzt. Das wird ihn dazu bewegen, auch zu kommen. Dann kann ich euch beide sauber lecken.«

Fallon gibt ein unverständliches Geräusch von sich, als sich ihre inneren Muskeln um mich herum zusammenziehen. »Mmm, diese Vorstellung gefällt dir, was?«, frage ich gegen ihren Mund. »Wäre es dir lieber, ich käme in seiner Kehle statt in deiner Pussy, süße Flamme?«

Sie antwortet nicht sofort, entweder weil sie überlegt oder weil sie zu sehr von den Gefühlen gefangen ist, um zu sprechen. Aber nach ein paar weiteren Vorstößen flüstert sie: »In mir, bitte.«

»Das ist auch meine Vorliebe«, sage ich, bevor ich sie wieder küsse.

Ich weiß, dass sie die Pille nimmt – aber nur, weil ich ihr geholfen habe, einen Monatsvorrat zu besorgen –, was Verhütung überflüssig macht. Zumal Krankheiten nichts sind, worüber wir uns Sorgen machen müssten.

Was bedeutet, dass ich mich in ihr entladen kann.

Aber nicht bevor sie explodiert.

Denn ich muss sie spüren. Ich muss alles erleben. Ich muss sie *kennen*. Wahrhaftig. Intim. *Für immer*.

Ich fahre mit den Zähnen an ihrer prallen Unterlippe entlang. »Entzünde dich für mich, süße Flamme«, flehe ich sie an. »Entzünde dich für *uns*!«

Sie atmet scharf ein und ihre Wimpern flattern, als ich ihre beiden Brüste ergreife und mit den Fingern ihre Nippel zwicke. Nox tut es mir gleich, was ich mehr spüre als weiß, da sein Timing fast immer mit dem meinen übereinstimmt.

»Oh«, stöhnt Fallon. »Bei den *Sternen* ...«

Ihre Innenwände zerquetschen mich, während ihr ganzer Körper steif wird.

Und dann schreit sie. Das willkommene Geräusch hallt in dem Raum aus Marmor und Glas wider, und zieht sich um mich zusammen wie eine Schlinge.

»*Fuck!*«, fluche ich. Ihr Höhepunkt verlangt nach einer Erwiderung. Ihre Pussy krampft sich so sehr zusammen, dass mir keine andere Wahl bleibt, als ihr über den Rand ins Dunkle zu folgen, in einer Explosion, die ich bis in meine Seele spüre.

Alles wird dunkel. Dann hell. Heiß und dann kalt und wieder heiß, als mein Sperma in sie hineinfließt und meine Gefährtin von innen heraus einnimmt.

Mein. Mein. Mein.

»Unser«, korrigiert eine tiefe Stimme.

Ich ignoriere ihn, bin zu sehr von der sinnlichen Göttin auf meinem Schoß eingenommen. Ihr Körper pulsiert und treibt mich an den Rand des göttlichen Wahnsinns.

Ich könnte schwören, dass Fallon erneut kommt, ihre orgastische Sogwirkung ist zu intensiv, um nur von einem Höhepunkt herrühren zu können.

Aber ich bin zu vertieft in die Empfindungen, um davon Notiz zu nehmen, zu zerstört von der Perfektion des Augenblicks, um mich um etwas anderes zu kümmern als um unser gegenseitiges Vergnügen.

Sie ist meine ideale Ergänzung. Meine Gefährtin. Die andere Hälfte meines Geistes.

Ich hatte ja keine Ahnung, wie verloren ich war, bis ich sie fand.

»Kein Wunder, dass ich dich immerzu gewollt habe. Du bist makellos«, hauche ich und lege meine Lippen auf ihr

Ohr. »Ich werde dich für den Rest unseres Lebens verehren und anbeten, kleine Flamme.«

Sie schmiegt sich zitternd an mich; ihr Körper ist erfüllt und vollkommen gesättigt.

Nox kniet immer noch zwischen unseren Beinen, seine Augen schimmern verrucht. »Ich bin dran«, sagt er.

Ich brumme zustimmend und hebe Fallon sanft in die Höhe, um meinen Schwanz aus ihrer üppigen Hitze zu befreien. Doch bevor ich sie ihm übergeben kann, drückt er sie wieder nach unten und beugt sich vor, um sie sauberzulecken.

Sie zuckt stöhnend zusammen und ihre Hände greifen nach seinen Haaren, um ihn wegzuschieben.

Aber er ist unerbittlich, und schon bald windet sie sich wieder, zu sehr in seinem Mund gefangen, als dass sie sich erholen könnte. Sein Name verlässt ihren Mund, gefolgt von meinem, und ich küsse sie, um sie in der Gegenwart zu verankern, während Nox seine Magie zwischen ihren Schenkeln wirken lässt.

Ich bin überhaupt nicht überrascht, als er sie wieder zum Orgasmus bringt, und ich bin auch nicht schockiert, dass ich erneut hart werde.

Wir haben gerade erst unsere gemeinsame Zeit begonnen. Es geht um so viel mehr als um die heutige Nacht – es geht um die Ewigkeit.

»Bist du bereit, dich von Nox ficken zu lassen, kleine Flamme?«, frage ich sie. »Denn er hat eine Überraschung für dich, wie du sie noch nicht gesehen hast.«

Sie öffnet die Augen und enthüllt zwei Pfützen smaragdgrüner Ekstase. »Überraschung?«, wiederholt sie und klingt dabei hinreißend erschöpft.

»Mhmm«, summe ich und meine Lippen finden ihr Ohr. »Es ist eine Überraschung, die dir gefallen wird.«

»Was für eine Überraschung?«, fragt sie.

Anstatt zu antworten, ergreife ich ihr Kinn und drehe ihr Gesicht zu einem stehenden Nox. Er hat irgendwann seine Badesachen ausgezogen, während er kniete, wahrscheinlich, um sich selbst zu massieren, während er Fallon verschlang.

Fallon blinzelt und versteht nicht sofort.

Dann wandert ihr Blick zu Nox' Schwanz.

Und die Piercings, die eine Leiter an seinem Schaft bilden.

Ihre Lippen teilen sich und ich kraule ihren Hals. »Es sieht einschüchternd aus«, sage ich. »Aber vertrau mir – du wirst es lieben. Nox wird dafür sorgen.«

Dann streckt er seine Hand nach ihr aus und ich lasse sie los.

»Schlafzimmer?«, rate ich.

»Schlafzimmer«, wiederholt er und zieht sie aus der Dusche und in ein flauschiges Handtuch. »Jetzt, da Bane mir geholfen hat, die Nervosität abzubauen, können wir richtig loslegen.«

NOLAN

Portale sind so viel schneller als *Flugzeuge*, denke ich, als ich eine Gasse in New York City betrete. *Außerdem sind sie wesentlich diskreter.*

Zum Glück hat sich ein guter Freund von mir mit einer Hexenkönigin verbunden. Die beiden sind zwar im vergangenen Jahr losgezogen, um die Welt der Hexen zu regieren, aber die Freundschaft mit dem Gefährten der Hexenkönigin hat mir ein paar Gefallen eingebracht.

Zum Beispiel den Zugang zu einem sehr schwer zu findenden Portaltrank.

Mit einem kleinen Spritzer der Flüssigkeit schließe ich das Portal hinter mir und nehme meine schwach beleuchtete Umgebung in Augenschein. Als ich Irland verließ, brach gerade die Nacht herein. Das bedeutet, dass hier Nachmittag ist. Aber die Sonne ist nicht besonders hell, dank der hoch aufragenden Wolkenkratzer um mich herum.

Immer noch ein Drecksloch, stelle ich schon nach wenigen Schritten fest: Alles ist heruntergekommen und besitzt aufgrund jahrzehntelanger krimineller Aktivitäten ein dystopisches Flair. Es gibt ein paar nette Gegenden – die, die den Familien der Syndikatsbosse gehören –, aber die Stadt ist größtenteils dem Verfall überlassen worden.

Ich habe mir nie viel aus New York City gemacht. In seiner Blütezeit war es zu überfüllt. Und die Gebäude haben immer meine Flügel eingeengt – etwas, das sich auch jetzt nicht geändert hat.

Ich habe meine Federn eingezogen, sodass ich wie ein normaler Mann aussehe, der die Straße entlanggeht. Aber ich spüre, wie sie sich nach Freiheit sehnen, wie sie sich in den Himmel erheben und den zu hohen Strukturen um mich herum entkommen wollen.

Ich zucke mit den Schultern, ignoriere das Gefühl und konzentriere mich auf die leere Straße.

Der Ausgestoßenenzirkel hat sein Hauptquartier in Staten Island, was bedeutet, dass ich ...

Ein warnendes Prickeln umspielt meinen Nacken und lässt die Härchen auf meiner Haut unter der Lederjacke tanzen. Ich gehe weiter, mein Schritt ist gleichmäßig, während ich meine Umgebung begutachte und nach dem Auslöser für meine Instinkte Ausschau halte.

Es ist niemand in der Nähe, keine Anzeichen von Leben, und doch weiß ich, dass ich nicht mehr allein bin. Es ist eine plötzliche Unruhe, die meine Hände dazu bringt, nach einer meiner Waffen zu greifen.

Hinter mir spüre ich den subtilen Hauch von Magie, der meine Sinne auf falsche Weise berührt.

Aber ich drehe mich nicht um. Stattdessen halte ich den Kopf erhoben und tue so, als würde ich nichts wahrnehmen. Nicht, bevor ich einen besseren Überblick habe.

Ich spüre, wie die Magie näher kommt. *Dreistes Arschloch!*

Natürlich bin ich hier der Gast. Und dieser Teil von New York City wird von Hexen regiert.

Als ich die nächste Kreuzung erreiche, bleibe ich stehen und täusche Interesse an den Schildern vor, während ich mir der nahenden Präsenz bewusst bin.

Fünf, beginne ich, zu zählen. *Vier. Drei. Zwei.*

Meine Flügel breiten sich aus, als ich mich umdrehe. Ich ziehe bereits meine Waffe und ziele direkt auf den Kopf einer sich nähernden Hexe. Ihre schwarzen Augen weiten sich, ihre Handflächen fliegen nach oben.

Aber es ist keine Geste der Kapitulation.

Es ist eine der Aggression, was deutlich wird, als sich ein glitzernder Zauber vor ihr manifestiert.

Ich kneife die Augen zusammen. »Das würde ich an deiner Stelle nicht tun, Hexe.«

»Was denn?«, fragt sie. »Mich selbst beschützen?«

Ich ziehe eine Augenbraue hoch. »Du bist diejenige, die sich an mich herangepirscht hat.« Ich starre sie über den Lauf meiner Waffe hinweg an. »Sag mir, warum!«

Ihre obsidianschwarzen Haare wehen in einem unsichtbaren Wind. Ihre Macht nimmt zu, während der Zauber vor ihr wächst. Mein Finger sehnt sich danach, den Abzug zu betätigen, denn meine Intuition sagt mir, dass diese Frau eine Bedrohung darstellt. Sie mag zierlich und grazil aussehen, aber der Schein kann trügen. Fallon ist Beweis genug dafür.

Und das gilt auch für diese Frau – was die wachsende Energie vor ihr bestätigt, die durch die Luft pulsiert.

»Wer bist du?« Ihr Tonfall wirkt gebieterisch.

Eine Tatsache, die ich ignoriere. »Jemand, mit dem du

nicht spielen willst«, warne ich sie. »Geh einfach weiter und lass mich in Ruhe! Das wird dir das Leben retten.«

Ihre Lippen kräuseln sich ein wenig. »Mach dir darum mal keine Sorgen, Erzengel.«

Na, das ist ja interessant. Die meisten Übernatürlichen können meine Herkunft nicht so schnell erraten. Zumindest nicht, wenn ich meine Flügel versteckt habe.

»Was hast du mit Fallon gemacht?«, fragt sie im nächsten Atemzug, und ihre Frage lässt mich innehalten.

»Was?«

»Du bist von ihrer Aura umhüllt. Sag mir, warum, und ich überlege mir, ob ich dich am Leben lasse!« Schwarze Flammen tanzen auf ihren Armen, während sie spricht, und sie strahlt unaufhörlich Energie aus.

Ich starre sie einen Moment lang an, während meine Instinkte gegeneinander kämpfen.

Dann tue ich etwas, von dem ich nie gedacht hätte, dass ich es tun würde.

Ich senke meine Waffe.

»Du kennst Fallon.« Was bedeutet, dass ich diese Hexe am Leben lassen muss, damit sie mir von meiner Gefährtin erzählen kann. »Woher?«

Ihre schwarze Augenbraue wandert — unerklärlicherweise — noch höher. »Du bist nicht sehr gut im Beantworten von Fragen, was?«

»Das könnte ich auch von dir behaupten«, kontere ich. »Und jetzt sag mir, woher du meine Gefährtin kennst!«

Mittlerweile befinden sich ihre beiden Brauen in ihrem dunklen Haaransatz. *»Gefährtin?«* Sie stößt ein Lachen aus. »Das ist nicht möglich. Nikolas ist ihr Gefährte.«

Nikolas? »Ich bin ihr Zweite-Chance-Gefährte«, stelle ich klar. *»Nikolas* ist tot. Der König von Gold und Granat hat ihn Anfang der Woche hingerichtet.«

Nikolas muss Klas' richtiger Name sein, denke ich und wundere mich, dass ein so wichtiges Detail in seinen Akten fehlt. Aber es scheint, dass das absichtlich weggelassen wurde.

»Zweite Chance?« Sie stockt und das Feuer auf ihren Armen wird schwächer. »Oh, verdammt ...« Die Flammen verschwinden ganz. »Wann ist das passiert?«

»Wann ist was passiert?«

»Die Verbindung«, sagt sie mit zusammengebissenen Zähnen. »Wann hast du dich mit ihr verbunden?«

Ich runzle die Stirn, die Besorgnis in ihrer Stimme unterscheidet sich sehr von dem befehlenden Ton von vorhin. »Sag mir, in welcher Beziehung sie zu dir steht, und ich werde mir überlegen, ob ich dir antworte.«

Denn bisher hat sie mir nicht viele Informationen gegeben, aber ich habe ein wichtiges Detail über meine Verbindung zu Fallon verraten. Ich habe auch meine Waffe gesenkt, trotz der Energie, die um sie herumwirbelt.

Wenn sie mehr Details will, muss sie mir einen zwingenden Grund geben, diesem Wunsch nachzukommen.

Die Hexe scheint die Entschlossenheit in meinem Gesichtsausdruck zu sehen, denn sie seufzt und zieht den Zauber zurück. »Fallon ist meine Cousine.«

Jetzt bin ich an der Reihe, eine Augenbraue zu wölben. »Die Familienähnlichkeit ist verblüffend«, sage ich und betrachte ihre schwarzen Haare, die olivfarbene Haut und die mandelförmigen Augen.

Diese Frau sieht überhaupt nicht aus wie meine kurvenreiche blonde Hexe.

Sie schnaubt. »Wir sind nicht blutsverwandt. Ihre Tante hat mich adoptiert, als ich noch ein Kind war.« Sie verschränkt ihre schlanken Arme vor der Brust. »Ist das

Gefährtenband gleich nach der Hinrichtung entstanden?«, fragt sie und lenkt damit meine Aufmerksamkeit wieder auf das Gespräch über Zweite-Chance-Gefährten.

»Ja. Nachdem sie von der Todesebene zurückgekommen ist«, sage ich und beobachte sie genau, um zu sehen, ob sie die Reise zur *Todesebene* überrascht. »Sie hat sich sofort mit uns vieren verbunden, als sie wieder zu atmen begann.«

»Mit euch vieren?« Die Augen der Frau weiten sich. »Oh, dieser verdammte Zauberspruch ...« Es klingt, als würde sie mehr mit sich selbst als mit mir sprechen, aber ihre Worte lassen mich sofort aufhorchen.

»Welcher Spruch?«

»Der, der sie mit Nikolas verbunden hat«, murmelt sie und fährt mit den Fingern durch ihre Haare, während sie auf und ab geht. »Wissen die Patriarchen davon?«, fragt sie, ihre langen Beine unaufhörlich in Bewegung. »Vergiss es! Natürlich wissen sie es. Oder sie werden es wissen. Mit wem genau hat sie sich verbunden?«

Dann hält sie inne und sieht mich an – schwarze Flammen erscheinen wieder auf ihren Armen.

Meine Hand zuckt mit dem Verlangen, sich zu erheben, denn ihr drohender Blick versetzt mich sofort in die Defensive.

Doch in der nächsten Sekunde wandert ihr Blick über meine Schulter, als sie leise sagt: »Wir können dieses Gespräch nicht hier führen.«

Ich werfe einen Blick nach hinten und stelle fest, dass die Straße immer noch leer ist, aber die aufgestellten Härchen in meinem Nacken verraten mir, dass dies entweder nur eine Fassade ist oder sich bald ändern wird.

»Hier entlang«, sagt die Hexe, als wie von Zauberhand eine Tür in der Wand eines Gebäudes erscheint.

Ich bin wie gebannt, als sie sich ihr nähert. »Warum sollte ich dir folgen?«

»Weil ich weiß, wie man den Schicksalszauber brechen kann«, sagt sie. »Und ich bin wahrscheinlich die Einzige, die dir hier die Wahrheit sagen wird.«

Schicksalszauber. »Du willst sagen, dass das Band nicht echt ist?«

»Ich will sagen, dass wir keine Zeit haben, das hier zu diskutieren«, antwortet sie, als sie die verzauberte Tür erreicht. »Entweder du folgst mir oder ich werde dich später aufspüren. Das ist mein *Job*.«

Ohne einen Blick zurückzuwerfen, verschwindet sie über die Schwelle und lässt mich auf dem Bürgersteig zurück.

Ich kneife die Augen zusammen. Das ist wahrscheinlich eine Falle. Aber ich lasse mich nicht so leicht überwältigen, selbst wenn man mich an einen Ort bringt, an dem ich meine Flügel nicht benutzen kann.

Außerdem bin ich hierhergekommen, um Antworten zu finden, und diese Frau kennt Fallon eindeutig. Das bedeutet, dass Kaspians Instinkt richtig war – sie gehört zum Ausgestoßenenzirkel.

Aber ich brauche mehr Informationen.

Vor allem zu diesem angeblichen Zauber.

Okay. Ich fahre mit dem Daumen über den Griff meiner Waffe und gehe zur Tür. *Mal sehen, wohin du führst.*

Ich trete hindurch und rechne mit einem Hinterhalt.

Doch ich finde mich auf einem Dach in mindestens fünfzig Stockwerken Höhe wieder. Meine Flügel entfalten sich automatisch, die Höhe schmeichelt meinen Sinnen.

»Die sind beeindruckend«, sagt die Hexe von einem Sessel in der Nähe. »Sie integrieren sich gut in die Luft, die dich umgibt.«

»Ich tarne mich von Natur aus.« Das ist eine Erklärung, die sie nicht verdient hat, aber ich bin zu sehr in die Umgebung vertieft, um mich um solch triviale Details zu kümmern. »Wo sind wir hier?«

Denn das sieht nicht nach Staten Island aus.

»Manhattan«, antwortet sie. »Auf dem Dach eines verlassenen Wohnhauses.«

»Ich verstehe.« Ich weiß nicht, warum sie diesen Ort gewählt hat, aber ich fühle mich hier sehr wohl. »Erzähl mir von diesem Zauber!«

»Es ist ein Schicksalszauber, den die Patriarchen gern benutzen, um Verbindungen zwischen arrangierten Gefährten zu erzwingen.«

Ich starre sie an. »Das ist …«

»Illegal? Schwarze Magie? Außergewöhnlich abgefuckt?« Jede Bemerkung übertrifft die Kommentare in meinem Kopf. »Es ist eine jahrzehntelange Praxis. Auf diese Weise kontrollieren die Männer die Frauen in unserem Zirkel.«

Ich starre sie an. »Warum sollten sie das tun?«

»Um unsere Macht abzuschöpfen, natürlich«, antwortet sie mit zuckersüßer Stimme. »Fallon wurde dem Neffen von Patrick O'Neely, Nikolas, übergeben. Das Ritual wurde durchgeführt, und ich vermute, dass Nikolas' Tod den Bann gebrochen hat, was dazu geführt hat, dass sich ihre Seele mit deiner verbunden hat und … du hast erwähnt, dass ihr zu viert seid?«

Meine Federn kräuseln sich im Wind, während ich versuche, zu verarbeiten, was sie mir erzählt.

Die Verbindung ist nicht echt.

Aber sie fühlt sich echt an.

»Bist du sicher, dass ein Zauber dahintersteckt?«, frage ich stattdessen.

Sie zieht die Stirn in Falten. »Na ja, es könnte auch Schicksal sein. Aber du hast vier Gefährten erwähnt ...?«

Ja, dieser Teil macht die Sache etwas komplexer. Die meisten Seelen haben nur einen Gefährten. Dass Fallon vier hat, ist unglaublich ungewöhnlich.

Das spricht für die Theorie mit dem Zauber.

Doch ein Teil von mir ist mit dieser Vorstellung nicht einverstanden. *Weil ich unter einer Art Zauber stehe? Werde ich durch dunkle Magie zu diesen Gefühlen verleitet?*

Wenn das der Fall ist, warum hat Fallon dann nichts gesagt?

»Ich nehme an, Fallon weiß von diesem Zauber?«, vermute ich.

»Natürlich«, antwortet die Hexe. »Das tun wir alle.«

»Aber du hast einen Weg erwähnt, ihn zu brechen?«

Sie lächelt. »Dass ich hier bin und mit dir rede, ist Beweis dafür.«

Ich ziehe eine Augenbraue hoch. »Ich kann dir nicht folgen.«

»Mein *arrangierter Gefährte* würde das nie erlauben«, erklärt sie. »Aber er ist anderweitig beschäftigt.« Sie legt den Kopf schief. »Die Patriarchen beabsichtigen, uns alle zu Marionetten zu machen. Ich habe den Gefallen einfach erwidert.«

Ich schüttle den Kopf. »Deine Lösung ist es, Fallon in eine Marionette zu verwandeln?« *Heißt das, dass ich wegen dieses Zaubers technisch gesehen gerade eine bin?*

»Was? Nein. Auf keinen Fall.« Sie setzt sich aufrecht hin und schüttelt den Kopf. »Ich erkläre das wohl nicht richtig. Fangen wir noch mal von vorn an!«

Das würde ich zu schätzen wissen, denke ich.

Doch dann wirft sie mir einen erneuten Blick zu und sagt: »Weißt du was? Nein. Zuerst musst du mir sagen, warum du hier bist. Dann werde ich mir überlegen, ob ich dir mehr erzähle.«

Hmm. Das ist eine vernünftige Forderung. Sie hat mir ausreichend Beweise für ihre Nützlichkeit geliefert, um mich dazu zu bringen, ein wenig mehr über meine Absichten hier zu erzählen. »Fallon war nicht sehr gesprächig, was ihre Vergangenheit angeht. Deshalb hat mich der König von Gold und Granat hierher geschickt, um mehr über ihre Herkunft zu erfahren.«

Sie runzelt die Stirn. »Wenn du hier bist, dann war sie zumindest ein bisschen gesprächig.«

»Sie hat heute Morgen von *Patriarchen* gesprochen. Auch wenn dieser Begriff den meisten in der Welt nicht geläufig ist, haben König Kaspian und ich ihn wiedererkannt. Und da Fallon eine Hexe ist, schien es wahrscheinlich, dass es einen Zusammenhang gibt.«

»Weiß sie, dass du hier bist?«

»Nein.«

Die Frau schluckt. »Gut. Das heißt, die Patriarchen werden es nicht aus ihr herausholen können. Aber ich nehme an, sie wissen jetzt, dass der Zauber abgeprallt ist. Was ... entweder gut oder sehr schlecht ist. Vor allem für ... *Scheiße!*« Sie stößt sich von ihrem Sessel ab und schreitet, ähnlich wie auf der Straße, auf dem Dach auf und ab. »Das muss der Grund sein, warum ich sie nicht sehen durfte.«

»Wen sehen?«, frage ich, obwohl die Aussage nicht an mich gerichtet gewesen zu sein scheint. Aber da ich hier bin und zuhöre, möchte ich an dem Gespräch teilhaben.

»Issy.« Dann erstarrt sie und ihre obsidianfarbenen Iriden leuchten panisch auf.

»Fallons Schwester.« Ich verschränke die Arme vor der Brust. »Sie hat sie erwähnt, als sie über die Patriarchen gesprochen hat. Dann hat sie behauptet, ihre Schwester sei tot, aber König Kaspian weiß, dass sie lügt.«

Die Frau blinzelt ein paar Mal. »Moment ... du hast ihn ein paar Mal erwähnt. Ist er ...? Ist er einer der Gefährten, an denen der Zauber haftet?«

Mein Unterkiefer zuckt, während ich darüber nachdenke, ob ich diese Information weitergeben soll oder nicht.

Aber es scheint, dass ich das nicht muss, denn die Hexe schüttelt den Kopf. »Das ist schlecht. Sehr, sehr schlecht.« Sie setzt sich wieder in Bewegung. »Die Patriarchen werden Fallon dazu zwingen, ihn zu benutzen. Und sie werden Issy dazu bringen, sie dazu zu zwingen.«

Ich starre sie an. »Du solltest von vorn anfangen.« Denn ich brauche so viele Details, wie ich sammeln kann.

Die Frau hält noch einmal inne und ihr dunkler Blick findet den meinen. »Woher weiß ich, dass ich dir vertrauen kann?«

»Du kannst darauf vertrauen, dass ich alles tun werde, um König Kaspian zu schützen. Und du hast gesagt, dass Fallons Schicksalsverbindung ein Zauber ist, den ich brechen werde – selbst wenn ich sie dafür töten muss. Zumal du gerade angedeutet hast, dass die Patriarchen sie benutzen werden, um an Kaspian heranzukommen. Also entweder fängst du an, zu reden, oder ich kehre nach Island zurück und erfülle meine Pflicht.«

Es tut mir weh, diese Worte auszusprechen, denn meine Seele weist meine Drohung, meine mutmaßliche Gefährtin zu töten, sofort zurück. Aber ich meine jede Aussage ernst.

Es ist meine Pflicht, den König von Gold und Granat zu beschützen. Ich habe es geschworen. Und ich werde alles tun, was nötig ist, um diesen Schwur zu erfüllen.

»Oder ich könnte dich töten«, schlägt die Hexe vor.

»Das könntest du versuchen«, antworte ich. »Oder du könntest mit mir sprechen. Und vielleicht kommen wir dann zu einer Einigung, die uns beiden nützt. Vorausgesetzt, deine *Cousine* liegt dir am Herzen, meine ich.«

Ihre Augen verengen sich. »Nur, weil wir nicht blutsverwandt sind, heißt das nicht, dass sie nicht zu meiner Familie gehört. Und glaub mir, ich werde verdammt noch mal alles tun, was ich kann, um sie zu beschützen. Genau wie du deinen König.«

»Dann lass uns ein Gespräch führen und versuchen, eine gemeinsame Basis zu finden.« Denn mir scheint, dass unsere Ziele in gewisser Weise übereinstimmen könnten.

Die Hexe studiert mich einen Augenblick lang, und in ihren Iriden tanzen dunkle Flammen. Meine Finger verkrampfen sich und ich bereite mich darauf vor, erneut meine Waffe zu ziehen, während sich meine Flügel hinter mir anspannen.

Doch nach einigen Takten seufzt die Hexe. »Mein Name ist Ayla.« Das ist nicht gerade die Geschichte, die ich hören will, aber es scheint ihre Version eines Friedensangebots zu sein.

»Nolan«, erwidere ich.

Sie nickt. »Nun, Nolan. Um zu verstehen, was hier passiert, müssen wir in jene Nacht zurückgehen, in der Ishara versehentlich mehrere Mitglieder des O'Neely-Clans getötet hat.«

Ich ziehe eine Augenbraue hoch. »Ishara?«

»Ishara Doyle. Issy. Fallons Schwester.« Ayla setzt sich wieder hin. »Was sie getan hat, war ein Unfall, aber dieser hat einen tiefen Riss zwischen dem O'Neely-Clan und dem Doyle-Clan verursacht. Diese Kluft wurde durch Fallons arrangiertes Band mit Nikolas O'Neely geheilt. Aber ich vermute, du kennst ihn als *Klas*.«

Ja, diese Verbindung habe ich bereits hergestellt.

»Der Großteil des Ausgestoßenenzirkels glaubt, dass Issy tot ist. Das ist sie aber nicht. Der Patriarch des Doyle-Clans hält sie nur zu einem einzigen Zweck gefangen – um Fallon zu kontrollieren.« Aylas Augen funkeln vor kaum zu bändigender Wut. »Ich weiß das nur, weil ich zur Familie gehöre. Und die Patriarchen halten mich für eine brave kleine Hexe, die an der Leine gehalten wird.«

»Ich verstehe. Und Fallon?«

»Fallon ist … kompliziert.« Ayla schluckt. »Sie ist mächtig. Issy auch. Aber ihr Vater zapft seit ihrer Geburt Todesenergie von ihnen ab und setzt ihr Zwillingsband gegen sie ein.« Sie zieht ihre mit Jeans bekleideten Beine hoch und schlingt die Arme um ihre Knie. Ihr Gesicht wirkt unruhig.

Allein dieser Blick sagt mir, dass mir nicht gefallen wird, was Ayla gleich sagen wird.

»Fallon und Issy sind einander wichtiger als alles andere auf der Welt. Und Patriarch Doyle nutzt das, um sich ihren Gehorsam zu sichern – indem er Issy foltert.« Sie erschaudert angesichts der Bilder, die ihr durch den Kopf gehen. »Das ist der einzige Grund, warum Fallon die Verbindung mit Nikolas eingegangen ist. Sie hätte das Patriarchat bekämpfen können, aber dadurch Issy verloren.«

Ich beginne, das Bild in Aylas Kopf zu sehen. Oder zumindest meine eigene Version davon.

Ein Bild, in dem ein Vater seine Töchter auf die schlimmste Art und Weise missbraucht, während er mit ihren Leben spielt, als wären sie Karten in einem Pokerspiel.

»Fallon hat von einem Gehorsamkeitszauber

gesprochen«, antworte ich. »Einen, den sie nicht brechen konnte.«

Ayla nickte. »Patriarch O'Neely hat ihn bei der Verbindung eingesetzt, um sicherzugehen, dass Fallon das Band nicht brechen kann. Sie wissen von ihrer Macht. Sie werden alles tun, um die Herrschaft über sie *und* Issy zu behalten.«

Das erklärt, warum Fallon im vergangenen Jahr nichts gesagt hat, obwohl der Gehorsamkeitszauber gebrochen war – sie hat sich Sorgen um das Leben ihrer Schwester gemacht.

»Sie sind mächtige Verbindungen zur Todesebene«, fährt Ayla fort. »Schlüsselquellen der Macht. Ich bin mir ziemlich sicher, dass das der andere Grund ist, warum Patriarch Doyle Issy am Leben gelassen hat – sie brauchen ihre Energie, um das Patriarchat aufrechtzuerhalten.«

»Du musst dieses *Patriarchat* genauer erklären«, sage ich. »Namen, Struktur, Schlüsselfiguren. Alles, was du mir geben kannst.«

»Warum?«, fragt sie mit skeptischem Gesichtsausdruck, der zu der Ungläubigkeit in ihrem Ton passt. »Weil du tatsächlich etwas dagegen unternehmen wirst?«

»Vielleicht«, sage ich und lasse meine Flügel in meinem Rücken verschwinden.

»Ein Haus, das sich aus altruistischen Gründen in eine Angelegenheit des übernatürlichen Syndikats einmischt?«, schnaubt sie. »Richtig.«

»Wurdet ihr nicht gerade erst eingeladen, an den Wettbewerben zur Herrschaft von Erde und Eisen teilzunehmen?«, zische ich zurück.

»Das ist nicht das Gleiche. Die Führung wurde gekauft. Oder sie haben zumindest versucht, sie zu kaufen.« Ihre

Lippen kräuseln sich fast amüsiert. »Aber Nikki hatte keine Lust auf ihr Spiel. Um fair zu sein, ich auch nicht.«

Ich runzle die Stirn. »Du hast mitgespielt?«

»Habe ich.« Sie neigt den Kopf. »Der Ausgestoßenenzirkel hat mich *nominiert*. Und damit meine ich, dass ich *gezwungen* wurde, teilzunehmen. Denn alle Syndikate mussten einen Kandidaten aufstellen, und sie brauchten eine Frau als Gesicht unseres Zirkels. Wir können schließlich nicht riskieren, dass jemand merkt, dass die Patriarchen uns als Marionetten benutzen, oder?«

Die Bitterkeit in ihrem Ton macht meiner eigenen Verärgerung über die ganze Situation Konkurrenz.

Aber sie hat recht. Die meisten Häuser würden sich nicht in solche trivialen Angelegenheiten einmischen. Wenn eine kriminelle Organisation ihre Mitglieder mit dunkler Magie kontrollieren will, lässt die Weltherrschaft das zu – es sei denn, diese Aktivitäten wirken sich auf jemanden oder etwas Wichtiges aus.

Jemanden wie einen Hauskönig.

»Die Einmischung von Gold und Granat wird nicht uneigennützig sein«, sage ich auf ihren sarkastischen Kommentar über die Einmischung eines Hauses in Syndikatsgeschäfte hin. »Fallon Doyle ist durch einen illegalen schwarzmagischen Zauber mit dem König von Gold und Granat verbunden. Das ist ein Grund, sich einzumischen.«

Ayla fröstelt. »Sie wird es nicht mit Absicht getan haben.«

»Das habe ich auch nie behauptet«, erwidere ich. *Ich bin mir auch nicht sicher, ob es ein Zauber ist*, denke ich, immer noch unschlüssig über diesen Aspekt. »Aber Tatsache ist, dass der Ausgestoßenenzirkel all das angezettelt hat, indem er Nikolas und Fallon in das Gebiet von Gold und Granat gebracht hat. Ich gehe davon aus, dass es dafür einen Grund gab. Und den will ich erfahren.«

»Ich kenne ihn nicht.«

»Nein, aber du weißt über Details Bescheid, die ich benötige, wie die Namen der Patriarchen und andere wichtige Informationen. Du hast auch erwähnt, dass du den Schicksalszauber brechen kannst.«

Sie fährt mit den Fingern durch ihre dunklen Haarsträhnen, deren Spitzen bis zu ihren schlanken Hüften reichen.

Sie sieht definitiv nicht aus wie Fallon, denke ich und vermisse plötzlich die Kurven meiner Gefährtin. Meiner *falschen* Gefährtin, korrigiere ich mich. *Vielleicht.*

Mit einem Kopfschütteln füge ich hinzu: »Ich brauche alle Details, die du mir geben kannst, Ayla. Auch Informationen darüber, wie man den Bann brechen kann.« Zumindest kann ich diese Informationen nutzen, um den Wahrheitsgehalt der Behauptung zu überprüfen.

Oder sie zumindest Fallon anbieten.

Niemand verdient es, in einer *arrangierten Verbindung* gefangen zu sein.

Sie mag diese Geheimnisse vor uns verborgen haben, aber nicht aus bösartigen Gründen. Sie wollte ihre Schwester beschützen.

Fallon nahm wahrscheinlich an, dass wir ihr auch nicht helfen würden.

Die meisten Häuser lehnen die übernatürlichen Syndikate ab – und Kaspian ist da nicht anders. Verdammt, er hat sich während der Wettbewerbe in Erde und Eisen mehrmals dazu geäußert. Fallon hat wahrscheinlich auch einige dieser Aussagen gehört.

Wahrscheinlich hatte sie das Gefühl, die Wahrheit nicht

sagen zu können, ohne zu riskieren, zurückgeschickt zu werden.

Und angesichts dessen, was Ayla gerade enthüllt hat, kann ich mir nur vorstellen, was die Patriarchen tun würden, wenn sie Fallon jetzt wieder in die Finger bekämen.

Das wird nicht passieren, das schwöre ich. Echte Gefährten oder nicht – Fallon Doyle steht unter meinem Schutz. Und ich werde sie nicht an diese Arschlöcher ausliefern.

Nein, stattdessen werde ich sie alle töten.

Ich werde ihre Köpfe zu ihr bringen.

Und dann werde ich zusehen, wie sie ihre Überreste verbrennt.

Das ist entschiedene Sache, sinniere ich und lasse meinen Blick wieder auf Ayla ruhen. »Fang mit Patrick O'Neely an! Erzähl mir alles, was du weißt!«

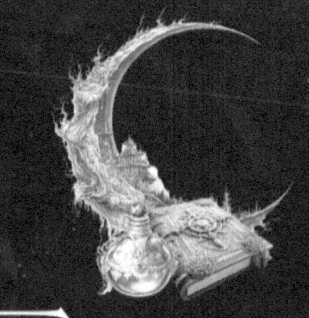

FALLON

Bei den Sternen – *ich bin kurz davor, zu explodieren ...*

Aber Nox zieht seinen Mund weg und lässt mich bettelnd unter ihm zurück. Ich will mehr. Seit einer gefühlten *Ewigkeit* neckt er mich, bringt mich mit seinem Mund und seinen Händen an den Rand des Abgrunds, nur, um genau dann aufzuhören, wenn ich kurz davor bin.

»*Nox.*«

»Fallon«, murmelt er und sein Mund verzieht sich zu einem Grinsen über meiner Klitoris. »Denkst du, du bist schon bereit für mich?«

Ich stöhne und meine untere Hälfte windet sich als Antwort. »Ich sagte bereits, dass ich es bin.«

»Nun, ich will sichergehen.« Seine blauen Augen funkeln mit verruchter Entschlossenheit. »Als ich dich vor einer Stunde auf dieses Bett gelegt habe, meintest du, du wärst dir nicht sicher, ob du noch viel mehr ertragen könntest.«

Ja, das habe ich gesagt. Vor allem, weil seine Piercings

mich einschüchterten. Aber jetzt ... habe ich das Gefühl, dass ich sterben werde, wenn er mich nicht endlich fickt.

Bane streckt sich neben uns auf dem Bett aus, sein Kopf ruht träge auf einer Hand, während er mich lächelnd anstarrt. »Ich glaube, er will, dass du ihn anflehst, süße Flamme.« Er beugt sich herunter und fährt mit seinen Lippen über meine, bevor er seinen Mund an mein Ohr presst. »Vielleicht fragst du ihn, ob du ihn schmecken darfst. Ich wette, dein Mund könnte ihn locker in den Wahnsinn treiben.«

Nox' Pupillen weiten sich daraufhin und bestätigen Banes geflüsterten Worte.

»Das wäre nur fair«, sage ich atemlos.

»Wäre es das?«, fragt Nox und richtet sich ein wenig auf, damit ich sehen kann, wie feucht ich seinen Mund und sein Kinn gemacht habe. »Willst du mich schmecken, Glühwürmchen?«

»Ja.« Ich habe große Lust, ihm diese vergnügliche Qual zu bereiten. Nox mag zwar der erste Mann sein, der mich jemals geleckt hat, aber ich weiß, wie ich meinen Mund einsetzen kann.

Und ich bin sehr erpicht darauf, dieses Wissen jetzt zu demonstrieren.

»Also gut.« Nox' Blick verrät mir, dass er dies als Herausforderung ansieht, die er zu gewinnen gedenkt.

Aber ich bin *sehr* motiviert, ihn verlieren zu lassen.

Ich versuche, ihn nach hinten zu schieben, damit wir die Positionen tauschen können. Doch er stoppt mich, indem er seine Handfläche auf meinen Bauch legt.

»Ich komme zu dir«, sagt er und verwirrt mich, als er Anstalten macht, meinen Körper hinaufzukrabbeln.

Ich will gerade fragen, was er meint, als er nach Bane

greift und ihn unverhohlen küsst, während er über mir schwebt.

Meine Lippen öffnen sich überrascht und mein Körper erhitzt sich bei diesem Anblick noch mehr.

Denn – *heilige Sterne* – das ist heiß.

Ihre Zungen duellieren sich über mir, ihre Berührung wird wilder, als Bane gegen Nox' Mund knurrt.

Meine Schenkel verkrampfen sich und entfachen ein Inferno, das durch meine Adern lodert. Ich will *mehr* sehen. Ihre Leidenschaft erleben. Ihre Männlichkeit. Ihre *Hitze*.

Aber der Kuss endet fast so abrupt, wie er begonnen hat, und ich keuche hungriger als je zuvor.

»Fuck, sie schmeckt fantastisch«, sagt Bane, und seine Zunge kommt heraus, um seine eigenen Lippen zu lecken. »Ich will mehr davon.«

»Ich auch«, murmelt Nox. »Was glaubst du, warum ich mich so lange in ihrer Pussy vergnügt habe?«

»Um deine Befriedigung hinauszuzögern.«

»Ein zusätzlicher Bonus«, antwortet Nox. »Aber der Hauptgrund ist der, den ich gerade mit dir geteilt habe. Nimm dir ruhig einen Snack, während ich ihren Mund ficke.« Seine stechend blauen Augen fixieren wieder die meinen und seine Lippen verziehen sich zu einem Lächeln. »Wer ist jetzt ein Voyeur?«

»Zwei heiße Phantome, die vor mir rummachen?« Meine Stimme ist rau, aber ich spreche trotzdem weiter. »Ich wäre ein Narr, nicht zuzusehen.«

»Du hast also nichts gegen ein bisschen Mann-auf-Mann-Action?«, fragt er und legt seine Handfläche an meine Wange.

Ich schüttle den Kopf. »Es macht mich definitiv an.«

»Mmm, das ist gut zu wissen«, murmelt er und seine Nase streift meine. »Denn ich vermute, du wirst uns in den

Wahnsinn treiben – und wir werden uns revanchieren wollen.« Er knabbert an meiner Unterlippe. »Wie wäre es, wenn du mir jetzt deinen hübschen Mund demonstrierst?«

Das ist eine rhetorische Frage, denn als er zu Ende gesprochen hat, bewegt er sich bereits, und sein athletischer Körper gleitet mit Leichtigkeit über meinen.

Ein Feuer brennt in mir, als er seine Knie auf beiden Seiten meines Kopfes platziert und seine beeindruckende Länge in die Nähe meines Mundes bringt. Er ist länger als Bane, aber nicht so dick.

Doch die Metallpiercings, die seinen Schaft zieren, verleihen ihm eine gefährliche Anziehungskraft, die mein Inneres vor Freude tanzen lässt.

»Leck mich!« Sein Kopf trifft auf meinen Mund. »Leg diese herrlichen Lippen um meinen Schwanz und zeig mir, was du kannst!«

Die Flammen in mir brennen heißer und mein Wunsch, genau das zu tun, was er sagt, ist ein sengendes Bedürfnis in meinen Adern.

Ich will ihm gefallen. Seine Vorlieben kennenlernen. Ihn schmecken. Und vor allem meine Fähigkeit demonstrieren, ihn um den Verstand zu bringen.

Mein Blick bleibt an ihm haften, als ich meine Lippen um ihn schließe, um seinen Lusttropfen zu kosten, der auf seiner Eichel verweilt. Ich stöhne auf, sobald er auf meine Zunge trifft, und meine Sehnsucht nach ihm treibt mich an, mehr zu nehmen. Ihn zu schlucken. Ihn zu blasen. Ihn zu *verschlingen*.

Seine Metallpiercings liegen weich auf meiner Zunge, die kugeligen Enden sind reizvoll und einzigartig. *Wie wird er sich in mir anfühlen?*, frage ich mich, während ich ihn noch tiefer in mich hineinziehe und seine Kuppe in den hinteren Teil meiner Kehle drücke.

»Fuck, Fallon«, haucht er und seine blauen Augen verdunkeln sich, als er auf mich herabstarrt. »Sieh dir an, wie du meinen Schwanz nimmst.« Er wickelt seine Handfläche um meinen Nacken, bevor er ein wenig nach oben gleitet, um meinen Kopf für einen tieferen Vorstoß anzuwinkeln. Seine andere Hand greift nach dem Kopfteil, um sich zu stützen. »Du bist so verdammt perfekt.«

»So verdammt perfekt«, wiederholt Bane, als er sich zwischen meinen Schenkeln niederlässt.

Ich zucke zusammen, als sein Mund auf meine Klitoris trifft, und mein Magen zieht sich vor erneutem Verlangen zusammen. Ich war bereits so kurz davor, zu kommen, so nah am Rand dieser berauschenden Klippe, dass ich jetzt fast sofort wieder dort bin.

Banes Name vibriert in meinem Mund, doch Nox, der seine Länge weiter in meine Kehle treibt, dämpft den Klang.

Einen Mann zwischen meinen Beinen zu haben, während ein anderer meinen Mund fickt, ist so erotisch. So intensiv. So *überwältigend*.

»Willst du, dass sie kommt, während du ihren Mund fickst?«, fragt Bane gegen meine pochende Erregung an. »Oder willst du, dass sie um deinen Schwanz herum kommt?«

»Mmm, zwei sehr verlockende Möglichkeiten«, antwortet Nox und er umfasst meinen Nacken fester. »Was willst du, Fallon?« Er zieht sich bis zur Eichel zurück. »Wie willst du kommen?«

Ich erschaudere, sowohl angesichts des erwartungsvollen Blicks auf seinem Gesicht als auch wegen der tiefen, rauen Stimme. Ich kann seine schottischen Wurzeln fast hören. Sie sind nicht so ausgeprägt wie Banes, aber sie sind trotzdem da. Verweilend. Liebkosend. *Neckend.*

Er wölbt eine Braue. »Möchtest du, dass ich für dich entscheide, Glühwürmchen?«

Ich erwäge die Optionen und nicke. »Ja. Ich vertraue dir.« Und ich will alles, was er will.

Nein, das ist nicht wahr.

Ich will beides.

Aber ich bin mir nicht sicher, ob mein Körper das zulassen wird. Ich habe noch nie zuvor ein solches Vergnügen erlebt. Der nicht enden wollende Angriff auf meine Sinne lässt mich erschöpft und satt und ... *bedürftig* zurück.

Bei den Sternen, vielleicht kann ich beides tun ...

Ich weiß es nicht. Ich kenne meine eigenen Grenzen überhaupt nicht.

Wie auch immer – ich vertraue Nox.

Um ehrlich zu sein ... »Ich vertraue euch beiden.«

Bane brummt zustimmend und die Vibration schießt durch meine Adern und hinterlässt einen prickelnden Kuss.

Ich schnappe nach Luft, als sich seine Lippen um meine empfindliche Knospe legen und seine Zunge allerlei verruchte Dinge tut, die meine Flamme noch weiter anfachen. Es ist, als hätte er eine Lunte angezündet, die mit dem Schlag meines Herzens herunterzählt. Ich kann es in meinen Ohren hämmern hören. Es in meiner Brust spüren. Ich fühle, wie es meine Adern erwärmt. Vorbereitend. Näher an den Abgrund lockend.

»Gute Wahl«, murmelt Nox, während er sich wieder in meinen Mund schiebt und seine Augen die meinen fixieren. »Beides ist perfekt.«

Ich kann mich nicht erinnern, das laut ausgesprochen zu haben.

Aber vielleicht habe ich das.

Oder vielleicht sind sie Gedankenleser.

Es spielt keine Rolle, denn der Strudel in mir gerät außer Kontrolle. Ich stöhne Banes Namen, dann Nox' Namen, dann merke ich, dass beides nicht zu verstehen ist, weil mein Mund zu beschäftigt ist, um einen richtigen Ton zu produzieren.

Hör auf, zu denken!, befehle ich mir. *Fühle einfach! Erlebe! Umarme sie. Es. Alles.*

Ich ergreife Banes Kopf und drücke ihn an mich, während meine andere Hand zu Nox' Hüfte wandert. Ich will sie nie wieder loslassen.

Sie gehören mir.

Meine Phantome.

Meine Gefährten.

Der letzte Gedanke treibt mich in den Wahnsinn, und meine Welt zerspringt, als Nox mit einem eigenen Stöhnen auf meine Kehle trifft. Er sagt etwas darüber, wie gut ich bin, aber ich bin zu sehr damit beschäftigt, was Bane mit meiner unteren Hälfte anstellt, um mich zu konzentrieren.

Ich wollte Nox eigentlich nur in meinem Mund haben, um ihm meine Fähigkeit zu beweisen, ihn zu befriedigen. Aber ich habe dieses Ziel in dem Moment aus den Augen verloren, als Bane anfing, mich zu lecken.

Es war alles zu viel.

Es ist immer noch zu viel.

Aber ich bin zu sehr in diesem Moment gefangen, um vom Kurs abzuweichen.

Er ist auf seine Art perfekt, eine Pause von der Realität, der ich entkommen möchte.

Nox zieht sich aus meinem Mund zurück, seine Zunge ersetzt seinen Schwanz in einer Zeitspanne, die mir wie Sekunden vorkommt. Dann spüre ich, wie er unten gegen mich drückt.

Das ist es, denke ich und meine Beine umschließen seine Hüften. *Endlich kann ich fühlen ...*

Er stößt in mich hinein, sodass sich meine Innenwände um ihn herum zusammenpressen. Seine Piercings sorgen für ein kribbelndes Gefühl, das meine Zehen dazu bringt, sich zu krümmen.

Es ... Ich bin ... Ich bin so ...

»Voll«, flüstere ich. »Ich fühle mich satt.« *Und ... und ...* »*Sterne ...*«

Mein Verstand versagt, als er anfängt, sich zu bewegen. Seine Hüften tanzen mit meinen auf eine Weise, die mir den Atem raubt. So etwas habe ich noch nie gefühlt. Ich wusste nicht, dass diese Art von Vergnügen existieren kann.

Es ist anders als mit Bane.

Aber beide sind auf ihre eigene Art und Weise fantastisch. Sie sind einfach einzigartig und haben mir zwei ganz besondere Erfahrungen beschert, die ich für immer in Ehren halten werde.

Und hoffentlich wieder erleben darf.

Und wieder.

Denn sie gehören mir.

Ich weigere mich, sie gehen zu lassen.

Da ist ein quälender Gedanke in meinem Kopf, der meinen utopischen Zustand bedroht. Aber ich ignoriere ihn und konzentriere mich auf Nox.

Oh, und auf Bane ... Er hat sich wieder neben uns ausgestreckt, seine Handfläche gleitet zwischen unsere Körper und wandert hinunter zum Scheitelpunkt zwischen meinen Schenkeln.

Ich zittere, als er über mein pochendes Zentrum streicht. Seine Berührung ist wissend. Geschickt. *Perfekt.*

Nox streichelt meine Brüste, seine Zunge beherrscht die

meine und seine Hüften verwickeln mich in einen endlosen Tanz.

»Komm noch einmal für uns, süße Flamme!«, sagt Bane. »Nox muss spüren, wie sich diese schöne Pussy um ihm verkrampft.«

Ich bin schon wieder kurz davor, denn die Stunde mit Nox' Mund hat mich besser vorbereitet, als ich dachte.

Zusammen mit allem anderen ist es ein Wunder, dass ich noch nicht in einen permanenten Zustand der Ekstase verfallen bin.

»So ist es gut, Fallon«, lockt Bane. »Ficke ihn! Reite uns beide! Finde dein Vergnügen und schwelge darin!«

Nox knurrt und das Geräusch vibriert an meinen Brüsten, woraufhin ich keuche. Sein Knurren ist von so männlicher Natur, dass es mich an ihren gemeinsamen Kuss erinnert und mich fragen lässt, wie sie wohl sein würden, wenn sie einander fickten.

Rau. Hart. Männlich.

Wie wäre es, zwischen ihnen zu sein? Einer vorn? Einer hinten?

Mein ganzer Körper verkrampft sich bei dem Gedanken und mein Inneres pulsiert.

Ich will das. Ich will es wissen. Ich will so viel mehr.

Und das sage ich Nox mit meiner Zunge.

Ich greife nach Bane, meine Handfläche findet seine Härte und streichelt ihn, in der Hoffnung, dass meine Botschaft ankommt. Er zischt eine Antwort, presst seinen Daumen auf meine Mitte und findet mein Ohr mit seinem Mund. »Du bist ein braves Mädchen, Nox' Schwanz auf diese Weise zu nehmen, Fallon. Aber ich möchte, dass du um ihn herum kommst. Mach ihm dieses Geschenk! So wie du es mir gemacht hast.«

Ich umklammere seinen Schwanz fester, seine Worte

treiben mich vorwärts.

Diese beiden Phantome werden mich mit all diesen sexuellen Kommentaren und geschickten Berührungen in ein frühes Grab ficken.

»*Jetzt*, Fallon!«, fordert Bane und mein Inneres verkrampft sich daraufhin.

Ich bin schockiert, wie nah ich dem Orgasmus schon wieder bin.

Nox zwickt meine Brustwarze, und das ist alles, was ich brauche, um mich in einen Höhepunkt zu stürzen, der mir die Sicht vernebelt. Ich nehme kaum wahr, wie die beiden Männer ihre Zustimmung knurren, wie ihre lobenden Worte irgendwo mit mir in den Wolken segeln, während mein Körper schwebt und zuckt.

Die Euphorie verbrennt meine Nervenenden.

Meine Glieder beben.

Und mein Blick bleibt unscharf.

Bis ich plötzlich in Seen aus flüssigen, blauen Iriden starre, die vor Vergnügen strotzen. Nox' Stöhnen dröhnt über mir, seine eigene Verzückung berührt die meine und lässt uns gemeinsam in orgastischer Glückseligkeit erbeben.

Ich spüre seinen Samen in mir, der mich zu seinem Eigentum macht, mich *beansprucht*, genau wie Bane es getan hat.

Es fühlt sich alles so echt an. So *endgültig*. So anders als alles, was Klas und ich je getan haben.

Vielleicht ist es gar kein Zauber, denke ich. *Vielleicht ist es wirklich Schicksal ...*

Ich küsse Nox und hoffe mit allem, was ich habe, dass diese Phantome wirklich mir gehören. Dann küsse ich Bane mit der gleichen Heftigkeit, dem gleichen Verlangen, und seufze, als er meine Inbrunst mit seiner Zunge erwidert.

Die beiden Männer wechseln sich ab, unsere Umarmung wird immer schwerer, während sich die Erschöpfung in meinen Knochen festsetzt.

Meine Augen sind geschlossen.

Meine Lippen bewegen sich.

Mein Körper zittert noch immer.

Aber ich spüre, dass der Schlaf über mich hereinbricht.

Irgendwann scheint er zu siegen, denn als ich die Augen wieder öffne, liegen die beiden Phantome neben mir im Bett und haben die Decken über ihre Hüften gezogen.

Sie blicken mit einem ehrfürchtigen Blick auf mich herab, der mein Herz höher schlagen lässt. Ich fühle mich, als befände ich mich in einem Traum.

Wenn sie mich dafür loben, wie gut ich sie genommen habe, rast mein Herz. Wenn Bane mich mit Essen überrascht, schwillt mein Herz an. Und wenn Nox mir sagt, dass sie mich zum Nachtisch wieder verschlingen wollen, bleibt mein Herz fast stehen.

Nur, um dann wieder auf Hochtouren zu laufen, als die beiden Phantome mich in eine neue Ebene des Vergessens führen.

Es ist so weltfremd.

So entrückt.

So unfassbar.

Und doch ist alles real.

Ich habe die meiste Zeit meines Lebens in einem Albtraum verbracht. Aber dies ist eine lebendig gewordene Fantasie.

Eine, der ich nachgebe, bis ich meine Augen nicht mehr offen halten kann.

Während ich in den Schlaf gleite, geht mir ein Gedanke nicht aus dem Kopf. *Ich hoffe, dieser Traum endet nie …*

KASPIAN

MEIN SCHWANZ POCHT in meiner Hand, als ich an Fallons Schreie denke.

Nox und Bane waren gründlich und haben sie bis tief in die Nacht gefickt. Ein Teil von mir will Nox daran erinnern, dass er mir einen Besuch schuldet, aber ich will ihn nicht von unserer Gefährtin wegziehen.

Ihre Lust ist verdammt süchtig machend. Ich kann es kaum erwarten, sie selbst zu erleben. Sie zu schmecken. In sie zu gleiten. Sie zu *beanspruchen*.

Ich stelle mir vor, wie sie jetzt für mich auf den Knien ist und von ihren blonden Haaren umspielt wird, während ich sie über das Bett beuge und von hinten in sie stoße.

Ihr kurvenreicher Hintern würde sich bei jedem Vorstoß gegen meinen Unterleib drücken und mir eine köstliche Reibung bescheren.

Und sie würde so verdammt feucht sein. So eng. So bereit, hart und schnell von mir gefickt zu werden.

Ich stöhne auf; ihr Name verlässt meine Lippen, während ich härter pumpe und ihre Vision in meinem Kopf greifbar wird. Ihre Titten schwingen, während ich in sie pumpe. Ihren prallen Lippen entweicht ein köstliches kleines Stöhnen.

Mmm, ich würde meine Finger in ihre Haare schieben und ihren Kopf zurückziehen, um ihren schlanken Hals freizulegen. Das würde meine Reißzähne stimulieren und mich noch mehr nach ihr verlangen lassen.

Dann würde ihr rasender Puls mich in den Wahnsinn treiben und mich zwingen, sie zu beißen. Sie zu schmecken. Sie zu *beanspruchen*.

Fuck, ich kann sie jetzt schon fast schmecken, ihr Herzschlag ist ein gleichmäßiger Rhythmus in meinem Kopf, auch wenn sie schläft.

Ich lasse meinen Schwanz los, um nicht zu explodieren; mein ganzer Körper ist hart vor Verlangen.

Aber ich will warten.

Ich will die Qualen auskosten und mein Verlangen wachsen lassen.

Es ist süchtig machend. Verzehrend. So verdammt exquisit.

Ich mache das schon seit Stunden, schwelge in den Aktivitäten nebenan, während ich mich selbst foltere. Ich habe all das für Nox aufgespart, aber ein Teil von mir will es Fallon geben.

Das Verlangen nach ihr ist immens, das schicksalhafte Band überwältigt meine Gedanken. Aber wenn ich ehrlich zu mir selbst bin, habe ich mich die ganze Zeit zu Fallon hingezogen gefühlt. Besonders zu ihrem ungehorsamen Mundwerk.

Sie widersetzt sich mir, wenn andere es nicht tun würden. Das kotzt mich an und macht mich gleichzeitig hart. Sie ist eine verzogene Göre, die ich gern zähmen würde.

Und doch würde ich es nicht anders haben wollen.

Ich schließe meine Hose und stehe auf, um durch das Gästezimmer zu schreiten, wobei meine Beine den kleinen Raum in nur wenigen Schritten durchqueren.

Ich muss hier raus, aber ich kann es nicht. Obwohl ich weiß, dass dieser Bereich sicher ist, verspüre ich diesen inneren Drang, die Phantome und meine Gefährtin zu beschützen. Fast so, als müsste ich sie alle beschützen.

Ich fahre mit den Fingern durch meine Haare und seufze fast erleichtert auf, als mein Handy summt. Ich habe heute Abend ein paar berufliche Anrufe entgegengenommen, aber der eine, auf den ich am meisten gewartet habe, ist bislang nicht gekommen.

Doch jetzt erscheint Nolans Name.

Ich nehme den Anruf sofort an.

»Bist du nach New York geflogen oder was?«, frage ich, ohne ihn zu grüßen. »Ich habe schon vor Stunden mit dir gerechnet.«

»Ich habe einen Portaltrank benutzt, zehn Minuten, nachdem ich vorhin aufgelegt habe«, antwortet er, als sein Gesicht auf dem Bildschirm erscheint.

Ich sehe ihn stirnrunzelnd an. »Warum hast du mich nicht angerufen, als du angekommen bist?« So hatten wir es abgemacht.

Natürlich hätte ich dann keine Neuigkeiten für ihn gehabt. Aber nun sind schon fast zwölf Stunden vergangen, seit wir zuletzt miteinander gesprochen haben.

»Weil Fallons Cousine mir bei meiner Ankunft aufgelauert hat«, sagt er trocken.

Jemand schnaubt im Hintergrund, und er schwenkt die Kamera so, dass ich die dunkelhaarige Frau sehen kann, die ihm gegenübersitzt.

»Cousine?«, wiederhole ich.

»Adoptierte Cousine«, stellt er klar. »Ihre leiblichen Eltern sind in der Nähe des Arcadia-Portals verschwunden und Fallons Tante hat sie adoptiert.«

»Ich verstehe.« Ich werfe der Frau einen Blick zu. »Und du hast es geschafft, meinen besten Attentäter zu überfallen?«

»Er war von Fallons Aura durchdrungen. Ich habe seine Ankunft gespürt und sie vermutet, also habe ich ihren Seelenstrang verfolgt und stattdessen *ihn* entdeckt.« Sie deutet auf ihn. »Einen in Leder gekleideten Erzengel.«

Jetzt ist es Nolan, der im Hintergrund schnaubt.

»Hast du einen Namen?«, frage ich und hebe eine Braue.

»Ja, habe ich.« Sie geht nicht näher darauf ein.

»Ayla«, antwortet Nolan für sie, während er die Kamera wieder zurückschwenkt. »Sie war sehr informativ.«

»Gut. Erzähl mir alles!«

Nolan seufzt und nickt. »Du wirst dich hinsetzen wollen.«

————

Eine Stunde später laufe ich im Zimmer auf und ab – nun aus ganz anderen Gründen als zuvor.

Nolan und ich haben vor fünf Minuten aufgelegt. Seine letzten Worte waren: »Ich werde am frühen Morgen mit Ayla als Guide die Gegend um Staten Island auskundschaften.«

Er hat vor, zu dokumentieren, wo alle sieben Patriarchen leben, und sich über ihre Sicherheitsmaßnahmen zu informieren.

Denn Gold und Granat ist im Begriff, dem Ausgestoßenenzirkel den Krieg zu erklären.

Sie haben einen Abgesandten in *mein* Gebiet geschickt. Einen Abgesandten, der unseren ehemaligen König angegriffen hat. Und sie haben ihm eine Hexe gegeben, deren tödliche Kräfte er sich ausleihen konnte.

Durch einen erzwungenen Gefährtenzauber.

Der bei seinem Tod zerbarst.

Und die Seele der Hexe mit vier anderen Männern vereinte.

»Fuck«, murmle ich und fahre mit der Hand über mein Gesicht. »*Fuck!*«

Nox und Bane sind mit ihr nebenan, ohne zu wissen, dass sie unter einem Gefährtenzauber stehen. Während Fallon ...

Nun, Fallon ist sich dessen völlig bewusst und hat kein Wort darüber verloren.

Das ist der Teil, der mich am meisten ankotzt. Die Frau weiß, dass der Zauber abgeprallt ist – aber sie hat nichts gesagt. Stattdessen hat sie mitgespielt.

»Weil sie ihre Schwester beschützen will«, meinte Nolan mit angespannter Stimme. »Ich finde es nicht gut, dass sie uns nichts davon erzählt hat, aber nach allem, was Ayla berichtet hat, verstehe ich, warum sie sich entschieden hat, zu schweigen.«

Ich bin nicht annähernd so verständnisvoll wie Nolan. Auch wenn Fallon sicherlich nicht das einfachste Leben hatte – ganz im Gegenteil –, so ist sie doch im Gebiet von Gold und Granat. Und wir nehmen die Loyalität zu unserem Haus *sehr* ernst.

Als ich das erwiderte, meinte Nolan nur: »Das stimmt, aber hat Fallon tatsächlich jemals Gold und Granat die Treue geschworen?«

Meine Hände ballen sich zu Fäusten, während ich auf

und ab gehe und seine Worte immer wieder in meinem Kopf Revue passieren lasse.

Wie konnte es nur so weit kommen?, frage ich mich, wütend angesichts all dieser Entwicklungen. *Wie konnte ich nur in den Bann einer Hexe des Ausgestoßenenzirkels geraten?*

Ich höre, wie besagte Hexe nebenan stöhnt und mir verrät, dass die Phantome gerade beschlossen haben, eine weitere Runde zu drehen. Und ich *hasse* es, dass mein Körper darauf reagiert. Ich *hasse* es, dass mein Körper auf *sie* reagiert.

Weil sie nicht real ist und mir nicht wirklich gehört.

Und sie gehört ihnen auch nicht.

Etwas, das sie verdammt noch mal weiß, aber nicht zugeben will.

Es ist so verdammt falsch, mir zu sagen, dass sie nicht annähernd so unschuldig ist, wie sie vorgibt, zu sein.

»Sie hat ihre Schwester beschützt«, argumentierte Nolan an einem Punkt. »Und sie weiß wahrscheinlich sehr genau, wie der Großteil der Häuser über die Syndikate denkt. Warum sollte sie *uns vertrauen, ihr zu helfen?*«

Weil sie falsche Schicksalsbande mit uns eingegangen ist? Wie auch immer, während des Gesprächs habe ich geschwiegen, hauptsächlich, um nichts zu sagen, was ich nicht sagen sollte.

Aber vielleicht *sollte* ich etwas sagen.

Vielleicht sollte ich verdammt noch mal *schreien.*

Ein weiteres Stöhnen dringt an meine Ohren und lässt mich knurren.

Geduld und strategisches Denken waren schon immer zwei meiner Stärken. Doch im Moment kann ich keine der beiden Fähigkeiten abrufen.

Mein Herz und meine Seele sind zu sehr mit dem

Wissen beschäftigt, dass ich durch *dunkle Magie* in ein Band getrieben wurde.

Und sie weiß davon. Sie weiß es, verdammt.

Das ist der Teil, den ich nicht verzeihen kann. Sie hat uns alle in diesen verdammten Schlamassel verwickelt und uns nicht für würdig befunden, die Wahrheit zu erfahren.

Zur Hölle, jetzt *fickt* sie sogar zwei ihrer fingierten Gefährten.

»Der Bann kann gebrochen werden«, bestätigte Nolan vor dreißig Minuten. »Ayla hat uns eine Anleitung gegeben. Ich werde sie dir zuschicken. Fallon wird diejenige sein müssen, die den Zauber ausführt.«

»Und was ist, wenn sie sich weigert?«, fragte ich. »Kann eine andere Hexe den Bann brechen?«

»Ja«, sagte Ayla. »Aber ich kenne Fallon. Sie wird es selbst tun wollen.«

Ich schnaube wieder, genau wie vorhin, weil ich nicht glaube, dass Fallon das durchziehen wird. Sie ist die Frau, die uns all diese Details von Anfang an vorenthalten und Nox' und Banes Beanspruchung wissentlich zugelassen hat.

»Sex schafft keine dauerhafte Bindung wie bei einer schicksalhaften Vereinigung«, sagte Ayla außerdem. »Und im Gegensatz zu einem Schicksalsband kann man die Verbindung nicht ablehnen. Der einzige Ausweg ist der Bruch des Zaubers. Oder der Tod eines Gefährten.«

»Dann springt die Magie aber offenbar auf den nächsten über«, murmelte ich.

»Das ist nicht normal, aber Fallon ist eine starke Hexe«, erwiderte Ayla. »Die O'Neelys mussten den Zauber überlagern, um sie gefügig zu machen.«

Gefügig, wiederhole ich im Kopf. *Richtig.*

An Fallon Doyle ist nichts *gefügig*. Sie ist eine feurige

kleine Rebellin, deren Stöhnen mir verdammt noch mal die Eier abschnürt.

»*Verdammt!*«, schnauze ich und gehe zur Tür. »Ich will, dass das aufhört. *Und zwar sofort, verdammt.*«

Keine Spielchen mehr.

Kein Nachdenken mehr.

Keine Zeit für Strategien.

Die Phantome bringen sie zum Schreien – und das verdient sie nicht. Sie verdient *keinen* von uns. Nicht nach dem, was sie uns vorenthalten hat.

Ein gefakter Schicksalszauber.

Ich knurre tief in meiner Brust, wütend auf die dunkle Magie, einfach, weil sie existiert. Wütend auf Fallon, weil sie uns die Wahrheit vorenthalten hat.

Und wütend darüber, dass nichts davon echt ist.

Ich habe so lange ohne Gefährtin gelebt. Und das ist in Ordnung. Ich war nicht erpicht darauf, eine Gefährtin zu finden. Aber endlich diese Verbindung zu spüren und dann zu erfahren, dass sie durch einen Zauber entstanden ist ...

Fuck!

Ich fasse mir an die Brust, mein Atem stockt.

Fuck!

Fallon Doyle wird mich von diesem Irrsinn erlösen.

Dann werde ich ihren Hexenzirkel aufsuchen und diesen Patriarchen zeigen, dass sie sich mit dem falschen Hauskönig angelegt haben.

Magie oder nicht – ich habe eine ganze Armee von Söldnern zu meiner Verfügung.

Staten Island wird verdammt noch mal brennen.

Und Fallon Doyle ...

Nun, wir werden sehen, denke ich, mit der Hand am Türknauf. *Okay*, kleine Gefährtin. *Mal sehen, wie gut du jetzt noch lügen kannst ...*

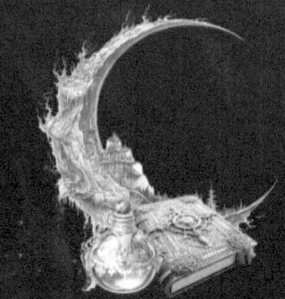

FALLON

Iᴄʜ ꜰʟɪᴇɢᴇ.

Ich schwebe.

Verloren irgendwo in einer euphorischen Wolke von Männlichkeit und Anmut.

Zungen. Hände. Finger.

Nox und Bane sind überall, besitzen meinen Körper, beanspruchen meinen Geist und erfüllen mich mit einer Hoffnung, wie ich sie noch nie erlebt habe.

Denn es fühlt sich alles so unglaublich an.

So verankernd.

So *bezaubernd*.

Ich habe das Leben noch nie so empfunden – heiß, pulsierend und *lebensfroh*,

Ich könnte für immer hierbleiben, in diesem Moment, und als die glücklichste Frau der Welt sterben. Und das alles nur wegen …

Ein Knall ertönt und lässt uns alle drei erstarren. Im nächsten Moment springen Nox und Bane auf und ich bleibe kalt und ungeschützt im Bett zurück.

»Was zur Hölle?«, schimpft Nox, als eine vertraute Gestalt in den Raum stolziert.

Meine Augen weiten sich, und ich greife sofort nach den Laken, um sie über meinen nackten Körper zu ziehen. Am liebsten wäre ich in der Matratze versunken.

Denn Kaspian sieht ... *angepisst* aus. Das sollte nichts Neues sein – ich scheine ihn ständig zu verärgern –, aber etwas ist anders. Er wirkt unbeherrscht. Wütend. Gefährlich.

Ich schlucke, als er auf uns zu kommt, und strample mit den Beinen, um mich im Bett nach hinten zu befördern, bis ich mit dem Rücken gegen das Kopfteil stoße.

»Kaspian.« Nox stellt sich zwischen uns und versperrt mir kurzzeitig die Sicht auf den wütenden Vampir. »Was zum Teufel machst du da?«

»Lasst uns allein!« Kaspians fordernder Ton bewirkt, dass sich Nox' Muskeln anspannen und seine Schultern steif werden.

»Was?«

»*Lasst. Uns. Allein!*« Kaspian klingt in jeder Hinsicht wie der König von Gold und Granat und nicht wie der Mann, mit dem ich normalerweise spreche.

Am liebsten würde ich aus seinem Blickfeld verschwinden. *Was ist geschehen?*, frage ich mich, und mein Herz schlägt mir plötzlich bis zum Hals. *Warum spricht er auf diese Weise mit ihnen?*

Er strahlt eine solche Wut aus, dass ich die Hitze fast auf meiner Haut spüren kann.

Ich versuche, mich noch ein bisschen mehr in den Decken zu verstecken, in der naiven Hoffnung, dass sie als Barriere dienen.

Aber das tun sie nicht.

Ich kann Kaspian in diesem Moment zwar nicht sehen,

aber sein Zorn brennt so heiß, dass der ganze Raum davon erfüllt zu sein scheint.

»Nein.« Nox' Antwort schockiert mich zutiefst. Genauso wie seine schützende Haltung. »Nein, das werde ich nicht tun. Nicht, wenn du so kurz davor bist, in einen Blutrausch zu verfallen.«

»Wie bitte?« Irgendwie klingt Kaspian jetzt noch wütender. »Ich bin dein *König*. Du wirst tun, was ich sage, *wenn* ich es sage.«

»Fast immer«, räumt Nox ein. »Aber nicht, wenn du dich in der Gegenwart unserer Gefährtin so benimmst.«

Kaspian stößt ein Lachen aus. Allerdings fehlt ihm der Humor. »Sie ist nicht unsere verdammte Gefährtin«, sagt er und seine Worte sind wie ein Eimer Eiswasser. »Es ist ein *verdammter Zauber*.«

Meine Lippen teilen sich. *O nein ...*

»Nicht wahr, Miss Doyle?«, fragt Kaspian, wobei sein Tonfall eine seidige Qualität annimmt, die mir eine Gänsehaut über die Arme treibt. Er späht um Nox herum, seine dunklen Augen funkeln wild. »Willst du sie aufklären – oder soll ich?«

Ein leises Quietschen verlässt meinen Mund, mir fehlen die Worte.

W-wie?

Woher weiß er das?

Was hat er vor?

Was ...? Was werden Bane und Nox tun? Ich mustere meine Phantome, die beiden Männer, die mir in den vergangenen Stunden das Gefühl gegeben haben, etwas ganz Besonderes zu sein. Mein Herz klopft in meiner Brust. *Ist es ...? Es ist nicht ... Sie sind nicht ...*

Aber es fühlte sich *so* echt an.

Alles war so intensiv. So wunderschön. So ... *traumhaft.*

Kaspian gibt ein kehliges Geräusch von sich, das unglaublich verächtlich klingt.

Ein Geräusch, das ich verdiene, denke ich und zucke zusammen. »Ich ... ich habe nicht ...«

Er schnaubt. »Was? Hattest du etwa nicht vor, uns alle in die Irre zu führen?«

»Wovon sprichst du, Kaspian?«, fragt Bane vorsichtig; sein Verhalten ist so besonnen wie immer. Und irgendwie bricht mein Herz noch mehr.

Er war immer so freundlich zu mir. So verständnisvoll. Aber jetzt, nachdem Kaspian ihm die Wahrheit gesagt hat ...

»Die Patriarchen des Ausgestoßenenzirkels haben Fallons Seele mit Klas' – nein, Nikolas O'Neelys – Seele verbunden. Mit dunkler Magie. Bei der Hinrichtung zerbrach der Zauber, und Fallons Seele heftete sich an vier neue Gefährten.«

Kaspians scharfzüngige Zusammenfassung lässt das Blut in meinen Adern gefrieren.

Woher weiß er das alles?

Nox dreht sich langsam um und sieht mich mit seinen blauen Augen prüfend an. »Ist das wahr, Fallon?«

Die Art und Weise, wie er mich das fragt, tut weh – denn es ist, als würde er meiner Antwort mehr vertrauen als den Worten seines eigenen Königs.

Aber es ist die Sorge in seinem Blick, die mich fertig macht. Die Sorge, dass Kaspian recht haben könnte. Bane starrt mich ebenfalls an. Beide Phantome warten darauf, dass ich die Behauptungen ihres Königs revidiere.

Ich schlucke und meine Sicht verschwimmt, als mein innerer Aufruhr auszubrechen droht.

Wie konnte ich von der besten Nacht meines Lebens in den schlimmsten Moment meiner Existenz geraten?

Denn das hier schmerzt mehr als die Zeremonie, die

mich an Klas gebunden hat. Es schmerzt mehr als all die Qualen, die Klas mir zugefügt hat. Es schmerzt mehr als das Selbstmordurteil und meine unerwarteten Besuche auf der Todesebene.

Das ... das ist die *Hölle*.

Meine Hoffnung wird innerhalb von Sekunden zunichtegemacht.

Und ich erkenne, dass dieses Vergnügen nur von kurzer Dauer sein wird.

Weil diese Männer nicht wirklich mir gehören. Es spielt keine Rolle, wie sehr sie sich mit meiner Seele verbunden fühlen. Es ist das Ergebnis eines kaputten Zaubers.

Und jetzt wissen sie es.

Jetzt werden sie mich für immer hassen.

Und mich mit der Qual einer schönen Erinnerung zurücklassen, die durch meine albtraumhafte Realität zerstört wurde.

Ich schlucke erneut und versuche, mich zu räuspern. Alle drei Männer starren mich an. Bane mit offener Sorge. Nox mit wachsendem Misstrauen. Kaspian mit purem Hass.

Ich habe sie verletzt, weil ich nicht die Wahrheit gesagt habe. *Aber ... aber ...* »Ich habe gehofft, dass es echt ist«, gebe ich flüsternd zu. »Ich ...« Das ist keine Entschuldigung. Jedenfalls keine gute. »Es fühlte sich anders an mit euch. Mit euch allen.« Sogar mit Kaspian, wenn ich ehrlich bin. »Ich wollte Klas nie, nicht mal durch die Magie. Es war immer ein Zwang.« Ich senke den Blick. »Aber mit euch ist es anders.«

Ich ziehe die Schultern ein und fühle mich plötzlich so besiegt wie nie zuvor.

Zuzugeben, meine Gefühle und meine verzweifelte Hoffnung, dass das Schicksal wirklich seine Finger im Spiel hat, bewirken nur, dass ich mich noch minderwertiger fühle als zuvor. *Schwach*. Denn ich weiß es besser. Ich *weiß*, dass das Schicksal niemals so gut zu mir sein würde.

Aber der Wunsch war da – in einem naiven, hoffnungsvollen Teil meines Wesens.

Es ist nicht echt.

Es ist ein Zauber.

Und wenn wir ihn brechen, werden mich diese Männer nie wieder ansehen wollen. Sie werden nie wieder mit mir reden wollen. Mich berühren. Mit mir zusammen sein.

Ich schließe die Augen und versuche, meine Tränen zurückzuhalten.

Ich muss stark sein. Ich muss mich der Sache stellen. Mich *ihnen* stellen. Das ist es, was ich verdiene. Ich hätte ihnen die Wahrheit sagen sollen.

Aber ich ... ich musste sie beschützen ... Ich runzle die Stirn. *Issy.*

Ich zwinge mich, Kaspians grausamen Blick zu erwidern. »Wie ...?« *Woher weißt du das alles? Kennst du die Wahrheit über Issy?* Ich bringe es nicht über mich, zu fragen, und mein Herz schmerzt noch mehr.

Denn wenn er vom Ausgestoßenenzirkel weiß, ist ohnehin alles vorbei. Er wird mich zurückschicken. Oder mich einfach töten.

»Ich werde den Bann brechen ... wenn ich herausfinde, wie«, flüstere ich, und meine Augen schließen sich erneut, während der Schmerz mein Inneres durchbohrt.

Warum hat es sich bei Klas nie so angefühlt? Weil er böse war? Weil ich ihn gehasst habe?

Vielleicht rührt dieser Schmerz daher, dass ich weiß, was ich in diesem Leben hätte haben können. Bane und Nox waren ...

»Ich weiß, wie man den Zauber bricht«, sagt Kaspian. »Ayla hat es mir gesagt.«

»A-Ayla?« Ich zwinge meinen Blick zurück zu ihm, die Kälte in seinen dunklen Augen lässt mich erschaudern. »Du hast mit Ayla gesprochen?«

»Wer ist Ayla?«, fragt Bane und seine Stimme strahlt immer noch Ruhe aus.

»Fallons Adoptivcousine.« Kaspian verschränkt die Arme vor der Brust, während Nox an seine Seite tritt, und beide Männer starren mich mit widersprüchlichen Blicken an. Kaspian scheint bereit zu sein, mich zu töten, während Nox ... nun, Nox sieht einfach nur ... nachdenklich aus. Vielleicht denkt er auch darüber nach, mich zu töten, aber auf kreativere Weise.

»Ich verstehe.« Bane gesellt sich nicht zu den anderen beiden Männern, sondern setzt sich neben mich aufs Bett. »Und sie behauptet, dass das alles ein Zauber ist, von dem sie dir gesagt hat, wie du ihn brechen kannst.«

Kaspian sieht ihn an. »Ja. Also wird Fallon ihn für uns brechen.« Er richtet seine Aufmerksamkeit wieder auf mich, sein strenger Blick hält mich gefangen. »Und zwar auf der Stelle, verdammt noch mal!«

Meine Unterlippe droht, zu zittern, der Gedanke, die Verbindung zu diesen Männern zu kappen, lässt mich frösteln. Aber ich neige resigniert das Kinn, weil ich weiß, dass ich in dieser Angelegenheit keine andere Wahl habe.

Ich kann sie nicht behalten. Auch nicht, wenn ich es will.

»Ich wollte niemanden verletzen«, sage ich, und ein leichtes Zittern unterlegt meine Worte. »Ich ... Ich ...«

»Du wolltest nur deine Schwester beschützen«, antwortet Kaspian mit zusammengebissenen Zähnen. »Auf Kosten aller um dich herum.«

Meine Finger krallen sich in meine Decken. »Ich wollte einen Weg finden, den Zauber zu brechen, um euch alle zu befreien.«

»Sicher«, brummt Kaspian. »Das glaube ich dir natürlich, trotz all der anderen Lügen, die du erzählt hast.«

Ich zucke zusammen, denn seine Worte sind ein Volltreffer.

Denn warum sollte er mir irgendetwas glauben, was ich zu sagen habe? Ich habe mich ihm zuvor nicht anvertraut. Und ich habe wirklich nicht die Absicht, mich ihm jetzt anzuvertrauen. Es ist ja nicht so, dass er mir nach all dem hier helfen würde. Was hätte das für einen Sinn?

Er wird mich dazu bringen, diese erzwungenen Bindungen zu brechen, und mich dann entweder öffentlich für den Zauber verurteilen oder mich zurück zum Ausgestoßenenzirkel schicken.

In jedem Fall ist mein Moment der Glückseligkeit vorbei.

Die Realität ist zurück.

»Erzähl mir, was Ayla gesagt hat«, sage ich sanft, aber bestimmt. Ich werde mich nicht mit ihm streiten. Und ich werde auch nichts hinauszögern. »Wie breche ich den Zauber?«

»Moment«, sagt Bane und legt seine Handfläche auf mein Knie; seine Berührung verbrennt mich sogar durch die Decken hindurch. »Was, wenn ich nicht will, dass sie den Bann bricht?«

Kaspian wölbt eine Augenbraue. »Was?«

»Ich bin mir nicht sicher, ob ich glaube, dass es ein Zauber ist«, fährt Bane fort. »Fallon ist meine Gefährtin. Ich kann es in meiner Seele spüren. Das mag das Ergebnis von Schicksalsmagie sein, aber es ist definitiv nicht *erzwungen*.«

»Ich stimme zu«, wirft Nox ein, bevor Kaspian etwas sagen kann. »Für mich fühlt es sich auch nicht erzwungen an.«

»Weil ihr beide von ihrer Magie beeinflusst werdet.« Kaspian starrt mich an. »Das werden wir alle.«

Bane schüttelt den Kopf. »Nein. Fallon hat selbst gesagt, dass es sich bei uns anders anfühlt. Bei Klas war es *forciert*. Sie hat ihn gehasst und ihm dennoch gehorcht, weil dieser Gehorsamkeitszauber sie gefügig gemacht hat. Sobald Nyx diesen gebrochen hatte, konnte sie ihn bekämpfen.«

»Ich will dies nicht beenden«, fügt Nox hinzu. »Obwohl ich gehört habe, was du gerade gesagt hast, fühle ich mich weder wütend noch verraten. Nur verwirrt. Denn es fühlt sich alles zu richtig an, um ein Zauber zu sein. Zu *natürlich*.«

»Schicksalhaft«, sagt Bane.

Nox nickt. »Schicksalhaft.«

Kaspian stößt einen Atemzug aus. »Ihr beide habt gerade mehrere Stunden damit verbracht, sie zu ficken. Natürlich fühlt ihr euch miteinander *verbunden*. Sobald der Bann gebrochen ist, werdet ihr sehen, was ich sehe: einen manipulativen dunklen Zauber, der uns alle *unrechtmäßig* aneinander bindet. Und sie«, er zeigt auf mich, »hat uns nichts davon erzählt.«

Darauf kann ich nichts erwidern, also halte ich den Mund.

Es wird ihn nicht interessieren, dass ich meine Schwester schützen wollte. Es wird ihm auch egal sein, dass der Zauber nicht von mir stammt. Alles, was er sieht, ist der Einsatz von dunkler Magie, um eine fiktive Verbindung zu schaffen.

Es spielt keine Rolle, dass ich mir wünschte, das Band wäre echt, oder dass es sich für eine Minute gut anfühlte.

Er hat das Recht, mich zu hassen. Und wenn der Zauber

erst einmal gebrochen ist, werden sich meine beiden Phantome in diesem Hass mit ihm vereinen.

»Sag mir einfach, wie ich den Bann brechen kann, Majestät«, fordere ich, denn ich bin durch mit diesem Gespräch. Es gibt hier nichts mehr zu sagen. Ich werde den Anweisungen folgen, die Ayla ihm gegeben hat, und dann werde ich sein Urteil abwarten. Es kann nicht schlimmer sein als das, was der Ausgestoßenenzirkel mir antun würde.

Es kann auch nicht schlimmer sein als das, was ich jetzt fühle, beschließe ich, und meine Brust schmerzt mit dem Wissen, dass ich im Begriff bin, das einzige Glück zu zerstören, das ich jemals wirklich gekannt habe.

Aber es ist der einzige Weg.

Die Phantome sind nicht für mich bestimmt. Das weiß ich seit dem Moment, in dem mir klar wurde, dass wir miteinander verbunden sind.

Nichts in diesem Leben kann jemals wirklich glücklich sein. Jedenfalls nicht für mich.

Ich bin ein Wesen des Todes.

Dazu bestimmt, allein zu sein.

Für immer und ewig.

KASPIAN

MEINE AUGEN VERENGEN sich beim Anblick der sanftmütigen Blondine auf dem Bett.

Das muss ein Schauspiel sein. Eine Art Trick, um einer Verurteilung zu entgehen.

Denn das ist nicht die Fallon, die ich kennengelernt habe. Das ist eine unterwürfige Version, wie ich sie noch nie gesehen habe. Und ich bin mit dieser Entwicklung überhaupt nicht zufrieden. Vor allem, weil ich mich dadurch unbehaglich fühle – und dieses Gefühl gefällt mir keineswegs.

Zumal ich weiß, dass ich hier im Recht bin.

Sie hat gelogen und wichtige Informationen vorenthalten. Informationen, die nicht nur mein Leben, sondern auch das der Leute um mich herum durcheinander bringen.

Ein erzwungener Gefährtenzauber.

Einer, der meine Phantome offensichtlich in seinen Bann gezogen hat, denn sie starren mich vorwurfsvoll an. Als hätte ich hier etwas falsch gemacht, nicht Fallon. Und das alles nur, weil sie sich auf dem Bett zusammenkauert und auf meine Anweisungen wartet.

»Sag mir einfach, wie ich ihn brechen kann, Majestät.«

Ihre Worte spuken durch meinen Kopf. Vor allem das letzte. Es ist das erste Mal, dass sie meinen Titel ohne jeglichen Sarkasmus benutzt.

Und jetzt sieht sie mich nicht einmal mehr an.

Ihr Kopf ist gesenkt, ihr ganzes Auftreten ist verschlossen und ängstlich, als würde sie das Schlimmste von mir erwarten.

Sie ist ihr ganzes Leben lang von Autoritätspersonen missbraucht worden, denke ich, als ich mich an alles erinnere, was Ayla und Nolan gesagt haben. *Erwartet sie jetzt etwas Ähnliches? Von mir?*

Mein Herz pocht schmerzhaft in meiner Brust, denn dieser Gedanke durchbohrt mich mit der Schärfe eines gut platzierten Dolchs.

Ihre Bemerkungen zum Thema Klas schießen mir wieder durch den Kopf. Sie nannte ihre Beziehung *gezwungen*, ein Wort, das Bane auch bewusst benutzte, aber hauptsächlich, um zu sagen, dass er überhaupt keinen *Zwang* fühlt, mit ihr zusammen zu sein. Sogar Nox sprach davon, wie natürlich alles ist.

Ich sehe sie einen langen Moment lang an und versuche, zu entschlüsseln, was ich fühle. *Abgesehen* von meiner Wut, die weniger mit der Verbindung als mit dem dazugehörigen Verrat zu tun hat. Ich mag keine Lügen, vor allem nicht, wenn sie sich direkt auf mich auswirken.

Und in diesem Fall betreffen ihre Lügen mich sogar sehr.

Vor allem, was das Gefährtenband anbelangt.

Dennoch stört mich der Gedanke, sie zurückzuweisen. Was keinen Sinn ergibt. Ayla sagte, Ablehnung würde den

Zauber nicht aufheben. Sie sagte auch, dass Sex ihn nicht verstärken würde.

Dass Bane und Nox Fallon gefickt haben, sollte also keine Rolle spielen. Dennoch fühlen sie sich beide mit ihr vom Schicksal verbunden. *Wegen des Zaubers – oder wegen etwas anderem?*, frage ich mich und mein Blick verengt sich noch mehr. Was wäre, wenn ...?

Ich runzle die Stirn, weil ich diesen Gedanken nicht zu Ende führen will.

Aber er flüstert unaufgefordert in meinem Kopf herum. *Was, wenn dieses Band tatsächlich echt ist?*

Allein der Gedanke, Fallon in irgendeiner Weise zu verletzen, beunruhigt mich. Als ich sie jetzt beobachte, überkommt mich das dringende Bedürfnis, alles in Ordnung zu bringen und die feurige Frau zu finden, die sich unter ihrer gebrochenen Hülle verbirgt.

Das ist nicht meine Fallon. Sie ist stärker. Und doch habe ich sie schwer verletzt.

Das sehe ich daran, dass sie mir nicht in die Augen sehen will.

Es könnte an ihren Schuldgefühlen liegen. Aber irgendwoher weiß ich, dass mehr dahintersteckt.

Ist das der Zauber? Oder etwas ganz anderes?

Laut Ayla schafft die dunkle Magie eine Verbindung, die es den Männern des Ausgestoßenenzirkels ermöglicht, über ihre arrangierten Gefährtinnen Macht zu erlangen. Oft kommt noch ein Gehorsamkeitszauber hinzu, damit sich die Frau nicht gegen die Verbindung wehren kann.

Es gibt keine romantischen Beziehungen.

Keine sexuellen Neigungen.

Es sind keinerlei *Gefühle* im Spiel.

Denn, wie Ayla es ausdrückte: »Das würde einen Konflikt für den männlichen Gefährten bedeuten, und das kann das Patriarchat nicht zulassen. Sie wollen, dass ihre Männer immer das Sagen haben und nicht von Liebe oder Zuneigung beeinflusst werden.«

Warum sind mir Fallons Gefühle jetzt so wichtig? Warum habe ich das Gefühl, etwas Wertvolles zerstört zu haben?

Meine Kehle ist wie zugeschnürt, als ich sie anstarre, und ein Teil meines Zorns schmilzt dahin. Sie hat uns nicht die Wahrheit gesagt, weil sie ihre Schwester beschützen wollte. Das ist ein bewundernswerter Grund, auch wenn ich ihn nicht gutheiße.

Aber der Grund dafür, dass mir das nicht gefällt, ist der wichtigste – *mir behagt es nicht, dass sie mir nicht vertraut.*

Ich möchte Fallons Vertrauen wert sein. Ihrer Geheimnisse würdig. *Ihr* würdig.

Diese Gefühle begleiten mich nun schon eine ganze Weile, weshalb sie mich ständig frustriert. Trotz dieses neu erworbenen Wissens ist der Frust nicht abgeklungen.

Es ist für mich unabdingbar, dass sie Vertrauen in mich hat.

Ich kümmere mich um das, was mir gehört. Das habe ich immer getan. Das ist eine meiner Stärken, ein Grundpfeiler dessen, was ich als Vampirmeister und Anführer bin.

Aber Fallon hatte nie das Vertrauen in mich, dass ich das Richtige für sie tun würde.

Sie hat sich ständig gegen mich gewehrt, ihre Wahrheiten versteckt und mich bei jeder Gelegenheit abgelehnt.

Ich verstehe erst jetzt, warum – weil ich eine Autoritätsperson in ihrem Leben bin. Und bisher haben sie alle, die mit ihrem Schicksal betraut waren, im Stich gelassen.

Und ich verhalte mich im Moment auch nicht besser.

Nox und Bane sind überzeugt, dass das Band echt ist.

Was, wenn sie recht haben?

Wenn sie recht haben, habe ich meine Chance auf Glück gründlich versaut. Denn Fallon wird mich auf gar keinen Fall akzeptieren.

Es sei denn, ich bringe das in Ordnung, denke ich, während mein Blick auf ihrer bebenden Lippe ruht.

Sie wartet immer noch darauf, dass ich ihr sage, wie man den Zauber rückgängig macht. Nach dieser gehorsamen Pose habe ich mich noch vor wenigen Tagen gesehnt, aber jetzt hasse ich sie.

Aufgrund dessen, was sie impliziert.

Sie verneigt sich vor mir als ihrem Herrn, nicht, weil sie meine Gefährtin ist oder weil sie mich respektiert. Sondern weil sie sich vor mir *fürchtet*.

Ich will nicht, dass sie mich fürchtet.

Und das hat nichts mit einem erzwungenen Gefährtenzauber zu tun.

»Ich brauche einen Moment allein mit Miss Doyle«, sage ich zu Nox und Bane.

Beide Phantome starren mich an, ihre Mienen zeigen Unbehagen.

»Ich laufe nicht Gefahr eines Blutrausches«, sage ich und spreche damit Nox' frühere Bedenken an. Es geht um den berüchtigten vampirischen Drang, zu ficken, zu kämpfen oder zu trinken, wenn starke Emotionen im Spiel sind – vor allem Wut. »Ich muss nur kurz unter vier Augen mit ihr sprechen.«

»Wenn du Fallon zwingen willst, dieses Band rückgängig zu machen, dann müssen wir dabei sein«, antwortet Bane.

»Das tut ihr«, stimme ich zu. »Ich muss nur kurz mit

ihr allein sein.« Ich blicke zwischen den beiden Männern hin und her und füge hinzu: »Bitte.«

Nox wölbt eine Augenbraue, weil er weiß, dass ich normalerweise keine Floskeln benutze, wenn ich sie nicht für absolut notwendig halte.

Bane starrt mich einen Moment lang nur an. Dann drückt er Fallons Knie und rutscht vom Bett, um eine Hose aus einer Schublade in der Nähe zu holen. Technisch gesehen ist es meine Hose, aber ich sage nichts, um ihn davon abzubringen. Er schnappt sich eine zweite Hose für Nox und wirft sie ihm zu.

»Wir sind im Flur.« Banes Blick trifft den meinen und hält ihn fest. »Brich unser Vertrauen nicht!«

Mit dieser Aussage geht er auf die Tür zu.

Nox folgt ihm nicht sofort, sondern richtet seine Aufmerksamkeit auf Fallon. »Ruf uns, wenn du uns brauchst, Glühwürmchen! Der Zauber ist uns egal. Wir gehören dir.«

Sie blinzelt und eine der Tränen, die an ihren Wimpern kleben, fällt.

Aber sie antwortet nicht.

Und sie sieht auch nicht zu ihm auf.

Was ihn dazu veranlasst, mir einen irritierten Blick zuzuwerfen, bevor er zur Tür geht. »Brich unser Vertrauen nicht, Kas!«, wiederholt er und ich seufze.

Ich habe es vermasselt, indem ich wütend hier reingestürmt bin. Das passt nicht zu mir, aber Aylas und Nolans Worte haben mich irritiert. Und kein noch so ausgiebiges Auf-und-ab-Gehen konnte mich beruhigen.

Ich musste Fallon sehen. Sie zur Rede stellen. Antworten *einfordern*.

Aber das habe ich nicht getan.

Ich habe sie und die Phantome überrumpelt, Fallons

Schutzwall mit ein paar gezielten Worten durchbrochen und diese starke Frau auf die Hülle einer Person reduziert, indem ich meine Herrschaft über sie ausspielte.

Normalerweise wehrt sie sich.

Aber etwas an dieser Situation hat sie zerstört.

Und ich *hasse* es, dass ich die Ursache dafür bin.

»Fallon.« Ich kann nicht verhindern, dass ein Hauch von Macht in meiner Stimme liegt. Damit versuche ich vor allem, ihre Aufmerksamkeit zu erregen. »Ich möchte, dass du etwas für mich tust.«

Sie nickt kleinlaut. »Ja, Majestät.«

Fuck, schon wieder dieses Wort. Es trifft mich auf die schlimmste Art und Weise – mitten ins Herz. Ich ziehe ihre sarkastische Anrede dieser niedergeschlagenen Förmlichkeit jederzeit vor.

»Du musst mich zurückweisen«, sage ich.

Sie hebt die Augenbrauen. »Was?«

»Ich möchte, dass du mich zurückweist«, wiederhole ich.

Ihre grünen Augen erinnern mich an flüssigen Smaragd, als sie zu mir aufschaut, und ihre Traurigkeit dringt bis in meine Seele vor. »Es tut mir leid, Hoheit, aber ich verstehe nicht. Ablehnung wird den Zauber nicht brechen.« Ihr Stirnrunzeln vertieft sich. »Hat Ayla das gesagt?«

»Nein, sie hat gesagt, dass Ablehnung den Zauber in keine Richtung beeinflussen wird.«

»Ich verstehe trotzdem nicht«, sagt sie langsam. »Was soll die Ablehnung bewirken?«

Ich setze mich in der Nähe ihrer Beine aufs Bett, aber ich achte darauf, sie nicht zu berühren. »Sie wird uns verraten, ob das Band echt ist oder nicht.«

Sie mustert mich einen Moment lang mit glasigen Augen. »Es ist dunkle Magie, nicht Schicksal«, flüstert sie dann und senkt ihren Blick wieder. »Ich weiß es jetzt besser, als mir etwas anderes zu wünschen.«

Ich umfasse ihr Kinn und bringe ihren Blick sanft zu mir zurück. »Vermutlich ist es dunkle Magie«, gebe ich zu. »Aber ich möchte, dass du mich trotzdem zurückweist. Es wird wahrscheinlich nichts bewirken, aber dann haben wir zumindest Gewissheit.«

Sie schluckt. »Es impliziert Hoffnung.«

»Ja, ich nehme an, das tut es. Aber ich muss wissen, dass es nicht real ist. Und ich glaube, das musst du auch.«

»Es ist nicht real.« Ihre Stimme ist ein wenig fester, aber der Schmerz in ihrem Gesicht ist herzzerreißend.

Ich *hasse* es, ihr wehzutun. Aber Fallon muss diejenige sein, die unsere Verbindung ablehnt. Nur so kann ich sicher sein, ob es sich um Schicksal oder einen Zauber handelt.

»Beweise es!«, fordere ich sie auf. »Beweise mir, dass es nicht real ist! Weise mich zurück!«

Ein Feuer tritt in ihre Augen und sie wirken weniger glasig. »Warum? Damit du mehr Beweise für meine formelle Verurteilung hast?«

»Wer hat etwas von einer formellen Verurteilung gesagt?«, frage ich und ziehe eine Braue hoch.

Sie schürzt die Lippen, aber es kommt kein Ton heraus, als hätten meine Worte sie irgendwie schockiert. Ich kann nicht nachvollziehen, warum oder wie. Ich habe mit keinem Wort gesagt, dass ich sie für ihre Taten *verurteilen* werde.

»Ich verstehe«, murmelt sie schließlich und räuspert sich. »Okay.«

»Was genau verstehst du?«, frage ich, da mir nicht klar ist, wie wir zu diesem vagen Punkt in der Unterhaltung gekommen sind.

Anstatt mir zu antworten, schüttelt sie den Kopf. »Ich werde es tun, Majestät.«

»Fallon ...«

»Kaspian Antonik, ich weise dich zurück.«

Ich starre sie an, fassungslos, dass sie die Worte ohne mit der Wimper zu zucken aussprechen konnte. So unmissverständlich. So *deutlich*.

Sie durchdringen mich.

Sie umhüllen mich.

Sie sind ein Echo in meinen Ohren.

Ein Hämmern in meiner Brust.

»Ich ...« Ich verstumme, unfähig, das auszusprechen, was ich sagen wollte. Weil ich nicht genug Luft in meiner Lunge habe.

Es ist, als hätte sie mir buchstäblich das Leben aus dem Leib gesaugt, meine Seele demontiert, meine Daseinsberechtigung zerstört, *mein verdammtes Herz erschlagen.*

Ihr Name liegt wie ein Gebet auf meiner Zunge, aber ich kann es nicht sprechen. Alles tut weh. Es brennt. *Zerreißt meine Adern.*

Fuck!

Meine Knie fühlen sich schwach an und dabei stehe ich nicht einmal.

Meine Sicht verschwimmt.

Meine Welt ... *geht unter.*

Es ist real.

Alles ... ist real.

Und sie hat mich einfach und ohne zu zögern abgelehnt.

Weil es das ist, was ich verdiene. Ich habe sie auf Schritt und Tritt falsch behandelt, habe versucht, sie zu zwingen, sich mir zu öffnen, auch wenn sie deutlich gemacht hat, dass sie dazu nicht bereit ist. Ich habe meine Macht über sie ausgenutzt, um sie einzuschüchtern. Ich habe mich hier reingedrängt, um eine Erklärung von ihr zu verlangen, während sie gerade mit ihren wahren Gefährten spielte.

Den Gefährten, die sie nicht abgelehnt hat.

Den Gefährten, die sie wirklich will.

»Kaspian?« Ihre Stimme lässt mich frösteln, während die zerbrochenen Teile meiner Seele sie anflehen, die Worte zurückzunehmen. Mich nicht zurückzuweisen. Mich zu wollen.

Ich muss es tun. Sie ebenfalls zurückweisen. Damit wir quitt sind.

Aber ich kann es nicht.

Weil ich meine Gefährtin nicht zurückweisen will.

Ich ... ich verdiene das – ihre Abneigung und Ablehnung. Ich bin das alles falsch angegangen. Bin ganz falsch an sie herangegangen.

Sie braucht jemanden, auf den sie sich verlassen kann. Jemanden, dem sie sich offen anvertrauen kann. Und ganz sicher niemanden, dem sie sich gezwungen fühlt, zu *gehorchen*.

Ich fahre mit der Handfläche über mein Gesicht, meine Welt ist plötzlich aus dem Gleichgewicht geraten.

Alles fühlt sich dysfunktional an. Falsch. *Verheerend.*

Ich will aufstehen, doch Fallons Hand auf meiner Schulter hält mich zurück. »*Kaspian.*« Ihr Ton ist so scharf, dass ich sie ansehe und mein Herz zu ihren Füßen zerbricht.

Sie hasst mich.

Und das zu Recht.

Ich fühle mich plötzlich schwach unter ihren Händen – ein Gefühl, von dem ich nicht weiß, ob ich es je erlebt habe.

Nein, nicht schwach, wie ich feststelle. *Verwundbar.*

»Es ist ...« Ihr Blick sucht den meinen. »Es ist echt ...«

Meine Kehle fühlt sich eng an, also nicke ich, anstatt zu sprechen.

»Ich ...« Sie starrt mich an. »Du musst ... mich zurückweisen.«

Ich schüttle den Kopf und zwinge mich, zu sagen: »Nein. Du verdienst es nicht, zurückgewiesen zu werden.« Ich streichle ihre Wange. »Aber ich habe deine Zurückweisung sehr wohl verdient.«

Ihre Augen weiten sich. »Was?«

»Ich habe dich angezweifelt. Habe deine Geheimnisse eingefordert. Habe die schicksalhafte Verbindung zwischen uns infrage gestellt.« Jede Aussage fühlt sich wie ein Pfeil in meinem Herzen an. »Ich habe dich wie eine Gefangene behandelt, nicht wie eine Gefährtin, Fallon.«

»Weil ich deine Stadt in einen zerstörenden Schlaf versetzt habe«, faucht sie mich an, und ihr Tonfall lässt meine Augenbrauen überrascht in die Höhe schnellen. »Nicht ich selbst, um genau zu sein, aber Klas. Und das mit meiner Macht. Du hattest jedes Recht, mich infrage zu stellen und an mir zu zweifeln. Und ich hatte Geheimnisse. Wie du weißt.«

Die Fallon, die ich kenne, scheint vor mir wieder zum Leben zu erwachen. Ihre Verzweiflung und Traurigkeit verschwinden hinter einem verführerischen Schleier feuriger weiblicher Energie.

Wie blind ich doch gewesen bin, denke ich und starre auf das schöne Geschöpf, das vor wachsender Wut pulsiert. *Es überrascht nicht, dass ich sie jedes Mal selbst verhört habe. Ich wollte mit ihr reden, sie kennenlernen.*

Sie ist der Grund, warum ich seit über einem Jahr keine weibliche Gesellschaft mehr gesucht habe. Ich dachte, es läge an der Eintönigkeit oder an meiner Faszination für die Phantome, aber jetzt erkenne ich die Wahrheit.

Es ging mir immer nur um sie.

Ich fragte Nox und Bane jedes Mal, wie es ihr geht, bevor wir in irgendeiner Form im Bett landeten. Aber es gab einen Grund, warum mich allein das Reden über Fallon hungrig machte.

Einen Grund, den ich schon viel zu lange verleugnet habe.

Sie war für mich bestimmt.

Aber ich habe sie so schlecht behandelt, so falsch. Ich hätte sie wertschätzen und ihr das Gefühl von Sicherheit geben sollen. Stattdessen habe ich sie weggejagt.

Ich bin ein schrecklicher Gefährte.

»Ich habe auch an den Bindungen gezweifelt«, sagt sie und lenkt meine Aufmerksamkeit auf ihren köstlichen Mund. »Ich ... ich habe gehofft, dass sie echt sind. Aber ich hätte nicht gedacht, dass das Schicksal mir diese Gelegenheit geben würde. Und ich habe angenommen, dass dunkle Magie uns aneinander gebunden hat. Deshalb habe ich dich auch so mühelos zurückgewiesen – ich hätte nicht gedacht, dass es etwas bewirken würde.«

Ich streiche mit dem Daumen über ihren Wangenknochen und genieße die weiche Beschaffenheit ihrer Haut. »Das Schicksal schuldet dir mehrere würdige Gefährten. Besonders nach dem, was du durchgemacht hast.«

»Ich glaube immer noch, dass Magie etwas damit zu tun hat.« Sie lehnt sich in meine Berührung. »Es ist alles zu schön, um wahr zu sein, Kaspian. Vier Gefährten? In welcher Welt gibt es denn so etwas?«

»Es ist nicht unmöglich«, antworte ich. »Aber ich nehme an, es geschieht auch nicht sehr häufig.« Ich werfe einen Blick zur Tür und dann wieder zu ihr. »Wenigstens haben deine Gefährten nichts dagegen, zu teilen.«

Na ja, Nolan sieht das vielleicht anders.

Aber so wie er sie bei unserem Telefonat vorhin verteidigt hat, bin ich mir ziemlich sicher, dass er die Situation mehr als akzeptieren wird.

»Es tut mir leid, dass ich an dir gezweifelt habe.« Ich streiche eine Strähne ihrer goldenen Haare hinter ihr Ohr. »Mir tut eine Menge leid.«

Sie runzelt die Stirn. »Ich bin diejenige, die gelogen und die Wahrheit über, nun ja, alles zurückgehalten hat. Ich habe dir auch gesagt, dass meine Geheimnisse nicht für dich bestimmt sind. Aber zumindest hätte ich dir von dem Zauber erzählen sollen.«

»Dann hättest du auch alles andere erklären müssen«, sage ich. Denn ich hätte auf jeden Fall eine vollständige Erklärung verlangt.

»Das habe ich mir auch eingeredet, aber das macht es nicht richtig. Ich hätte dir die Wahrheit sagen sollen.«

»Und vielleicht hättest du das auch getan, wenn ich dir einen Grund gegeben hätte, mir zu vertrauen.« Ich werfe einen Blick auf ihren Mund, bevor ich ihr wieder in die Augen schaue. »Ich habe dein Vertrauen gefordert, ohne es zu verdienen.«

»Du hast mich ein Jahr lang in einer Gästesuite untergebracht, mich jeden Tag gefragt, was du tun könntest, um es mir bequemer zu machen, und Klas' Hinrichtung aus Sorge um meine geistige Gesundheit aufgeschoben.« Sie klingt frustriert über sich selbst. Vielleicht sogar frustriert über mich, ich bin mir nicht sicher. »Es tut mir leid, dass ich dir nicht vertraut habe.«

»Du hast deine Schwester beschützt, Fallon.« Ich nehme langsam meine Handfläche von ihrem Gesicht. »Ich verstehe deine Angst und dein Zögern. Aber ich bin kein Patriarch.«

»Ich weiß.« Sie schnaubt. »Du bist ... du bist *Kaspian*.« Ihre Beine bewegen sich unter der Decke, als sie näher an mich heranrückt.

Ich verharre, hypnotisiert von ihren Bewegungen.

Dann kniet sie sich hin, woraufhin die Laken wegfallen.

»Du bist *mein* Kaspian«, sagt sie und legt ihre Handflächen auf beide Seiten meines Gesichts. »Deshalb muss ich meine Ablehnung rückgängig machen.«

Ich ergreife ihre Handgelenke. »Du musst gar nichts, Fallon. Ich habe es verdient ...«

Ihre Lippen streifen meine und unterbrechen mein Reden.

Genau wie damals, als ich versuchte, sie zurückzuweisen.

Ich versuche, ihren Namen zu sagen, aber sie bringt mich mit ihrer Zunge zum Schweigen. Ich sollte sie wegstoßen, ihr sagen, dass sie das nicht tun muss, dass ich mit ihrer Ablehnung leben kann ...

Fuck, ich sollte eine Menge Dinge tun.

Aber ich kann es nicht.

Denn ihre prallen Lippen liegen auf meinen.

Und sie kniet vor mir. *Nackt.*

Und feucht, denke ich, während ich tief einatme und meine vampirischen Sinne ihre süße Erregung wittern. *Fuck ... wie soll ich da Nein sagen?*

Ist es überhaupt richtig, sie abzulehnen? *Dies* abzulehnen?

Ich habe sie aufgefordert, mich zurückzuweisen. Sie hat nur gehorcht, weil ich es ihr befohlen habe.

Wenn sie es rückgängig machen will – wer bin ich dann, sie aufzuhalten?

Ich will sie. Ich will sie schon seit Monaten. Seit einem

Jahr. Vielleicht sogar vom ersten Moment an. *Weil sie schon immer mir gehören sollte.*

Dieser verdammte Zauber hat sie unrechtmäßig an Klas gebunden.

Hätte es ihn nicht gegeben, hätte ich Fallon vom ersten Moment an als meine Gefährtin erkannt.

Er hat uns über ein Jahr gestohlen ...

Dann ruinierte ich unseren ersten Tag als Gefährten.

Jetzt weigere ich mich, noch eine weitere Sekunde zu verschwenden.

Ich lasse sie los und meine Handflächen wandern sofort über ihre Kurven, um sie noch näher zu mir zu ziehen. Ihre Schenkel spreizen sich über meine, als ich sie in meinen Schoß führe, und ihr Körper schmiegt sich perfekt an meinen. Als würde sie dort hingehören.

Weil sie es tut.

Weil sie mir gehört.

Die Worte schwirren durch meinen Kopf, als ich sie auf ihre Zunge flüstere. *Mein. Du gehörst mir. Und ich gehöre dir.*

Sie will die Zurückweisung rückgängig machen.

Ich will das auch.

Aber ich werde sie nicht zwingen.

Deshalb überlasse ich ihr die Kontrolle für unser erstes Mal und erlaube ihr, die Führung zu übernehmen. Das ist ein Geschenk, das ich noch nie jemandem in meinem langen Leben gemacht habe. Dominanz liegt mir im Blut. Mein Bedürfnis, das Sagen zu haben, ist ein Instinkt, den ich noch nie ignoriert habe.

Aber für sie werde ich mich beugen.

Für sie werde ich mich fügen.

Denn Fallon Doyle ist die künftige Königin des Hauses von Gold und Granat.

FALLON

Es ist echt. *All das hier ist echt.*

Nox und Bane.

Kaspian.

Und Nolan.

Ich bin so in der Euphorie dieser Erkenntnis gefangen, dass ich nur noch daran denken kann, das Band zwischen mir und Kaspian zu reparieren.

Er ist der Grund, warum ich weiß, dass das hier echt ist.

Ich habe mich so verloren und niedergeschlagen gefühlt, bereit, mich wieder meinem Schicksal zu ergeben, aber dann hat er mich aus der Dunkelheit zurück ins Licht gezogen.

Und das alles, indem er von mir verlangte, dass ich ihn zurückweise.

Und dann wollte er die Ablehnung nicht erwidern, weil ich sie nicht verdient habe.

»Aber ich habe deine sehr wohl verdient.«

Seine Worte schwirren in meinem Kopf herum, seine Resignation durchbohrt meine Seele. Ich muss es in

Ordnung bringen. Ich muss uns in Ordnung bringen. Es ist ein inhärentes Bedürfnis, das ich nicht ganz verstehe, aber ich bin fertig mit dem Nachdenken. Ich habe es satt, in meinen Gedanken zu leben und alles in meinem Leben infrage zu stellen.

Es ist echt, staune ich wieder. *Es passiert wirklich und wahrhaftig.*

Kaspians Zunge tanzt mit meiner, der Rhythmus langsam und verführerisch. Es ist so intensiv und gleichzeitig ruhig, dass sich meine Schenkel um seine zusammenziehen.

Er ist vollständig bekleidet – er trägt einen seiner Anzüge, ohne Jackett und Krawatte. Seine Hemdsärmel sind bis zu den Ellbogen hochgekrempelt, und der oberste Knopf seines Hemds ist offen.

Das ist lässig für Kaspians Verhältnisse.

Und sündhaft sexy.

Ich kann seine Erregung durch die Anzughose spüren. Er ist hart, seit er mich auf seinen Schoß gezogen hat, vielleicht war er das sogar schon zuvor.

Seine Länge neckt mein Geschlecht und ermutigt mich, mich auf ihn zu stürzen. Das tue ich – und ich werde mit einem Knurren belohnt.

Ich brauche ihn in mir.

Nur so können wir diese zerbrochene Verbindung wiederherstellen. Nur so kann ich ihn wieder für mich gewinnen.

Ich bin hin- und hergerissen, ob ich es langsam angehen lassen und den Moment auskosten oder ob ich mich beeilen soll, um uns beide zu vervollständigen.

Aber ich brenne bereits für ihn, verstärkt durch all die Neckereien, die Bane und Nox mir vor Kaspians Ankunft zugemutet haben.

Ich wippe mit den Hüften, drücke meine heiße Mitte gegen ihn und stöhne, als ich seine Erektion berühre.

»Fuck, mach das noch mal, Sweetheart!«, stöhnt Kaspian. »Stöhne noch einmal für mich!«

Er presst seine Härte an mich und entlockt meiner Brust einen weiteren kehligen Laut. Ich packe seine Schultern und wölbe mich, meine Adern entflammen mit einer zweiten Welle glühender Intensität.

»Ich habe euch stundenlang zugehört.« Er atmet seine Worte in meinen Mund. »Dein Stöhnen aus der Nähe zu hören, ist eine ganz andere Erfahrung, vor allem, wenn ich die Ursache dafür bin.«

»Du hast zugehört?«, frage ich leise.

»Ja«, antwortet er und legt seine Handflächen auf meine Hüften, während er sich noch einmal gegen mich stemmt. »Ich höre gern zu, Fallon.« Seine Zunge zeichnet den Saum meiner Lippen nach. »Ich schaue auch gern zu.« Er küsst mich sanft. »Weißt du, was mir wirklich gefallen würde?«

Ich zittere an ihm und schüttle den Kopf, unsicher, was er sagen wird.

»Ich würde gern dabei zusehen, wie sie dich gemeinsam ficken.« Seine Lippen wandern über meine Wange zu meinem Ohr. »Ich will beobachten, wie Nox deinen schönen Arsch nimmt, während Bane in deine Pussy gleitet.« Er knabbert an meinem Ohrläppchen. »Ich würde mich dort drüben auf einen Stuhl setzen und mich streicheln, während du sie verwöhnst.« Sein Mund wandert zu meinem Hals. »Aber ich würde mir nicht erlauben, zu kommen.«

»N-nicht?«, stottere ich, und mein Herz schlägt wie wild in meiner Brust. Denn die Vorstellung ... ist ... auf die beste Weise einschüchternd.

Bane und Nox zur selben Zeit zu nehmen.

Während Kaspian zusieht.

Bei den Sternen ...

»Nein«, murmelt er. »Ich würde warten, bis sie dich sauber gemacht haben. Dann würde ich dich noch einmal schmutzig machen.« Er knabbert an meinem Hals und ich erstarre, als eisige Kälte die Flammen verjagt, die in meinen Adern zirkulieren.

Kaspian hält inne und zieht sich zurück, sein Blick ist suchend.

»Fallon?«, fragt er.

Ich schlucke, und mein Herz hämmert aus einem ganz neuen Grund in meinen Rippen. *Kaspian ist ein Vampir. Er wird mich beißen wollen. Von mir trinken wollen. Mich benutzen wollen.*

»Fallon«, wiederholt er und legt seine Handflächen auf mein Gesicht. »Sprich mit mir!«

Seine fast schwarzen Augen brennen sich in meine, die Farbe erinnert mich an Klas' Iriden. Aber Kaspians Blick ist anders. Er sieht mich mit Mitgefühl und Sorge an. Nicht mit Bosheit und dunklen Absichten. Das Böse ist da, aber es ist nicht das Gleiche. Es ist ... *es ist Kaspian.*

»Sweetheart, sprich mit mir«, sagt er, während seine Daumen über meine Wangenknochen fahren. »Willst du nicht, dass ich zusehe?«

Ich blinzle ihn an. »Was?«

»Willst du nicht, dass ich dich beobachte, wenn du mit Bane und Nox zusammen bist? Stört dich das?«

Meine Lippen kräuseln sich. »N-nein.« Nein, dieser Gedanke stört mich definitiv nicht. Wenn überhaupt, dann entfacht er die Flammen in mir neu. »Ich ...«

Ich räuspere mich.

Es geht hier um Kaspian. Ich muss ihm die Wahrheit sagen. Keine Geheimnisse mehr.

Außerdem weiß er das bereits. Ich habe ihm erklärt, wie Klas an meine Kraft gekommen ist. Aber Kaspian weiß wahrscheinlich nicht, wie ich mich dabei gefühlt habe. Was ich von Reißzähnen halte.

»Klas hat mein Blut benutzt, um ... meine Fähigkeiten zu absorbieren.« Ich bin mir nicht sicher, ob alle Vampire das können oder nicht. Aber Klas war ein Vampir-Warlock-Hybrid. Seine Fähigkeiten waren seine eigenen. »Also hat er mich gebissen. Heftig.«

»Hmm«, brummt Kaspian, und in seinen dunklen Augen blitzt eine Emotion auf, die ich nicht genau definieren kann. »Du magst es also nicht, gebissen zu werden.«

»Ich ... ich mag es nicht, von ihm gebissen zu werden«, erkläre ich ausweichend. »Ich weiß nicht, wie es bei jemand anderem ist.« Denn Klas ist der einzige Vampir, der sich jemals von mir ernährt hat.

Kaspian fährt mit den Fingern durch meine Haare und streicht mir die Strähnen aus dem Gesicht und vom Hals. »Willst du, dass ich dir diese Erinnerungen nehme, Fallon? Dass ich sie durch das ersetze, was die Reißzähne eines mächtigen Vampirs anrichten können?«

Sein Blick wandert zu meinem Hals, bevor er zu meinem Mund zurückkehrt.

»Oder wäre es dir lieber, wenn ich dich nie beißen würde?«, fährt er fort, wobei sein Gesichtsausdruck nichts über seine Vorlieben verrät. »Ich werde alles tun, was du willst, Sweetheart. Nenn mir einfach deine Grenzen und ich werde sie respektieren.«

»Ich ...« Ich stocke, mein Blick fällt auf seine vollen Lippen. »Ich weiß es nicht.«

»Dann können wir das ein anderes Mal besprechen«, antwortet er und sein Mund streift den meinen. »Ich werde dich nicht ohne Erlaubnis beißen.« Ein weiterer Kuss. »Ich werde nichts ohne Erlaubnis mit dir machen, Fallon. Du hast hier das Sagen. Du sagst mir, was du willst, und ich werde es dir geben.«

Ich erschaudere. Seine Finger wirken Wunder an meinem Schädel, während er meinen Kopf massiert und noch einmal durch meine Haare fährt.

Dieser Mann ist betörend.

Und hart.

Und mein.

Oder er wird es zumindest sein. Sobald wir unser Band neu geschlossen haben.

»Küss mich, Kaspian«, flüstere ich.

Er tut es, dieses Mal mit einem fordernden Zungenschlag, der alles in mir zum Schmelzen bringt. Er ist ein Wesen der Kontrolle. Ein Vampirmeister. Ein König.

Aber er überlässt mir die Führung. Ich spüre es daran, dass er mich nicht drängt, sondern mich einfach festhält, während er meinen Mund erobert.

Sie ist überwältigend, diese euphorische Erkenntnis, dass mir dieser mächtige Mann die Kontrolle überlässt. Ich habe das Sagen; er gibt mir, was ich will.

Das kann nicht leicht für ihn sein, was sich daran zeigt, wie sich seine Schenkel unter mir straffen. Er hält sich zurück, zwingt sich, geduldig zu sein, obwohl wir beide wissen, dass ihn diese teilweise zurückgewiesene Bindung umbringen muss.

Weil sie echt ist, staune ich erneut.

Vielleicht werde ich diese Tatsache nie überwinden. Vielleicht werde ich nie akzeptieren können, dass *dies* mein Leben ist. *Vier Gefährten. Und einer davon ein König.*

»Kaspian«, stöhne ich und wölbe mich gegen ihn. »Ich brauche dich.«

»Wir haben noch eine weitere Grenze zu besprechen«, sagt er und seine Worte lassen meine Augen aufflattern. Ich bin mir nicht sicher, wann sie zugefallen sind, aber wahrscheinlich, als er begann, mich mit seinem Mund zu verschlingen.

Ich starre ihn an und warte darauf, dass er etwas sagt.

»Willst du, dass Nox und Bane uns beobachten?«, fragt er, neigt den Kopf ein wenig zur Seite und deutet auf die beiden Phantome, die in der Tür lauern und mit hungrigen Blicken meine Position auf Kaspian betrachten.

Ihre Oberkörper sind nackt und sie tragen beide nur ähnliche tief sitzende schwarze Hosen.

Ich lecke meine Lippen beim Anblick all dieser männlichen Anmut.

Sie gehören mir, denke ich. *Wirklich mir.*

»Nachdem ich die ganze Nacht zugehört habe, wie sie mit dir spielen, würde ich sie gern dazu zwingen, uns zuzusehen, ohne dass sie dich berühren dürfen«, fährt Kaspian fort und richtet seine Aufmerksamkeit auf mich. »Denn jetzt bin ich an der Reihe, Liebste. Und ich war *sehr* geduldig. Aber es ist deine Entscheidung, Fallon. Ich werde alles tun, was du willst.«

Nox und Bane mustern mich mit der gleichen Intensität wie Kaspian; alle drei Männer warten auf meine Antwort.

Will ich, dass sie zusehen, während Kaspian mich fickt?

»Ja«, hauche ich, und mein Inneres pulsiert mit verstärktem Verlangen. Wenn ich von diesen Männern umgeben bin, fühle ich mich so lebendig, wie ich es noch nie empfunden habe. Es ist so anders als jede Fantasie, die ich je hatte, so unglaublich großartig, dass ich kaum glauben kann, dass es mir widerfährt.

»Das Schicksal schuldet dir mehrere würdige Gefährten. Besonders nach allem, was du durchgemacht hast.«

Kaspians Kommentar hallt in meinem Kopf nach; seine bewundernde und aufrichtige Stimme ein Kuss auf meiner Seele.

Weil er glaubt, dass ich all das verdient habe.

Vielleicht habe ich das tatsächlich, denke ich, während ich ihn jetzt ansehe. *Aber ich muss es in Ehren halten.*

Deshalb muss ich diese Verbindung wieder aufleben lassen und reparieren, was ich zerbrochen habe. Kaspian hat vielleicht verlangt, dass ich ihn zurückweise, aber nur ich kann mich dafür entscheiden, das Band zu kitten.

Und er stellt sicher, dass ich diese Wahl nicht nur bei der Akzeptanz unserer Vereinigung habe, sondern auch bei der Art und Weise, wie sie durchgeführt wird.

»Lass sie zusehen!«, sage ich. »Ich will, dass sie zusehen.« Weil meine Phantome mir ein Gefühl der Sicherheit geben. Weil ich will, dass sie auch involviert sind. Zumindest auf ihre Weise. Dieses Mal können sie mich zwar nicht anfassen, aber Kaspian hat andere Ideen erwähnt.

Sie sollen mich ficken, während er sich selbst befriedigt.

Damit er mich nehmen kann, wenn sie fertig sind.

Ein Zittern erfasst mich. *Ja. Ich will all das.*

Aber zuerst will ich Kaspian.

Ich will ihn wieder in meiner Seele spüren. Um diese Verbindung zu vervollständigen. Um ihn wirklich zu beanspruchen.

Er ist mächtig und anmutig, ein eleganter Vampir in teuren Klamotten verpackt. Ich möchte sein elegantes Äußeres durchbrechen, die förmliche Maske, die er ständig trägt.

Ich will sehen, wie er die Kontrolle verliert.

Denn obwohl er mir die Führung überlässt, weiß ich, dass er nach wie vor das Sagen hat. Er ist der Dominante in diesem Raum. Er gibt mir nur den Raum und die Zeit, die ich brauche, um mich darauf einzulassen. Die Möglichkeit, unser Tempo zu bestimmen und *Nein* zu sagen, wann immer ich es möchte.

Ich bohre meine Nägel in seine Schultern und küsse ihn, während sich meine untere Hälfte gegen seine Erektion presst. Er knurrt eine Antwort, seine Hände verlassen meine Haare und wandern zu meinen Hüften.

Meine Lippen kräuseln sich gegen seine und ich liebe es, wie er mich sofort festhält.

Aber er diktiert meine Bewegungen nicht, sondern führt mich.

Ich lasse meine Finger über sein Hemd gleiten, ignoriere die Knöpfe und gehe direkt zu seinem Gürtel über. Seine Lippen öffnen sich unter den meinen, sein Atem ist warm und minzig, als er daraufhin erschaudert.

Mein Name verlässt seinen Mund, aber ich lasse ihn nicht ausreden. Meine Zunge gleitet hinein, um sich mit seiner zu duellieren, während ich an seiner Schnalle arbeite und beginne, das Leder durch die Schlaufen zu ziehen.

Sein Gürtel fällt hinter mir auf den Boden, als ich ihn endlich gelöst habe.

Dann wende ich mich dem obersten Knopf seiner Hose zu, öffne ihn und löse schließlich den Reißverschluss.

Kaspian grinst und sein Griff um meine Hüften wird fester.

Ich verstehe, warum, als ich spüre, wie sich seine Erregung aus seiner Hose befreit.

Keine Boxershorts oder Slips. Nur ein glatter, harter Mann.

Ich drücke mein heißes Fleisch gegen seins und verliere

keine Zeit, um all die männliche Kraft genau dort zu spüren, wo ich sie haben will.

»*Fuck*, Fallon!«, sagt er und drückt fester zu. »Ich bin noch nicht einmal in dir drin und schon bin ich süchtig nach deiner Pussy.«

»Warte, bis du sie schmeckst.« Nox' Stimme ist tief und so nah an meinem Ohr, dass ich vermute, dass er direkt hinter mir steht.

Aber ich kann den Blick nicht von Kaspians dunklen Augen abwenden.

Er starrt mich mit einer solchen Bewunderung an, dass seine Gegenwart mich berauscht. Ich verliere mich in der Ehrfurcht seines Gesichts. In dem reinen, unverfälschten Verlangen, das von ihm ausgeht.

Das ist der echte Kaspian.

Nicht der König mit der formellen Maske. Sondern der für mich vorgesehene Gefährte.

Und als ich ihn jetzt sehe, wird mir klar, dass ich schon einmal einen flüchtigen Blick auf ihn geworfen habe. Dass ich Eindrücke gewonnen, aber diese nie wirklich verstanden habe. Da waren diese Momente hitziger Leidenschaft während unserer Streitereien, die ich für etwas ganz anderes hielt.

Weil ich unsere Verbindung zuvor nicht wahrgenommen habe.

Die *dunkle Magie* hat mich geblendet und mich unfähig gemacht, meine Gefährten so zu sehen, wie sie wirklich sind. Aber jetzt sehe ich sie. Ich *fühle* sie.

Sogar Kaspian.

Trotz der Zurückweisung ist er immer noch da, verweilt in der Nähe meines Geistes und fleht mich an, ihn erneut zu akzeptieren. Seine Seele mit der meinen zu vereinen.

Ich will das, denke ich und bewege mich noch einmal in seinem Schoß. *Ich will sie alle.*

Es ist impulsiv. Vielleicht sogar leichtsinnig. Aber ich weigere mich, gegen das Schicksal anzukämpfen. Diese Männer sind für mich bestimmt. Das ist mir jetzt klar.

Und ich habe es satt, an allem zu zweifeln.

Ich greife zwischen uns hindurch und umschlinge seinen Schwanz, um ihn zu meinem feuchten Eingang zu bewegen.

Seine Pupillen weiten sich, sein Interesse ist ein Kuss für meine Sinne.

»Ich weise dich nicht zurück, Kaspian Antonik«, sage ich, während ich mich auf ihn drücke und ihn in mir willkommen heiße. »Ich *akzeptiere* dich.«

Er stößt nach oben und zwingt mich, ihn bis zum Anschlag zu nehmen. »Ich akzeptiere dich auch, Fallon Doyle«, sagt er und seine Hände wandern über meinen Körper. »Verdammt, ich akzeptiere dich ...«

Er legt seine Hand in meinen Nacken und presst seinen Mund auf meinen. Sein Kuss ist auf die beste Art und Weise dominierend.

Dann drückt er seine andere Hand auf meine untere Wirbelsäule und beginnt, sich zu bewegen.

»Schließ deine Beine um mich!«, fordert er. »Ich muss tiefer in dir sein.«

Ich gehorche und genieße es, wie er das Kommando übernimmt, ohne es wirklich zu wollen. Denn das ist mein Kaspian. Der dominante Mann, dem ich vertraue und mit dem ich mich verbinden will. Der Vampir, den ich mein nennen möchte.

Seine Zunge gleitet über meine und kontrolliert unseren Kuss, während er sich in mir bewegt.

Er ist perfekt.

Er ist genau das, was ich jetzt und hier brauche.

Jeder Vorstoß treibt uns weiter. Unsere Seelen jubeln über unsere Vereinigung, während das Schicksal unsere Wege dauerhaft miteinander verknüpft.

Bane und Nox sind immer noch sehr präsent; ich spüre die Hitze ihrer nackten Oberkörper an meinem Rücken. Sie berühren mich nicht, aber sie sind in der Nähe.

Beobachtend.

Lauernd.

Sie sind wahre Voyeure, während Kaspian mich in den Wahnsinn treibt.

Und ich liebe jede Minute.

Ich habe das Gefühl, der Mittelpunkt ihrer Welt zu sein. Es ist abwegig und vielleicht sogar ein bisschen arrogant, aber ich schwelge in dem vorübergehenden Glanz, von allen dreien verehrt zu werden.

Meine Männer. Meine Gefährten. Meine Zukunft.

Wärme durchströmt meine Brust und Hoffnung blüht tief in mir auf.

Mit ihnen kann ich glücklich sein.

Ganz sein.

Und ... frei.

Kaspian knabbert an meiner Unterlippe, sein Knurren lenkt meine Aufmerksamkeit wieder auf ihn. »Du musst für mich kommen, Fallon«, sagt er gegen meinen Mund. »Ich muss spüren, wie sich deine schöne Pussy um mich verkrampft, während ich dich beanspruche. Ich muss dich *schreien* hören. Kannst du das für mich tun? Kannst du das für *uns* tun?«

Ich erschaudere und meine Innenwände spannen sich daraufhin an.

Es ist, als hätten diese Männer die totale Herrschaft über meinen Körper, darüber, wie ich Lust empfinde und auch darüber, *wann* ich komme. Denn allein diese Worte bringen mich so viel näher an den Abgrund.

»Sei ein braves Mädchen und komm für Kaspian, Glühwürmchen«, flüstert Nox direkt an mein Ohr. »Wenn du fertig bist, lecke ich euch beide sauber.«

»Und dann werden wir dich wieder kommen lassen.« Banes Versprechen ist ein leises Summen auf meiner gegenüberliegenden Seite, das mir bestätigt, dass beide Männer direkt hinter mir schweben und beobachten, wie ich meine Schicksalsverbindung zu Kaspian wiederherstelle.

Ich muss so wollüstig aussehen, wie ich auf Kaspians Schwanz reite, während er noch vollständig bekleidet ist.

Es ist ein verlockendes Bild in meinem Kopf, das mich dazu bringt, meine Hand zwischen uns zu schieben und meine Klitoris zu streicheln.

Irgendwie fühlt es sich richtig an – nackt zu sein, während Kaspian es nicht ist. Als hätte er dadurch viel mehr Kontrolle über die Situation.

Ich bevorzuge diesen Weg. Weil ich ihm vertraue, dass er mich anleitet. Mich führt. Uns alle beherrscht.

Seine Reißzähne streifen meine Lippe und lassen meine Augen aufblitzen. Aber er beißt nicht. Er hält lediglich meinen Blick fest und zwingt mich, sein Verlangen und seinen Hunger in seinen fast schwarzen Tiefen zu erkennen.

Aber es ist kein Hunger nach meinem Blut, es ist ein Hunger nach *mir*.

Ich erschaudere und bewege mich noch näher an den Abgrund.

»Nox und Bane streicheln sich hinter dir«, informiert mich Kaspian leise. »Sie wünschen, sie könnten dich berühren – so wie ich es in den vergangenen Stunden getan habe.« Seine Lippen streifen meine bei jedem Wort. »Gib ihnen eine Show, Liebste! Lass sie zusehen, wie du über meinen Schwanz kommst!«

Ein weiteres Frösteln durchfährt mich und ich zittere auf ihm.

Denn ich kann hören, wie die beiden Phantome schwerer atmen. Schneller. Noch intensiver als zuvor.

Genau wie Kaspian.

Sie keuchen alle. Meinetwegen. *Unseretwegen.*

Bei den Sternen, das ist ... das ist wahre Glückseligkeit ...

Ich wölbe mich zurück und ziehe meine Beine um Kaspians Taille zusammen, während ich versuche, noch mehr von ihm in mir aufzunehmen. Er ist so lang wie Nox, aber er hat keine Piercings. Stattdessen hat er Banes Umfang, sodass ich mich unglaublich voll fühle.

Und er möchte zusehen, wie die Phantome mich gemeinsam nehmen.

Was wäre, wenn ich alle drei nehmen würde? Einen in meinem Mund ... zwei unten ...

Oh, aber ich brauche auch Nolan.

Obwohl seine Einzelgängernatur vermuten lässt, dass er wahrscheinlich nicht auf Gruppensex steht.

Was mag Nolan?, frage ich mich, und meine Hüften kreisen jetzt schneller. *Wird er mich allein nehmen?*

Ich bin mir nicht einmal sicher, wo er ist.

Beinahe hätte ich gefragt, aber Kaspian macht etwas unter mir, das mich an die Gegenwart fesselt, an ihn, an die Phantome hinter mir, an diesen Moment.

Es fühlt sich alles so *gut* an.

So richtig.

So ... *O Sterne!*

Ein Beben durchzuckt mich und wirft mich in einen unerwarteten Schwebezustand. Mein Körper ist vom stundenlangen Spielen so aufnahmebereit, dass ich nicht merke, dass ich mich der Kante nähere, bis ich mit dem Kopf voran darüber stürze.

Kaspians Name verlässt meinen Mund, gefolgt von dem meiner anderen Gefährten. Ich glaube, ich erwähne sogar Nolan, aber mein Verstand ist zu sehr von der Lust überwältigt, um sich zu konzentrieren. Es ist alles so unglaublich. So *perfekt*.

Denn ich kann Kaspian wieder spüren.

Unser Band.

Diese Verbindung.

Wie konnte ich all das mit einem Zauber verwechseln? Es ist so viel heißer. So viel intensiver. *So exquisit.*

Hitze ergießt sich zwischen meinen Beinen, Kaspians Anspruch versengt mich von innen heraus und gesellt sich zu denen meiner anderen Gefährten.

Ich fühle mich so voll. In meinem Herzen. In meiner Seele. *In meinem Körper.*

Sie alle haben mich zu unerwarteten Höhen getrieben und mir eine neue Art des Seins gezeigt. Dabei haben sie eine Hoffnung geweckt, die so hell in mir brennt, dass ich fast spüren kann, wie sie die kalten Türme meiner Vergangenheit versengt.

Die Hitze wird schwächer, als mein Höhepunkt nachlässt, und die Wärme verlässt mit jeder Sekunde langsam mein Wesen.

Ich seufze, weil ich das orgastische Glühen bereits vermisse.

Aber Bane und Nox haben mehr versprochen.

Sie werden meine Flamme in Sekundenschnelle wieder entfachen und mich direkt zurück auf diese rauschhafte Ebene bringen.

Ich öffne den Mund, um ihre Berührung zu erbitten, und meine Augen flattern dabei. »Ich ...« Ich stocke, mein Blick ist unscharf und ich muss mehrmals blinzeln.

Ich erwarte, Kaspians schöne Gesichtszüge zu sehen, vielleicht sogar einen zufriedenen Ausdruck oder ein charmantes Lächeln.

Aber er ist es nicht, der vor mir lauert.

Stattdessen bin ich von sieben vermummten Gestalten umgeben.

»Hallo, Fallon«, begrüßt mich Patriarch O'Neely, und seine Stimme jagt mir einen Schauer über den Rücken, während seine Macht mich zwingt, mich über einen Todesstein zu beugen. »Es ist an der Zeit, dein Schicksal zu besprechen.«

NOLAN

Ayla öffnet ein Portal, das uns auf ein anderes Dach führt, dieses Mal im Herzen von Staten Island.

Nachdem ich hindurchgetreten bin, halte ich inne, denn mein Instinkt verlangt, dass ich mir einen Überblick über die Situation verschaffe.

Die Luft ist rein, stelle ich fest, nachdem ich meine Umgebung in Augenschein genommen habe. *Genau wie auf den letzten drei Dächern.*

Anscheinend ist das Aylas Ding – durch Dachportale zu reisen.

»Ein praktischer Trick«, sage ich und deute mit dem Kinn auf die Tür. »So etwas habe ich noch nie gesehen. Wie weit kannst du reisen?«

»Ich kann nur eine Tür zu Orten schaffen, an denen ich schon mal war«, antwortet sie. »Und bevor du fragst: Nein, das kann man nicht mit Magie erreichen. Es ist ein Talent, das mit meinem Geist verbunden ist, ähnlich wie meine Fähigkeit, Auren aufzuspüren.«

Ich nicke und verstehe das jetzt besser, nachdem wir schon den halben Tag zusammen verbracht haben.

Ayla erklärte, dass sich die Hexen des Ausgestoßenenzirkels von anderen ihrer Art unterscheiden – und das durch ihre einzigartige Verbindung zur Todesebene.

»Die meisten Hexen stammen aus der Welt der Hexen. Wir technisch gesehen auch, aber unsere Magie hat sich auf eine andere Weise manifestiert. Auf eine dunklere Weise. Man könnte sagen, die Todesmagie hat unseren Hexenzirkel infiziert und die Ausführung unserer Zauber verändert.«

»Aber wie?«, fragte ich vorhin. »Die Todesebene ist keine andere Welt.« Wenn es so wäre, würde ich davon wissen. Oder es gäbe zumindest ein Portal, durch das andere sie besuchen könnten.

»Nein. Sie ist mit dem Kern unseres Hexenzirkels verbunden – mit unseren *Seelen*.« Sie zuckte mit den Schultern. »Die Mitglieder meines Hexenzirkels besitzen Todesmagie. Sie ist selten und gefürchtet, und auch der Grund für unseren Status als Ausgestoßene.«

So viel wusste ich. »Nekromanten«, übersetzte ich. »Das ist jedenfalls das Gerücht, das über euren Zirkel kursiert. Ihr seid alle Nekromanten.«

»Nekromantie suggeriert, dass wir die Toten kontrollieren können.« Ihre schwarzen Augen trafen meine. »Das kann ich nicht. Aber meine Kräfte wurzeln in Seelen, was eine Form des Todes ist.«

»Und Fallon kann tödlichen Schlaf imitieren«, fügte ich hinzu. »Und sie kann die Toten aufwecken.« Das sind die Fähigkeiten, die wir im vergangenen Jahr bezeugten, als Klas die Kräfte seiner gezwungenen Gefährtin benutzte.

»Fallon kann so viel mehr als das«, sagte Ayla. »Und

Ishara auch. Sie müssen sich nur von den Leinen der Patriarchen befreien.«

Ich wollte wissen, wie man diese Leine zerreißt, aber sie schüttelte den Kopf. »Wenn ich das wüsste, wäre ich nicht mehr hier.«

Sie geht jetzt auf und ab, ihre Bewegungen sind katzenhaft, während sie sich am Rand des Daches herumtreibt.

Die meisten flügellosen Wesen hätten Angst vor dem Sturz aus dem fünften Stock. Aber nicht Ayla. Sie balanciert auf jedem Dach, das wir besuchen. Einschließlich des Daches in Manhattan, das über fünfzig Stockwerke hoch war.

»Das Stadthaus da drüben«, sagt sie und zeigt nach Südwesten. »Das ist das Haus von Patrick O'Neelys Familie.«

Ich trete neben sie und sehe mir das *Zuhause* des vermeintlichen Anführers des Ausgestoßenenzirkels an.

Nach dem, was Ayla gesagt hat, gibt es sieben Patriarchen. Aber Patrick O'Neely gilt als der Meisterpatriarch.

Er ist auch derjenige, der Fallon gezwungen hat, sich mit Klas zu verbinden.

Und er ist wahrscheinlich derjenige, der Klas geschickt hat, um die Ränge von Gold und Granat zu infiltrieren.

Das macht ihn zur Zielscheibe Nummer eins, wobei Fallons Vater an zweiter Stelle steht.

Ich will sie gerade bitten, mich auf die unsichtbaren magischen Sicherheitsfallen rund um das Haus hinzuweisen – etwas, das sie schon bei unseren letzten beiden Aufenthaltsorten getan hat –, als mein Handy klingelt.

»Gut, dass mir Ayla etwas Magie geliehen hat, um

meinen Akku aufzuladen«, sage ich zur Begrüßung. »Nach unserem letzten Gespräch war der Akku fast ...«

»Sie wacht nicht auf«, unterbricht mich Kaspian mit einem Hauch von untypischer Panik in seiner Stimme.

»Was?«

»Fallon«, führt er weiter aus und sein Gesicht erscheint auf dem Bildschirm. »*Sie wacht nicht auf.*«

Ich trete vom Rand weg, Ayla direkt neben mir, und wir beide konzentrieren uns auf den Bildschirm, der den Raum vor mir einnimmt.

Kaspian schwenkt hinüber und zeigt eine bewusstlose Fallon, deren weiße Haut einen starken Kontrast zu dem schwarzen Marmorboden unter ihr bildet.

Das ist nicht ihr Zimmer, denke ich und erkenne Kaspians Vorliebe für dunkle Farben.

Sie ist nackt, ist meine nächste wenig hilfreiche Schlussfolgerung.

Ihre Lippen sind blau, ist der Gedanke, der mich endlich zur Relevanz dieses Anrufs zurückbringt. »Hast du versucht, sie wiederzubeleben? Wie beim letzten Mal?«

»Ja. Seit zwanzig Minuten.« Nox' Stimme klingt genauso panisch wie Kaspians.

Bane ist neben ihr auf dem Boden, seine schwarze Hose ist offen und seine Haare sind ein Wirrwarr aus dunklen Wellen. Er prüft ihren Puls. Ich weiß nicht, was er dort findet – wahrscheinlich einen fehlenden Herzschlag –, aber er beugt sich hinunter und bläst in ihren Mund, während Nox die Herzdruckmassage übernimmt.

Ich zucke zusammen, während ich zusehe, und mein Herz hämmert gegen meinen Brustkorb.

Wenn sie wirklich tot wäre, würde ich doch etwas spüren, oder? Eine unterbrochene Verbindung? Den Tod ihrer Seele?

»Die Patriarchen scheinen zu verhindern, dass ihr sie erneut aufweckt.« In Aylas Stimme liegt deutliches Unbehagens. »Ich glaube nicht, dass einer von uns wissen will, was das bedeutet.«

»Ich will es verdammt noch mal wissen«, schnauzt Kaspian, sein wütender Ton ist genauso untypisch für ihn wie seine Panik. Bei unserem letzten Gespräch war er weitgehend ruhig, fast schon unheimlich gefasst. Dieser Gefühlsausbruch ist ... *neu.*

»Wenn wir wissen, was sie tun, können wir sie aufwecken«, sagt Nox, während er sich darauf konzentriert, Fallons Brustbein nach unten zu drücken. »Sie ist so verdammt kalt.«

»Weil sie ihre Seele in die Todesebene gezerrt haben«, murmelt Ayla. »Sie ist nicht wirklich tot, aber ihr Körper ...« Sie schürzt die Lippen. »Hört nicht auf, zu versuchen, sie wiederzubeleben! Ihr Blut muss zirkulieren, sonst könnte das bleibende Schäden hinterlassen.«

Mein Unterkiefer zuckt. »Bleibende Schäden?«

»Unter anderem Hirnschäden.« Sie blickt zum Haus von Patriarch O'Neely. »Die Patriarchen könnten dort sein und diesen Zauber wirken. Aber ich bezweifle es. Sie haben geheime zeremonielle Räume für ihre Treffen, die ich bislang nicht gefunden habe.«

»Du kannst ihre Seelen nicht aufspüren?«

Sie schüttelt den Kopf. »Nicht ohne ihr Wissen.« Sie verschränkt die Arme. »Du hast meine Annäherung gespürt, weil meine Magie deine Aura berührt hat. Das würden sie auch.«

»Du meinst also, du kannst nur die verfolgen, denen es nichts ausmacht, verfolgt zu werden?« Das ist sicherlich eine Einschränkung für ein ansonsten großartiges Talent.

»Oder jemanden, der sich seiner Umgebung nicht so bewusst ist«, antwortet sie. »Zum Glück hören die meisten Leute nicht auf ihre Instinkte. Leider sind die Patriarchen paranoide Arschlöcher und gehören nicht zu den meisten Leuten.«

Ich beschließe, nicht zu fragen, ob ich als *paranoides Arschloch* eingestuft werde, da ich vorhin bemerkt habe, dass sie mir gefolgt ist, und konzentriere mich stattdessen auf das Wesentliche. »Gibt es jemanden, den du ausfindig machen könntest, der sich vielleicht gerade in der Nähe der Patriarchen befindet? Wie zum Beispiel Issy?«

Wenn die Patriarchen Fallon haben, dann haben sie vielleicht auch ...

»Was zur Hölle ist gerade passiert?«, zischt Kaspian und lenkt meinen Blick auf den Bildschirm, wo Bane und Nox über einem leeren Boden schweben. »Wo zum Teufel ist sie hin?«

Ayla tritt auf den Bildschirm zu, ihre Augen sind weit aufgerissen und entsprechen meinem eigenen Ausdruck. Dann dreht sie sich um und ihre Lippen teilen sich, als sie gen Norden schaut.

Kaspian, Nox und Bane reden alle gleichzeitig, aber Ayla ist diejenige, die meine Aufmerksamkeit hat.

Denn sie ist neben mir völlig still geworden.

»Was spürst du?«, frage ich.

»Fallon«, haucht sie, und in ihrer schwarzen Iriden flackern gefährliche Flammen, während sie sich zu mir umdreht. »Es ist Fallon.«

»Was ist mit ihr?«, fragt Kaspian durch den Bildschirm, bevor ich ein Wort sagen kann. »Wo ist sie?«

Ayla sieht ihn nicht an, ihr Blick ist immer noch auf mich gerichtet. »Sie ist zurück.« Sie blinzelt. »Fallon ist *zurück*.«

»Wie ist das möglich?«, frage ich.

»Ich weiß es nicht, aber ich spüre sie.« Sie schluckt und blickt wieder gen Norden. »Und wenn sie dort ist, wo ich sie vermute, dann werden wir Hilfe benötigen.«

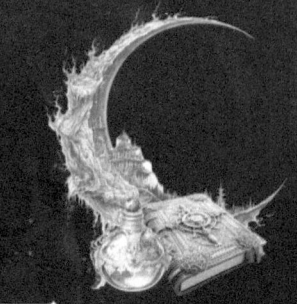

FALLON

MEIN SCHICKSAL.

Das ist es, was die Patriarchen besprechen wollen.

Was gibt euch das Recht, über mein Schicksal zu bestimmen?, möchte ich fragen, und mein Instinkt, die Frage zu stellen, ist so überwältigend, dass sich mein Mund fast von selbst bewegt.

Mehr als zwei Jahrzehnte meines Lebens habe ich alles getan, was diese Männer mir befohlen haben. Ich habe ihnen gehorsam gedient. Ich habe mich vor ihnen verbeugt. Ich habe mich für sie *verbunden*.

Und wofür? Damit sie weiterhin jeden Aspekt meines Lebens kontrollieren können? Damit sie verlangen können, dass ich sterbe, weil Klas sie enttäuscht hat?

Issy sagt seit Jahren, dass ich mich den Patriarchen widersetzen soll. Dass sie meine Schwester nicht als Grund für meinen Gehorsam benutzen dürfen.

Ich habe nicht auf sie gehört, weil sie mir mehr

bedeutet hat als alles andere auf der Welt. Sie war meine einzige Lebensgrundlage. Mein einziger Grund, zu überleben.

Aber das hat sich jetzt alles geändert.

Ich habe eine neue Aufgabe, eine, die mich in einer anderen Ebene der Existenz verankern kann.

Meine Gefährten.

Ihre Bedeutung verdrängt Issys Rolle nicht und schmälert auch nicht meine Verbindung zu meinem Zwilling. Ihre Anwesenheit *stärkt* sogar das Band zwischen meiner Schwester und mir. Vielleicht, weil meine Gefährten mir noch mehr Gründe zum Überleben geben.

Sie werden mir helfen, sie zu retten. Darüber haben wir noch nicht gesprochen. Aber ich weiß, dass ich mich auf sie verlassen kann. *Sie werden uns ein neues Zuhause geben. Einen Ort, an dem wir frei sein können.*

Das zu wissen, weckt jetzt Zuversicht in mir.

Deshalb hebe ich den Kopf vom Todesstein und starre die Kapuzenmänner um mich herum an.

Ihr wollt über mein Schicksal sprechen? Okay, lasst uns über mein Schicksal sprechen.

Sie können mich nicht hören, aber das macht nichts. Ich zeige ihnen meine Gefühle mit meinen Augen, sage ihnen mit einem Blick, dass ich nicht länger gehorchen werde.

Ich bin fertig.

Wir sind fertig.

»Vielleicht sollten wir diese Verurteilung mit einem Update über deine Zwillingsschwester beginnen«, sagt Patriarch O'Neely mit bedrohlichem Unterton in seiner königlichen Stimme. »Ich bin sicher, du hast festgestellt, dass du nicht in der Lage bist, mit ihr zu kommunizieren. Vielleicht erinnert dich das an eine frühere Erfahrung?«

Mein Kiefer zuckt und meine Augen verengen sich. *Der*

Gehorsamkeitszauber. Er hat mich von Issy abgekapselt und mich dazu gezwungen, mich ganz auf Klas und seine Wünsche zu konzentrieren.

Issy?, flüstere ich ihr zu. Es ist schon zu lange her, dass ich sie zuletzt in meinem Kopf wahrgenommen habe.

Seit sie sie benutzt haben, um mich nach meinem letzten Besuch auf der Todesebene zu verhören.

Oh, Issy, was haben sie mit dir gemacht?

Ich schwöre, ich sehe einen der Patriarchen grinsen. Oder vielleicht sehe ich es nicht, sondern spüre es nur, weil ihre Kapuzen in Schatten gehüllt sind. Ich kann nicht einmal erkennen, wer wer ist.

Und wenn einer von ihnen spricht, hallen die Worte um mich herum wider.

Ich erkenne nur den Besitzer der Stimme, nicht die Kapuze, aus der sie ertönt.

»Deine Schwester ist kürzlich ein Gefährtenband eingegangen«, fährt Patriarch O'Neely fort. »Leider war es aufgrund ihrer Kräfte schwierig, eine richtige Zeremonie durchzuführen, also musste improvisiert werden. Und, nun ja, sie ist im Moment gewissermaßen ... unpässlich.«

Ein Glucksen folgt seinen Worten, während mein Herz erstarrt.

Gefährtenband? Unpässlich?

Fuck!

Issy!

Sie antwortet nicht. Und ich kann sie überhaupt nicht spüren.

Das ist inakzeptabel. Ich habe alles getan, was diese Arschlöcher von mir verlangt haben.

Bis auf den Selbstmord, wie ich bemerke. *Sie haben gedroht, mich zu bestrafen. Aber ... aber es ist Issy, die für meinen Ungehorsam bezahlt.*

Natürlich.

Arschlöcher. Ich balle meine Finger zu Fäusten. *Ihr seid alle ein Haufen Arschlöcher.*

Und sie *lachen* immer noch. Genießen meine Qualen.

Nein, nicht nur *meine* Qualen, sondern auch Issys.

Meine unschuldige Schwester, die den Fluch einer tödlichen Stimme besitzt. Die so viel Zeit ihres Lebens in einem Raum ohne Fenster verbracht hat. Deren bloße Existenz von unserem Hexenzirkel verhöhnt und verachtet wurde.

Und doch haben sie sie mit jemandem *verbunden.*

Mit wem?, will ich fragen.

Denn wer auch immer es ist – ich werde ihn kampfunfähig machen. Vielleicht werde ich ihn sogar töten, da Ayla offenbar weiß, wie man ein erzwungenes Gefährtenband auflöst.

Das wäre vor ein paar Jahren eine nützliche Information gewesen, aber etwas sagt mir, dass sie erst kürzlich erfahren hat, wie das funktioniert. Sonst hätte sie diese Details mit Issy geteilt.

Hat sie es während der Wettbewerbe gelernt? Vielleicht kurz danach? Ich bin mir nicht sicher. Aber ich werde es herausfinden. Dann werde ich dieses Wissen nutzen, um meine Schwester zu befreien.

Denn diese Arschlöcher mit den Kapuzen werden meine Schwester und mich nicht mehr kontrollieren.

Ich bin fertig. Wir sind fertig.

Der Todesstein erwärmt sich unter mir und erinnert mich an meinen letzten Besuch auf dieser Ebene. *Meine Gefährten?*, frage ich mich und spüre ihre Anwesenheit um mich herum. *Bringen sie mich wieder zurück?*

»Fallon Doyle«, sagen die Patriarchen einstimmig; ihre Stimmen peitschen um mich herum und sichern meine

Konzentration. *»Du hast uns enttäuscht. Wir verlangen Vergeltung.«*

»Die Vergeltung wird von Ishara Doyle eingefordert«, sagt einer der Patriarchen.

Patriarch McCarthy? Ich vermute es, aber ich kenne seinen schroffen Ton nur sehr vage.

»Ja«, bestätigen die Patriarchen wieder gemeinsam. *»Ishara Doyle wird für Fallon Doyles Versagen büßen.«*

»Es sei denn, du wünschst dir ein anderes Schicksal?«, schlägt Patriarch O'Neely vor. Sein samtener Ton ist von finsterer Absicht durchdrungen. »Du könntest deiner Schwester einige Schmerzen ersparen, Fallon. Aber das erfordert deine völlige Hingabe an unsere Mission.«

Ich kneife die Augen zusammen, denn diese Rhetorik wird mir lästig.

Ich habe mich mein ganzes Leben lang ihrer Sache gewidmet, und wohin hat mich das gebracht?

In eine arrangierte Verbindung mit einem Monster.

Durch einen Gehorsamkeitszauber gefesselt.

Vergewaltigt.

Bei unzähligen Gelegenheiten lebendig begraben.

Benutzt und missbraucht.

Von meiner eigenen Magie entfremdet.

Getrennt von meinem Zwilling, sowohl geistig als auch körperlich.

Immer wieder. Und wieder. Und wieder.

Der Todesstein erwärmt sich noch stärker unter mir und scheint mit meinem wachsenden Zorn heißer zu werden.

Denn all das ist Bullshit.

Ich habe alles für diese seelenlosen Kreaturen getan, nur, um auf Schritt und Tritt niedergestreckt zu werden.

Und jetzt haben sie mir meine Schwester aufs Neue

genommen und drohen, sie für mein angebliches Versagen leiden zu lassen?

Verdammt, nein!

»Klas hat versagt, nicht ich«, sage ich, überrascht, dass ich so flüssig sprechen kann. Vielleicht erlauben sie mir, zu sprechen. Das würde auch meine Fähigkeit, mich zu bewegen, erklären. Dieses Mal haben sie es wohl nicht für nötig gehalten, mich in Ketten zu legen.

Ich stoße mich vom Todesstein ab und spüre das Gewicht auf meinen Schultern nicht mehr – die Macht, die mich anfangs gezwungen hat, mich zu beugen.

Ich bin frei.

Diese Erkenntnis beweise ich, indem ich aufstehe. Es fühlt sich gut an. Mächtig. Und *richtig*.

Die tödliche Magie um mich herum pulsiert zustimmend, die kalten Stränge wirbeln durch die Luft und kommen näher, um meine Haut zu küssen.

»*Fallon Doyle*«, ertönen die scharfen Stimmen. »*Du wirst gehorchen.*«

»Ich habe gehorcht«, erwidere ich. »Ich habe euch mein ganzes Leben lang *gehorcht*. Ich habe alles aufgegeben. Alles für die Sicherheit von Issy. Aber ihr habt diese Diskussion mit einem Update über ihr *Schicksal* begonnen.«

Ich trete vor, als noch mehr eisige Ranken um mich herumschwirren, von denen jede einzelne zu schmelzen scheint, sobald sie meine überhitzte Gestalt berührt.

Es tut nicht weh. Es fühlt sich sogar ziemlich gut an. Revitalisierend. Ein seltsames Gefühl für eine Todesebene, aber ich stelle es nicht infrage. Ich mache es mir zu *eigen*.

»Ich habe mich mit Nikolas O'Neely verbunden und ihm vier Jahre lang *gehorcht*. *Er* hat beschlossen, den König von Gold und Granat anzugreifen. *Er* hat versagt. Und ihr wolltet ihn für dieses Versagen belohnen, indem ihr meine Seele zu ihm ins Jenseits schickt.«

Ich gehe einen weiteren Schritt auf die vermummten Patriarchen zu.

»Ihr habt mir keine Chance gegeben, zu gehorchen.« Nicht, dass ich das vorgehabt hätte, aber das müssen diese Arschlöcher ja nicht wissen. »Die Todesebene hat mich verschlungen und neuen Gefährten übergeben. Und eure Antwort darauf war, meine *Schwester zu einem Gefährtenband zu zwingen*?«

Diese letzten Worte hallen durch die Luft, ähnlich wie bei den Patriarchen.

»Ihr habt mich von ihr ferngehalten. *Mal wieder.* Habt sie mit einem Gehorsamkeitszauber belegt. *Sie unterworfen. Und jetzt wollt ihr mich mit diesem Wissen herausfordern, um mich davon zu überzeugen, ein anderes Schicksal zu wählen?*«

Meine Worte werden von einem Echo begleitet und meine Stimme vibriert in einer Weise, wie ich es noch nie erlebt habe.

Die Patriarchen versuchen erneut, meinen Namen auszusprechen, und es scheint, als würde Macht um sie herum pulsieren.

Aber sie berührt mich nicht.

Ich bin zu sehr von all den eisigen Strängen umhüllt, die immer wieder auf meiner Haut schmelzen. Es ist, als hätte ich eine seltsame Art von Schild gebildet. Oder vielleicht habe ich auch nur einen *absorbiert*. Ich bin mir nicht sicher, aber ich fühle mich beschützt. Gestärkt. *Ermutigt.*

»Welche Improvisationen wurden durchgeführt?«, frage ich. »Wie wurde meine Schwester überwältigt? Wo ist sie?!«

Die letzten drei Worte schreie ich, während ein tödlicher Wind um mich herumwirbelt.

»Sagt mir, mit wem ihr sie verbunden habt! Sagt mir, wer meine Schwester in seiner Gewalt hat!«

Der Wind verwandelt sich in einen energetischen Wirbelsturm und stürzt auf die Patriarchen zu, wobei er ihnen die Kapuzen von den erschrockenen Gesichtern reißt.

Sie sehen aus wie Geister; ihre Seelen zittern unter der Wucht meines kalten Windstoßes.

Es ist seltsam, dass sie ätherischer Natur sind, während ich das Gefühl habe, einen Körper zu besitzen. Ein Blick auf meine Hände bestätigt meinen soliden Zustand.

Ich bin hier nicht nur eine Seele, ich bin *ich*.

Denn dieser Ort ist die Quelle meiner Kraft.

Diese Kraft rufe ich jetzt an. Denn ich muss sie zu meiner Zwillingsschwester lenken. Ich muss sie aus ihrem Gehorsamkeitsbann erwecken. *Sie von ihrem Schmerz erlösen.*

Die Patriarchen schreien auf, aber ich ignoriere sie, zu sehr konzentriert auf die wachsende Energie um mich herum.

Durchdringe mich und finde Issy!, befehle ich der tödlichen Magie. *Befreie sie aus ihren Fesseln! Wecke sie aus ihrem Schlummer! Gib ihr ihre Stimme zurück!*

Ich schließe die Augen und befehle der Todesebene, meinen Willen zu erfüllen. Die Manipulation der Macht erinnert mich an die Zauber, die Tote erwecken können.

Aber im Moment spiele ich nicht mit Seelen oder Leichen. Ich appelliere lediglich an das Herz meiner Gaben. Diese Ebene wird von Geistern gespeist, ihre kollektive Energie erzeugt einen Puls, der meine Existenz nährt.

Das erfordert Respekt. Ehrfurcht. *Verständnis.* Sonst wäre es ein Leichtes, mich in der Leere der Macht zu verlieren.

Zum Glück habe ich mehrere Anker, die mir helfen, mich zu konzentrieren. Die mir helfen, zu *überleben*.

Meine Gefährten.

Meine wahrhaftigen *Gefährten.*

Ich spüre, wie ihre Vitalität mich zurück in die reale Welt zieht, wie ihre Anwesenheit mich stabilisiert, während ich immer mehr Magie absorbiere. Meine Seele ist hungrig.

Mehr. Mehr. Mehr.

Geh zu Issy!

Wecke sie auf!

Mach sie wieder ganz!

Ich höre und fühle die Patriarchen nicht mehr. Sie sind eine ferne Erinnerung in meinem Geist.

Diese Ebene hat ihnen nie wirklich gehört, denke ich, und die mentale Stimme klingt wie meine eigene. Aber ich bin mir nicht sicher, woher ich diese Information habe – es ist ein fremdes Konzept.

Aber es ... es fühlt sich an, als hätte meine Magie das gerade in meinen Geist geflüstert.

Wie ist das überhaupt möglich?, frage ich mich staunend und öffne die Augen. *Wie ist irgendetwas davon möglich?*

Meine Gedanken schweifen aufs Neue ab, als ich feststelle, dass sich meine Umgebung verändert hat.

Aber ich bin nicht mehr in Island bei meinen Gefährten.

Ich befinde mich in einem dunklen Raum. Einem, der sich viel zu kalt anfühlt.

Ein Gefrierraum, stelle ich fest, als sich eine Gänsehaut auf meinen entblößten Armen bildet. *Ich bin nackt in einem Gefrierraum.*

Es ist stockdunkel, sodass es unmöglich ist, etwas zu sehen.

Aber ich weiß, dass ich hier nicht allein bin.

Denn ich kann noch jemanden atmen hören.

Der Atem ist flach und wird von einem seltsamen Piepton begleitet.

Was ist das? Langsam taste ich mich vorwärts, auf der Suche nach einer Wand oder einer Tür oder irgendetwas, an dem ich mich festhalten kann.

Piep. Piep. Piep.

Ich gehe näher an das Geräusch heran.

Piep. Piep. Piep.

Das Atemgeräusch ist lauter als es sein sollte, fast so, als würde es durch etwas verstärkt.

Piep. Piep. Piep.

Was zur Hölle ist hier los? Ich spüre immer noch die Überreste der Todesebene um mich herumwirbeln, die Macht, die meinen Geist küsst und Wärme in mir weckt.

Piep. Piep. Piep.

Ich trete näher, während ich nach einem Zauber suche, der Licht erzeugt. Vielleicht sogar Feuer.

Denn verdammt – es ist kalt hier drin.

Piep. Piep. Piep.

Ich murmle einen Satz in der alten Sprache, die Issy mir vor langer Zeit beigebracht hat.

Er erzeugt eine Lichtkugel, die in dem kleinen Raum vor mir herumschwebt.

Piep. Piep. Piep.

Es ist eine Maschine, stelle ich fest, und meine glitzernde Lichtkugel enthüllt ein pumpenähnliches Instrument, das Luft in ...

Meine Augen weiten sich angesichts des entsetzlichen Anblicks, der sich mir bietet. Die Maschine hilft jemandem beim Atmen.

Und dieser jemand ist ... »*Issy.*«

KASPIAN

»Wɪʀ ʙʀᴀᴜᴄʜᴇɴ ᴇɪɴᴇɴ Pᴏʀᴛᴀʟᴢᴀᴜʙᴇʀ«, sage ich zu Cara und ärgere mich, dass ich jetzt keinen benutzen kann, um zurück nach Reykjavik zu teleportieren. Leider muss ich fahren. Und das ist nicht die richtige Jahreszeit, um ordentlich Gas zu geben.

Verdammter Schnee!

Verdammte Magie!

Verdammtes Alles!

»Ich werde Slater über unsere üblichen Kanäle eine Nachricht zukommen lassen. Mal sehen, ob er die Anfrage beschleunigen kann«, antwortet sie. »Es sei denn, Nolan hat schon irgendwo einen gebunkert?«

»Nicht an einem leicht zugänglichen Ort«, murmle ich.

Nolan versteckt Dinge gern an hoch gelegenen Orten.

Orte, die nur diejenigen mit Flügeln erreichen können.

Normalerweise würde ich das respektieren. Aber im Moment bin ich genervt. Weil er allein in New York ist. Mit Fallon. Und es gibt nichts, was ich tun könnte, um sie zu erreichen.

»Was brauchst du noch?«, fragt Cara sachlich.

»Mindestens sechs Söldner, besser mehr, die bereit sind, sich uns in New York anzuschließen. Sie müssen erfahren sein. Und sie müssen sich gut mit Hexen und Warlocks auskennen.«

»Wird erledigt«, sagt Cara. »Ich werde Talino anrufen und nachforschen, ob seine Enkelsöhne Interesse haben. Denn wenn Eryx und Tallis so sind wie ihr Bruder Khaos, wirst du sie auf deiner Seite haben wollen.«

»Er hat dich beeindruckt?«, rate ich.

»Er hat mich *besiegt*. Zweimal«, erzählt sie. »Er wird dir in New York von Nutzen sein. Vertrau mir!«

»Das tue ich«, antworte ich. »Deshalb wirst du auch in Island bleiben und die Führung übernehmen, während ich weg bin.«

Sie wird blass. »*Wie bitte?*«

»Es ist deine Aufgabe als meine Stellvertreterin, zurückzubleiben und zu übernehmen, falls mir etwas zustößt. Du *und* Larus – ihr müsst bleiben.«

Sie knurrt. »Ich hatte keine Ahnung, dass die Zusage, deine Stellvertreterin zu sein, bedeutet, dass ich vom Spielfeld genommen werde.«

»Du bist nur dann nicht auf dem Spielfeld, wenn ich auf dem Spielfeld bin«, antworte ich. »Und ich muss nach New York. Sie ist meine Gefährtin, Cara.«

Das habe ich schon zu Beginn des Gesprächs erklärt, sehr zu ihrer Überraschung. Das kommt nicht oft vor, denn Cara hat fast so viel gesehen wie ich in dieser Welt.

Aber vier Gefährten sind schon beeindruckend.

Vor allem, wenn einer von ihnen ein alter Vampirmeister ist, wie ich es bin.

Cara räuspert sich. »Sonst noch etwas, Kas?«

Ich denke über alles nach, was wir besprochen haben,

und schüttle den Kopf. »Das ist alles für den Moment. Wir sind in fünfzehn Minuten da.«

»Ich werde dich mit Updates versorgen, wenn du ankommst«, verspricht sie und beendet das Gespräch.

Nox und Bane sitzen schweigend im Auto, ihre Besorgnis ist spürbar und rivalisiert mit meiner eigenen.

Unsere Gefährtin hat sich gerade nach New York teleportiert.

An einen Ort, an den wir in absehbarer Zeit nicht gelangen können.

Einen Ort, an dem wir sie nicht beschützen können.

Das Wissen um all das lastet schwer auf meinem Herzen und mein Magen verkrampft sich vor Angst.

Meine einzige Rettung ist die Verbindung, die zwischen mir und Fallon besteht. *Sie ist aktiv.*

Aber die Frage ist, wie lange noch?

Wir kommen, Fallon Doyle.

Und wenn wir dort eintreffen, werden wir jeden vernichten, der dir je Unrecht getan hat.

Das schwöre ich.

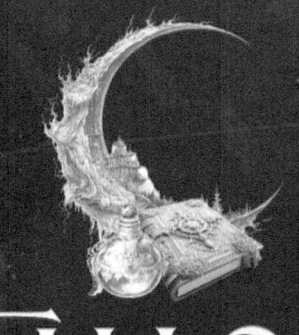

FALLON

I᷈ᴄʜ ᴡᴇɪ̈ꜱꜱ ɴɪᴄʜᴛ, wie ich hier gelandet bin. Ich habe mich noch nie teleportiert. Aber vor dieser Woche war ich auch noch nie auf der Todesebene.

Ich habe mich auch noch nie gegen die Patriarchen erhoben.

Und was sollte das mit dieser ganzen Energieabsorption?, frage ich mich. Das war definitiv neu.

Ich fühle mich gerade so unglaublich lebendig, als würde ich vor Energie nur so strotzen. Was seltsam ist, da Todesmagie normalerweise kräftezehrend ist. Normalerweise kostet es mich viel Kraft, auch nur den kleinsten Zauber auszuführen.

Aber seltsamerweise habe ich mich ohne große Anstrengung an Issys Seite teleportiert. Wenn überhaupt, fühlte sich das Ganze sehr befreiend an. Als hätte ich mich gerade von unsichtbaren Ketten befreit, die mich seit Jahren niederdrücken.

Ich rolle die Schultern zurück und bin überzeugt, dass sich alles leichter anfühlt. Einfacher. Lebendiger.

Es ist erfrischend.

Doch die Szene, die sich mir bietet, ist alles andere als das.

»Issy ...«

Ich sende eine weitere Leuchtkugel zu der Maschine, die Luft in meinen Zwilling pumpt. Sie sieht archaisch aus. Aber sie scheint meine Schwester am Leben zu halten.

Schläuche führen in ihren Mund und ihre Kehle hinunter, ein groteskes Bild, bei dem sich mein Magen umdreht. »Was haben sie mit dir gemacht?«

Es ist so falsch.

So *furchtbar*.

Ich werde sie alle vernichten, erkläre ich ihr durch unser zerrissenes Band. *Sie alle*.

Ich lege meine Hand auf ihre Brust, direkt über ihr Herz, und zucke angesichts ihrer starren Gestalt zusammen. Sie gleicht einem Eiswürfel.

»Wie lange bist du schon hier drin?«, frage ich mich, bevor ich weitere Lichtzauber ausspreche, die mehr als ein Dutzend Fackeln in dem kleinen Gefrierraum verteilen.

Noch vor wenigen Stunden hätte mich dieser Zauber erschöpft, vor allem, weil ich ihn so oft ausgesprochen habe. Aber jetzt fühle ich mich völlig normal. Diese kleinen Lichter stammen direkt von der Todesebene, ihr Funkeln erinnert mich an Sterne. Ich verteile sie um Issy herum, weil ich sehen muss, was sie angerichtet haben.

In ihrem Arm befindet sich ein intravenöser Zugang, der Plastikschlauch ist mit einem halbvollen Beutel mit Kochsalzlösung verbunden. Ansonsten scheint sie, abgesehen von der Maschine und ihrem fast gefrorenen Zustand, weitgehend unversehrt zu sein.

Sie trägt Jeans und einen Pullover, so wie sie es normalerweise tun würde. Ihre blonden Haare sind ein wenig länger als beim letzten Mal, als ich sie gesehen habe. Und sie hat in den vergangenen Jahren auch abgenommen. Obwohl sie schon immer schlanker war als ich. Ich bin die Kurvige, sie ist die Größere und Dünnere.

»Also gut«, sage ich, wobei sich mein Blick verengt. »Wie wecke ich dich auf?«

Issy ist die Meisterin der Zaubersprüche, diejenige, die alle alten Texte über Todesmagie gelesen hat. Ich habe im Laufe der Jahre viel von ihr gelernt, aber dies ist ein Moment, in dem unsere Verbindung äußerst vorteilhaft wäre, denn sie wäre diejenige, die im Moment die Antworten hätte.

Aber das wird offensichtlich nicht passieren.

Ich schürze die Lippen, meine Hand immer noch über ihrem Herzen. *Kann ich meine Energie irgendwie in sie hineinpressen?*, frage ich mich. Ich habe sie für sie absorbiert. Das war zumindest meine Absicht. *Also vielleicht ... vielleicht kann ich sie in sie hineinschieben ...?*

Ich runzle die Stirn, während ich versuche, etwas von der Energie in ihre Brust zu drücken.

Es passiert nichts.

Weißt du, es wäre wirklich prima, wenn du auf magische Weise aufwachen könntest, erkläre ich ihr durch unsere zerrüttete Verbindung. *Denn ich könnte deinen Rat hier gut gebrauchen.*

Natürlich antwortet sie nicht.

Mein Kiefer zuckt. »Es sieht dir gar nicht ähnlich, so schnell aufzugeben«, sage ich im Plauderton. »Normalerweise bist du in meinem Kopf und verlangst, dass ich kämpfe. Wie wäre es also, wenn du das Gleiche tust?«

Es ist eine Stichelei, auf die meine Schwester

normalerweise eingehen würde, aber an dieser Situation ist überhaupt nichts normal.

Die Lichter im Kühlraum werden schwächer, was mich veranlasst, noch mehr zu schaffen.

Sie flattern umher, während ich auf und ab gehe.

Ich halte nur einmal inne, um zu versuchen, die Tür zu öffnen. Es überrascht mich überhaupt nicht, dass sie verschlossen ist. *Ein Problem für später, wenn ich Issy geweckt habe*, entscheide ich.

Sie haben sie in eine Art magisch induziertes Koma versetzt, zweifellos, um sie ruhig zu halten.

Und sie ist jetzt verbunden.

»Hat dich dein *Gefährte* in einen Schlaf versetzt?«, überlege ich laut. Denn das ist definitiv etwas, was Klas getan hätte. Ein Gefrierraum ist nicht viel anders, als lebendig begraben zu werden.

Nyx hat mich im vergangenen Jahr aus einem Grab herausgezogen und dann ihre Göttinnenmagie eingesetzt, um den Gehorsamkeitszauber zu brechen.

So viel Kraft habe ich nicht.

Aber ich habe eine Menge überschüssige Energie, denke ich und spüre die kalte Essenz der Todesebene über meine Haut kriechen. Es geht noch immer um Seelen und eine Macht, die in spirftueller Energie wurzelt.

Und Issy verweilt an der Schwelle zum Tode. Die Maschine hält sie buchstäblich am Leben, ihr Herz hat sich wahrscheinlich auf einen gefährlichen Wert verlangsamt.

Ich prüfe ihren Puls, um mich zu vergewissern, und mein Kiefer wird hart.

Das ist verdammt grausam.

Den Patriarchen fehlt es an Menschlichkeit, ihr Ziel ist es, alles und jeden um sie herum zu kontrollieren, koste es, was es wolle. Das hier ist nicht anders.

Sie haben Issy benutzt, um mich zu kontrollieren, und als das nicht mehr funktionierte, haben sie sie in dieses eiskalte Koma versetzt.

Ich *hasse* sie. Sie haben schon zu lange die Herrschaft über mich.

Aber jetzt nicht mehr.

Ich empfinde jetzt eine neue Loyalität, eine Loyalität zu mir selbst. *Und meinen Gefährten gegenüber.*

Bei den Sternen, sie müssen jetzt so verwirrt sein. Ich wünschte, wir wären telepathisch verbunden wie meine Schwester und ich, aber das sind wir nicht.

Aber ich kann sie in meiner Brust spüren, unsere Bande pulsieren vor Leben.

Und vor Macht, stelle ich verdutzt fest. *Hat das mit der Todesebene zu tun oder mit etwas ganz anderem?*

Ich kann ihre Seelen spüren, zumindest die drei, mit denen ich mich offiziell verbunden habe. Nur Nolan fehlt, doch seine Essenz verweilt in der Nähe meiner eigenen, fast so, als würde sein Geist um den meinen kreisen.

Es ist ein seltsames Gefühl, meine Seelenverwandtschaft auf diese Weise zu spüren, aber es ist auch eine zweite Natur. Denn Seelen sind die Wurzel meiner Macht.

Wo ist deine Seele? Ich schaue Issy an und mein Blick verengt sich. *Wo haben die Patriarchen dich hingesteckt?*

Ich gehe zurück zu dem Metalltisch, auf dem sie liegt, und lege meine beiden Hände auf ihren Oberkörper, in die Nähe ihres Herzens.

Wo bist du?, frage ich und schließe die Augen. *Du kannst nicht weit weg sein ...*

Die Todesebene erscheint erneut um mich herum, aber jetzt ist sie anders, weniger kalt. Und dieses Mal sind da keine vermummten Gestalten. Kein Todesstein, vor dem ich mich verbeugen muss. Nur eine weitläufige, unheimliche Landschaft mit einer Reihe von felsigen Grabsteinen, die mich an einen Friedhof erinnern.

In der Luft schweben weitere Schwaden der Macht, die einem frostigen Nebel ähneln.

Ich schlendere über den Friedhof und achte auf die Namen an den einzelnen Gräbern.

Viele von ihnen sind mir aus der Vergangenheit bekannt – Hexen, die alle gestorben sind.

Einige wenige zeigen jedoch noch lebende Hexen. *Zukünftige Grabstätten?*, frage ich mich. *Habe ich auch eine?*

Nach dem, was Issy mir erzählt hat, tragen unsere Seelen zur Magie auf dieser Ebene bei. Sowohl wenn wir leben, als auch dann, wenn wir tot sind. Vielleicht ist das die Verbindung?

Ich wandere über den morbiden Friedhof und lese jeden Namen, an dem ich vorbeikomme. Die Grabsteine sind alle in tadellosem Zustand, die Oberflächen glatt und offenbar frisch graviert.

Es ist fast unheimlich, wie perfekt die Abstände zwischen den einzelnen Steinen sind. Die ganze Szenerie ist wie aus dem Bilderbuch ... bis sie es nicht mehr ist.

Vor mir befindet sich eine deutliche Abweichung. Eine rissige Oberfläche. Eine, die mich mit Interesse erfüllt und anlockt.

Amala, steht auf dem Grabstein. Der Nachname ist wegen des rissigen Marmors nicht zu entziffern.

Ich runzle die Stirn.

Ich bin Amala nie begegnet, aber ich habe von der Hexe im Exil gehört. Die Patriarchen haben kurz vor meiner Zwangsverbindung mit Klas ein Exempel an ihr statuiert. Offenbar hat sie sich geweigert, ihre Befehle zu befolgen. Aber anstatt sie zu töten, haben sie sie verbannt.

Und ihren Stein zerbrochen? Aber warum?

Ich suche weiter, dieses Mal nach Issys Namen und nach weiteren Rissen in der perfekten Fassade. Es ist alles instinktiv. Ich muss Issys Seele finden, und etwas hat mich hierhergezogen. Vielleicht meine Kraft. Oder vielleicht sogar sie.

Wo bist du?

Meine nackten Füße huschen über den kühlen Boden, die eisigen Ranken der Macht flüstern bei jedem Schritt um mich herum.

Ich absorbiere immer noch Energie, fast so, als wäre mein Geist ausgehungert und bräuchte jedes bisschen Vitalität, das er aufnehmen kann. Entweder das – oder meine Seele braucht die Todesmagie, um diese Ebene zu überleben. Aber hier zu sein, fühlt sich zu natürlich an, als dass meine Anwesenheit eine Bedrohung darstellen könnte. Wenn überhaupt, dann belebt mich der Kuss des Todes.

Kalter Nebel kräuselt sich um meine Fingerspitzen, gleitet meine nackten Arme hinauf und wirbelt um meinen Hals.

Ich lasse mich von ihm leiten, während ich nach Issys Namen suche, ihn aber nirgends finde. *Hat sie keinen Grabstein?*

Nein. Sie muss einen haben.

Ihre Seele ist hier irgendwo.

Ich kann sie spüren. Sie ist meine andere Hälfte. Mein Zwilling.

Wo bist du?, frage ich erneut und meine Augen verengen sich beim Anblick des riesigen Friedhofs. *Welche Stätte ist deine?*

Die Minuten scheinen wie im Flug zu vergehen, während ich nach Issy suche. Aus diesen Minuten könnten

Stunden werden. Ich bin mir nicht sicher. Die Zeit ist seltsam hier.

Ich kann spüren, wie meine Gefährten an meinem Herzen zerren. Ihr ständiges Ziehen erinnert mich daran, dass ich noch am Leben bin. Immer noch *zu ihnen* gehöre.

Ich fasse an meine Brust und frage mich, ob mein Körper wirklich zusammen mit meiner Seele hier ist. Es ist seltsam. Dies ist kein Reich oder eine andere Welt, sondern eher ein Zustand der Existenz. Ein Ort, an den nur eine Seele gehen können sollte. Und doch laufe ich hier herum.

Können die Patriarchen das auch?

Bei jeder unserer Begegnungen hier waren sie vermummt und unbeweglich. Völlig regungslos. Nur unheimliche, widerhallende Stimmen.

Ich denke an ihren ätherischen Zustand von vorhin und verziehe das Gesicht. Sie wirkten tatsächlich geisterhaft, wie Erscheinungen, die in diese Ebene projiziert wurden.

Weil sie hier nicht wirklich existieren können? Auf keinem der Grabsteine stehen die Namen von Warlocks. Nur Hexen. *Dürfen sich Männer hier nicht aufhalten?*

Wenn das der Fall ist – wie greift das Patriarchat dann auf die Magie hier zu? *Indem sie sie von ihren Gefährtinnen abzapfen? So wie Klas es mit mir gemacht hat?*

Ich erschaudere, denn die Erkenntnis trifft mich wie ein Schlag ins Gesicht.

Genau das tun sie.

Wie habe ich es dann geschafft, mich zu befreien? Wie habe ich die Fesseln gebrochen ...?

Meine Gedanken schweifen ab, als ein weiterer beschädigter Grabstein auftaucht. Ich gehe schnell darauf zu, neugierig auf die Identität, die mit dem Grab verbunden ist, und erschrecke, als ich lese: *Fallon.* Der Riss durch meinen Nachnamen ist enorm.

Ganz anders als der Grabstein neben meinem.

Issy Doyle.

Ich betrachte ihn lange und vergleiche meine Grabstätte mit Issys.

Warum ist mein Stein zerbrochen, während ihrer unversehrt ist?

Ich fahre mit den Fingern über den zerklüfteten Marmor, dann zeichne ich die glatten Konturen von Issys Grabstätte nach.

Sie ist hier. Ich kann sie unter der Oberfläche spüren. Nicht unbedingt im Boden begraben. Aber ... *gefangen.*

Ich schaue verwirrt drein. *Wie kann ich dich befreien?*

Ich werfe wieder einen Blick auf mein Grab, dann auf meine feste Gestalt. *Besteht hier ein Zusammenhang? Habe ich mich aus meinem Grab befreit?*

Wie symbolträchtig das doch wäre. Vor über einem Jahr hat mich eine Göttin aus der Erde geholt und meinen Gehorsamkeitsbann gebrochen. Hat das meinen Grabstein beschädigt? Oder ist das eine neuere Entwicklung?

Ich habe keine Zeit, das zu erörtern.

Ich muss Issys Grabstein zerbrechen und herausfinden, ob sie dadurch befreit wird.

Die Frage ist nur, wie?

Ich umkreise unsere Gräber und versuche, mir einen Spruch auszudenken, der den Stein zerbrechen könnte. *Aber ich habe keinen Zauber gesprochen, um meinen eigenen Grabstein zu beschädigen.*

Vielleicht hat Nyx das getan, als sie den Gehorsamkeitsbann zerstört hat.

Ich knie auf meine Grabstätte.

Hat Nyx das getan? Oder ich?

Denn ich bezweifle, dass Nyx Amalas Stein zerbrochen

hat. Amala wurde lange vor der Ankunft der Göttin Nyx verbannt.

Also hat Amala wahrscheinlich ihren eigenen Grabstein zerbrochen. *Und vielleicht haben die Patriarchen sie tatsächlich deshalb verbannt.*

Sie hat rebelliert.

Wie ich auch.

Ich betrachte die Nebelschwaden, die meine Hände umkreisen und auf meiner Haut schmelzen. Das begann, als ich beschloss, mich nicht mehr den Wünschen der Patriarchen zu beugen. Es ist, als hätte ich mich aus ihrer Umklammerung befreit und begonnen, Kraft zu absorbieren, um meine leeren Reserven aufzufüllen.

Ursprünglich wollte ich sie an Issy weitergeben. Aber das ist nicht geschehen. Meine Seele hat Magie eingeatmet und meine innere Kraft genährt.

Deshalb waren die wiederholten Lichtzauber so einfach. Deshalb konnte ich hierher zurückkreisen.

Ich konnte die Energie nicht in Issys physische Form pressen, aber vielleicht ...

Vielleicht kann ich sie in ihr Grab schieben.

Nicht unbedingt in den Boden, der aus Fels zu bestehen scheint, sondern in ihren *Stein.*

Er ist wie der Todesstein, über den ich mich immer wieder gebeugt habe. Aber er ist eiskalt. Obwohl ich annehme, dass meiner anfangs auch so kalt war und sich erst durch mich erwärmte.

Als ich mich wehrte. Heißt das, dass sich Issy zur Wehr setzen muss? Um ihren eigenen Stein zu brechen? Oder habe ich die Macht, sie zu befreien?

Es gibt wirklich nur einen Weg, das herauszufinden.

Ich knie vor ihrem Namen nieder und lege meine Handflächen auf die harte Oberfläche. Dann schließe ich die Augen und rufe jede Faser meines rebellischen Strebens zutage.

Ich denke an meine jahrelangen Qualen. An jede Aufopferung. An jedes falsche Versprechen des Patriarchats. An ihre Unterdrückung. Daran, wie sie meinen Zwilling als Pfand benutzt haben. An meine Verbindung mit Klas. Und diesen verdammten Gehorsamkeitszauber. Die Dinge, zu denen mich mein *Gefährte* gezwungen hat. Das Gefühl, von Issy abgeschnitten zu sein.

Ihr vegetativer Zustand in der Kühlkammer …

Ich habe *alles* getan, um sie zu beschützen. Und es war nicht genug. Aber ich verstehe jetzt, dass nichts jemals genug für die Patriarchen gewesen wäre. Sie wollen die absolute Kontrolle über jeden Aspekt unseres Lebens.

Und ich weigere mich, ihnen die zu geben.

Ich weigere mich, ihnen auch nur einen Tropfen von mir zu geben.

Diese Macht ist *mein* Geburtsrecht. Nicht ihres. *Meine* Ebene. Nicht ihre. *Mein* Leben. Nicht ihres.

Energie umgibt mich und erzeugt eine kühle Brise, die meine warme Haut streichelt. Sie erdet mich und gibt mir das Gefühl, ganz zu sein. Und sie erinnert mich daran, dass ich nicht allein bin.

Meine Gefährten sind hier, staune ich. *Nicht körperlich. Nicht einmal spirituell. Aber sie sind in mir. Sie halten mich zusammen. Sie beschützen mich vor allem anderen.*

Es ist ein bizarres Gefühl, das mich in diesem Moment verankert und mir die nötige Konzentration gibt, um diese Fülle an Kraft in Issys Grabstein zu stoßen.

In der Ferne höre ich Rufe. Männliche Stimmen. *Sprechchöre.* Aber ich ignoriere sie, meine Aufmerksamkeit gilt Issy. Und meinen *Gefährten*. Sie tun etwas, um mich zu beschützen, denn meine Verbindung zu ihnen scheint meine Verbindung zu den Patriarchen aufgelöst zu haben.

Habe ich mich auf diese Weise gewehrt?, frage ich mich. *Haben sie mir geholfen, eine Verbindung zu lösen, von der ich nicht wusste, dass sie existiert?*

Ich zwinge dem Stein mehr Kraft auf und schließe die Augen, als ein unheilvolles Echo um mich herum ertönt.

Die Worte entstammen der alten Sprache, die männlichen Stimmen erinnern an das Patriarchat.

Sie versuchen, mich aufzuhalten.

Aber das können sie nicht.

Dies ist jetzt *meine* Ebene.

Meine Macht. Meine Welt. *Mein Recht.*

Ich schreie, als ein Schwall von Vitalität aus mir herausschießt, gefolgt von einem ohrenbetäubenden Knall.

Es ist nicht genug, denke ich mir. *Mehr. Mehr. Mehr.*

Ich wiederhole den Vorgang, dieses Mal ist er noch schmerzhafter, aber notwendig. *So unglaublich notwendig.*

Noch einmal.

Ein weiterer scharfer Impuls verlässt meinen Geist, gefolgt von einem donnernden Grollen. Die männlichen Gesänge klingen jetzt dringlich. Ich ignoriere sie und drücke alles, was ich habe, in den Grabstein.

Meine Brust schmerzt von der Anstrengung, meine Kehle ist rau von meinen Schreien, meine Glieder sind schwach von der Kraft, die ich gerade ausgestoßen habe.

Aber ich tue es erneut, stoße noch mehr Energie in ihren Stein.

Dann wird alles still. Die Gesänge. Meine Atmung. Das Geräusch von knirschenden Steinbrocken.

Nichts.

Ich seufze und lasse die Arme an die Seiten fallen.

Issy?, flüstere ich, meine mentale Stimme ist müde. *Issy, bist du da?*

Die Stille, die folgt, bringt mich dazu, meine Hände zu Fäusten zu ballen.

Issy.

Ich warte einen Moment.

Issy!

Es fühlte sich zu richtig an, um falsch zu sein. *Wenn sie nicht hier ist, wo ist sie dann?* Ich öffne die Augen und konzentriere mich auf ihren zerbrochenen Grabstein.

Meine Bemühungen haben funktioniert.

Warum antwortet Issy dann nicht?

Ich schlucke und lehne mich langsam zurück, mein Körper ist erschöpft von all dem, was ich gerade geleistet habe. Aber der kalte Nebel umgibt mich bereits wieder und der kühle Kuss der Macht ist eine willkommene Überraschung auf meiner klammen Haut.

Vielleicht muss ich es erneut versuchen. Meine mentale Stimme ist so müde, wie ich mich fühle. *Vielleicht brauche ich nur ein wenig ...*

Der Gedanke kommt zum Stillstand, als ich die ganze Szene vor mir betrachte.

Moment mal ...

Ich blinzle über den verwüsteten Friedhof. Ich habe nicht nur Issys Grabstein zerbrochen, sondern ... *alle* Grabsteine um mich herum. Vielleicht sogar noch mehr.

Jeder Stein in Sichtweite ist zerbrochen. Ein Riss ziert nun den Nachnamen jeder Hexe.

Bei den Sternen ...

Ich stehe auf wackeligen Beinen auf und bewege mich vorwärts.

Sie alle sind zerstört, staune ich. *Ich ... ich habe sie alle ruiniert.*

Ich gehe weiter, vorbei an Dutzenden von gesplitterten Steinen.

Was hat das zu bedeuten? Bin ich das Ganze falsch angegangen?

Wahrscheinlich, antwortet eine Stimme, die müde klingt. *Es kommt darauf an, was du getan hast.*

Ich erstarre. *Issy?*

Mhmm, brummt sie.

Ich drehe mich um und suche nach ihr. *Wo bist du, Issy?*

Nicht sicher. Es ist ... kalt ...

Meine Augen weiten sich. *Der Gefrierraum.*

Wie komme ich dahin zurück? Ich drehe mich um, als könnte ich eine Tür finden. Ein lächerliches Unterfangen.

Nein. Ich muss mich wie beim letzten Mal konzentrieren und danach verlangen, Issy zu sehen.

Wenn es nur so einfach wäre, murmle ich vor mich hin, während ich die Augen schließe. *Aber nichts ist jemals einfach.*

Trotzdem versuche ich es. Ich konzentriere mich darauf, Issy zu finden, sage meiner Seele, dass sie zu ihr gehen soll, und warte ab, ob mir meine Magie dabei hilft.

Als das nicht der Fall ist, seufze ich und öffne meine Augen wieder, in der Erwartung, den Friedhof zu sehen. Aber das tue ich nicht. Ich bin wieder in Dunkelheit gehüllt.

Sofort werfe ich eine Lichtkugel und sehe Issy auf dem Metalltisch liegen. *Du bist immer noch bewusstlos.*

Ach ja? Sie klingt verwirrt. *Ich bin in meinem Zimmer.*

Nein, du bist in einem Gefrierraum. Ich sehe dich direkt vor mir.

Sie schweigt für einen langen Moment. *Ich wusste, dass etwas nicht stimmt, als meine Bücher immer nur leere Seiten anzeigten.*

Was?

Ach, nichts. Das ist nicht so wichtig. Aber du musst mir helfen, aufzuwachen.

Was glaubst du, was ich hier zu tun versucht habe?, erwidere ich. *Sag mir, wie ich dich aufwecken kann!*

Du hättest wirklich mehr Bücher lesen sollen, als wir jünger waren, antwortet sie, bissig wie immer. *Sie sind sehr nützlich.*

Wozu benötige ich Zauberbücher, wenn ich eine allwissende Schwester habe?

Ich bin nicht allwissend, nur sehr belesen.

Ich will gerade etwas erwidern, als mich ein metallisches Klirren in Türnähe erstarren lässt. *Jemand kommt.*

Was?

Sie schließen die Tür auf. Issy, ich ... ich brauche ...

Sprich mir nach!, sagt sie und es folgt eine Reihe alter Worte.

Ich wiederhole sie sofort und führe ihre Anweisungen aus, während ich die Geräusche an der Tür ignoriere. Glücklicherweise scheinen sie eine Menge Schlösser zu öffnen zu haben.

Gerade, als mir das letzte Wort über die Lippen kommt, geht das Licht an und blendet mich kurzzeitig.

»Ich dachte mir schon, dass ich dich hier drin finden würde.« Daithi O'Neelys Stimme umschlingt mich wie eine gefährliche Schlange, giftig und begierig darauf, zuzubeißen.

Bevor ich etwas erwidern kann, spricht er bereits einen Zauberspruch, der mir buchstäblich die Luft aus der Lunge raubt.

»Du warst eine sehr böse kleine Hexe, Fallon Doyle«, sagt er an meinem Ohr. »Es wird mir Spaß machen, zu sehen, was sie mit dir machen.«

Mein Mund bewegt sich lautlos und mein Körper fühlt sich plötzlich unglaublich schwach an.

Schwächer als auf der Todesebene nach meiner Machtexplosion.

Schwach ... als bekäme ich nicht genug Sauerstoff, um richtig zu atmen.

Denn das tue ich nicht, wie ich feststelle. *Meine Lunge funktioniert überhaupt nicht.*

Was auch immer er gerade getan hat – es hat meinen Körper zum Stillstand gebracht.

Ich ähnle dem Tod.

Ich zucke.

Und er lächelt breit.

»Keine Sorge«, murmelt er. »Du wirst in ein paar Minuten wieder aufwachen. Dann wirst du das alles noch einmal erleben, bis ich den Bann aufhebe. Vielleicht helfen dir ein paar Tage, deine Manieren wiederzuerlernen, hm?«

Meine Finger sehnen sich danach, sich zu krümmen, zu meiner Kehle zu wandern und zu verlangen, dass ich atme.

Aber ich bewege mich überhaupt nicht.

Er hat mich in eine Art gefrorenen Leichnam verwandelt.

Ich stehe. Aber ich kann den Boden nicht spüren. Ich fühle nichts anderes als das Brennen in meiner Brust, das mich anfleht, einzuatmen.

Aber ich tue es nicht.

Schwarze Flecken tanzen durch meine verschwommene Sicht.

Das ist schlimmer, als lebendig begraben zu sein ...

»Wenigstens versteht meine Gefährtin Gehorsam«, fährt er fort und richtet seinen Blick auf Issy. »Sie ist eine so hübsche gefrorene kleine Puppe, nicht wahr?« Er geht auf sie zu. »Ich habe die Erlaubnis bekommen, sie diese Woche ein wenig aufzuwärmen.« Er sieht mich wieder an. »Du weißt schon, um ein bisschen Spaß zu haben.«

Mein Magen dreht sich bei der Andeutung in seinen Worten um. *Du wirst sie nicht anfassen*, möchte ich ihm entgegnen. Aber ich kann ihn kaum noch sehen.

Er gluckst, vielleicht wegen meiner Qualen oder wegen des Gedankens, was er mit meiner Schwester anstellen will. So oder so – er ist ein Monster.

Genau wie die Patriarchen.

Wenn ich aufwache, denke ich und meine Sicht wird stockdunkel, *werde ich …*

Der Wind peitscht durch die Luft und erinnert mich an die Todesebene. Aber es ist ein anderes Gefühl. Eine andere Art von Macht.

Daithi knurrt. *»Du.«*

»Ich«, sagt eine vertraute Stimme.

Ayla? Ich kann ihren Namen kaum denken, die Welt um mich herum verschwindet.

Issy schreit etwas in meinem Kopf.

Dann trifft mich ein Energiestoß mitten ins Herz und mein Körper fliegt rückwärts durch die Luft.

Ich blinzle, verwirrt von dem stechenden Schmerz, der mich umgibt, und erleichtert darüber, dass ich wieder atmen kann. Ich huste und würge und greife nach nichts, während ich durch Zeit und Raum segle.

Was geschieht mit mir? Langsam kehrt mein Sehvermögen zurück. *Warum fühle ich mich, als würde ich fallen?*

Meine Beine und Arme erwachen im selben Moment zum Leben, meine Gliedmaßen wirbeln um mich herum, während ich versuche, nach etwas zu greifen, an dem ich mich festhalten kann.

Fallon!, schreit meine Schwester.

Ich versuche, sie zu entdecken, aber alles, was ich sehe, ist Glas. Und einen Nachthimmel.

Was ...?

Ich blinzle wieder.

Und dann schreie ich auf, als ich erkenne, dass das Glas eine Fensterwand ist. An einem Gebäude. Einem *sehr hohen* Gebäude. An dem ich vorbeizufliegen scheine.

Nicht fliegen. Fallen.

Ich schaue nach unten und sehe, wie sich der Boden schnell nähert.

O Scheiße!

Ich flattere mit Armen und Beinen, als ich versuche, mich wieder an die Todesebene zu klammern, weil ich mich teleportieren muss, um etwas zu tun. Aber die Zeit reicht nicht!

Konzentriere dich!, rede ich mir ein. *Konzentriere dich und ...*

Ich knalle gegen einen harten Gegenstand, der Aufprall lässt meinen Kopf rotieren. *War es das? Bin ich gerade auf dem Boden aufgeschlagen?*

Ein Sturz aus dieser Höhe sollte mich umbringen.

Der Geruch von minzigem Aftershave kitzelt meine Nase, während das Geräusch schlagender Flügel an meine Ohren dringt.

Bin ich tot?

Denn ich könnte schwören, dass ich von einem Engel gehalten werde.

»Ich bin da, Fallon«, sagt eine tiefe Stimme. »Ich werde dich immer auffangen, wenn du fällst.«

NOLAN

Ein paar Minuten zuvor

»Wo ist sie?«, fragt Kaspian, während er durch das Portal tritt. »Wo ist Fallon?«

Ich schüttle den Kopf. »Ayla hat es bislang nicht geschafft, sich mit ihrer Aura zu verbinden.« Zudem sind schon Stunden vergangen, seit sie sie zuletzt spüren konnte.

»Sie scheint einfach verschwunden zu sein«, sagte Ayla, als es das erste Mal passierte. »Ich verstehe das nicht. Sie war hier und jetzt ist sie weg.«

Wir standen auf einem Dach und beobachteten eine der O'Neely-Residenzen, als sie die Verbindung zum ersten Mal verlor. Es war kein Haus des führenden Patriarchen, sondern das eines anderen hochrangigen Mitglieds seines Familienclans. *Daithi O'Neely*, so nannte Ayla ihn.

»Aber sie war dort«, fügte Ayla hinzu. »Da bin ich mir sicher. Aber jetzt ist sie … nicht mehr da.«

»Was ist mit Issy?«, fragte ich.

Ayla schüttelte nur den Kopf. »Nein. Ich kann Issy seit Tagen nicht aufspüren. Ich bin mir nicht sicher, was sie mit ihr gemacht haben, aber ihre Aura ist … unauffindbar.«

Ich hatte mir fest vorgenommen, einzubrechen und mir Fallon zu schnappen, aber ich hielt inne, als Ayla ihre Aura verlor. Wir mussten das Überraschungsmoment bewahren. Und wenn ich in das Haus der O'Neelys eindränge, würde das alles zunichtemachen.

»Es lohnt sich nur, unsere Hand zu zeigen, wenn wir wissen, dass Fallon dort ist«, sagte ich vorhin zu Kaspian, nachdem ich ihn über unsere Erkenntnisse informiert hatte. »Aber Ayla kann sie nicht mehr spüren. Ich will sie nicht auf meine Anwesenheit aufmerksam machen, solange ich nicht weiß, dass ich Fallon retten kann.«

Kaspian war mit meinem Plan einverstanden und erklärte, dass er bald mit Verstärkung eintreffen würde.

Mit hochgezogenen Augenbrauen beobachte ich nun, wie diese Verstärkung durch das Portal tritt.

»Ich bin überrascht, dass Cara und Larus nicht verlangt haben, mitzukommen«, kommentiere ich und verschränke die Arme vor der Brust.

»Sie sind meine Stellvertreter. Wenn mir etwas zustößt, müssen sie in Island als König und Königin von Gold und Granat fungieren«, antwortet er.

»Ich bin sicher, die Rede hat ihnen gefallen«, murmle ich.

Nox schnaubt, als er sich zu uns gesellt. »Cara hat gesagt, dass sie nicht zugestimmt hat, seine Stellvertreterin zu sein, wenn sie außen vor gelassen wird, sobald etwas *Lustiges* passiert.«

Bane schwingt eines seiner Messer durch die Luft, seine dunklen Augen blitzen gefährlich auf. »Wie gehen wir das an?«, fragt er ohne Umschweife, als sich das Portal hinter den letzten Söldnern schließt.

Wir sind wieder in Manhattan, und zwar auf dem Dach des verlassenen Gebäudes, das Ayla zu bevorzugen scheint. Ich habe erfahren, warum, als ich Amala traf – die Hexe, die Ayla beigebracht hat, wie man die Magie einer erzwungenen Verbindung bricht. Offenbar hat die exilierte Hexe die oberen Stockwerke und das Dach dieses Gebäudes mit einem Abwehrzauber belegt, sodass die meisten übernatürlichen Wesen dieses Gebiet meiden.

»Irgendwo muss ich ja leben«, erklärte Amala achselzuckend. »Und das wird sicher nicht in Staten Island sein.«

Sie steht jetzt neben Ayla, ihre lilafarbenen Haare wehen in der Brise, die mit der Höhe zugenommen hat. Wie Ayla scheint auch sie sich nicht an dem mehr als fünfzig Stockwerke hohen Gebäude zu stören.

Ein Gefühl, das die Söldner, die Kaspian mitgebracht hat, nicht zu teilen scheinen.

Okay, der Greif-Gott-Hybrid scheint sich wohlzufühlen. Die anderen eher weniger.

Nox und Bane wirken entspannt. Und Kaspian kommt mir hauptsächlich ungeduldig vor.

Das Gefühl kann ich verstehen.

Ich stehe seit Stunden herum und warte darauf, dass Ayla Fallons Aura wieder aufgreift, während ich gleichzeitig hoffe, dass sie es irgendwie zurück nach Island geschafft hat.

Aber leider weiß niemand, wo sie ist.

Und in Staten Island braut sich etwas zusammen. Ayla meinte, sie könne spüren, wie die Macht durch ihren Hexenzirkel schwappt. Das macht sie unruhig.

Selbst Amala war empfänglich für diese Veränderung, und das, obwohl sie verbannt wurde.

»Die Patriarchen führen etwas im Schilde«, sagt Ayla und streicht mit den Händen an ihren Armen auf und ab, als wäre ihr kalt. »Ich weiß nicht, was, aber ich kann es spüren. Etwas Großes ist im Gange.«

Und deshalb müssen wir schnell handeln.

Ayla holt eine Karte von Staten Island hervor – eine, die sie mithilfe von Magie in die Luft projiziert. Wir haben sie bereits farblich angepasst, um die verschiedenen Häuser der Patriarchen zu zeigen. Ich zeige auf jedes Haus, um den Namen des jeweiligen Clans zu nennen und auch um zu verdeutlichen, wo Fallons Aura zuletzt zu spüren war.

»Wer ist dieser Daithi O'Neely?«, wirft Kaspian ein. »Warum sollte er Fallon haben?«

»Er hat sich auf Gehorsamkeitszauber spezialisiert«, antwortet Ayla. »Warum er Fallon haben sollte, weiß ich nicht genau. Aber etwas hat ihre Aura in sein Haus gelockt.«

»Und wir sind sicher, dass sie nicht mehr dort ist?«, erkundigt sich Kaspian – eine Frage, die nicht nur er, sondern auch Nox, Bane und ich schon mehrmals gestellt haben. Denn wir alle sind begierig darauf, unsere Gefährtin aufzuspüren.

»Ihre Aura ist nicht in seinem Haus«, erklärt Ayla. »Die einzigen Verbindungen zu ihrer Aura, die ich im Moment wahrnehme, haften an euch vieren.«

Kaspian mustert sie kurz und nickt, bevor er mich ansieht. »Fahr fort!«

»Ayla und Amala glauben, dass die Patriarchen Fallon auf der Todesebene gefangen halten«, erkläre ich. »Sie vermuten, dass Issy auch dort ist.«

»Und Dutzende anderer Hexen«, murmelt Amala und ihre grünen Augen funkeln. »Die Patriarchen benutzen unsere Seelen, um ihre eigene Magie zu verstärken. Sie sind verdammte Blutsauger. Und sie erledigen das alles auf der Todesebene.«

Ich nicke. »Die Theorie hat also durchaus ihre Berechtigung. Deshalb stimme ich mit Aylas Empfehlung zum weiteren Vorgehen überein – wir müssen die Patriarchen ausschalten. Wenn wir das tun, unterbrechen wir ihren magischen Einfluss, und das sollte es Fallon ermöglichen, zu uns zurückzukommen.«

»Oder es fesselt sie auf unbestimmte Zeit dort«, sagt Bane und legt die Stirn in Falten. Er sieht Ayla an. »Wir konnten sie zurückholen, als wir ihren Körper hatten. Aber vorhin hat sie überhaupt nicht auf uns reagiert. Und ohne ihren Körper können wir nicht einmal versuchen, das zu wiederholen, was beim ersten Mal funktioniert hat.«

»Ich glaube, sie haben etwas getan, um eure Fähigkeit, sie wiederzubeleben, zu unterdrücken.« Ayla klingt nicht sehr zuversichtlich, aber es ist eine Theorie, der ich zustimmte, als sie sie mir gegenüber erwähnte. »Wenn wir die Patriarchen außer Gefecht setzen, sollte das auch den Zauberspruch deaktivieren.«

»Aber wir wissen immer noch nicht, wo ihr Körper ist«, gibt Bane zu bedenken.

»Der könnte in Daithis Haus sein.« Ayla hebt eine Schulter. »Ich weiß nur, dass ihre Aura – ihre *Seele* – nicht dort ist. Aber es ist möglich, dass wir ihren Körper finden werden.«

Nox' Augenbrauen heben sich. »Wenn das stimmt, dann hat sie vermutlich katastrophalen Schaden erlitten, weil wir nicht zur Stelle waren, um sie am Leben zu erhalten. Du hast doch gesagt, dass wir die Herzdruckmassage fortsetzen sollen ...«

Ayla schüttelt den Kopf. »Wenn die Patriarchen ihren Körper haben, dann halten sie ihn am Leben. Sie würden nicht wollen, dass sich ihr Zustand zu rapide verschlechtert, weil sie sie andernfalls nicht länger gebrauchen könnten.«

»Sie hat recht«, stimmt Amala zu. »Sie brauchen Fallon unversehrt. Sie ist zu jung und zu mächtig, als dass sie sie verkommen lassen könnten.«

Ich weiß das alles bereits, weil wir kurz nach dem Verschwinden von Fallons Seele eine ähnliche Diskussion hatten. Ich wollte zwar meine Tarnung nicht vorzeitig auffliegen lassen, aber ich konnte auch nicht erlauben, dass Fallons Körper zu verwesen beginnt.

Aber Ayla und Amala überzeugten mich, dass dies der richtige Weg ist.

»Wir müssen also die Patriarchen ausschalten«, wiederhole ich, um auf den Plan zurückzukommen. »Wir wissen nicht, wo sie sind, nur, wo sie leben. Und Ayla glaubt, dass sie möglicherweise auch geheime Treffpunkte in der Stadt haben. Aber ich denke, wir sollten damit beginnen, ihre Häuser zu zerstören und ihren Clans den offenen Krieg zu erklären.«

Kaspian nickt. »Ich habe bereits mit einigen anderen Verbündeten des Hauses über dieses Thema gesprochen. Sie wissen, dass der Ausgestoßenenzirkel uns zuerst angegriffen hat. Nicht, dass das wirklich wichtig wäre – dies ist immer noch das Niemandsland und somit Freiwild –, aber ich wollte, dass sie alle informiert sind.«

»Kanzlerin Ward weiß ebenfalls Bescheid?«, rate ich.

»Das tut sie«, bestätigt Kaspian. »Sie ist weder dafür noch dagegen. Sie verhält sich neutral.«

Wenn man bedenkt, dass sie erst vor Kurzem aus diesem Höllenloch geflohen ist, wundert mich das nicht. Sie will wahrscheinlich nichts mit den Problemen der übernatürlichen Syndikate zu tun haben.

»Also gut, ich nehme an, wir wollen alle Häuser gleichzeitig angreifen, um sie zu überrumpeln?«, schlägt Nox vor.

»Ja. Das ist die Grundidee.« Ich schaue mich in der Gruppe um. Kaspian hat acht Söldner mitgebracht, die alle mehr als qualifiziert für diese Mission sind. »Wir sind zu vierzehnt, also gehen wir in Zweiergruppen.« Ich sehe die Phantome an. »Ich schlage vor, ihr teilt euch auf. Wenn wir uns alle vier an verschiedene Orte begeben, haben wir eine größere Chance, Fallon zu finden.«

Nox und Bane neigen bestätigend ihr Kinn.

»Ich werde mich mit Khaos zusammenschließen«, sagt Kaspian.

Der Gestaltwandler-Gott-Hybrid hebt eine Braue. »Bist du sicher?«

»Du hast Cara in einem Kampf besiegt. *Zweimal.* Ich bin mir sicher.« Kaspian teilt die Gruppe auf und bringt mich mit einem von Khaos' Brüdern zusammen. Ich habe noch nicht viel Zeit mit den drei Hybriden aus Talinos Gebiet in Finnland verbracht, aber ich kenne ihre beeindruckende Söldnerlaufbahn. Also stimme ich der Kombination zu.

»Also gut, wir ...«

Kaspians Worte werden von Aylas Keuchen unterbrochen. Ihre Knie geben plötzlich nach und sie bricht zusammen. Amala fängt sie auf, doch dann versagen ihre eigenen Beine und beide Frauen gehen zu Boden.

Ich stürze zur selben Zeit wie Bane und Nox nach vorn, aber wir alle drei stoßen auf eine Art unsichtbare Barriere. Eine, die eiskalt ist und mir eine Gänsehaut beschert.

»Was zum Teufel ist das?«, fragt Nox.

Ich schüttle den Kopf.

Bane runzelt nur die Stirn. »Es ...« Er beendet seine Aussage nicht, sondern zieht die Stirn in Falten, während er in der Luft herumstochert.

Kaspian macht einen ähnlichen Gesichtsausdruck wie Bane. »Es riecht nach Fallon.«

»Was?« Meine Nasenflügel weiten sich schlagartig. »Ich rieche nur New York City.«

Zwei der Wandler-Söldner schnauben angesichts meiner Bemerkung, verhalten sich aber ansonsten ruhig.

Bane und Kaspian scheinen jedoch von dem, was sie um die Hexen herum wahrnehmen, fasziniert zu sein. Nox schließt sich ihrer Faszination im nächsten Moment an und neigt den Kopf zur Seite. »Es fühlt sich an ... wie sie.«

»Das tut es«, antwortet Bane. »Aber ich verstehe nicht, warum.«

Mein Herz zieht sich etwas zusammen, weil ich mich in diesem Moment minderwertig fühle. Schließlich fehlt mir als Einzigem eine echte Verbindung zu unserer Gefährtin. Ich hatte noch keine Gelegenheit, mich mit Fallon so zu vereinen, wie ich es mir gewünscht hätte. Sie weiß wahrscheinlich nicht einmal, dass ich unser Schicksal akzeptieren will.

Ayla keucht erneut und setzt sich abrupt auf. Amala folgt ihr und die beiden Frauen tauschen einen alarmierten Blick aus. »Hat das ...?« Ayla verstummt.

»Ja«, bestätigt Amala.

»*Alle?*«

Amala nickt, ihr Gesicht ist etwas blass. »So fühlt es sich an, ja.«

»Alle was?«, fragt Kaspian. »Was ist gerade passiert?«

»Fallon ist passiert.« Ayla stößt sich vom Boden ab, ihre

Glieder zittern merklich. »Ich weiß nicht, wie sie es gemacht hat. Aber sie ... sie hat uns alle befreit.«

Ich lege die Stirn in Falten. »Befreit?«

»Aus der Gewalt der Patriarchen«, erklärt Ayla, die ihren Blick in die Ferne richtet. Ich versuche, herauszufinden, was ihre Aufmerksamkeit hat, aber ich sehe nichts als Dächer. »Sie hat soeben die Kontrolle über alle Frauen des Ausgestoßenenzirkels gebrochen.«

Meine Augenbrauen schießen in die Höhe. »Was? Wie?« Sie hat bereits gesagt, dass sie nicht weiß, wie, aber die Fragen kommen automatisch. Denn das ... *ist unglaublich beeindruckend.*

»Was tust du da?«, fragt Kaspian und sein Blick wird schmal, als Ayla einen Zauber in der Luft zu wirken beginnt.

»Ich suche nach Fallon«, antwortet Ayla. »Sie ist zurück.«

Aus einem Impuls heraus entfalten sich meine Flügel. »*Wo?*«

»Am selben Ort«, sagt Ayla.

Ich mache mich auf den Weg zum Sims, bereit, zu Daithi O'Neelys Haus in Staten Island zu fliegen.

Aber Ayla hält mich auf, indem sie hinzufügt: »Ich schaffe ein Portal, das direkt zu ihr führen wird.«

»Du weißt genau, wo sie ist?«

Ayla nickt. »Ja. Und es ist ein Ort, an dem ich schon einmal gewesen bin.«

»Warum hast du das dann nicht schon eher getan?«, frage ich. Als sie Fallon vorhin spürte, konnte sie uns nicht näher als bis zu den Dächern bringen.

»Weil ich mir nicht sicher war, wo sie ist.« Sie sieht mich an. »Und ich war unschlüssig, ob ich Daithis Schutzbarrieren durchbrechen kann.«

Ich blicke skeptisch drein. »Und jetzt bist du zuversichtlicher?«

Sie nickt. »Das bin ich. Weil ich *frei* bin.«

Amala gluckst, was meine Aufmerksamkeit auf sie lenkt.

»Im Gebiet des Ausgestoßenenzirkels wird bald die Hölle losbrechen«, sinniert sie. »Die Hölle selbst kann nicht wüten wie eine verschmähte Frau und so. Und wir sprechen hier von einer ganzen Horde von Frauen.«

»Ich verstehe nicht, was los ist«, sagt Khaos, seine Worte scheinen für einen seiner Brüder bestimmt zu sein.

»Das Patriarchat hält die Frauen unseres Zirkels seit Jahren an einer magischen Leine und zwingt uns, eine Verbindung mit einem Mann ihrer Wahl einzugehen – alles im Namen der Macht und der Herrschaft der Männer über uns«, erklärt Ayla. »Sie haben *unsere* magischen Geburtsrechte benutzt, um sich selbst zu ermächtigen.«

»Wie?«, fragt Khaos. »Wie haben sie es geschafft, euch zu unterwerfen, wenn ihr aufgrund eurer Geburtsrechte mächtiger seid?«

»Indem sie die Kontrolle über die mächtigsten Mitglieder des Hexenzirkels übernommen haben. Und zwar direkt bei deren Geburt«, antwortet Amala. »Mitglieder wie Fallon und Ishara Doyle.«

»Wenn man in einer Welt aufgewachsen ist, die einen als schwach bezeichnet, die einem sagt, dass man gehorchen muss, die einem einredet, dass man nur als Objekt für die Ehe mit einem überlegenen Mann von Wert ist, dann glaubt man das«, fügt Ayla hinzu. »Aber es scheint, dass Fallon aufgewacht ist, weil ihr etwas geholfen hat.«

»*Jemand*«, korrigiert Amala, deren grüne Augen über Nox, Bane, Kaspian und dann mich tanzen. »Ihre

Verbindung zu euch hat ihr eine neue Perspektive gegeben. Auch wenn sie den Grund dafür vielleicht nicht kennt.«

»Ihr Wunsch, ihre Schwester zu retten, wird auch ein Motivationsfaktor gewesen sein«, murmelt Ayla und ihre Augen schließen sich. »Ich bin fast fertig.«

Dieses Portal scheint viel mehr Zeit in Anspruch zu nehmen als die anderen. Ich vermute, das hängt mit den von ihr erwähnten *Schutzbarrieren* zusammen.

»Wenn ich diese Tür öffne, gibt es kein Zurück mehr. Sie werden wissen, dass ich involviert bin. Aber etwas sagt mir, dass ich die geringste ihrer Sorgen sein werde«, sagt Ayla mit einem Lächeln in der Stimme. »Sobald die anderen merken, dass sie frei sind ...«

»Wird Blut fließen«, beendet Amala ihren Satz. »Endlich, verdammt noch mal!«

»Bereit?«, fragt Ayla schließlich und lässt ihren Blick über das Dach schweifen. »Das Portal wird sich zu einem kleinen Gefrierraum hin öffnen, aber ich weiß nicht, was uns dahinter erwartet. Ich weiß nur, dass Issy und Fallon dort sind.«

Ich starre sie an. »Warte – du kannst Issy ebenfalls spüren?«

Sie nickt. »Was auch immer Fallon getan hat, um uns alle zu befreien, hat auch Issy befreit. Sie sind zusammen.«

»In einem Gefrierraum«, knurrt Kaspian. »Habe ich das richtig gehört?«

Ayla räuspert sich. »Das hast du. Das ist ... eins von Daithis Lieblingsfoltergeräten.«

Meine Augen verengen sich, aber es ist Nox, der sagt: »Dieser *Daithi* muss sterben.«

Bane wirbelt ein paar Messer in seinen Händen herum, während ich eine meiner Pistolen ziehe. »Das wird er«, sagen wir gleichzeitig.

»Öffnet das Portal!«, füge ich hinzu. »Wir sind mehr als bereit.«

Die Söldner hinter mir geben allesamt zustimmende Laute von sich, und die Geräusche von Waffen, die entsichert werden, durchdringen die Luft.

Möge der Krieg beginnen!

Ayla hält kurzzeitig inne, um ihre Schultern zu straffen. Dann nickt sie und murmelt ein paar Worte in einer Sprache, die ich noch nie gehört habe.

Eine Sekunde später öffnet sich die Tür und gibt den Blick frei auf eine Szene, die mein Blut erst heiß und dann kalt werden lässt.

Fallon ist nackt.

Ihr Gesicht färbt sich blau.

Und ein Mann *gluckst*. Dieses Geräusch erstirbt jedoch schnell, als er Aylas Portalkreation sieht.

»*Du*«, knurrt er.

»*Ich*«, erwidert sie und schwarzes Feuer tanzt über ihre Arme.

Ich nehme an, dass dieser braunhaarige Mann Daithi ist, und ziele schnell auf seinen Kopf. Aber er wehrt meine Kugel mit einem Zauber ab; seine haselnussbraunen Augen glitzern vor Kraft.

Ayla versucht, ihn mit einer Feuerkugel zu treffen. Er lenkt sie zur Seite hin ab und wirkt dann einen Zauber, der Fallon vom Boden aufhebt. Ich erstarre.

In seinem Blick liegt ein wahnsinniges Funkeln, das Eis durch meine Adern schießt. *Dieser Mann ist nicht zurechnungsfähig.*

Energie strömt aus seinen Fingerspitzen – Energie, die direkt auf Fallon übergeht, als er sie mit einer Kraft durch die Portaltür schleudert, die die Zeit um mich herum stillstehen lässt.

»Fallon!«, schreit Kaspian, als ihr Körper über das Dach segelt und der Zauber sie direkt über die Kante befördert.

Meine Flügel entfalten sich, als ich losstürme; mein Herz rast in meiner Brust.

Sie bewegt sich so unglaublich schnell ... zu schnell. *Sie fliegt zu schnell!*

Ich stürze mich vom Dach, fest entschlossen, sie aufzufangen. Sie zu retten.

Das darf nicht passieren.

Ein Fall aus dieser Höhe wird sie auf der Stelle töten. Davon wird sie sich nicht mehr erholen.

Wir haben uns noch nicht einmal verbunden, möchte ich ihr zurufen. *Wage es nicht, jetzt zu sterben, Fallon!*

Ich höre Nox' und Banes Schreie und auch die Geräusche eines Kampfes.

Aber ich konzentriere mich nur auf Fallon.

Schneller!, befehle ich meinen Flügeln. *Wir müssen uns beeilen.*

Die Luft peitscht an meinem Gesicht vorbei, während ich mich an meine Grenzen bringe. Den nahenden Boden unter mir ignoriere ich.

Fallon schlägt mit Armen und Beinen um sich, als sie begreift, was passiert, und die Bewegung scheint etwas von dem Zauber zu zerstreuen, der sie umgibt.

Es ist, als würde sie sich selbst ausbremsen.

Unmöglich, denke ich. Aber irgendwie schafft sie es. *Magie?*

Was auch immer es ist, ich bin dankbar dafür. Denn das gibt mir den entscheidenden Vorteil, um mich unter sie zu begeben.

Und sie aufzufangen.

Sie prallt gegen mich und ihr Kopf fällt auf meine

Schulter. Ich schlage mit den Flügeln und bewahre uns beide vor dem Aufprall.

Und seufze, als sie sich an mich lehnt.

»Ich bin da, Fallon«, sage ich, meine Lippen nahe an ihrem Ohr. Dann vergrabe ich mein Gesicht in ihren Haaren und schwöre: »Ich werde dich immer auffangen, wenn du fällst.«

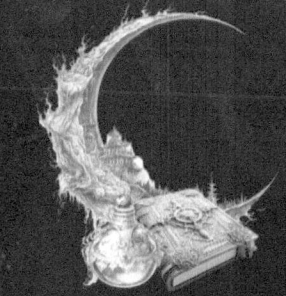

FALLON

Fallon!, schreit Issy in meinem Kopf. *Fallon!*

Issy?, flüstere ich benommen zurück. In der einen Minute war ich am Ersticken.

Und in der nächsten ...

Ich blinzle. Ich fliege. Mit einem Engel.

Den Sternen sei Dank!, meint Issy erleichtert. *Ich habe versucht, ihm Zeit zu verschaffen, dich zu erwischen, indem ich Daithis Aufprallzauber gekontert habe. Aber ich hatte Angst ... Ich hatte Angst, nicht schnell genug zu sein.*

Ich runzele die Stirn angesichts der Besorgnis in der Stimme meiner Schwester.

Er hat mich benutzt, um dir wehzutun, fährt sie fort. *Er hat mich mit einem Gehorsamkeitszauber belegt und eingefroren. Er hat unsere mentale Verbindung infiltriert, damit die Patriarchen durch mich mit dir reden können. Er hat sich gegen meinen Willen mit mir verbunden.*

Jetzt klingt sie wütend.

Er. Wird. Sterben. Diese drei Worte ähneln Geschossen in meinem Kopf.

Warte, Issy ...

Nein. Kein Warten. Er. Wird. Sterben!

Aber wir wissen nicht, wie das erzwungene Band ...

Ein verhängnisvoller Knall hallt durch die Luft und erschüttert mich in den Armen meines Engels. Erschrocken und verwirrt schaue ich mich um und stelle fest, dass Nolan auf mich herabstarrt, während wir weiter durch die Lüfte schweben.

»Geht es dir gut?«, fragt er mit einer Stimme, wie ich sie noch nie gehört habe.

Ich blinzle und mein Herz klopft in meiner Brust.

Geht es mir gut?

»Ich lebe«, sage ich und runzle zaghaft die Stirn. »Und dieses Mal hat niemand auf mich geschossen.« Der Spruch kommt ganz natürlich über meine Lippen. Vor allem, weil ich das Thema immer dann erwähne, wenn Nolan in der Nähe ist.

Seine Lippen zucken. »Der Tag ist noch jung, süßer Vogel.«

Ich kneife die Augen zusammen und es juckt mich, ihn abermals aufzuziehen. Aber eine zweite magische Explosion lässt meinen Blick nach oben wandern.

Issy?

Sie antwortet nicht.

»Meine Schwester ...« Ich verstumme, als Nolan in Richtung der Kampfgeräusche fliegt. Als wir ein Dach erreichen, hält er inne und gewährt mir einen Blick auf die Szene vor uns.

Eine willkürliche Tür öffnet sich zu dem Gefrierraum, in dem ich eben noch war.

Davor stehen meine drei Gefährten und einige andere Männer, die ich nicht erkenne.

»*Fallon*«, sagt Kaspian mit großer Erleichterung. Meine

beiden Phantome scheinen dieses Gefühl zu teilen, denn sie stürmen auf mich zu.

Doch sie halten inne, als Ayla über die Türschwelle springt, ihre Lederjacke mit schwarzen Flammen überzogen.

Eine weitere Frau folgt ihr und die Tür schließt sich langsam.

»Nein!«, schreie ich. »Issy ...«

Ayla sieht scharf zu mir auf. »Issy hat ihre Stimme zurück.«

»Was?«, frage ich verständnislos.

»Das Gefährtenband ist gebrochen«, sagt die andere Frau. »Issy kann *sprechen*.«

Immer noch verwirrt blicke ich zwischen den beiden hin und her. »Es ist nicht das *Gefährtenband*, das Issy stumm gemacht hat. Sie ist ... Sie spricht nicht, weil ...«

»Weil ihre Stimme tötet«, ergänzt Ayla. »Also lass sie *töten!*«

Issy?, rufe ich. *Sprich mit mir, Issy!*

Ich bin gerade etwas beschäftigt, Schwesterherz, stößt sie hervor.

Nolan landet schließlich auf dem Dach und hilft mir auf die Beine, aber bevor ich zur Tür stürmen kann, packt er mich und wickelt mich in seine Lederjacke ein.

Ich runzle die Stirn und merke erst dann, dass ich die ganze Zeit über nackt war.

»Äh, danke«, sage ich.

Er küsst meine Schläfe. »Dank mir nie dafür, dass ich mich um dich kümmere, Fallon!«

Ich schaue ihn an, erschrocken über diese fürsorgliche Seite. »Und doch hast du erwartet, dass ich dir dafür danke, dass du mich nicht umgebracht hast?«

Er lächelt. »Weil es meine Absicht war, dich zu töten,

kleiner Vogel.« Er neigt den Kopf. »Aber das Schicksal hat mich nicht gewähren lassen. Zumindest wissen wir jetzt, warum.«

»Warte ...« Ich drehe mich ganz zu ihm um. »Du *wolltest* mich umbringen?«

»Wollte ich.«

Ich ziehe eine Braue hoch. »Du hast also versehentlich danebengeschossen?«

»Ja.«

»Das heißt, du hast mir nicht absichtlich in die Schulter geschossen, aber du hast die vergangenen Monate damit verbracht, darauf zu bestehen, dass du mich nicht töten wolltest.« Ich verschränke die Arme und kneife die Augen zusammen. »Warum?«

»Weil ich dir nicht noch mehr Anlass geben wollte, mich zu hassen.«

»Und trotzdem sagst du jetzt die Wahrheit?«

Er zuckt mit den Schultern. »Kaspian hat ein Problem mit Lügen. Wenn wir alle in einem Gefährtenkreis sein wollen, muss ich die Wahrheit sagen.«

»Du erwartest, dass ich unsere Verbindung akzeptiere, nachdem du zugegeben hast, versucht zu haben, mich zu töten?«

»Ja«, antwortet er schlicht.

Ich starre ihn an. »*Ernsthaft?*«

»Ja«, wiederholt er.

Ich bin so verblüfft, dass ich gar nicht weiß, was ich dazu sagen soll. *Er hat einfach ... Er hat einfach ... und ich ...*

»Willst du wissen, warum ich das erwarte?«, fragt er und tritt näher an mich heran.

Wider besseres Wissen ertappe ich mich dabei, zu nicken.

Er streicht eine Haarsträhne hinter mein Ohr, dann

beugt er sich herunter und flüstert: »Weil ich der Gefährte bin, der sich nie zurückhalten wird. Der, auf den du dich verlassen kannst, dass er dir die Wahrheit sagt, egal, wie sehr es dich ärgert. Der dich auch dann antreibt, wenn du nicht angetrieben werden willst. Der, der dafür sorgt, dass du auf alles vorbereitet bist, was das Leben für dich bereithält.«

Ich schlucke, unsicher, ob mir das alles gefällt. Aber darauf will er wohl in gewisser Weise hinaus.

»Ich werde auch derjenige sein, der dich mit allem beschützt, was ich bin. Derjenige, der bereit ist, alles zu tun, was nötig ist, um deine Sicherheit und dein Glück zu gewährleisten. Und derjenige, der bis in alle Ewigkeit versuchen wird, dir zu beweisen, dass ich es wert bin. Denn ich weiß, dass ich seit unserer ersten Begegnung alles verbockt habe.«

Er legt seine Handfläche um meinen Nacken und seine mehrfarbigen Augen funkeln, als er sich entfernt, um meinen Blick zu erwidern.

»Vielleicht liege ich völlig falsch und du weist mich zurück. Aber auch dann werde ich dir treu bleiben. Denn, Fallon – ich will dich seit jenem Moment, in dem du aufgewacht bist und mir die Hölle dafür heiß gemacht hast, auf dich geschossen zu haben.« Er drückt seine Stirn an meine. »Es wird nie eine andere für mich geben. Nur dich.«

Ich bin so schockiert, dass ich nicht weiß, was ich darauf antworten soll.

»Und schließlich«, murmelt er und seine Stimme ist kaum laut genug, dass ich sie im Wind hören kann, »werde ich derjenige sein, der dich ablenkt, wenn du es am meisten brauchst.« Seine Lippen streifen über meine. »Zum Beispiel jetzt.«

Er lässt mich los, bevor ich etwas sagen kann, und dreht

mich in dem Moment vorsichtig um, in dem meine Schwester durch eine Portaltür tritt.

»Issy!« Wir rennen aufeinander zu.

Im nächsten Atemzug schlinge ich meine Arme um ihren Hals und klammere mich an meine Schwester, als hinge mein Leben davon ab. *Du bist okay. Du bist hier. Und du bist okay.*

Sie wiederholt den Gedanken, während wir die Jahre wiedergutmachen, in denen wir uns nicht umarmen konnten.

»Sie sind alle tot«, höre ich Ayla sagen. Wahrscheinlich umarme ich meine Schwester nun schon seit einigen Minuten. Aber ich konnte nicht aufhören. »Einschließlich Daithi und einigen anderen.«

»Wegen ihrer Stimme?«, fragt Kaspian leise und seine Worte jagen mir einen Schauer über den Rücken.

»Ja«, bestätigt Ayla.

O nein ... er weiß Bescheid.

Natürlich weiß er Bescheid, antwortet meine Schwester. *Wie es sich für deinen Gefährten gehört, Fallon.*

Aber er ist auch der König von Gold und Granat. Er ... er ...

Er was?, kontert sie. *Wird er mich in einen Keller sperren, wie es unser Vater es getan hat? Mich umbringen? Was glaubst du, was er tun wird?*

Ich weiche zurück und sehe die Irritation in ihrem Gesicht. *Warum verhältst du dich so?*

Weil du mich wieder mal an erste Stelle setzt und nicht dich selbst. Sie wölbt eine blonde Braue. *Ich kann auf mich selbst aufpassen, Fallon.*

Fast hätte ich sie darauf hingewiesen, dass ich sie in einem Gefrierraum gefunden habe und sie von der Todesebene befreien musste. Aber im nächsten Moment verändert sich ihr Gesichtsausdruck.

Danke, dass du meine Seele befreit hast, sagt sie. Offensichtlich hatte sie den gleichen Gedanken. *Aber du musst lernen, dich selbst in den Mittelpunkt zu stellen. Das Schicksal hat dir gerade vier verdammt gute Gefährten zum Spielen gegeben, und du zweifelst an ihnen, weil du dir Sorgen um mich machst.*

Sie wirft einen demonstrativen Blick auf die fraglichen Männer.

Ich weiß, dass er ein Hauskönig ist. Aber indem er sich mit dir verbunden hat, bist du zur Hauskönigin geworden. Und wenn es eine wichtige Lektion gibt, die wir aus den heutigen Ereignissen lernen können, dann die, dass man die Macht einer Gefährtin niemals unterschätzen sollte.

Ich drehe mich um, folge ihrem Blick und stelle fest, dass alle vier meiner Gefährten zusammenstehen und mich und Issy mit Interesse beobachten.

Nicht mit Angst oder Abscheu oder auch nur einem Hauch von Besorgnis.

Nur ... mit Interesse.

Hast du ...? Ich schlucke. *Möchtest du sie kennenlernen?*

Ob ich die sexy Männer kennenlernen will, die das Schicksal für meine Zwillingsschwester ausgesucht hat? Sie schnaubt. *Bei den Sternen – natürlich!*

Meine Lippen kräuseln sich. *Du hingst gerade noch an einem Beatmungsgerät in einer Kühlkammer. Und jetzt bist du ...*

Ich bin ...?, fragt sie.

Du bist du, antworte ich einfach. *Optimistisch. Glücklich.*

Lebendig, fügt sie hinzu. *Nicht mehr mit patriarchischen Arschlöchern verbunden.*

Arschlöchern?, wiederhole ich und sehe sie stirnrunzelnd an. *Plural?*

Sie brummt bestätigend. *Vier insgesamt. Und Daithi.* Sie

zittert. *Sie haben meine Kooperation gebraucht, und ich ... Nun, es hat eine Menge von ihnen erfordert, um das möglich zu machen.*

Ich sehe sie mit großen Augen an. *Sie haben dich mit fünf Männern zwangsverbunden?*

Das haben sie. Sie legt den Kopf schief. *Aber jetzt sind sie alle tot und meine Seele ist wieder frei.*

Wie kannst du nur so ... unbekümmert sein?

Sie zuckt mit den Schultern. *Wenn ich in der Vergangenheit verweile, werde ich nie frei sein.* Sie sieht mich an und ihre silbernen Augen glitzern. *Wir müssen uns auf die Zukunft konzentrieren, Fallon. Nimm die Gaben an, die das Schicksal uns geschenkt hat! Und dazu gehört auch, dass du deine Gefährten akzeptierst.*

Ich habe sie akzeptiert.

Du hast damit angefangen, aber ich kenne dich, Schwesterherz. Du vertraust nicht so schnell. Wie auch immer ... Sie richtet den Blick zurück auf meine Gefährten. *Diese Männer haben dein Vertrauen verdient. Sie sind hier, nicht wahr? Um dich zu retten?*

Der Ausgestoßenenzirkel hat mit Klas' Entsendung Gold und Granat angegriffen. Kaspian hat darauf reagieren müssen, antworte ich. Ich weiß, wie Politik in dieser Welt funktioniert.

Das mag stimmen, aber er hat dieses Dach nicht verlassen, seit er hier ist. Du bist sein Hauptanliegen.

Ich denke einen Moment darüber nach. *Woher weißt du, dass er die ganze Zeit über hier war?*

Weil ich Dinge weiß, Fallon, sagt sie, und ihre Augen funkeln, als sie mich wieder ansieht. *Ich weiß eine Menge. Auch die Tatsache, dass du mich gerade hinhältst.* Sie verschränkt die Arme vor Brust. *Jetzt hör auf, mich zu verstecken, und stell mich deinen Gefährten vor! Lass sie dir beweisen, wie tolerant sie sein können!*

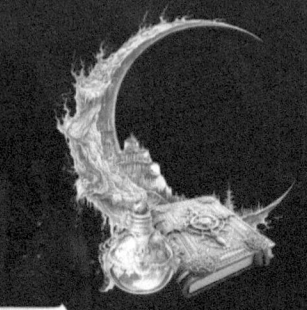

FALLON

»FINNLAND?«, wiederhole ich und lasse meinen Blick zwischen Ayla und Issy hin- und her schweifen. »Ihr wollt nach Finnland ziehen?«

»König Kaspian hat gesagt, dass wir im Gebiet von Gold und Granat leben können, wo immer wir wollen.« Ayla zuckt mit den Schultern. »Dann hat Khaos eine interessante Gelegenheit in Lappland erwähnt. Offenbar können sie jemanden mit meinen Fähigkeiten als Fährtenleserin gebrauchen.«

Meine Fähigkeiten scheinen sie auch nicht sonderlich einzuschüchtern, fügt Issy in Gedanken hinzu. *Wahrscheinlich, weil die drei Brüder, die das Gebiet regieren, ein gottähnliches Erbe haben.*

»Das Land passt gut zu uns«, fügt Ayla hinzu. »Und wenn nicht, dann kommen wir einfach wieder zurück.«

Issy nickt. *Island ist wunderschön. Auch wenn wir in*

Finnland bleiben, werden wir zurückkommen und dich besuchen. Oft.

Ich schlucke, weil ich nicht weiß, was ich davon halten soll. Ich habe meine Familie eben erst zurückbekommen. Und jetzt ...

Jetzt wollen die beiden nach Finnland ziehen.

Wir sind nicht mehr deine einzige Familie, Fallon, flüstert Issy, die wahrscheinlich meine Gedanken kennt.

Nun, technisch gesehen seid ihr das, sage ich. *Du hast unseren Dad getötet ...* Und das, nachdem er unsere Mutter getötet hatte. Ich habe nichts davon mitbekommen, aber anscheinend hat sie versucht, ihn zu bekämpfen, nachdem ich alle besessenen Seelen auf der Todesebene befreit hatte.

Leider gewann unser Vater den Kampf.

Aber Issy sorgte dafür, dass er den Krieg verlor.

Mit nur ein paar geflüsterten Worten, die sie mir nicht verraten wollte. Und ich werde nie danach fragen.

Seine Grausamkeit mir gegenüber war nichts im Vergleich zu dem Schmerz und dem Elend, die er Issy zugefügt hat. Sie verdiente das Recht, seine Henkerin zu sein.

Verdammt, sie verdiente das Recht, das gesamte Patriarchat zu töten.

Aber sie hatte Hilfe von anderen wütenden Hexen.

Der Ausgestoßenenzirkel wird jetzt offiziell überarbeitet, ein neues Matriarchat soll an die Stelle des Patriarchats treten.

Ayla will damit nichts zu tun haben und nahm stattdessen das Angebot von Kaspian an, sich Gold und Granat anzuschließen.

Er stellte Amala – die Hexe, die ich neulich auf dem Dach nicht sofort erkannt habe – vor die gleiche Wahl, aber sie entschied sich, in New York zu bleiben. Offenbar genießt sie ihr Exil. Sie versprach jedoch, sich zu melden, falls sie ihre Meinung ändern sollte.

Ich bezweifle, dass wir jemals wieder von ihr hören werden, vor allem, da der Ausgestoßenenzirkel seine Werte neu ausrichtet und sein inneres politisches System umstrukturiert.

Aber ich weiß es zu schätzen, dass Kaspian ihr die Wahl lässt. Genauso wie ich es schätze, dass er Ayla und meiner Schwester Zuflucht gewährt.

Er zuckte nicht einmal mit der Wimper, als ich ihn nach Issy fragte.

»Sie gehört zu deiner Familie«, antwortete er. »Natürlich ist sie hier willkommen. Und Ayla auch.«

Nox, Bane und Nolan nickten alle zustimmend.

Dann hielten sie eine kleine Zeremonie ab, um Issy und Ayla im Gebiet willkommen zu heißen, und überreichten beiden ein goldenes Amulett, das mit einem einzelnen Granatstein verziert ist.

Es war ein Ritual, von dem ich nichts wusste – eine Tatsache, die Kaspian überraschte, als ich sie erwähnte. Aber seitdem hat er sich nicht mehr dazu geäußert.

»Okay, ähm, wann brecht ihr auf?«, frage ich Ayla und Issy.

Ayla hebt eine Schulter. »Vielleicht in ein paar Tagen. Khaos hat mir kein genaues Datum genannt, aber eine Unterkunft für uns organisiert und gesagt, dass wir in Ruhe umziehen können.«

»Das war nett von ihm«, bestätige ich.

Sie nickt. »Ich bin mir ziemlich sicher, dass er mich dafür arbeiten lassen wird. Aber zumindest werde ich Spaß an der Arbeit haben.« Bei diesen Worten lächelt sie Issy an.

Möglicherweise habe ich einen Weg gefunden, ihr zu helfen,

Auren effektiver zu verfolgen. Issys silberne Iriden glänzen vor Stolz. *Du weißt schon, ohne entdeckt zu werden.*

Ach ja? Ich schaue zwischen den beiden hin und her. *Das ist beeindruckend.*

Ich weiß.

Bescheiden wie immer, wie ich sehe, necke ich sie.

Ihr Gesichtsausdruck bringt mich zum Lachen, gerade als Nox und Bane den Raum betreten.

Sie halten beide inne.

»Oh. Ist das ein schlechter Zeitpunkt?«, fragt Nox.

»Ich habe doch gesagt, dass du anklopfen sollst«, murmelt Bane.

»Aber es ist jetzt auch mehr oder weniger unser Zimmer«, antwortet Nox leise – und eindeutig an Bane gerichtet. Aber wir können ihn alle sehr gut hören.

»Wir lassen euch in Ruhe«, sagt Ayla und wirft Issy mit ihren schwarzen Augen einen wissenden Blick zu.

Mm-hmm, brummt mein Zwilling. *Viel Spaß beim Spielen mit deinen Phantomen.*

Fast korrigiere ich sie und sage, dass sie nicht mir gehören – eine Antwort, die ich im vergangenen Jahr oft gegeben habe, wenn sie mich deswegen aufgezogen hat.

Stattdessen antworte ich: *Werde ich haben.*

Sie lächelt und ihre weichen Gesichtszüge verraten Fröhlichkeit. Dann zwinkert sie meinen Phantomen zu und führt Ayla aus dem Raum.

Bane und Nox sehen einander an.

»Tut uns leid, wir wussten nicht, dass sie hier sind«, sagt Nox.

Ich streichle seine Wange. »Ihr müsst euch nicht entschuldigen. Ich weiß, wie sehr ihr es genießt, in mein Zimmer zu kommen und mich in Phantomform auszuspionieren.« Es ist ein altbekannter Seitenhieb aus unserer Anfangszeit und meine Lippen kräuseln sich vor Belustigung.

»Ich *bin* ein Voyeur«, antwortet er.

»Ich weiß.« Ich hebe mich auf die Zehenspitzen, um ihn zu küssen. »Du bist *mein* Voyeur.«

Er schlingt seinen Arm um meinen Rücken, seine andere Hand liegt an meinem Hals. »Das bin ich, Glühwürmchen. Das bin ich.« Er küsst mich innig und seine Zunge beherrscht die meine mit Leichtigkeit.

Es spielt keine Rolle, wie neu dieses Band ist; Nox verschlingt mich mit dem Wissen mehrerer Leben. Seine erfahrenen Berührungen geben mir das Gefühl, als wären wir schon seit Hunderten Jahren zusammen.

Bane gesellt sich zu uns, indem er seinen Oberkörper an meinen Rücken drückt und mit seinen Lippen über meinen Hals streicht.

Es ist ein geübter Zug, der aufs Neue beweist, wie perfekt diese Männer für mich sind.

Meine Phantome, staune ich, verloren in ihrer Umarmung.

Sie lassen mich alles und jeden vergessen. Deshalb merke ich auch erst, dass wir Besuch haben, als sich jemand räuspert.

Ich drehe mich um und sehe, dass Kaspian und Nolan uns mit hungrigen Blicken beobachten.

Ersteres habe ich erwartet – Kaspian ist immer hungrig.

Aber Nolan überrascht mich. In den vergangenen Tagen war er untypisch höflich. Auch fürsorglich. Es ist ein wenig seltsam, diese Seite von ihm zu sehen. Nolan ist sonst immer so hart und ernst.

»Als ich euch beiden gesagt habe, dass ihr Fallon bei den Vorbereitungen helfen sollt, habe ich gemeint, dass ihr sie über die Zeremonie informieren und nicht bereits mit der Afterparty beginnen sollt«, brummt Kaspian.

»Zeremonie?«, fragte ich, während Nox Kaspian anlächelt.

»Ja.« Der König von Gold und Granat tritt vor. Seine Kleidung ist so formell wie immer – ein dreiteiliger Anzug. Ganz in Schwarz. Seine Schultern sind straff und seine Hände elegant hinter seinem Rücken verborgen.

Nolan hingegen trägt Jeans und eine Lederjacke, seine blonden Haare sind wirr. Er wirkt rebellisch, was einen sinnlichen Kontrast zu Kaspians eleganter Erscheinung darstellt.

Und sie gehören beide mir. Irgendwie jedenfalls.

Nolan und ich haben bislang nicht endgültig über unsere Verbindung gesprochen. Er meinte nur, dass er mich nie zurückweisen, mich aber auch nicht dazu zwingen würde, ihn zu akzeptieren.

»Du hast mir neulich erzählt, dass du nie formell in Gold und Granat aufgenommen worden bist«, murmelt Kaspian. »Das hätte mir schon am ersten Tag klar sein müssen – du trägst nicht die Farben unseres Hauses.«

Ich runzle die Stirn. »Gold und Granat?«

Er nickt. »Du bist auch nicht tätowiert – was viele Söldner dem Tragen eines Symbols vorziehen. Aber Tatsache ist, dass du keines von beiden hast.«

»Es muss nichts Dauerhaftes sein«, fügt Bane hinzu, während er einen Schritt nach vorn macht.

Dann zieht er einen Dolch aus einem Holster an seiner Hüfte. Es ist das Messer, mit dem er mich letztes Jahr Klas ausweiden ließ. Ich runzle die Stirn, als sein Daumen über den goldenen Griff und den Granatstein an der Spitze fährt.

»Das trage ich immer bei mir«, sagt er mir. »So zeige ich meine Zugehörigkeit zum Haus.«

»Und ich zeige meine, indem ich das hier mit mir herumschleppe«, sagt Nox und holt ein Fläschchen aus seiner Tasche. Es ist durchsichtig, hat eine goldene Verschlusskappe und scheint mit Blut gefüllt zu sein. »Es ist Kaspians.«

»Kaspians ...?« Ich verstumme und versuche, zu verstehen, was er gesagt hat. »Sein Blut?«

Nox nickt. »Vampirblut ist unter den richtigen Umständen sehr mächtig. Vor allem, wenn es mit bestimmten Giften kombiniert wird.«

Das ergibt Sinn. Ich habe Nox zwar noch nicht oft mit Chemikalien spielen sehen, aber ich weiß, dass er ein wahrer Zauberer ist, wenn es um die Kunst der Alchemie geht. Vor allem in Kombination mit Waffen.

»Ich bin etwas altmodischer.« Nolans tiefe Stimme erregt meine Aufmerksamkeit, als er eine goldene Kette von seinem Hals zieht. Am Ende befindet sich ein Anhänger – *eine verdammte Kugel.* »Dieser Anhänger hat einst meinen ersten Kill als Söldner symbolisiert«, erzählt er mir, während sein Daumen darüber streicht. »Aber ich habe ihn im vergangenen Jahr ausgetauscht.«

Ich blinzle. *Das kann nicht sein Ernst sein ...*

»Das ist die Kugel, mit der ich auf dich geschossen habe«, sagt er und meine Lippen spalten sich. »Eine Erinnerung, die ich nie vergessen werde.«

Ich ... ich weiß nicht, was ich darauf antworten soll. Das scheint ein ständiges Dilemma zwischen uns zu sein. Seine Wahrheiten lassen mich immer wieder sprachlos zurück. Weil mir klar wird, dass so viel mehr in Nolan steckt, als ich je erwartet hätte.

Er ist dunkel.

Launisch.

Und doch hat er eine Zärtlichkeit an sich, die er für

mich zu reservieren scheint. Aber es ist keine herkömmliche Zärtlichkeit. Es ist die Art von Zärtlichkeit, die man empfindet, wenn man eine Kugel – eine, die mich eigentlich hätte töten sollen – als Andenken aufbewahrt.

»Mein Symbol ist auch ein bisschen altmodischer«, sagt Kaspian und seine Lippen kräuseln sich. »Aber vielleicht auch etwas weniger ... brutal.« Er holt eine Hand hinter seinem Rücken hervor, um mir den Ring an seinem Finger zu zeigen. »Es ist ein Erbstück des Hauses und für den König bestimmt.« Er zuckt mit einer Schulter. »Ich habe außerdem einige Waffen aus Gold und Granat, die ich oft bei mir trage.«

Ich bin nicht überrascht. Seine Symbole passen alle hervorragend zu ihm. *Obwohl ...* »Ich bin schockiert, dass du keinen dreiteiligen Anzug aus Gold und Granat hast.«

Er grinst. »Oh, den habe ich. Aber er ist grässlich und du wirst mich ihn nie tragen sehen.«

»Er ist eigentlich burgunderfarben mit einer goldenen Krawatte«, fügt Bane hinzu. »Aber er hat recht – er ist grässlich.«

»Jetzt will ich ihn sehen«, sage ich und wackle mit den Augenbrauen. »Vielleicht finde ich dich darin ja sexy.«

Kaspian schnaubt. »Du würdest mich in allem sexy finden, Fallon.«

Ich kann nicht verhindern, dass mir ein Lachen entweicht. »Da hat aber jemand ein beträchtliches Ego.«

»Dieser Jemand hat sich sein Ego mehr als verdient«, erwidert Kaspian und tritt näher an mich heran. »Außerdem geht es mir nur um Wahrheiten, Liebste. Und wir beide wissen, dass ich recht habe – du kannst mir nicht widerstehen.« Die letzten Worte flüstert er in meinen Mund; seine Dreistigkeit und sein Selbstvertrauen bringen mich um den Verstand.

Ich *hasse* es, dass er das mit mir machen kann.

Aber ich liebe es auch.

»Ich könnte es«, antworte ich leise. »Aber warum sollte ich das jemals wollen?« Ich stelle mich auf Zehenspitzen, um ihn zu küssen, aber er erwischt meine Hüfte und hält mich fest.

»Du brauchst ein Symbol, Fallon. Etwas, das du tragen kannst, das signalisiert, dass du ein Teil von Gold und Granat bist.« Sein Ton ist streng und ein Inbegriff des königlichen Kaspian.

»Was zum Beispiel?«, frage ich, unsicher, was ich wählen soll.

»Das«, sagt er und seine Hand – die er hinter seinem Rücken hält, seit er den Raum betreten hat – bewegt sich zwischen uns und enthüllt eine kleine schwarze Schachtel.

Ich betrachte sie stirnrunzelnd. »Was ist das?«

»Öffne sie und finde es heraus!«, sagt er und hält sie mir hin.

Meine Kehle fühlt sich ein wenig eng an, als ich ihm den Gegenstand abnehme, und mein Herz macht in meiner Brust einen Satz nach vorn. *Er hat mir etwas mitgebracht.*

Das Symbol wird vermutlich dem ähneln, das er Issy und Ayla geschenkt hat – ein Anhänger, den sie an einer Halskette oder einem Armband tragen können.

Aber ich merke schnell, dass das nicht der Fall ist, als ich die Schachtel öffne.

Es ist überhaupt kein Anhänger.

Es ist ein Ring.

Ich öffne den Mund beim Anblick des wunderschönen Schmuckstücks und meine Augen fixieren den gelben Edelstein, der von Granaten umrahmt und in einen soliden Goldring gefasst ist. »Kaspian ...« Ich blicke zu ihm auf.

Aber er steht nicht mehr.

Er kniet.

Und er ist nicht allein.

Alle vier meiner Gefährten knien jetzt vor mir; ihre Blicke sind voller Ehrfurcht.

»Das Herz von Gold und Granat liegt in unserem Treueschwur«, erklärt Kaspian. »Wir sind ein Söldnerhaus, in dem Reichtum und Prestige zu den wichtigsten Eigenschaften gehören. Aber am wichtigsten ist die Treue, die wir einander und unserem Haus gegenüber schwören.«

Ich schlucke und senke verständnisvoll den Kopf. Er hat Issy und Ayla gegenüber etwas davon erwähnt.

»Trotzdem möchte ich nicht, dass du Gold und Granat deine Treue schwörst, Fallon.« Bei Kaspians Worten weiten sich meine Augen. Aber er gibt mir keine Gelegenheit, um eine Klarstellung zu bitten. »Ich möchte *dir* meine Treue schwören.«

Meine Lippen bewegen sich, doch seine Worte schockieren mich so sehr, dass ich keinen Ton herausbringe.

»Du bist unsere Gefährtin«, fügt Nox hinzu.

»Unser Herz«, murmelt Bane.

»Unsere Königin«, sagt Nolan.

»Unsere Königin«, wiederholt Kaspian. »Wir geloben dir unsere Treue. Unsere Liebe. Unsere Hingabe. Unseren Schutz. Unsere Wahrheiten. Deshalb knien wir vor dir. Wir verpflichten uns dir, Fallon Doyle, Königin von Gold und Granat. Und wir hoffen, dass du uns akzeptierst, indem du diesen Ring trägst.«

Ich werfe einen Blick darauf und stelle fest, dass der gelbe Stein von genau vier Granatsteinen umgeben ist. *Ein Stein für jeden Gefährten.*

Ein schwacher Nebel trübt meine Sicht und mein Herz klopft wie wild in meiner Brust.

Wie ist es möglich, dass sich mein Leben so sehr verändert hat? Von Klas zu ... zu dem hier?

Du musst lernen, dich selbst in den Mittelpunkt zu stellen, meinte Issy neulich. *Wir müssen uns auf die Zukunft konzentrieren, Fallon. Nimm die Gaben an, die das Schicksal uns geschenkt hat! Und dazu gehört auch, dass du deine Gefährten akzeptierst.*

Damals wusste ich schon, dass sie recht hat.

Aber als ich nun meine vier Gefährten ansehe, wie sie vor mir knien und sich zu mir bekennen ... *Bei den Sternen,* ich kann immer noch nicht glauben, dass das echt ist. Dass das mein Leben ist. Mein *Schicksal*.

Vier sexy Schicksalsgefährten.

Und sie gehören ganz mir. Ich darf sie lieben. Ich darf sie akzeptieren. Ich darf die Ewigkeit mit ihnen verbringen.

Wie könnte ich jemals Nein sagen zu dem, was sie mir anbieten? Warum sollte ich das überhaupt in Betracht ziehen?

»Ja«, sage ich zu Kaspian. »Ja«, wiederhole ich und sehe jeden meiner Gefährten an. »Ja zu allem. Ja zu dem hier. Ja zu ... zu euch allen.«

Der letzte Teil ist mehr für Nolan als für die anderen. Er ist der Einzige, mit dem ich die Bindung noch nicht vollzogen habe, und ich muss ihn wissen lassen, dass ich ihn akzeptiere.

Seine mehrfarbigen Augen glänzen, sein Blick ist aufmerksam.

Aber es ist Kaspian, der den Ring nimmt und ihn an meinen Finger steckt. »Wir haben überlegt, ihn aus einem Rubin mit drei gelben Diamanten zu fertigen, aber uns gefiel der Gedanke, dass der Granat jeden von uns repräsentiert, während der gelbe Diamant für dich steht.«

Er küsst meine Hand und lenkt meine Aufmerksamkeit wieder auf ihn. »Du bist unser Diamant, Fallon.«

Nox nimmt meine Hand und küsst sie ebenfalls. »Du bist unser Glühwürmchen.«

»Unsere brennende Flamme«, sagt Bane und seine Lippen treffen mein Handgelenk.

»Unser süßer Vogel.« Nolans Worte sind fast so sanft wie seine Berührung, als er seine Lippen über meine Fingerspitzen streifen lässt. Ich strecke die Hand nach ihm aus, als er beginnt, mich loszulassen. Ich benötige mehr als diese kurze Berührung auf meiner Haut.

Er blickt überrascht zu mir auf und seine Iriden leuchten in neuer Farbe. Aber ich gebe ihm keine Gelegenheit, noch weiter zu reagieren, bevor ich vor ihm auf die Knie gehe und ihn küsse.

Er ist der Einzige, den ich noch nicht richtig geschmeckt habe. Und er muss mir glauben, wenn ich sage, dass ich ihn will.

Er gehört mir, genauso wie die anderen.

Ich will sie alle. Ich will all das, was sie mir bieten. Für immer.

Und das sage ich Nolan mit meinem Mund.

Mit meiner Zunge.

Mein, sage ich. *Du gehörst mir.* Ich fahre mit den Fingern durch seine dichten Haare und lasse meine Zähne über seine Unterlippe kratzen. *Und dieser Anspruch*, sage ich mit meinem Biss, *dieser Anspruch schließt dich auch ein.*

NOLAN

Mein Herz hämmert wie wild, als Fallon auf meine Unterlippe beißt. Ihre feurige Energie wärmt meine Haut. Sie scheint mir eine Art Lektion erteilen zu wollen.

Ich bin mir nicht sicher, welche Lektion das sein soll – aber ich genieße sie.

Deshalb übernehme ich auch nicht sofort die Kontrolle über unseren Kuss. Ich lasse sie spielen. Beißen. Küssen. *Lecken.*

Und in dem Moment, in dem sie versucht, sich zurückzuziehen, ergreife ich sie.

»Jetzt bin ich dran«, sage ich, während ich sie an den Haaren packe und sie zu mir zurückziehe.

Ihre Augen weiten sich, aber sie hat dieses Spiel initiiert.

Sie wollte etwas beweisen. Also werde ich ihr den Gefallen erwidern.

Und mein Argument ist ganz einfach: *Wenn du spielen willst, dann spielen wir. Aber mach dich auf etwas gefasst, kleiner Vogel – ich spiele, um zu gewinnen.*

Ich spüre ihr Zittern, als meine Zunge in ihren Mund gleitet. Bisher habe ich es ihr überlassen, das Tempo zu bestimmen, weil ich ihr die Chance geben wollte, zu experimentieren. Aber jetzt muss sie meine Vorlieben kennenlernen. Mein Tempo. Meine Begierden.

Eine davon ist, ihre Grenzen zu definieren.

Ihre Lust zu meistern.

Die Erfahrung in die Länge zu ziehen, bis sie innerlich brodelt und mich *anfleht*, sie kommen zu lassen.

Die anderen haben alle ihre Neigungen. Aber das sind meine.

Ich *liebe* Spiele der Leidenschaft. Ich möchte Fallon buchstäblich zu den Sternen mitnehmen. Sie *stundenlang* zum Schreien bringen.

Und all das sage ich ihr mit meinem Mund. Mit meiner Zunge. *Meinen Zähnen.*

Sie ist nicht die Einzige hier, die Botschaften durch Berührung übermitteln kann.

Als ich mit meinem Teil der Lektion fertig bin, keucht sie und ihre smaragdgrünen Augen glänzen vor Lust. Sie leckt ihre Lippen und konzentriert sich auf meinen Mund, bevor sie einen Blick auf die anderen wirft.

Kaspian sitzt auf dem Bett, seine Jacke und Weste sind weg. Seine dunklen Augen kleben an mir und Fallon. Ich war noch nie ein Freund von Gruppenaktivitäten. Das weiß er. Aber für sie ... werde ich es tun. Deshalb habe ich vor den anderen auch so unverhohlen ihren Mund erobert.

Bane und Nox stehen in der Nähe, beide haben den obersten Knopf ihrer Jeans geöffnet.

Ich schmunzle fast über die Äußerung ihres Unbehagens.

Wenn sie diesen Kuss heiß fanden, dann sollten sie mal sehen, was ich noch mit ihr anstellen kann.

Aber zuerst möchte ich sie erregen. Sie necken. Sie vorbereiten.

»Hmm, ich glaube, deine Phantome wollen spielen, Fallon«, sage ich. »Genau wie unser Vampirkönig.«

Kaspian wölbt eine Augenbraue, wohl wissend, dass ich so etwas normalerweise nicht tue. Wir kennen einander schon sehr lange, und obwohl wir ein paar Erfahrungen miteinander gemacht haben, ist es schon eine Weile her, dass wir uns das letzte Mal eine Frau geteilt haben.

Wir wetteifern beide um die Vorherrschaft im Schlafzimmer.

Das kann gut sein.

Und auch schlecht.

Aber ich glaube, dass es in diesem Fall sehr gut werden könnte.

»Was denkst du, Kas?«, frage ich, meinen Blick auf Fallon gerichtet. »Sollen wir sie zuerst den Phantomen überlassen? Damit sie Fallon für uns aufwärmen?«

Seine dunklen Iriden funkeln verführerisch. Er weiß, was ich vorhabe. »Ja. Aber ich nehme an, du hast ein paar Bedingungen?«

»Die habe ich.« Ich sehe Bane und Nox an. »Sie darf erst kommen, wenn ich es ihr erlaube. Ansonsten könnt ihr tun, was ihr wollt.«

Fallon öffnet den Mund. »Was?«

Ich küsse sie erneut und mein Griff in ihren Haaren wird intensiver. »Vertrau mir, süßer Vogel! Ich werde dich auf eine Weise zum Singen bringen, wie du es noch nie erlebt hast.« Ich spreche die Worte direkt in ihren Mund und knabbere dann an ihren Lippen. »Jetzt sei ein braves Mädchen und lass dich von den Phantomen ficken!«

Sie starrt mich an, als ich sie loslasse.

Ich setze mich neben Kaspian aufs Bett und beobachte die Phantome, die sich an die immer noch verdutzte Fallon heranpirschen. Sie zuckt kurz zusammen, als Nox ihren Hals küsst, und ihre grünen Augen finden die meinen. Es sieht so aus, als wolle sie etwas sagen – vielleicht eine Widerrede, was meine Regel angeht –, aber sie wird von Bane zum Schweigen gebracht, der ihren Mund mit seinem eigenen kontrolliert.

Ich habe den Phantomen noch nie beim Spielen zugesehen, aber ich verstehe schnell, warum Kaspian so begeistert von ihnen ist. Sie bewegen sich als Einheit und ihre Hände spiegeln einander, während sie Fallon entkleiden und dabei jeden Zentimeter ihres Körpers streicheln und küssen.

»Magst du Analsex, Fallon?«, frage ich, neugierig, ob jemals ein Mann sie auf diese Weise genommen hat.

Ich habe meine Antwort, bevor sie etwas sagen kann, denn ihre geweiteten Augen verraten mir, dass sie so etwas noch nie erlebt hat. »Ich ... ich weiß es nicht.«

»Möchtest du es herausfinden?«, erkundigt sich Kaspian, wobei sich sein britischer Akzent in seine Worte mischt. »Nox ist ein Experte in der Kunst des Fickens von hinten.«

Das Phantom grinst gegen Fallons Hals; sein Oberkörper ist an ihren Rücken gepresst. »Das stimmt«, sagt er an ihrem Ohr. »Und ich kann es kaum erwarten, deinen runden Arsch zu ficken, Glühwürmchen.«

Sie zittert und ihre rosigen Brustwarzen spannen sich vor Lust. Bane beugt sich vor, um eine davon in den Mund zu nehmen, was sie zu einem lauten, anerkennenden Stöhnen veranlasst.

Die beiden haben gerade erst angefangen, und ich kann

schon sehen, wie sich ihr süßer kleiner Körper vor Verlangen zusammenzieht.

Wenn sie kommt, dann hart.

Und ich kann es kaum erwarten, sie explodieren zu sehen.

»Worte, kleine Flamme«, sagt Bane gegen ihre pralle Brust. »Sag uns, was du willst, und wir geben es dir!«

Alles, bis auf einen Orgasmus, denke ich. *Den kannst du im Moment nicht geben.*

Zum Glück weiß sie es besser, als danach zu fragen. Stattdessen schaut sie von mir zu Kaspian und wieder zurück, bevor sie sagt: »Ich würde es gern ausprobieren.«

»Was?«, fragt Nox an ihrem Ohr. »Du weißt doch, was wir von Details halten.«

Sie schluckt und ihre Wimpern flattern ein wenig. »Ich will Analsex ausprobieren.«

»Mmm«, brummt Nox. »Nur anal? Oder willst du, dass Bane und ich dich gleichzeitig ficken?«

Fallons Körper zuckt als Antwort auf seine Frage. Unser Mädchen steht also auf Dirty Talk.

Zur Kenntnis genommen, denke ich, während ich meine Jeans zurechtrücke. Angesichts der erotischen Darbietung vor mir fühlt sie sich bereits etwas beengt an.

»Ich möchte, dass ihr mich gleichzeitig fickt«, flüstert sie.

Verdammt! Ich werde noch härter, als diese sexy Worte aus ihrem köstlichen Mund kommen.

Kaspian scheint das auch zu denken, denn er macht sich daran, sein Hemd aufzuknöpfen.

»Dann müssen wir dich erst einmal richtig feucht machen«, informiert Nox sie. »Bane?«

Das andere Phantom grinst gegen ihre Brust und geht in die Knie.

Fallon atmet scharf ein, als er ihre glitzernden Falten leckt. Ich ziehe meine Lederjacke aus, während mein Blick zwischen ihrer Pussy und ihren Brüsten hin- und herwandert. Ihr Haut errötet vor Erregung.

Aber jedes Mal, wenn sie sich dem Höhepunkt nähert, zieht sich Bane zurück, was mich ungemein erfreut.

Die Phantome wissen, wie man Regeln respektiert. Das wird in unserer neuen Dynamik von Nutzen sein.

Kaspian faltet sein Hemd zusammen und legt es auf eine Bank am Fußende des Bettes. Dann nimmt er meine abgelegte Jacke und legt sie zu dem Haufen. Ich ziehe auch mein T-Shirt aus und reiche es ihm.

Nox folgt unserem Beispiel, allerdings zieht er alles aus, nicht nur sein Oberteil, und legt einen Arm um Fallon, um ihr Halt zu geben, während sie beide stehen bleiben. Er küsst ihren Hals und hebt dann seine Hand, um nach ihrer Brust zu greifen. »Wie fühlst du dich, Glühwürmchen?«, fragt er. »Gefällt dir, was Bane macht?«

Sie zittert und die Röte kriecht höher in ihren Nacken. »Ja«, sagt sie und wölbt sich in Banes Gesicht, als er seinen Mund von ihrer Knospe nimmt. Ihr entweicht ein Protestlaut und ihre Glieder zittern.

Gut, denke ich, erfreut über ihre wachsende Erregung. *Nur weiter so.*

Bane schiebt zwei Finger in sie hinein, und von meiner Position auf dem Bett aus kann ich sehen, wie feucht sie ist, als er mit Leichtigkeit in sie hinein und wieder herausgleitet. Nach ein paar Minuten fügt er einen dritten Finger hinzu, dann lässt er seine Zunge wieder über ihre Klitoris gleiten, wobei seine Bewegungen sie mehr necken, als befriedigen.

Fallon stöhnt auf und ihre Hand wandert zu seinem Kopf, um ihn an sich zu drücken. Er grinst amüsiert und lässt dann seine Finger langsam zu ihrem anderen Eingang gleiten. Ihre Augen fliegen auf, als er einen Finger einführt. Dann öffnet sie den Mund.

Nox umschließt ihr Kinn und führt sie zu sich, um sie zu küssen. Er nutzt diesen Kuss, um sie abzulenken, während Bane seine Bemühungen fortsetzt.

Es ist ein wundervoller Tanz; ihr Timing ist exquisit.

»Ich verstehe, warum du so besessen von ihnen bist«, sage ich leise zu Kaspian.

Seine Lippen kräuseln sich. »Das ist nur der Anfang. Warte nur, bis sie dich in den Mund nehmen!«

Ich schaue ihn von der Seite an. »Das ist nicht mein Ding.«

»Sie könnten es problemlos zu *deinem Ding* machen«, antwortet Kaspian.

Aber ich schüttle den Kopf. »Der einzige Mund, den ich auf mir haben will, gehört Fallon.« Denn ihre Lippen sind dafür gemacht, genommen zu werden – nicht nur von meinem Mund, sondern auch von meinem Schwanz.

Sie gibt einen weiteren köstlichen Laut von sich, als Bane den Druck in ihrem Hintern erhöht, um sie auf Nox' gepiercten Schaft vorzubereiten.

Ich habe nichts gegen ein bisschen Schmerz, aber das Phantom scheint eine andere Art von Schmerz zu bevorzugen als ich. Ich bin tatsächlich ziemlich beeindruckt. Und ich wette, dass seine Piercings Fallon Freude bereiten.

»Sie ist so weit«, murmelt Bane nach einer weiteren Minute der Vorbereitung, seinen Blick auf ihr Gesicht gerichtet.

Ich nehme die Röte wahr, die ihre Haut überzieht, das Zittern ihrer Beine und die Feuchtigkeit auf Banes Lippen. »Das ist sie«, stimme ich zu.

Kaspian steht auf, um Hose und Schuhe auszuziehen, und lässt sich dann wieder auf dem Bett nieder.

Ich beschließe, es ihm gleichzutun; die übergroße Matratze bietet Fallon und ihren beiden Phantomen genügend Platz, um sich zu uns zu gesellen.

Nox führt sie zum Bett, wobei sein Mund nicht von ihr ablässt. Bane folgt ihnen, während er sich selbst auszieht. Der Anblick, der sich ihm bietet, erregt ihn offensichtlich.

»Bane wird sich in die Mitte des Bettes begeben und du wirst dich mit dem Gesicht zu ihm auf seinen Schoß setzen«, sagt Nox zu Fallon. »Sobald du dich mit ihm in dir wohlfühlst, komme ich dazu.« Er streicht die Haare von ihrer Schulter und küsst ihre nackte Haut. »Wir werden es langsam angehen, Glühwürmchen. Und wir werden aufhören, wenn es sich zu viel anfühlt. Okay?«

Sie schluckt und nickt. »Okay.«

Er küsst sie erneut, während Bane sich neben mir niederlässt. Dann hebt er sie mit Leichtigkeit hoch und setzt sie aufs Bett.

Sie hält inne, als sie sich Bane zuwendet; ihr Blick wandert von dem Phantom erst zu mir und dann zu Kaspian.

Es ist das erste Mal, dass sie mich unbekleidet sieht, und der Blick in ihren Augen verrät mir, dass ihr gefällt, was sie vorfindet.

Das Gefühl beruht auf Gegenseitigkeit, meine Schöne, sage ich ihr mit meinen Augen, während ich ihren verlockenden Körper bewundere.

Mein Blick scheint sie zu ermutigen, denn sie rutscht auf Hände und Knie und beginnt, auf Bane zuzukriechen. Ihre Augen sind auf mich gerichtet, während sie sich mit schwingenden Brüsten vorwärts bewegt.

Es ist ein atemberaubender Anblick.

Einer, der mich fast dazu bringt, Banes Platz einnehmen zu wollen.

Aber ich werde nicht nur ihr Vergnügen hinauszögern, sondern auch mein eigenes.

»Zeig uns, wie gut du Bane nehmen kannst, Liebste!«, sagt Kaspian. »Ich will sehen, wie feucht du ihn machst.«

Fallon zittert sichtlich und ihre Nasenlöcher weiten sich. »Ja, *mein König*.«

Kaspian lächelt, erwidert aber nichts auf ihre Frechheit. Er sieht lediglich mit glühendem Blick zu, wie sie seiner Aufforderung nachkommt, indem sie sich auf Bane setzt und seinen Schwanz in Richtung ihrer triefenden Pussy neigt.

Dann lässt sie sich auf ihn sinken.

Sie nimmt ihn bis zum Anschlag, ohne mit der Wimper zu zucken.

»Fuck«, hauche ich, und meine Adern entzünden sich mit einem heftigen Verlangen, das meine Eier zum Pochen bringt. Ich hätte nie gedacht, dass es so erregend sein kann, einem anderen Mann beim Ficken zuzusehen.

Und sie haben noch nicht einmal angefangen.

»Ist sie nicht hinreißend?«, fragt Nox, als er sich zu uns allen aufs Bett setzt. »Sie nimmt uns mit so natürlichem Geschick, was beweist, dass wir füreinander geschaffen sind.« Er küsst ihren Nacken. »Stimmt's, Glühwürmchen?«

»Ja«, bestätigt sie, und ihr süßer Körper wölbt sich gegen Bane, als sie ihren Kopf dreht, um Nox erneut zu küssen.

Das Phantom kommt ihr entgegen und sein Mund beherrscht den ihren, während er sich entsprechend hinter ihr positioniert. Er wickelt seine Handfläche um ihren Hals, um sie festzuhalten, während seine andere Hand zu seiner Leiste wandert.

»Du wirst einen gewissen Druck verspüren«, warnt Bane und übernimmt nahtlos Nox' vorheriges Coaching. »Versuche, dich für uns zu entspannen, Fallon. Vertraue darauf, dass wir dafür sorgen, dass du dich gut fühlst.«

Sie versteift sich ein wenig, als Nox in sie eindringt, aber seine Bewegungen sind langsam und nicht überstürzt, seine Berührung ehrfürchtig, obwohl seine Hand an ihrem Hals liegt.

Er hält sie fest, um sie zu schützen, um sicherzustellen, dass er ihre Reaktionen spüren kann. Um zu fühlen, wie sie schluckt und atmet. Es ist ein Zeichen großer Fürsorge, das mich ihn nur noch mehr respektieren lässt.

Diese Männer sind unserer Gefährtin würdig.

Jetzt muss ich nur noch beweisen, dass ich es auch bin.

»Fuck, du bist wunderschön!«, meint Kaspian, seinen Blick auf Fallon gerichtet. »Es sieht unglaublich aus, wie du ihre Schwänze nimmst, Liebste. So verdammt unglaublich.« Er greift nach seinem eigenen Schwanz, um ihn zu streicheln, etwas, das ich auch gern mit meinem eigenen machen würde. Aber ich tue es nicht.

Hier geht es um Fallon.

Um ihr Vergnügen.

Und um unsere gegenseitige verzögerte Befriedigung.

Bald, sage ich mir. *Bald wird sie mein sein.*

Nox nimmt seinen Mund von ihrem und atmet zischend aus. »Du fühlst dich fantastisch an, Fallon«, sagt er ihr. »So verdammt fantastisch.«

»Das tust du wirklich«, wiederholt Bane, während er seine Hüfte an sie drückt. »Ich kann Nox in dir spüren. Wie fühlst du dich, süße Flamme?«

Sie gräbt ihre Finger in Banes Schultern. »Voll. Ich ... ich fühle mich *voll*.«

»Das ist gut, Glühwürmchen. Wir wollen, dass du dich

voll fühlst.« Er ändert seinen Griff und lässt seine Finger durch ihre Haare wandern, um die Kontrolle über ihren Kopf zu übernehmen. Aber anstatt sie für einen weiteren Kuss zurückzuziehen, führt er sie zu Bane.

Sie stöhnt gegen Banes Mund und ihr Körper vibriert zwischen den beiden Phantomen, die sich in sie hinein und aus ihr heraus bewegen.

Nox ist sanfter; seine Bewegungen stellen sicher, dass sie wirklich bereit ist, bevor er wirklich mit seinem Vorstoß beginnt.

Aber schon bald ficken die drei ernsthaft und ihre Ekstase ist ein Aphrodisiakum, das meine Eier in Vorfreude zusammenziehen lässt.

Fallons Erregung steigert sich und ihre Wangen färben sich dunkelrosa. Sie presst ihre vollen Lippen auf Banes, während sich ihr Brustkorb vor Erregung hebt und senkt.

Aber es ist nicht genug. Das erkenne ich daran, wie sie ihre Hüften kreisen lässt, auf der Suche nach der nötigen zusätzlichen Reibung. Bane könnte sie ihr so leicht geben, indem er sich leicht bewegt. Oder eines der Phantome könnte zwischen sie greifen, um ihre bedürftige kleine Knospe zu streicheln.

Aber sie tun nichts von alledem.

Sie ficken sie einfach weiter und ihre Handlungen bereiten ihr Vergnügen, ohne sie an den Rand zu bringen. Es ist absolut perfekt. Genau das, was ich will. Und es wird zu einem Orgasmus führen, wie ihn Fallon noch nie erlebt hat.

Sie stöhnt leise und ihre Lippen bewegen sich gegen Banes, als sie wimmert: »Mehr.«

Er stößt daraufhin nach oben und entlockt ihr einen Schrei, den er mit seinem Mund schluckt, während Nox sein Tempo von hinten erhöht.

Sie werden nicht mehr lange durchhalten. Nicht, dass ich es ihnen verdenken könnte. Fallon ist eine verdammte Göttin und ihre Bewegungen besitzen die Anmut einer sinnlichen Königin.

Unsere Königin, denke ich. *Unsere Gefährtin.*

Nox' Kopf fällt auf ihre Schulter und ein Fluch verlässt seinen Mund. »Dein Arsch ist noch besser, als ich ihn mir vorgestellt habe«, sagt er ihr. »Deine Kurven ... an meiner Leistengegend ... *Fuck*, Glühwürmchen, ich komme gleich ...«

Bane knurrt unter ihnen und der Klang ist fast animalisch.

Fallon reagiert sichtlich auf den ursprünglichen Ton – sie erschaudert.

Ich bemerke diese Vorliebe ebenfalls und frage mich, welche anderen wilden Aktivitäten sie im Schlafzimmer genießen wird.

Ihr ganzer Körper scheint zu zucken, als Nox hinter ihr explodiert. Sein Stöhnen veranlasst sie, sich zwischen den beiden nach hinten zu krümmen, während ein weiteres köstliches Wimmern ihre Lippen verlässt.

So bedürftig und feucht, denke ich und bewundere ihre glatten Schenkel. *In wenigen Minuten werde ich sie genießen können.*

Oder jetzt, korrigiere ich mich selbst, als Bane Nox in die Versenkung folgt und sich ebenfalls in Fallon entlädt. Sie selbst ist bereit, aber noch nicht ganz am Abgrund.

Sie zittert heftig zwischen den beiden und, ihr Wimmern verwandelt sich in ein Wehklagen, das nach meiner Seele ruft. Ich stoße mich vom Kopfteil ab, umfasse ihren Nacken und ziehe sie für einen Kuss zu mir heran. »Das hast du sehr gut gemacht, Fallon«, sage ich ihr. »So verdammt gut.«

Jetzt braucht sie eine Belohnung. Eine, die den Ton für unsere Zukunft vorgeben wird. Die festigt, wer wir zusammen sind und wer ich für sie sein werde.

NOLAN

Iᴄʜ ʟᴀssᴇ Fallon lange genug los, damit Bane unter ihr herausgleiten kann. Er drückt einen Kuss auf ihren Mundwinkel. »Genieße es, süße Flamme! Zeig Nolan, wie heiß du brennen kannst!«

Fallon murmelt etwas Unverständliches, ihr Verstand ist eindeutig lustgetrübt.

Diese Lust spüre ich auch in meinen Adern.

Und diese Lust will ich füttern, um sie noch ein wenig zu dehnen ...

Glücklicherweise ist es eine Lust, die ich schüren kann, wenn ich in ihr bin.

Ich lasse mich unter ihr auf dem Bett nieder und kümmere mich überhaupt nicht darum, dass sie von ihren eigenen Säften und den Samen ihrer Gefährten bedeckt ist. Es spielt keine Rolle. Das macht sie nicht weniger mein.

»Bist du bereit für mich?«, frage ich und lasse meine Finger in ihre Haare gleiten, um sie auf ähnliche Weise zu halten, wie Nox es vor wenigen Augenblicken getan hat.

»Willst du mich in dir haben?« Es ist eine Frage mit mehreren Bedeutungsebenen.

Willst du, dass ich dich ficke?

Willst du, dass ich mich mit dir verbinde?

Denn wenn ich das tue, werden wir für immer zueinander gehören.

Ihre hübschen grünen Augen fixieren mich, ihr Gesichtsausdruck ist feurig. »Ja.« Weder ihre Stimme noch ihr Gesichtsausdruck lassen ein Zögern erkennen, ihre Antwort wirkt entschlossen.

»Gut.« Ich stoße nach oben, verbinde unsere Körper und Seelen und genieße es, wie sie daraufhin meinen Namen schreit.

Ich bin dicker als Bane. Und auch länger. Von der Größe her entspreche ich am ehesten Kaspian.

Das wird diese Erfahrung zu etwas ganz Besonderem für sie machen.

Der Vampir unterstreicht das, indem er seinen Oberkörper an ihren Rücken presst. »Konzentriere dich auf Nolan, Liebste!«, sagt er an ihrem Ohr. »Erlaube ihm, dich zu befriedigen!«

Ich übersetze das als: *Lass dich von Nolan von dem ablenken, was ich gleich tun werde.*

Fallon braucht keine Ablenkung. Sie ist mehr als bereit, uns beide zu nehmen.

Aber das hält mich nicht davon ab, ihre Aufmerksamkeit trotzdem zu monopolisieren. Ich will diese Frau schon seit Monaten. Ich habe so oft an sie gedacht, in so vielen verschiedenen Stellungen.

Aber sie tatsächlich zu spüren, wird meinen Fantasien nicht gerecht.

Ihre Schenkel fühlen sich fantastisch an meinen Beinen an, ihre Pussy pulsiert himmlisch um meinen Schwanz.

Und ihre Titten ... *Fuck*, ich liebe ihre Titten. So voll. So fest. So *köstlich*.

Ich möchte diese kleinen Rosenknospen zwischen meine Zähne nehmen und daran knabbern.

Aber ich nehme stattdessen ihren Mund, weil ich ihre Zunge an meiner brauche. Und weil ich mich danach sehne, ein weiteres intimes Gespräch zu führen.

Ihre Zähne streifen meine Lippe, was mich daran erinnert, wie sie reagiert hat, als ich ihre Fingerspitzen geküsst habe, nachdem sie meinen Treueschwur angenommen hatte.

Ich lächle und deute ihr Verhalten als Warnung. »Brauchst du etwas, Fallon?«

»Du weißt, was ich brauche«, erwidert sie, und der raue Unterton ihrer Stimme ist genau das, was ich zu hören wünsche. »*Bitte* lass mich kommen, Nolan.«

»Mmm.« Ich stoße in sie, während Kaspian gleichzeitig von hinten in sie eindringt.

Sie erstarrt und öffnet die Lippen, um ein lautloses Geräusch von sich zu geben.

»Zu viel?«, fragt Kaspian an ihrem Ohr, aber seine Stimme lässt echte Besorgnis vermissen.

»Nein«, antworte ich für sie. »Sie hält das aus.«

Kaspian nickt. »Das tut sie.« Er unterstreicht diese Aussage mit einem weiteren Vorstoß.

Fallon keucht, aber es ist weniger ein Geräusch des Schmerzes als vielmehr der Überraschung. Dann bewegt sie ihre Hüften vor und zurück und ihr Körper passt sich uns beiden mühelos an.

Es ist ein mutiger Zug, der mich gegen ihren Mund lächeln lässt. »Mmm, ich verstehe, kleiner Wildfang«, sage ich. »Mach's noch mal!«

Stattdessen verkrampft sie sich um mich herum,

ergreift meine Schultern und bewegt sich erneut.

Ich stöhne und genieße es, wie sich ihre Pussy um meine dicke Länge herum anfühlt. »So verdammt gut«, lobe ich sie.

Das Schicksal hat diese Frau definitiv für uns gemacht. Denn sie ist makellos. Absolut atemberaubend.

Ich küsse sie, dieses Mal mit einem neuen Ziel vor Augen. Ich will sie verehren. Mich bei ihr bedanken. Ihr zeigen, wie viel sie mir bedeutet. Wie dankbar ich ihr bin, dass sie mich akzeptiert, dass sie mir erlaubt, sie zu lieben.

Kaspian ergreift ihre Hüften und demonstriert seine Dominanz, indem er einen Rhythmus zwischen uns einführt. Es ist einer, der auch meinen Bedürfnissen entspricht, was er zweifellos weiß. Sein Gedächtnis ist ein gutes. Und manche Dinge ändern sich nie.

Aber meine Gefühle für Fallon sind definitiv neu. Keine Frau – oder kein Mann – hat je zuvor so starke Gefühle in mir geweckt. Das mag zum Teil an der schicksalhaften Verbindung liegen, aber ich vermute, es liegt auch einfach daran, dass es um Fallon geht.

Diese Frau geht mir unter die Haut, seit ich meine Waffe auf sie gerichtet habe.

Und jetzt gehört sie mir, denke ich und küsse sie noch intensiver.

Ich lasse eine Hand in ihren Haaren, während ich die andere zwischen uns schiebe. Mein Daumen wandert zu ihrer geschwollenen Knospe. Sofort zuckt sie zusammen und ihre überempfindlichen Innenwände verkrampfen sich weiter.

Die Phantome haben sie bewusst angestachelt, aber diesen Teil unberührt gelassen.

Das hat sie davor abgehalten, ihren persönlichen orgastischen Abgrund zu erreichen.

Aber schon nach ein paar Streicheleinheiten dort keucht sie.

Sie ist genau da, wo ich sie benötige – verzweifelt und bereit, zu explodieren. Ich massiere sie, bis sie zittert, doch dann verscheuche ich ihren Orgasmus, indem ich meine Berührung zurücknehme.

Orgasmusverweigerung ist ein heikler Tanz. Es geht nur darum, die richtige Mischung zu finden. Ich darf nicht zu heftig vorgehen, sonst tut es weh. Ich muss sicherstellen, dass es genau richtig ist.

Ihre Zähne bohren sich in meine Lippe, als ich meinen Daumen zum dritten Mal wegziehe. Ihre Frustration ist hinreißend. »*Nolan.*«

»Ja, Fallon?«, frage ich an ihrem Mund, woraufhin Kaspian hinter ihr gluckst.

»Quält er dich, Liebste?«, fragt er sie. »Hält er dich am Abgrund fest, während wir dich ficken?«

»Ja«, zischt sie.

Bevor sie etwas anderes sagen kann, übernehme ich die Kontrolle über ihren Mund. Meine Zunge duelliert sich mit ihrer, während ich sie erneut an den Rand treibe. Als ich mich zurückziehe, schreit sie auf und ich weiß, dass wir endlich an dem Punkt angelangt sind, an dem ich sie haben will.

Kaspian scheint das auch zu spüren, denn er senkt seinen Mund auf ihren Hals, während sich ihre Nägel in meine Schultern bohren.

Aber er beißt sie nicht.

Er drückt lediglich Küsse auf ihre Halssäule.

Ich vermute, dass das ein Weg sein soll, um Vertrauen aufzubauen, denn Fallon drückt meinen Schwanz zusammen, als würde sie ihn zerquetschen wollen.

Vielleicht gefällt es ihr auch einfach nur.

Wie auch immer, ich spiele mit und intensiviere unseren Kuss. Ich lasse sie meine Gefühle spüren, indem meine Zunge ihr Tempo verlangsamt, während ich all meine Geheimnisse in ihrem Mund ausspreche.

Ich erzähle ihr, dass ich Angst hatte, sie würde mich nicht akzeptieren. Dass ich tief im Inneren glaube, dass ich sie nicht verdiene. Dass ich unsere Existenz damit verbringen werde, dafür zu sorgen, sie nie zu enttäuschen. Dass ich für immer dankbar sein werde, dass das Schicksal mir eine so perfekte Gefährtin geschenkt hat.

Dass ich sie wertschätzen werde.

Dass ich sie respektieren werde

Dass ich sie beschützen werde

Dass ich sie *lieben* werde.

Mein Daumen kehrt zu ihrem geschwollenen Fleisch zurück, während ich all diese Worte denke, jedes einzelne schwöre und sie alle mit diesem Kuss festige.

Es ist eine intensive Erfahrung, die mich ein wenig atemlos macht, während sich meine Hüften mit ihr und Kaspian bewegen.

Ihr Körper reagiert auf die Empfindungen, die unausgesprochenen Aussagen und die *Reibung*. Ich zähle rückwärts, als ich merke, dass sie sich ihrem Höhepunkt nähert.

Ich könnte ihn aufhalten.

Meine Hand wegziehen.

Sie *wirklich* zum Schreien bringen.

Aber das wäre zu viel.

Wir sind an ihrer Grenze angelangt und ich werde sie nicht darüber hinaus treiben. Nicht heute Nacht. Sie hat so viel Vergnügen verdient, so viel Glück, und ich liebe es, dass ich derjenige sein darf, der ihr das gewährt.

Kaspian knabbert an ihrem Hals, seine Augen treffen

meine in gegenseitigem Verständnis. Auch er spürt, dass sie sich ihrer Grenze nähert.

Wir erhöhen beide gleichzeitig unser Tempo und entlocken Fallon ein leises Stöhnen, während wir sicherstellen, dass sie jeden Zentimeter von uns in sich spürt.

Fünf, denke ich. *Vier* ...

Sie ist so nah dran.

Drei.

So verdammt heiß.

Zwei.

Fast ...

Eins.

Sie erstarrt.

Jeder Zentimeter ihres Körpers ist überwältigt von dem Inferno, das in ihr brennt.

Und dann ...

Explodiert sie.

Kaspian und ich halten sie fest, ficken sie, während sie schreit. Ihr Körper krümmt sich, zittert und windet sich in Wellen ungeheurer Ekstase.

So gewaltig, dass sie gleich nach dem ersten Orgasmus in einen zweiten fällt.

Und genau das war meine Absicht.

Irgendwann werden wir auch einen dritten erreichen.

Aber für heute reichen diese sehr intensiven Erlebnisse.

Und ich bin kurz davor, mich ihr anzuschließen.

Nur noch ein paar ...

Sie klammert sich so fest an mich, dass ich mich in ihr gefangen fühle, unfähig, mich zu bewegen. Alles, was ich spüre, sind ihre engen Muskeln und Kaspian, der sich von hinten in sie hineinbohrt.

Ich stöhne, mein Mund klebt immer noch an ihrem.

»Fallon.«

Sie muss mir erlauben, mich zu bewegen.

Fuck!

Ihre Zähne bohren sich in meine Unterlippe und ihr Blick ist wild, als sie mich nieder starrt.

Dann bewegt sie ihre Hüfte nach vorn, zieht mich bis zum Anschlag in sich und zwingt mich, ihr in die Tiefen der Lust zu folgen. Es ist so verdammt erotisch, dass ich nicht einmal versuche, mich dagegen zu wehren.

Mein Vögelchen hat mich gerade unterworfen – und das von unten. Aber ich genieße die Art und Weise, wie sie mein Vergnügen einfordert.

Kaspian folgt bald darauf und als er knurrt, zittert Fallon vor Lust zwischen uns.

Dann übernimmt er die Kontrolle über ihren Mund und küsst sie, während ich versuche, meine Gedanken neu zu ordnen. Mein Körper und meine Seele fühlen sich vollständig an. Glücklich. Völlig in Frieden.

Ich lehne meinen Kopf an Fallons Schulter und mein Atem geht stoßweise.

Ich lächle, als sie ihren Kopf an meinen legt. Ihre Finger gleiten in meine Haare, während sie mich umarmt.

Kaspian drückt ihr auf der gegenüberliegenden Seite einen Kuss auf den Hals, dann zieht er sich zurück und kündigt an, ein Handtuch für sie zu holen.

Ich bin noch zu sehr damit beschäftigt, sie festzuhalten, um mich zu bewegen, denn meine Seele jubelt, weil sie ihre andere Hälfte gefunden hat.

»Ich schätze, es ist gut, dass du an jenem Tag verfehlt hast«, sagt sie leise und streicht mit den Fingern über die Kette um meinen Hals. »Aber du solltest wirklich an deiner Zielsicherheit arbeiten.«

Ein Glucksen entweicht mir angesichts ihrer neckischen

Worte. »Der Einzige, der besser zielen kann als ich, ist Kaspian.«

»Lass das bloß nicht Cara oder Larus hören!«, sagt Kaspian, als er zurückkommt. »Sie werden einen Wettbewerb fordern.«

Ich hebe eine Schulter. »Solange Fallon nicht das Ziel ist, werde ich treffen.«

Fallon gibt einen aufgebrachten Laut von sich, der mich wieder schmunzeln lässt.

»Du bist diejenige, die meine Zielsicherheit beleidigt hat, Vögelchen«, sage ich.

»Weil du auf mich *geschossen* hast.«

Ich seufze. »Das wirst du mir nie verzeihen, oder?«

»Mindestens hundert Jahre lang nicht, nein«, gibt sie zu.

»Hmm.« Ich ziehe mich zurück und betrachte ihr schönes Gesicht. »Nur hundert Jahre?«

»Vielleicht tausend.«

»Das klingt schon zutreffender.« Ich lächle. »Aber ich habe es verdient.«

»Das hast du«, stimmt sie mir zu. »Und weißt du, was ich verdiene?«

Ich ziehe eine Augenbraue hoch. »Was?«

»Noch einen Orgasmus.«

Kaspian lacht hinter ihr.

Aber ich nicht. Stattdessen betrachte ich meine Gefährtin und nicke. »Das tust du«, erkläre ich. »Wie willst du es haben?«

Ihre Augenbrauen heben sich überrascht. »Wirklich?«

»Wirklich.« Ich drücke meine Lippen auf ihre. »Ich werde dir geben, was immer du willst, Fallon. Das werden wir alle. Du musst uns immer nur sagen, was du dir wünschst.«

»Vor allem, wenn es um Orgasmen geht«, sagt Nox von seiner Position auf dem Bett aus. Er und Bane haben die Plätze eingenommen, die ich vorher mit Kaspian geteilt habe.

»Definitiv Orgasmen«, wiederholt Bane.

Fallon windet sich ein wenig und ihre Innenwände krampfen sich um meinen immer noch harten Schwanz. »Hm, Issy hatte recht.«

Ich ziehe eine Augenbraue hoch. »Was Orgasmen angeht?«

»Nein. Die Zukunft.«

»Was ist damit, Liebste?«, fragt Kaspian, während er sie mit einem Waschlappen säubert.

»Sie hat gesagt, dass wir die Zukunft nicht genießen können, wenn wir in der Vergangenheit verweilen. Und dass der einzige Weg, wirklich vorwärtszukommen, darin besteht, das Schicksal anzunehmen.« Sie hält einen Moment inne und ihr Blick fällt auf die Kugel an meinem Hals. »Ich denke, dass uns einige Ereignisse der Vergangenheit prägen. Aber sie hat recht damit, dass wir das Schicksal annehmen müssen.«

Kaspian nimmt das Handtuch weg und wirft es auf einige der abgelegten Kleidungsstücke. »Dem stimme ich zu.«

»Ich auch«, sagt Nox.

»Geht mir genauso«, stimmt Bane zu.

Ich nicke. »Das Schicksal hat uns alle aus einem bestimmten Grund zusammengebracht.« Ich streichle Fallons Wange. »Um dich zu umsorgen.«

»Um dich zu schätzen.« Bei diesen Worten tritt Nox vor und kniet sich neben Fallon.

»Um dich zu beschützen«, fügt Kaspian hinzu, bevor er ihr einen sanften Kuss auf die Schulter drückt.

»Um dich zu lieben«, ergänzt Bane, während er sich auf ihrer anderen Seite niederlässt.

Fallon wirft einen Blick auf jeden von uns, auf den Kreis, den wir um sie gebildet haben, und lächelt. »Ich kann nicht glauben, dass das mein Leben ist.«

»Es ist real«, sagt Kaspian mit einem Zwinkern.

»Definitiv real«, sage ich und mein Schwanz zuckt in ihr.

Fallons Lächeln wird breiter. »Ich bin die glücklichste Frau der Welt.«

»Und wir sind die glücklichsten Gefährten der Welt«, antwortet Bane.

»Ich denke, wir sollten ihr zeigen, wie glücklich wir sind«, schlägt Nox vor.

»Schließlich hat sie um mehr Orgasmen gebeten«, murmelt Bane.

»Das hat sie«, erwidert Nox. »Zu viert können wir das bestimmt erreichen.«

»Vielleicht sollten wir sie dazu bringen, uns anzuflehen, aufzuhören?«, schlägt Kaspian vor.

»Oh, das ist ein Plan, der mir gefällt«, gebe ich zu und konzentriere mich wieder auf Fallon. »Du warst so brav, mein Vogel. Wie wäre es, wenn wir herausfinden, wie lange du singen kannst?«

»Eine ganze Nacht voller Orgasmen«, sinniert Nox. »Nur zu ihrem Vergnügen.«

»Nur zu ihrem Vergnügen«, pflichtet Kaspian bei. »Lass sie von deinem Schoß gleiten, Nolan! Ich werde damit beginnen, sie sauberzulecken.«

Ich tue, worum er mich bittet, und platziere eine erschrockene Fallon in der Bettmitte. »Betrachte dies als unser wahres Treuegelöbnis, meine Königin ...«

EPILOG

FALLON

KÖNIGIN FALLON, singt meine Schwester in meinen Gedanken und lässt mich zusammenzucken.

Fang nicht damit an!

Aber es klingt so schön, findest du nicht auch?

Ich verdrehe die Augen. *Das Einzige, was ich daran mag, ist mein neuer Nachname.*

Fallon Antonik, sagt sie. *Ja. Viel besser als Doyle. Ich muss mir wohl auch einen Gefährten suchen, um in den Genuss zu kommen.*

Oder du könntest einfach deinen Nachnamen ändern, erwidere ich. *Ich bin jetzt Königin. Ich kann das autorisieren.*

Sie schnaubt. *So viel zu »Fang nicht damit an«.*

Meine neue Rolle hat einige Vorteile, das gebe ich zu.

Ach? Erzähl mir mehr!

Ich überlege kurz und runzle die Stirn. *Weißt du was? Es hat sich nicht viel geändert.* Ich schaue mich in meinem Zimmer um. *Ich meine, ich wohne jetzt offiziell in Kaspians*

Räumlichkeiten, nicht in seiner Gästesuite. Aber ... so viel anders sind sie wirklich nicht. Nur etwas männlicher. Und er hat ein größeres Bett.

Etwas, das sich in den vergangenen Wochen als sehr praktisch erwiesen hat.

Sogar Nolan schläft normalerweise bei uns.

Aber es gibt Nächte, in denen er mich bittet, allein zu ihm zu kommen. Ich lerne gerade, dass er es vorzieht, mich für sich allein zu haben. Trotzdem kommt er immer öfter zu uns.

Ich darf den Palast jetzt auch nach Belieben verlassen, füge ich hinzu. *Ich nehme an, das ist auch ein Unterschied.*

Deine Phantome lassen dich ohne sie aus dem Palast gehen?, fragt Issy.

Ich runzle die Stirn. *Manchmal. Aber definitiv nicht sehr oft. Und selbst dann ... nur, wenn Nolan oder Kaspian bei mir sind. Ansonsten ... nein.*

Dann hat sich also nicht viel geändert.

Nicht wirklich, nein, antworte ich. *Wenn überhaupt, dann sind sie jetzt sogar noch vorsichtiger. Aber ich schätze, das liegt an dem Band, das wir geknüpft haben.*

Was soll das heißen?

Dass sie jetzt andere Gründe haben, mich zu beschützen, als früher. Ich zucke mit den Schultern. Nicht, dass sie mich sehen könnte. Sie ist in Finnland mit Ayla, die mir ständig Bilder von dem ganzen Schnee schickt.

Das glaube ich nicht, antwortet Issy.

Du glaubst was nicht?, frage ich verwirrt.

Dass sich ihre Gründe geändert haben.

Ich blinzle. *Aber das haben sie. Vorher war ich eine Gefangene. Jetzt bin ich ihre Gefährtin.*

Ich denke, ihre Gründe hatten immer mit ihrem Interesse an dir zu tun, Schwesterherz. Sicher, sie haben vorher versucht, dich zu befragen. Aber ich glaube, sie sind dir nachgelaufen, weil sie es wollten, nicht weil sie es mussten.

Ich schnaube. *Ich bin mir ziemlich sicher, dass Kaspian es ihnen befohlen hat.*

Und ich bin mir ziemlich sicher, dass sie angeboten haben, dich zu bewachen, Fallon, kontert sie. *Ganz ohne Befehl.*

Ich kneife die Augen zusammen, als säße sie mir gegenüber. *Willst du wetten?*

Klar. Wenn ich gewinne, musst du mich eine Woche lang ohne den Harem besuchen kommen.

Und wenn ich gewinne?

Nenne deine Bedingungen!, sagt sie schnaubend.

Meine Lippen kräuseln sich, während ich meine Optionen überlege. Ich will gerade etwas Ausgefallenes vorschlagen – nur um meine Schwester zu ärgern –, als Nox auftaucht. »Du siehst irgendwie seltsam aus, Glühwürmchen. Worüber denkst du nach?«

»Wie lange hast du mich schon beobachtet?«

Er lächelt. »Ein paar Minuten.«

Ich schüttle den Kopf. »Was für ein Voyeur.«

»Schuldig.« Er zuckt mit den Schultern. »Aber im Ernst, was hat es mit deinem Gesichtsausdruck auf sich?«

Ich atme aus und erzähle ihm, was Issy gerade gesagt hat, dann füge ich hinzu: »Meine Schwester ist offenbar eine hoffnungslose Romantikerin.«

Nox betrachtet mich einen Moment lang. »Ich würde sagen, sie ist Realistin.«

Ich runzle die Stirn. »Was?«

»Du glaubst nicht, dass Kaspian uns andere Positionen im Palast angeboten hat?«, fragt er. »Andere Möglichkeiten als die, dich zu bewachen?«

Ich starre ihn an. »Hat er das?«

»Natürlich hat er das. Aber Bane und ich haben uns

jedes Mal für dich entschieden.« Er zuckt wieder mit den Schultern. »Wir hatten kein Interesse daran, dich mit anderen zu teilen, Fallon.« Er krabbelt aufs Bett und setzt sich neben mich. »Du gehörst seit dem ersten Moment uns.«

Ich erschaudere. »Oh.«

»Oh«, wiederholt er und beugt sich vor, um seine Lippen auf meine zu legen.

»Mir geht es genauso«, verkündet Bane, als er im Raum erscheint. »Falls das nicht deutlich geworden ist.«

»Und das war auch mein Grund dafür, dich in meiner Gästesuite zu behalten«, fügt Kaspian hinzu, als er die Tür öffnet. Seine Vampirsinne haben ihm offensichtlich erlaubt, unserem Gespräch beizuwohnen, ohne dass er überhaupt im Raum war.

Nolan folgt ihm. »Ich bin mir nicht sicher, worüber wir reden, aber wenn es um unsere Obsession mit Fallon geht – ich habe mich monatelang jede Nacht auf deinem Balkon herumgetrieben.«

Ich starre sie alle an, hin- und hergerissen zwischen Schock über ihre Geständnisse und dem Wunsch, ein paar ausgewählte Kommentare zum Thema Lauschen abzugeben.

Fallon?, fragt Issy und erinnert mich daran, dass ich sie hängen gelassen habe.

Äh, du hast gewonnen, sage ich, ohne mir die Mühe zu machen, das näher zu erläutern. *Aber ich weiß nicht, ob diese Typen mich dich eine Woche lang ohne sie besuchen lassen werden ...*

Ich kann fast hören, wie Issy lächelt, als sie antwortet. *Das habe ich mir schon gedacht. Versprich einfach, dass du mich bald besuchst!*

Das werde ich.

Ich liebe dich, sagt Issy.

Ich liebe dich auch.

Und jetzt hör auf, mit mir zu reden, und genieße dein Happy End. Du hast es verdient.

Du auch, flüstere ich ihr zu.

Issy antwortet nicht, vielleicht, weil sie nicht einverstanden ist.

Pech. Eines Tages wird sie ihren Seelenverwandten finden. Vielleicht sogar mehr als einen. Habe ich ja schließlich auch. Und wenn jemand Glück verdient, dann ist es Issy.

»Da ist wieder dieser Blick«, sagt Nox und seine Augen werden schmäler.

Ich schenke ihm ein kleines Lächeln. »Ich denke nur an Issy und wie sehr sie es verdient, glücklich zu sein.«

»Du verdienst es auch, glücklich zu sein«, sagt Kaspian, als er sich zu uns aufs Bett setzt. »Ich finde sogar, du solltest dich von uns allen so verehren lassen, wie du verehrt werden solltest, Königin Fallon.«

Ich schüttle den Kopf. »Daran werde ich mich nie gewöhnen.«

»Das wirst du«, verspricht er mir, als Bane und Nolan sich zu uns auf die Matratze setzen. »Wir werden dir helfen.«

Meine Augenbrauen heben sich. »Ja? Und wie?«

»Indem wir dich jeden Tag daran erinnern, dass du *unsere* Königin bist.« Er beugt sich vor und küsst meinen Hals. »Hmm, hier, ich fange an.« Er bewegt seine Lippen zu meinem Ohr. »Wie sollen wir dich erfreuen, *Majestät*?«

Meine Lippen zucken. »Ich weiß es nicht, *Majestät*. Wie wollt ihr mich erfreuen?«

»Oh, das kann ich beantworten«, sagt Nolan. Seine

Hände wandern zu meinen Schenkeln und drücken sie auseinander.

Ich trage immer noch mein Kleid von der Kundgebung vorhin, der seidige Stoff bedeckt mich bis zu den Knöcheln. Nicht, dass es ihn stört. Seine Handflächen gleiten bereits unter den Rock, sein Gesichtsausdruck ist geradezu verrucht.

»Ich glaube, jetzt bin ich dran, dich zum Singen zu bringen«, murmelt er. »Also spreize deine Schenkel für mich, süßer Vogel! Und lass mich dir dienen, meine Königin ...«

Wenn du noch immer nicht genug von dieser Welt hast, gefällt dir vielleicht auch die Geschichte von König Vesperus und der Göttin Nyx in *Verlangen des Schicksals*.

VERLANGEN DES SCHICKSALS

Es war einmal vor langer Zeit, da öffneten sich Tore auf der Erde, durch die es der Magie gewährt wurde, sich über die Welt der Menschen zu ergießen.

Geschlechter wurden erschaffen. Übernatürliche Kräfte wurden zugewiesen. Und eine neue Ordnung wurde hergestellt.

Alle Neuankömmlinge müssen sich einem Haus anschließen. Aber das ist die Geschichte einer Göttin, die sich dem Gesetz widersetzt, und des Oberhaupts des Hauses, das sie in die Knie zwingen möchte.

Nyx.
Göttin der Nacht.
Meine neueste Obsession.

Die verwegene Frau hat einen meiner Männer getötet. Weshalb es an mir, dem König des Hauses von Gold und Granat, liegt, sie dafür büßen zu lassen.

Oh, ja, da gab es so viele Dinge, die ich sie mit ihrem kleinen, ungehorsamen Mund tun lassen wollte. Aber sie war viel stärker, als sie es uns glauben ließ.
Nun ist mir eine Sehnsucht geblieben, die ich nicht ganz stillen kann.
Denn ein Biss war nicht genug.

Du magst die Göttin der Nacht sein, aber ich bin immer noch dein König.
Du wirst niederknien.
Du wirst betteln.
Und vor allem wirst du bluten.

Willkommen im Haus von Gold und Granat, wo die Monarchie durch Macht bestimmt wird und Blut die bevorzugte Währung ist.
Tritt ein – auf eigene Gefahr.

Verlangen des Schicksals ist ein eigenständiger paranormaler Liebesroman, der im Universum der unvergänglichen Triebe und Tugenden spielt. Es handelt sich um eine abgeschlossene Geschichte mit einem Happy End.

AMAZON

USA Today Bestsellerautorin Lexi C. Foss ist eine
Schriftstellerin, verloren in der Welt der Computer. Sie lebt
mit ihrem Mann und ihren pelzigen Freunden in North
Carolina. Wenn sie nicht gerade schreibt, ist sie mit
Sicherheit auf Reisen. Viele der Orte, die sie schon besucht
hat, lassen sich in ihren Büchern wiederfinden,
einschließlich der mystischen Welt von Hydria, die auf der
griechischen Insel Hydra basiert.

Lexi ist ein bisschen verschroben, trinkt viel zu viel Kaffee
und schwimmt gern. Tschüss!

Würden Sie gern über Neuerscheinungen informiert
werden? Dann tragen Sie sich für ihren Newsletter ein:
https://www.lexicfoss.com/deutschen-newsletter

Besuchen Sie Lexi im Netz!
https://www.lexicfoss.com/aktuell

E-Mail: lexicfoss@gmail.com

BÜCHER VON LEXI C. FOSS

Akademie der Mitternachtsfeen:

Buch Eins

Buch Zwei

Buch Drei

Buch Vier

Ellas Mitternachtsmärchen

Die Blutallianz:

Chastely Bitten – Keuscher Biss (Buch 1)

Royally Bitten – Königlicher Biss (Buch 2)

Regally Bitten – Majestätischer Biss (Buch 3)

Rebel Bitten – Rebellischer Biss (Buch 4)

Kingly Bitten - Royaler Biss (Buch 5)

Cruelly Bitten - Grausamer Biss (Buch 6)

Ewiger Biss (Buch 7)

Eigenständige Die Blutallianz:

Crave Me - Verlangen des Schicksals

Blood Day - Bluttag

Die Wölfe des V-Clans

Blutsektor

Nachtsektor

Die Wölfe des X-Clans

Der Ursprung

Andorra Sektor

Das Experiment

Pfeil des Winters

Bariloche Sektor

Königin der Elemente:

Buch Eins

Buch Zwei

Buch Drei

Königin der Elementefeen: Die nächste Generation

Eigenständige Fee-Romane

Königin der Winterfeen

Unsterblich verflucht:

Blood Laws – Blutgesetze (Buch 1)

Forbidden Bonds – Unsterblich entfesselt (Buch 2)

Blood Heart – Blutige Unschuld (Buch 3)

Blood Bonds – Unsterblich geboren (Buch 4)

Angel Bonds – Himmlische Bande (Buch 5)

Blood Seeker – Die Fährte des Blutes (Buch 6)

Blood Burden – Himmlische Bürde (Buch 7)

Wicked Bonds - Himmlisch verrucht (Buch 8)

Blood King - Herrscher des Blutes (Buch 9)

Eigenständiger paranormaler Liebesroman

Rotanev – Eine Poseidon-Erzählung

Carnage Island: Wolfsklauen und verbotene Bisse

Beanspruche mich

Und auch die folgenden Bücher von Lexi C. Foss werden in Kürze auf Deutsch erhältlich sein:

Auferstanden aus der Dunkelheit:

Daughter of Death – Die Tochter und der Tod (Buch 1)

Paramour of Sin – Die Geliebte und die Sünde (Buch 2)

Son of Chaos – Der Sohn und das Chaos (Buch 3)

Heiress of Bael – Die Erbin von Bael (Buch 4)

Princess of Bael – Die Prinzessin von Bael (Buch 5)

www.ingramcontent.com/pod-product-compliance
Lightning Source LLC
Chambersburg PA
CBHW030757260626
47169CB00001B/98